COURO & ROUXINOL

TRILOGIA MORRENDO DE AMOR • 2

COURO &
ROUXINOL

BRYNNE WEAVER

Traduzido por Roberta Clapp

Título original: *Leather & Lark*
Copyright © 2024 por Brynne Weaver
Trecho de *Scythe & Sparrow* copyright © 2025 por Brynne Weaver
Copyright da tradução © 2025 por Editora Arqueiro Ltda.
A música "Ruinous Love" foi escrita por T. Thomason (SOCAN),
inspirado por *Leather & Lark* de Brynne Weaver.

Publicado mediante acordo com The Foreign Office Agència Literària, S.L.
e The Whalen Agency, Ltd.
Todos os direitos reservados. Nenhuma parte deste livro pode ser utilizada ou reproduzida sob quaisquer meios existentes sem autorização por escrito dos editores.

coordenação editorial: Taís Monteiro
preparo de originais: Karen Alvares
revisão: André Marinho e Juliana Souza
diagramação: Miriam Lerner | Equatorium Design
capa: Qamber Designs
adaptação de capa: Ana Paula Daudt Brandão
impressão e acabamento: Ipsis Gráfica e Editora

CIP-BRASIL. CATALOGAÇÃO NA PUBLICAÇÃO
SINDICATO NACIONAL DOS EDITORES DE LIVROS, RJ

W379c
    Weaver, Brynne
        Couro e Rouxinol / Brynne Weaver ; tradução Roberta Clapp. - 1. ed. - São Paulo : Arqueiro, 2025.
        368 p. ; 23 cm.   (Trilogia Morrendo de amor ; 2)

        Tradução de: Leather & Lark
        Sequência de: Cutelo e Corvo
        ISBN 978-65-5565-738-8

        1. Ficção canadense. I. Clapp, Roberta. II. Título. III. Série.

24-94311   CDD: 819.13
                          CDU: 82-3(71)

Gabriela Faray Ferreira Lopes - Bibliotecária - CRB-7/6643

Todos os direitos reservados, no Brasil, por
Editora Arqueiro Ltda.
Rua Artur de Azevedo, 1.767 – Conj. 177 – Pinheiros
5404-014 – São Paulo – SP
Tel.: (11) 2894-4987
E-mail: atendimento@editoraarqueiro.com.br
www.editoraarqueiro.com.br

AVISOS DE GATILHO E DE CONTEÚDO

Por mais que *Couro & Rouxinol* seja uma comédia romântica *dark* que, com sorte, fará você rir em meio à loucura, ainda assim é bem sombria! Por favor, leia com responsabilidade. Se tiver dúvidas em relação à lista abaixo, não hesite em entrar em contato comigo em brynneweaverbooks.com ou através de uma das minhas redes sociais (sou mais ativa no Instagram e no TikTok).

- Globos oculares, mas não órbitas oculares. Não precisa me agradecer
- Dentes e assuntos relacionados
- Pizza e cerveja, que talvez nunca mais sejam a mesma coisa. Vitaminas também não. Mesmo assim, não me arrependo
- Globos de neve
- Autocanibalismo…? Seja bem-vindo a um debate do qual você nunca imaginou que iria participar
- Inúmeros objetos pontiagudos e armas, incluindo dardos, tesouras, revólveres, serras, facas, esmerilhadeiras, um aparador de grama e um pequeno instrumento chamado colher de enucleação
- Dedos decepados
- Talvez você mude de opinião a respeito de artesanato feito com epóxi
- Colisões entre veículos
- Diferentes tipos de afogamento
- Doença terminal de um ente querido
- Cenas de sexo detalhadas, que incluem (mas não estão limitadas a) brinquedos para adultos, asfixia, sexo violento, humilhação leve, atos sexuais em público, inversão de papéis, *praise kink*
- Referências a negligência parental e abuso infantil (não explícitas)
- Referências a violência sexual infantil (não explícitas)
- Referências a religião e traumas relacionados
- Linguagem explícita e ofensiva, incluindo muitas "blasfêmias". Depois não diga que não avisei!

- Cachorro ferido (a causa do ferimento não é mostrada, e ele está bem, juro!)

- Há muitas mortes... é um livro sobre um matador de aluguel e uma assassina em série que se apaixonam, então acho que provavelmente isso é óbvio

*Para quem chegou aqui depois do sorvete
de Cutelo & Corvo, leu apenas os gatilhos de Couro & Rouxinol
e pensou: "Ela não está falando sério em relação à pizza... está?".
Este é para você.*

PLAYLIST

DISPONÍVEL NO APPLE MUSIC E NO SPOTIFY

Apple Music

Spotify

PRÓLOGO – FAÍSCA
I Only Have Eyes For You – The Flamingos

CAPÍTULO 1 – SUBMERSO
TUNNEL VISION – Melanie Martinez
444 – Ashley Sienna

CAPÍTULO 2 – NA MOSCA
Underground – MISSIO
Pulse – Young Wonder

CAPÍTULO 3 – GUILHOTINA
Cuz You're Beautiful – Kiyashqo
BITE – Troye Sivan

CAPÍTULO 4 – CULTIVAR
November – PatrickReza
Shutdown – HUDSUN

CAPÍTULO 5 – FIOS
SLOW DANCING IN THE DARK – Joji
Lay Your Cards Out – POLIÇA

CAPÍTULO 6 – LEYTONSTONE
Stay with Me – Kevin Olusola
Don't Leave – Snakehips & MØ

CAPÍTULO 7 – JUSTIÇA
Laalach – TroyBoi
Fall Away (feat. Calivania) – UNDREAM
Above the Clouds – Luca

CAPÍTULO 8 – FRICÇÃO
Who Do You Want – Ex Habit
How Soon Is Now (feat. Dresage) – AG

CAPÍTULO 9 – BURACO
One of Your Girls – Troye Sivan
Love Made Me Do It – Ellise

CAPÍTULO 10 – TROFÉUS
Kiss and Collide – Blondfire
Downtown – Allie X

CAPÍTULO 11 – HOLOGRAMA
Pilgrim – MØ
Seconds – Ghost Loft

CAPÍTULO 12 – IN NOMINE PATRI
O.D.D. – Hey Violet
Blur – MØ

CAPÍTULO 13 – REDE
If You Wanna – Kiyashqo
Everybody's Watching Me (Uh Oh) – The Neighbourhood

CAPÍTULO 14 – RETIRO
Superstar – MARINA
Love Me – Jane XØ
Front to Back – Buku

CAPÍTULO 15 – SINAIS
Can't Forget You – NEVR KNØW
Too Deep – Kehlani

CAPÍTULO 16 – HINOS
Fears – MTNS
Never Enough – TWO LANES

CAPÍTULO 17 – ASCENSÃO
Fight! – Ellise
Soft to Be Strong – MARINA

CAPÍTULO 18 – HOLOFOTE
Don't Dream It's Over – Kevin Olusola
TALK ME DOWN – Troye Sivan
Ruinous love – T. Thomason

CAPÍTULO 19 – EXPOSTA
Close (feat. Tove Lo) – Nick Jonas
Tranquilizer (feat. Adekunle Gold) – TroyBoi

CAPÍTULO 20 – RASTEJANDO
Make You Mine – Madison Beer
Make Me Feel – Elvis Drew

CAPÍTULO 21 – ENUCLEAÇÃO
Arms of Gold (feat. Mia Pfirrman) – Tape Machines
Dangerous [Oliver Remix] (feat. Joywave) – Big Data
Back to the Wall – TroyBoi

CAPÍTULO 22 – ANDARILHO
Alone (Slow Edit) – BLVKES
New Religion – Migrant Motel

CAPÍTULO 23 – ÚLTIMA DEFESA
Immortal – MARINA
Dizzy – MISSIO

CAPÍTULO 24 – APARIÇÃO
Triggered – Chase Atlantic
We Appreciate Power (feat. HANA) – Grimes

CAPÍTULO 25 – CHAMUSCADOS
Twisted – MISSIO
Work – ionnalee
Locked – Welshly Arms

CAPÍTULO 26 – RENOVAÇÃO
Liability (feat. Astyn Turr) – Tape Machines
My My My! – Troye Sivan
Believe in Love – MARINA

EPÍLOGO – TRUQUE DE MÁGICA
Afterlife – Hailee Steinfeld

CAPÍTULO BÔNUS – ARNÊS
Troublemaker (feat. Izaya) – Omido
Love U Like That – Lauv

PRÓLOGO
FAÍSCA
LARK

— Essas são as consequências dos seus atos, queridinho – digo enquanto desenrolo o pavio dos fogos de artifício presos no meio das pernas de Andrew.

Os gritos dele atingem um nível febril contra a fita colada em sua boca.

Ninguém jamais imaginaria isso só de olhar para mim, mas é verdade... adoro o som do tormento dele.

Andrew soluça e se debate na cadeira. Eu lhe dou um sorriso radiante e continuo recuando pelo descampado em direção às árvores, perto o suficiente para ver o medo em seus olhos, longe o bastante para estar protegida por troncos grossos ao deixá-lo sozinho na clareira. Seus gritos abafados são desesperados. A respiração acelerada faz o ar sair de seu nariz em nuvens de vapor que se estendem em direção ao céu estrelado.

– Sabe por que você tá aí com fogos de artifício amarrados no pau e eu aqui do outro lado do pavio? – grito.

Ele balança a cabeça e depois assente como se não conseguisse decidir qual resposta acabará com essa tortura. A verdade é que não importa a resposta que ele dê.

– Se eu arrancasse a fita da sua boca, você provavelmente me diria que *sente muito mesmo* por comer a Savannah na nossa cama enquanto eu estava fora, não é?

Ele balança a cabeça descontroladamente, suas baboseiras previsíveis presas na fita em sua boca. *Desculpa, eu sinto muito, muito mesmo, nunca mais vou fazer isso, te amo, juro...* blá, blá, blá.

– Na verdade, não é bem por isso que a gente tá aqui.

Andrew fica me olhando, piscando os olhos, tentando decifrar o que quero dizer enquanto meu sorriso se torna feroz, e, quando isso acontece, o verdadeiro pânico se instala. Talvez sejam minhas palavras, ou talvez seja o brilho de prazer nos meus olhos. Talvez seja a maneira como olho para ele sem piscar. Ou talvez seja a risada que solto quando acendo o isqueiro que tenho na mão. Talvez sejam todas essas coisas combinadas que o façam se mijar. A urina cintila em riachos iluminados pela lua enquanto escorre por suas pernas nuas e trêmulas.

– Isso mesmo, queridinho. Eu conheço os seus segredos. *Todos eles.*

Meus olhos permanecem fixos nos de Andrew enquanto lentamente aproximo a chama do pavio.

– Merda, quase esqueci.

Deixo a chama se apagar.

O corpo de Andrew cede de esperança e alívio.

Esperança. Que gracinha.

Acho que não posso culpá-lo por ter esperança; um dia, eu também tive. Esperança em *nós.*

Mas fui ingênua ao pensar que Andrew era o homem certo para mim, com seu toque de bad boy. As duas tatuagens bem posicionadas eram muito sexy. O cabelo sempre desgrenhado dava um ar de *não tô nem aí.* Até mesmo sua incapacidade de se manter em um emprego parecia descolada, embora eu não saiba por quê. De alguma maneira, eu me convenci de que ele era apenas um rebelde.

Só que aí ele trepou com nossa amiga Savannah enquanto eu estava fora da cidade, e eu me dei conta de que ele não é um rebelde.

Ele é um babaca.

E não apenas isso. Depois que descobri que ele havia me traído, peguei o celular dele e vi até que ponto eu estava enganada sobre o cara que chamava de namorado. Encontrei mensagens para garotas, algumas delas jovens demais para saber que não deveriam confiar em um baterista gostoso que dizia que elas eram lindas e prometia toda a atenção do mundo. Encontrei mais do que apenas um bad boy.

Encontrei um maldito predador.

Alguém que havia conseguido se infiltrar nas minhas defesas. Só que, anos atrás, prometi a mim mesma uma coisa:

Nunca mais.

Ao erguer os olhos para o céu noturno, não é o agora que vejo. Não são nem lembranças da raiva e do nojo que senti quando olhei o celular de Andrew. É uma memória das torres de pedra cinzenta do prestigioso Ashborne Collegiate Institute, com pontas cobertas de cobre apontando para as estrelas. Mesmo agora, anos depois, ainda consigo evocar a sensação de pavor que se escondia por trás de cada respiração minha dentro daquele lugar. Era um palácio de salas escuras e segredos repugnantes. Um castelo de arrependimento.

Predadores como Andrew povoam nosso belo planeta como uma maldita nuvem de gafanhotos. Às vezes, parece que nenhum lugar está livre da infestação, mesmo fortalezas que deveriam ser sagradas, como o Ashborne Institute. Bonito e grandioso. Isolado. *Seguro.* Tal como na natureza, as coisas mais belas são muitas vezes as mais perigosas.

E o que dizer do Sr. Laurent Verdon, o diretor do Departamento de Artes do Ashborne Institute? Bem, ele prometeu coisas maravilhosas.

O arrependimento toma conta de mim. Arrependimento pela morte do Sr. Verdon. Mas não da forma que se imagina.

Eu é que deveria tê-lo matado.

E agora minha melhor amiga Sloane vai passar o resto da vida carregando esse fardo e suas consequências nos ombros.

Vejo manchas brilhantes de luz branca enquanto pressiono os olhos fechados, cada vez com mais força. Quando os abro de novo, o passado está outra vez guardado em segurança. Naquela época, eu não tinha poder. Mas agora é diferente.

Predadores podem fazer belas promessas, mas a minha é simples e direta.

Nunca.

Mais.

Pode não ser tão bela, mas dou o melhor de mim para cumpri-la de forma *espetacular.*

Respiro profundamente o ar puro de outono. Então sorrio para Andrew e vasculho minha bolsa até encontrar a caixinha de som portátil e conectar meu celular.

– Uma musiquinha cai tão bem nessas horas, não acha? – pergunto enquanto coloco "Firework", de Katy Perry, para tocar no volume máximo.

Previsível? Sim. Perfeito? Também.

Canto junto e não me preocupo em disfarçar meu largo sorriso. Pode não haver nenhuma chance para Andrew, como Katy sugere, mas ele definitivamente vai sentir uma faísca por dentro.

– Bom, acho que chegou a hora de começar o show. E você sabe o que fez. Eu também. Nós dois sabemos que não posso deixar você sair dessa. Como eu disse, gatinho – acrescento em meio à música, dando de ombros. – Consequências.

Acendo o pavio ao som do desespero renovado de Andrew.

– *Ciao*, queridinho. Foi... sei lá – grito por sobre o ombro enquanto entro na floresta para ficar em segurança.

Os gritos de Andrew criam uma harmonia agradável com o crescendo da música e a percussão dos fogos de artifício que estalam e explodem na noite. Seu sofrimento é um grande espetáculo de faíscas coloridas, uma salva de luzes brilhantes e sons estrondosos. Para falar a verdade, é uma morte mais majestosa do que ele merece. Todo mundo deveria ter essa sorte.

É absolutamente magnífico.

Nem sei dizer quando os lamentos de Andrew param, pelo menos depois que os fogos começam a explodir. Essas coisas são *barulhentas*.

Quando a queima cessa e as últimas faíscas não passam de estrelas cadentes, entro na clareira. O cheiro de salitre, enxofre e carne humana chamuscada emana da forma enegrecida e fumegante no meio do descampado.

Com passos cuidadosos, vou até ele. Não sei dizer se ainda está respirando e não vou verificar seu pulso. De qualquer forma, não vai fazer diferença para ele. Mesmo assim, observo por um bom tempo, a música ainda tocando ao fundo, onde deixei a caixinha, na grama alta. Talvez eu esteja procurando por sinais de vida. Ou talvez esteja esperando que eu mesma dê sinais de vida. Uma pessoa normal sentiria culpa ou tristeza, não? Quer dizer, eu o amei por dois anos. Pelo menos, achava que sim. Mas o único arrependimento que sinto é não ter enxergado o verdadeiro Andrew antes.

Até mesmo esse tom de remorso é embotado por um sentimento de realização. De alívio. É poderoso descobrir segredos e explodi-los provocando uma luz linda e brilhante. E mantive minha promessa. Ninguém mais sofre, exceto aqueles que merecem. Eu mesma me certifiquei disso. Se a alma de alguém vai ficar marcada por esta morte, que seja a minha.

Nunca mais.

Um gemido baixo atravessa a música. A princípio não acredito, mas depois o som emerge novamente sob uma nuvem de fumaça.

– Minha nossa, gatinho – digo, logo depois de uma risada incrédula. Meu coração canta no peito. – Não acredito que você ainda tá vivo.

Andrew não responde. Não sei se consegue me ouvir. Seus olhos estão fechados, a pele carbonizada e em carne viva, sangue escorrendo das bordas deformadas das queimaduras. Não tiro os olhos da névoa que sai de seus lábios entreabertos enquanto vasculho as profundezas da minha bolsa até encontrar o que procuro.

– Espero que tenha gostado do show. Foi belíssimo – digo enquanto saco a arma do coldre e pressiono o cano em sua testa. Outro gemido baixo escapa noite adentro. – Mas eu não trouxe fogos de artifício suficientes para um bis, então você vai ter que usar a imaginação.

Aperto o gatilho e, com uma explosão final, há um gafanhoto a menos no mundo.

E só consigo me sentir de uma maneira.

Absolutamente invencível.

1

SUBMERSO
LARK

— Não prende a respiração! – grito para o homem que está afundando no carro enquanto bate na janela e implora pela minha misericórdia. – Escutou?

Acho que ele não me ouviu. Mas tudo bem. Apenas sorrio enquanto aceno com uma mão, a arma apontada para ele com a outra, caso a janela se abra e ele consiga escapar.

Felizmente, a pressão da água que sobe torna sua fuga praticamente impossível e, em poucos instantes, o veículo fica submerso. Bolhas estouram na água escura enquanto o carro desliza sob as ondas suaves do reservatório Scituate. Os faróis apontam para as estrelas, piscando enquanto as conexões elétricas sucumbem à inundação.

– *Merda*.

Isso não é bom.

Na verdade, é incrível. Mas também é um enorme pé no saco.

Mordo o lábio e observo até que as luzes se apagam e a superfície fica imóvel. Quando tenho certeza de que tudo permanecerá em silêncio, pego meu celular e abro a lista de contatos. Meu polegar paira sobre o número de Ethel. Era para ela que eu sempre ligava quando as coisas iam por água abaixo. Tudo bem, um carro-caixão no fundo de um lago talvez seja extrapolar um pouquinho a definição habitual de *ir por água abaixo*, mesmo se o timing já não tornasse impossível pedir a ajuda de Ethel.

Com um suspiro, seleciono o número logo acima do dela. Dois toques e ele atende.

– Lark, minha rouxinol – cantarola meu padrasto do outro lado da linha.

Reviro os olhos e sorrio quando ele me chama pelo apelido de in-fância.

Meu tom cauteloso é o primeiro sinal de que pode haver algo de errado quando digo:

– Oi, papai.

– O que houve, meu amor? Tá tudo bem?

– Claro...

– Alguém vomitou no tapete? – pergunta ele.

Posso supor que ele tomou alguns drinques na própria festa de Hallo-ween, uma vez que ainda não percebeu que não há nenhum baixo pesado nem vozes estridentes ao fundo do meu lado da linha.

– Vou pedir pra Margaret providenciar uns produtos pra você fazer a faxina logo de manhã. Não se preocupa com isso, meu bem.

Uma bolha final e contundente irrompe do lago como um ponto de ex-clamação.

– Humm, não é bem dessa faxina que eu preciso...

A ligação fica em silêncio. Engulo em seco.

– Pai...? Você ainda tá aí?

Do outro lado da linha, uma porta se fecha ao fundo, abafando as risa-das, as vozes e a música. Ouço a expiração instável do meu padrasto logo em seguida. Consigo quase visualizá-lo, provavelmente esfregando os de-dos na testa em uma tentativa inútil de esfriar a cabeça.

– Lark, o que houve? Você tá bem?

– Tô, eu tô ótima – respondo, como se a camiseta enrolada e ensan-guentada que pressiono na testa, bem onde começa o couro cabeludo, onde lateja um corte profundo, fosse apenas um pequeno inconveniente.

Devo estar sorrindo feito uma lunática. A fantasia de Arlequina e as vinte camadas de maquiagem que estou usando provavelmente também não ajudam, então acho que há mais de um motivo para estar grata por não haver ninguém por perto.

– Eu mesma posso resolver se você me der o número.

– Onde você tá? A Sloane fez alguma coisa?

– Não, de jeito nenhum – digo com a voz firme, e meu sorriso desapa-rece no mesmo instante. Embora eu odeie que ele conclua logo que a culpa é da minha melhor amiga, engulo minha irritação em vez de liberá-la. – A

Sloane deve estar enfiada em casa com um livro indecente e aquele gato demoníaco. Vim passar o fim de semana fora. Não estou em Raleigh.

– Então onde você tá?

– Rhode Island.

– Puta merda.

Sei o que ele está pensando, que estou muito perto de casa para uma merda dessa natureza.

– Foi mal, mesmo. O carro só... – Busco as palavras certas para explicar, mas apenas uma vem à mente: – ... afundou.

– O *seu* carro?

– Não. O meu... – Olho por cima do ombro em direção ao meu Escalade, os faróis estilhaçados me encarando. – O meu já viu dias melhores.

– Lark...

– Pai, eu consigo resolver. Na verdade, só preciso do número da pessoa que faz a faxina. O ideal é que ela tenha um reboque. E, quem sabe, equipamento de mergulho.

A risada dele não tem nenhum humor.

– Você só pode estar de brincadeira.

– Em relação a quê?

– Tudo, espero.

– Bem – digo enquanto me inclino sobre as rochas para espiar a água –, talvez alguém que saiba mergulhar com snorkel já resolva. Acho que não é *tão* fundo assim.

– Meu Deus do céu, Lark.

Um suspiro sofrido permeia a linha. Odeio a sensação de decepcioná-lo. É como se ele estivesse bem ao meu lado com aquele olhar que já vi tantas vezes, aquele que diz que ele gostaria que eu desse um jeito na minha vida, algo que ele simplesmente não consegue verbalizar por não suportar a ideia de partir meu coração.

– Tá bem – responde, por fim. – Vou te dar o número de uma empresa chamada Leviathan. Você vai precisar fornecer a eles o código da conta. Mas *não* diz o seu nome pra eles. Nem por telefone, nem quando chegarem. Eles podem ser profissionais, mas são pessoas perigosas, filha. Quero que você me mande mensagem a cada meia hora pra me avisar que está bem até chegar em casa, entendeu?

– Claro.

– E *nada* de nomes.

– Entendido. Obrigada, pai.

Um longo silêncio se estende entre nós antes que ele finalmente volte a falar. Quem sabe ele queira dizer mais, chamar minha atenção, fazer algumas perguntas incômodas. Mas não faz nada isso.

– Te amo, filha. Toma cuidado.

– Pode deixar. Também te amo.

Assim que desligamos, recebo uma mensagem do meu padrasto com um número de telefone e um código de seis dígitos. Quando ligo, uma mulher educada e eficiente atende e anota os detalhes. Suas perguntas são diretas e minhas respostas são curtíssimas. *Você está machucada?* Não. *Quantos mortos?* Um. *Algum pedido especial para facilitar a limpeza?* Equipamento de mergulho.

Depois que ela me passa os termos e condições, e detalhes de pagamento, desligo e volto para o meu Escalade, o sistema de arrefecimento funcionando sob o capô amassado. Eu poderia esperar dentro do veículo, onde está quente, mas não faço isso. Esse acidente vai afetar o meu sono, que já é zoado, então também não preciso sentar nos destroços e evocar mais pesadelos ainda. Mesmo assim, valeu a pena encarar as consequências só para ver aquele predador de merda afundar no reservatório.

Mais um gafanhoto exterminado.

Quando uma amiga de Providence mencionou boatos sobre um professor pervertido na escola da irmã mais nova, não demorou muito para que o desgraçado mordesse a isca: minhas contas falsas nas redes sociais. Em pouco tempo, ele estava pedindo fotos e implorando por um encontro com "Gemma", meu alter ego adolescente. E eu pensei: *caramba, por que não? Posso ir pra minha cidade fazer uma visita, comemorar o Halloween e me livrar de um verme.* Tecnicamente, acho que tive sucesso, embora a princípio não tivesse a intenção de atirar o Sr. Jamie Merrick na água. Eu queria forçá-lo a parar no acostamento da estrada e dar um tiro na cara dele, encontrar um troféu digno para levar comigo e depois deixá-lo lá feito o lixo que ele é. Infelizmente, ele percebeu que seria alvo de uma emboscada e quase escapou. Acho que acabei dando a ele uma pista com minha tentativa fracassada de atirar em um de seus pneus quando ele se recusou a encostar. Gargalhar feito uma louca enquanto sacudia a arma pela janela também não deve ter ajudado.

Pode parecer surpreendente, mas na verdade não é tão difícil escapar impune depois de atirar em alguém numa estrada deserta e ir embora. O problema é que é um pouco mais difícil cobrir os próprios rastros quando parte do seu carro está impressa no carro alheio.

A parte boa é que jogar o veículo daquele babaca no lago deu um toque mais teatral.

– Vai dar tudo certo no final – sussurro enquanto uso uma moeda para afrouxar os parafusos da placa traseira.

A placa da frente é uma folha de metal amassada (catei do meio da estrada). Quando termino, pego meu casaco no Escalade e visto um moletom cinza por cima do shortinho minúsculo e da meia arrastão. Com a arma guardada em segurança dentro da bolsa, reúno a papelada dentro do porta-luvas antes de jogar a alça por cima do ombro e fechar a porta.

Por um instante, fico parada na encosta íngreme de pedras onde o carro de Jamie capotou, catapultando-o para a vida após a morte. O rosto dele está nítido na minha mente, iluminado pelos faróis no instante anterior ao acidente. Olhos arregalados e apavorados. Cabelo loiro cacheado. A boca aberta em um grito silencioso. Ele estava aterrorizado. Sabia que estava prestes a morrer e não tinha ideia do porquê.

Será que eu deveria me sentir mal por isso? Porque não me sinto. Nem um pouco.

Pisco os olhos para afastar a fúria que ainda corre em minhas veias e sorrio para a sepultura de água à frente.

– Às vezes o carma precisa de uma forcinha extra, não acha, Sr. Merrick? Com um suspiro de satisfação, caminho em direção à costa rochosa.

Mando uma mensagem para meu padrasto dizendo que estou bem e defino um timer para o envio das próximas mensagens. Depois, subo pelas rochas até encontrar um lugar fora de vista para quem vem da estrada. Com o capuz puxado sobre as tranças e o corpo dolorido por conta do acidente, eu me deito em uma das pedras de granito e olho para o céu, o lugar perfeito para esperar.

E é isso que faço.

Por quase três horas.

Durante este tempo, um veículo ou outro passa de vez em quando, embora não possam me ver aqui, escondida nas sombras das pedras. Nenhum deles se aproxima para verificar o Escalade. Consegui estacioná-lo próximo à vala perpendicular ao lago antes que ele morresse por completo e, a não ser que alguém esteja passando pela estrada menos usada e prestando atenção, é difícil ver o dano. Então, quando um carro antigo com motor barulhento se aproxima lentamente e para ao lado do meu SUV, sei no mesmo instante. Meu coração troveja enquanto permaneço agachada entre as rochas para observar.

Meu celular vibra com uma mensagem de um remetente desconhecido.

Aqui.

– Curto e grosso – digo para mim mesma antes de me levantar.

Minha cabeça gira um pouco e minhas pernas parecem bambas no começo, mas consigo me recompor enquanto me aproximo do carro.

O motor desliga. Seguro a bolsa junto ao corpo com uma mão lá dentro, as pontas dos dedos tocando o cabo gelado da arma.

Quando paro hesitante no meio da estrada, a porta se abre e um homem sai, seu corpo musculoso coberto por uma roupa de mergulho preta. Uma máscara cobre seu rosto de modo que apenas seus olhos e boca fiquem visíveis. Sua constituição física é vigorosa, mas cada movimento é gracioso conforme ele se aproxima.

Aperto a arma.

– Código – diz ele entredentes.

Esfrego a cabeça com a mão livre enquanto tento lembrar a sequência numérica que repeti para mim mesma diversas vezes desde que meu padrasto me passou. Com esse cara esquisito me encarando, levo um pouco mais de tempo do que deveria para me lembrar.

– Quatro, nove, sete, zero, seis, dois.

Mal consigo ver os olhos do homem na noite sem luar, mas posso *senti-los* à medida que deslizam do meu rosto até os dedos dos pés e sobem de volta.

– Machucada – sussurra ele, como se estivesse tentando dar a impressão de que engoliu cascalho.

– O que...?

Ele se aproxima. Recuo, mas não dou mais de três passos antes que ele segure meu pulso. Os pensamentos sobre minha arma evaporam quando a palma da mão dele aquece minha pele fria, seu toque firme mas gentil, enquanto ele acende uma lanterna e aponta para a minha testa, bem para a linha do couro cabeludo.

– Pontos. – É tudo o que diz.

– Ah… bem, não deu pra fazer isso na hora – respondo.

Ele dá um grunhido, como se fosse problema *meu* não ter costurado meu próprio ferimento na cabeça.

Dou um puxão rápido no braço, mas ele me segura. Minha tentativa de me desvencilhar de seu aperto também é inútil; ele apenas segura meu pulso com mais força antes de apontar a luz para o meu olho esquerdo, depois para o direito.

– Inconsciente? – pergunta ele.

Quando estreito os olhos e enrugo a testa em uma pergunta muda, ele bate na minha cabeça com a lanterna.

– Ai…

– Inconsciente? – repete ele com um tom de comando, embora sua voz seja pouco mais que um sussurro.

– Você tá querendo saber se eu desmaiei? Não.

– Enjoo?

– Um pouco.

– Concussão – declara ele com a voz áspera.

Ele solta meu pulso como se eu tivesse alguma doença contagiosa e depois se vira, caminhando em direção ao cruzamento onde atropelei uma placa de Pare para atingir a lateral do carro de Jamie Merrick.

Sigo o homem enquanto ele mantém a luz apontada para o asfalto. Ele não me diz o que parece estar procurando, mas presumo que sejam pedaços dos veículos deixados para trás em razão do impacto.

– Eu nunca tive uma concussão. Posso entrar em coma? – pergunto, tentando alcançá-lo, seguindo-o de perto.

– Não.

– Você acha que estou com algum sangramento cerebral?

– Não.

– Mas como você pode ter certeza? Você é médico?

– *Não.*

– Ah, que bom, porque seu trato com o paciente é péssimo.

O homem bufa, mas não se vira. Quando ele para de repente, quase dou de cara com suas costas. Estou tão perto que sinto o cheiro persistente de mar em sua roupa de mergulho. Não é preciso muito esforço para imaginar a magnitude dos músculos escondidos sob a fina camada de borracha sintética que nos separa. Será que eu deveria estar imaginando se ele também surfa, ou como seria vê-lo tirar o traje molhado na praia? Provavelmente não. Mas estou.

Afasto dos pensamentos a imagem de seu corpo irritantemente atlético e me concentro no movimento lento da lanterna que ele carrega enquanto a luz atravessa a estrada de uma vala a outra.

Ele aponta a luz para os pés e fica imóvel, como se tivesse sido enredado por um pensamento que o impede de sair do lugar.

E, quanto mais tempo fica ali, mais fácil é lembrar que ele é meio babaca.

Minha mente pode estar um pouco confusa e lerda agora, mas logo, logo me atenho aos fatos: esse cara é um babaca monossilábico que grunhiu um diagnóstico sem embasamento, como se não houvesse nada com o que me preocupar.

Concussão, disse ele.

– E se…

– Bêbada? – pergunta ele, mal-humorado, ao se virar na minha direção.

Fico olhando para o sujeito. A raiva se atiça no meu peito.

– Como é que é?

– *Bêbada?*

Ele se inclina para a frente. Meu rosto está a centímetros do dele. Minha fúria latente entra em erupção quando ele inspira fundo pelo nariz.

Eu o empurro com as duas mãos. *Meu Deus*, é como tentar derrubar uma estátua de mármore. Ele se afasta de mim, mas apenas porque quer, não porque eu o obriguei.

– Não, não estou bêbada, seu babaca monossilábico. Não bebi nem uma gota de álcool.

Ele bufa.

– E aí? Sentiu algum bafo quando estava colado na minha cara, cheirando meu hálito que nem um psicopata?

Isso me rende mais um bufo.

– Isso mesmo. Então, obrigada por sua opinião que ninguém pediu, ô cosplay de Batman – digo enquanto aponto com desdém para seu macacão de neoprene –, mas eu jamais iria dirigir se tivesse bebido. Na verdade, não sou muito de beber.

Ele resmunga o que talvez seja apenas um grunhido de alívio.

– Certo.

– E quero que saiba que sou uma bêbada muito agradável. Não do tipo que provoca acidentes.

– Acidentes – grunhe ele, e, embora seja apenas uma palavra, o sarcasmo em seu tom é inegável. Ele gesticula ao nosso redor com a lanterna. – Nenhuma freada.

Dou uma risada sarcástica.

– Freada... que tipo de freada?

Ele solta um suspiro frustrado.

– Freadas. Marcas de pneu – vocifera, e dou um pigarro em uma tentativa fracassada de conter o riso. – Deve haver marcas de freada no local onde você tentou parar.

Dessa vez, não consigo me segurar: dou uma boa gargalhada. E mesmo que o cosplay de Batman esteja usando máscara, sinto seu olhar fixo em mim.

– Eu sei que você deve morar numa caverna com o Alfred, mas isso é de um filme. *Chumbo Grosso*. Freada. Sabe, aquele com o Simon Pegg e o Nick Frost...? O Timothy Dalton acaba empalado na torre da igreja da vila em miniatura? É engraçadíssimo.

Há um instante prolongado de silêncio.

– *Fala sério.* A frase mais longa que você conseguiu reunir em sua performance sussurrante de cosplay de Batman é sobre freadas, e você espera que eu não dê risada?

– Ele não é muito de falar – diz outra voz no meio da noite.

Há um lampejo de movimento à minha direita. Antes mesmo que eu possa me virar, o braço do Batman envolve minha cintura, me puxando para trás dele. Minha bolsa cai no chão e dou com a cara na parede de tijolos revestida de neoprene que são as costas do Batman.

– *Filho da...*

– Abaixa a arma, cara. Sou eu – diz a nova voz, interrompendo a enxurrada de palavrões que eu estava prestes a vociferar.

O cara novo ri, e o Batman me solta. Agora que minha cabeça parou de girar, entendo o que aconteceu. Como que por instinto, ele se colocou entre mim e o perigo, me mantendo fora de vista.

Olho por cima do ombro do Batman e vejo outro homem mascarado parado a poucos metros de distância. As mãos dele estão erguidas em sinal de rendição e a postura é indiferente, apesar da arma que meu protetor aponta para seu peito.

A *minha* arma.

– Seu babaca, isso é *meu*. Devolve.

O cosplay de Batman zomba quando bato em seu bíceps enquanto ele baixa a arma na lateral do corpo.

– Não – responde ele, e depois se afasta.

Ele me deixa no escuro enquanto se aproxima do cara novo, minha bolsa jogada aos meus pés, o conteúdo do meu estojo de maquiagem aberto espalhado pelo asfalto. Os dois homens falam em voz baixa e ouço uma frase ou outra enquanto reúno meus pertences em meio à penumbra. *Rebocar o carro dela... O corpo está no lago... Provavelmente estava no celular. Só um acidente besta...*

Um acidente besta.

Minhas bochechas esquentam sob a camada de maquiagem branca. A vontade de dizer a verdade é tão forte que vem até a garganta, mas eu a engulo e me abaixo para continuar recolhendo o conteúdo espalhado da minha bolsa. Depois enfio tudo de volta lá dentro enquanto lanço olhares para os dois homens, mas eles não veem.

E realmente importaria se eu esclarecesse as coisas? Esses caras são *faxineiros* profissionais. Eles resolvem problemas para pessoas muito mais assustadoras e perigosas do que eu. Tenho certeza de que já viram de tudo, desde acidentes de verdade até tortura e tudo mais. Que mal faria se soubessem a verdade?

Mas não posso correr o risco de impactar minha família por causa dessa confissão. Eles podem não ser as pessoas mais íntegras e corretas, mas tenho um papel a desempenhar e, embora *agente do caos* possa ser adequado para me definir, *assassina* definitivamente não é.

Então coloco um sorriso radiante no rosto, penduro a bolsa no ombro e vou até eles.

– Detesto interromper a reuniãozinha de sussurros dos super-heróis, mas não é melhor a gente colocar logo a mão na massa, não? Faltam quatro horas e 22 minutos para o sol nascer – digo, apontando a lanterna para meu relógio de pulso.

Quando ergo os olhos, o cara que acabou de chegar inclina a cabeça como se estivesse surpreso com a velocidade do meu cálculo. Provavelmente isso se justifica, dada a primeira impressão duvidosa. Quando desvio o olhar para o Batman, seus olhos são uma fenda estreita atrás da máscara. Mas endireito os ombros e levanto o queixo, me protegendo do julgamento dele.

– E então? Quanto mais cedo resolvermos isso, mais cedo nunca mais vamos nos ver.

– Por mim, tudo bem, Barbie Sem Noção – retruca meu Cavaleiro das Trevas de roupa de mergulho.

Embora não consiga identificar a origem, percebo a cadência de um sotaque, apesar de sua tentativa de escondê-lo.

– Não vá se afogar, cosplay de Batman. O que Rhode Island faria sem suas habilidades exemplares de atendimento ao cliente e seus diagnósticos médicos cheios de empatia?

O cara que chegou por último bufa enquanto cruzo os braços e encaro o Batman, me envolvendo em uma disputa que parece durar seis anos. Ele enfim desvia o olhar e passa o coldre com minha arma para seu ajudante, com instruções estritas de não me devolvê-la. Em seguida, ele se vira, bufando, e segue em direção ao carro para pegar seu equipamento de mergulho.

O recém-chegado e eu observamos em silêncio enquanto nosso companheiro rabugento verifica os tanques de oxigênio, leva o equipamento até a margem, troca as botas por pés de pato e submerge na água escura.

– Eu sou o Conor – diz meu novo companheiro, sem tirar os olhos do lago enquanto estende a mão em minha direção.

– Barbie Fodona – respondo, aceitando o aperto de mão. – Também conhecida como Arlequina, mas só hoje.

– Imaginei. Bacana a maquiagem.

– Obrigada. Não sei se seu amigo concorda. Ele é sempre tão babaca assim?

– A maior parte do tempo. É, sim.

– Que legal.

– Normalmente ele só gosta de irritar e implicar com as pessoas. Hoje é que ele tá mais pra babaca mesmo.

– Ele é babaca em várias esferas, então. Bom saber.

Conor ri e me passa a arma, mas a segura até que eu o encare.

– Não faça nenhuma burrice.

– Prometo.

– E se alguém arrumar confusão com você, atira – diz Conor.

Eu assinto, e ele solta a arma. Eu a puxo de suas mãos de forma lenta e cuidadosa. Com um avaliador olhar final, ele se vira e se afasta pela estrada deserta.

– E se quem arrumar confusão comigo for o seu amigo? – pergunto.

– Atira nele, sem dúvida. É só mirar no joelho. O resto ainda pode ser útil.

Sorrio e coloco a arma na bolsa antes de voltar minha atenção para o lago. Vejo o brilho suave de uma lanterna à prova d'água sob a superfície ondulante. Não demora muito para que o som de um motor se aproxime e um reboque pare ao lado do meu Escalade. Conor trabalha com eficiência para guinchá-lo e, assim que termina, dirige-se à margem para esperar seu companheiro. Pouco tempo depois, um corpo sobe à superfície, seguido pelo meu Cavaleiro das Trevas rabugento.

Meu coração dispara quando ele cospe a válvula do respirador e passa o braço ao redor do cadáver para trazê-lo até a margem. Eu me pego mexendo na alça da bolsa enquanto o observo avançando. Neste breve encontro, o escrutínio em seus olhos foi como uma queimadura na minha pele. Mesmo agora, embora não consiga rastrear seu olhar à distância na escuridão da noite, ainda posso senti-lo me engolindo, me atravessando como uma lâmina invisível. Por que eu deveria me importar com a maneira como ele me olha? Com o que está pensando? Ele não sabe nada sobre mim, ou sobre o que aconteceu, ou por que isso teve que ser feito.

Ele não sabe da promessa que preciso cumprir.

– Ele não passa de um estranho – digo a mim mesma em voz alta quando meus pensamentos simplesmente não são suficientes. – Depois de hoje à noite, você nunca mais vai ver esse homem.

Dou alguns passos à frente para ver Conor ajudar a trazer o corpo até a margem enquanto Batman sai da água para largar seu equipamento nas rochas. Quando ele termina, os dois erguem o cadáver de Merrick, Conor agarrando as pernas moles enquanto Batman segura os braços. Com alguns grunhidos e pequenos tropeços, eles chegam à estrada, soltando o corpo aos meus pés.

Por um longo momento, ouve-se apenas o som da respiração ofegante dos dois.

Eles me observam. Eu os observo de volta. Uma espessa cortina de silêncio baixa sobre nós. É como se estivessem esperando que eu começasse a cantar e dançar, mas eu tivesse esquecido todas as letras. Não consigo me lembrar da coreografia nem do que devo fazer.

Conor inclina a cabeça, e a epifania que me vem num estalo fica marcada em meu rosto. Levo a mão ao coração e aponto para o corpo esparramado na estrada.

– Ai… Meu Deus… que horror… o que foi que eu fiz…

Mais silêncio. Uma coruja pia nas sombras da floresta.

– Que tragédia… – prossigo enquanto dou um tapinha em meus cílios secos. – Que tristeza… Nunca vou me perdoar.

– Deus meu – sussurra Batman entredentes. – Clássico.

– Como é que é?

– *Clássico* – repete ele, chegando mais perto para me encarar. – Você é a princesinha perfeita de alguém que literalmente não dá a mínima pra um cara inocente que cruzou o seu caminho de destruição.

O protesto que começo a elaborar a respeito da "inocência" de Merrick se perde quando Conor encosta a mão no peito de Batman na tentativa de afastá-lo.

– Peraí, cara…

– Sempre precisando que alguém apareça para limpar sua sujeira – prossegue Batman, vociferando em meio aos protestos cautelosos de Conor, seu sotaque vindo à tona mais uma vez. – Tá na vida a passeio, sem sofrer um arranhão nem se importar com quem cruza seu caminho.

Avanço e elimino a distância entre nós, parando tão perto que sinto o cheiro doce de hortelã em seu hálito se sobrepondo ao odor da água do lago. Minha expressão é nada menos que letal enquanto olho para seu rosto mascarado.

– Será que esse é um bom momento pra te lembrar de que sou sua cliente? Ou prefere mais tarde? Esse é o seu *trabalho*, lembra?

– Não, não é.

– Ué, achei que você fosse o faxineiro.

– Pois se enganou, Barbie Sem Noção.

– Então por que você tá aqui?

– Falta de opção.

Batman me dá as costas enquanto se abaixa para pegar o braço frouxo de Jamie, erguendo o cadáver sobre o ombro com um grunhido. Quando ele se aproxima de mim com um olhar furioso, não recuo, embora meu coração martele no peito.

– Você não me conhece – sibilo.

O olhar dele queima minha pele.

– Nem quero – devolve.

Eu o observo enquanto ele caminha até o reboque com o corpo pendurado no ombro. Em momento algum meus olhos desviam de sua silhueta enquanto ela desaparece nas sombras, nem mesmo quando Conor para ao meu lado.

– Desculpa – diz ele, com a voz baixa e calma enquanto segura a nuca com a mão enluvada. – Ele é só… é. Não foi uma boa noite pra ele. Sei que provavelmente é difícil de acreditar, mas não é nada pessoal. E acho que já tem tempo demais que ele tá fazendo isso.

Assinto e desvio o olhar do reboque onde Batman está ocupado embrulhando o corpo em um plástico e depois em um cobertor. Ouço seu grunhido enquanto ele coloca Merrick na parte de trás do veículo, mas mantenho a atenção na floresta. As árvores me convidam a encontrar um lugar tranquilo onde possa me sentar com meus pensamentos. Talvez eu conseguisse ter um pouco de paz se o mundo ficasse em silêncio, só por um tempinho…

– Amanhã vamos voltar com o guincho e tirar o carro do lago. Ainda hoje vou limpar tudo o que possa ter ficado na estrada – explica Conor, interrompendo minha fantasia fugaz. Sinto seus olhos na lateral do meu rosto, mas não olho em sua direção. – O Batman, bem… ele pode ser meio bruto, mas é totalmente confiável. Vamos resolver tudo, dar um jeito pra que nada ligue você a esse lugar. Nenhum registro. Nenhuma evidência. Logo vai ser como se o acidente nunca tivesse acontecido.

– Tá bem – sussurro, mas meu sorriso é fugaz.

Se afirmo estar bem para tranquilizar Conor, fracasso miseravelmente. Quando olho na direção dele, vejo a preocupação brilhar em seus olhos, embora o resto de suas feições esteja obscurecida pela máscara. Eu me esforço um pouco mais no sorriso.

– Acidente? Que acidente, não é mesmo? – brinco.

– Exato – diz ele com uma risada.

Ele provavelmente não acha graça nenhuma da minha brincadeirinha e se afasta para ajudar o Cavaleiro das Trevas rabugento a pegar seu equipamento de mergulho nas pedras e colocá-lo no carro. E embora um leve traço de sorriso permaneça no meu rosto, aguardando o momento em que os dois passem por mim, eu me sinto mais sozinha do que nunca.

O cosplay de Batman atira a roupa de mergulho no porta-malas aberto de seu Dodge Charger vintage. Ele a trocou por uma calça jeans preta que abraça suas coxas musculosas, uma camisa preta de manga comprida e uma máscara de esqui nova. Calça um novo par de luvas de couro e caminha na minha direção enquanto resisto à vontade de agarrar a arma que está escondida na bolsa.

– Hora de ir – diz ele, rilhando os dentes, enquanto se aproxima do meio da estrada, onde finco os pés.

Cruzo os braços.

– Que tal: "Hora de ir, me acompanhe, *por favor*"? Ou: "Podemos ir agora? Meu Batmóvel está esperando, bela donzela."

Há um ruído constante na brisa fresca. Por um momento, penso que é um veículo distante se aproximando. Talvez algum com um silenciador de merda.

Mas não.

É ele. *Rosnando*.

Eu recuo, mas ele se choca contra mim. Em um movimento tão rápido que chego a ficar tonta, ele me atira por cima do ombro e dá meia-volta.

Colido contra seus ossos e músculos enquanto ele caminha em direção aos veículos. Agarro meus pertences antes que caiam, e a vontade de atirar na bunda dele é quase tão irresistível quanto a de vomitar em suas costas.

– *Me coloca no chão, porra!*

Meus esforços para acertá-lo são tão inúteis quanto tudo o mais que tento, desde me contorcer até xingar e tentar dar uma rasteira nele com minha bolsa gigante.

– Aham, sua praga apocalíptica.

Em um movimento rápido, ele me larga e eu caio de bunda no porta-malas do carro dele, com as pernas penduradas para fora.

– Ah, não – protesto, irada.

Tento sair do porta-malas, me sacudindo, mas parece que meu cérebro foi sugado e substituído por sopa. Tudo chacoalha. Meus pensamentos. O mundo. A comida no meu estômago. Demoro muito para lembrar como fazer meus membros funcionarem. Quando consigo, me vejo enjaulada, as mãos enluvadas do Batman apoiadas no chão do porta-malas, uma de cada lado das minhas pernas. As pontas de seus polegares tocam minhas coxas. Ele ocupa todo o espaço ao meu redor e, embora eu feche os olhos, sua presença está em toda parte. Sinto o cheiro dele, hortelã e água do lago. Sinto o calor de sua respiração em meu rosto. Quando abro os olhos, o azul-marinho dos olhos dele é a primeira coisa que vejo, a intensidade da cor amplificada pela máscara de esqui preta que os emoldura.

Sinto um nó na garganta. Um tremor começa em meus braços e rasteja em direção às mãos.

– Por favor, você não entende – digo.

– Deita.

– Não.

– Agora.

– *Por favor* – sussurro. – Aqui não. Eu vou no reboque.

– Não, não vai. Não com a tonelada de evidências que o meu colega vai tirar daqui. E não vou correr o risco de deixar você ser vista sentada no banco da frente – dispara Batman, rilhando os dentes.

– Parece meio exagerado e dá mais a impressão de que você simplesmente não quer se sentar do meu lado.

Batman dá de ombros e se inclina um centímetro mais para perto. Quase não há espaço entre nós. Seus olhos recaem nos meus lábios, que estão manchados com a maquiagem pesada, pintados de vermelho e preto.

– Acho que você nunca vai saber – diz ele, a voz um estrondo baixo. – Mas não tem outra opção.

Meu nariz arde, mas resisto ao súbito impulso de chorar de frustração. Não vou chorar, não na frente desse babaca. Se ele sente meus joelhos tremendo, não demonstra. Apenas se aproxima, seus olhos presos aos meus. Sei que ele não vai recuar. E ele também capta o momento em que sinto em minhas veias que não há saída.

Meus ombros desabam.

– Eu te imploro – sussurro.

– Infelizmente, não vai me convencer.

– Você é um babaca mesmo.

– E você quer ir embora daqui tanto quanto eu. Essa é a sua única opção, então é melhor ficar quieta – diz ele, e logo em seguida sua mão está na minha cabeça, me empurrando para baixo com uma leve pressão enquanto a outra vai fechando a porta, me forçando a ficar na escuridão até eu fechar os olhos com força. – Quando a gente chegar em Providence, eu te deixo sair e você faz o caos que quiser. Até lá, tenta se comportar.

O porta-malas é fechado. Abro os olhos em meio à absoluta escuridão. Meus batimentos trovejam em meus ouvidos. As lágrimas que escondi dele vêm com força total agora enquanto me encolho toda e abraço minha bolsa contra o peito, a roupa de mergulho descartada do Batman úmida contra o topo da minha cabeça. Puxo o braço do macacão, colocando-o na minha testa, onde uma película de sangue coagulado, maquiagem branca e suor implora para ser raspada da minha pele.

Você está bem. Você está bem, você está bem, você está bem. Você sabe o que fazer.

Repito meu mantra até que minha respiração apavorada diminua apenas o suficiente para captar o som das palavras abafadas trocadas entre Batman e Conor. É uma conversa curta e pragmática. Minha esperança de que Conor coloque juízo na cabeça de seu colega é passageira, porque um segundo depois a porta do motorista se abre e se fecha. O motor dá partida com um rosnado e então saímos.

Preciso de um novo plano.

Aproveito minha fúria para manter o foco enquanto o carro faz algumas curvas suaves e passa a andar em uma velocidade constante. Quando tenho certeza de que Batman está confiante de que vou *me comportar*, bato o punho no teto do porta-malas, em uma rebelião da carne contra o metal.

– Não sei se alguém já te disse isso, mas *você é um babaca de merda* – grito, com lágrimas ainda escorrendo dos olhos. A batida se torna uma percussão para pontuar meu canto. – *Ba-baca, ba-baca, ba-baca.*

– Cala a boca – vocifera ele antes de acelerar.

– Vem calar que eu quero ver.

Bato outra vez e por fim ele aumenta o volume da música para me abafar. Nesse instante, suavizo os golpes e protestos, e depois me aquieto.

Quando estou convencida de que ele acha que ganhou esta rodada, ligo a lanterna do celular e vasculho minha bolsa.

Minha gargalhada maníaca é abafada pelo motor e pela música enquanto retiro a alavanca do meu violão Jackson com a mão suada e trêmula. Posso ter nascido uma Montague, que vem com seu próprio histórico de loucuras, mas também sou uma Covaci, e meu padrasto me ensinou todo tipo de truques úteis, como, por exemplo, me livrar de abraçadeiras de náilon. Como dar nó de forca. Como carregar uma arma.

E como escapar do porta-malas de um veículo.

A trava vintage é um pouco complicada, mas o lado bom é que não deve ter nenhuma luz de advertência no painel mecânico para alertar meu motorista grosseirão quando consigo abri-la na terceira tentativa. Seguro o mecanismo para manter a tampa do porta-malas aberta apenas o suficiente para ver a estrada desaparecer atrás de nós. Ainda estamos no meio do nada: não há trânsito, pedestres, nem muitas casas. É só floresta. Eu, a escuridão e as lanternas traseiras vermelhas que sangram na noite.

O carro diminui a velocidade. O motor reage quando Batman reduz a marcha e freia. Uma das lanternas traseiras começa a piscar, sinalizando uma curva para a direita.

Abro a tampa apenas o suficiente para escapar do porta-malas antes de pararmos. Não é uma saída elegante. Bato com um joelho no asfalto e faço um rasgo no moletom. A fumaça do escapamento se espalha pelo meu rosto quando me ajoelho atrás do para-choque. Baixo suavemente a tampa para que ele não perceba pelo retrovisor. Dobradiças antigas são rígidas o suficiente para não abrirem quando eu diminuir a pressão. Não consigo fechá-la por completo, mas se o Batman não me vir ao se virar, talvez eu tenha tempo suficiente para desaparecer.

As luzes diminuem quando ele tira o pé do freio. Com um rosnado e uma nuvem de fumaça cinza, o motor acelera. O carro faz a curva e arranca.

Fico ali parada por um instante, agachada na estrada vazia. Então me levanto, enxugo as lágrimas geladas do rosto e vou embora na direção oposta.

Você não me conhece, penso quando dou uma última olhada no carro antes que ele desapareça em uma curva.

E que continue assim.

É melhor.

2

NA MOSCA

LACHLAN

UM ANO DEPOIS...

— Há anos que a gente não faz um happy hour como esse – diz Leander enquanto joga um dardo.

Um segundo depois, um grito distorcido ecoa nas paredes de concreto quando a ponta de metal atinge a bochecha de Robbie Usher. Mais alguns dardos sacodem em seu rosto enquanto ele treme de medo e dor. Seus soluços escapam da mordaça que estica os cantos de sua boca, revelando as gengivas inchadas e ensanguentadas. Ele não tem nenhum dos dentes superiores e inferiores até os molares. Para além das gengivas sangrando, o dardo pendurado em seu lábio inferior parece especialmente doloroso. Lógico que é o favorito de Leander.

Por enquanto.

Não posso dizer que esta é a vida que sempre imaginei para mim, arrancar dentes com um alicate e jogar dardos na cara de um sujeito no porão do meu chefe numa sexta à noite. Na verdade, quem diria? Pensando bem, provavelmente não passei muito tempo da infância imaginando o que queria ser quando crescesse. Estava ocupado demais tentando descobrir como sobreviver. Não me lembro de sonhar em ser bombeiro, policial, professor ou qualquer coisa do tipo. Os devaneios mais vívidos de que me lembro tinham a ver com escapar impune de um assassinato. Cheguei a *desejar* isso no meu aniversário de 13 anos, quando meus irmãos juntaram dinheiro para comprar os ingredientes e preparar um bolo para mim.

E todo mundo sabe o que se diz sobre desejos.

Leander me oferece um novo dardo na palma da mão virada para cima. Fico olhando para ele. Engulo meu desgosto. Seguro um suspiro irritado no peito. Tento evitar que minha máscara apática escorregue. Mas Leander Mayes me conhece desde que eu tinha 17 anos, quando ele apareceu como um anjo em meu momento mais sombrio.

Mal sabia eu que aquele anjo era o diabo disfarçado.

– Vamos, Lachlan. Você sabe quanto eu adoro dardos.

– Tá – digo, levando o copo aos lábios e tomando um longo gole de água.

Inferno. Queria que fosse algo mais forte, mas aprendi do jeito mais difícil a não me entregar ao vasto suprimento de uísque 30 anos de Leander em uma noite de sexta-feira, quando ele gosta de curtir um "happy hour". A última vez que isso aconteceu, acordei três dias depois, com a cara enfiada numa melancia, sentado em uma calçada em Carlsbad, Novo México, literalmente sem nenhuma lembrança de como havia chegado lá. *Novo México.* Desgraçado.

Leander sorri como se tivesse se enfiado no meu cérebro enquanto pego o dardo e o atiro na direção de Robbie, sem tirar os olhos do meu chefe. A julgar pelo barulho do metal contra o concreto, acertei a parede.

Leander suspira e passa a mão pelos cabelos grisalhos. Seus olhos brilham de diversão, embora ele tente parecer desapontado.

– Sabe – diz enquanto pega outro dardo –, eu nunca deixei de cumprir a promessa que te fiz. Nunca te dei uma pessoa inocente pra matar. E você sabe tão bem quanto eu que o Robbie não é nenhum santo.

Ele tem razão. Eu sei. Vinha ouvindo o nome de Robbie Usher pipocar ao longo dos anos. Meu irmão Rowan inclusive o mencionou uma vez como alguém que gostaria de matar, mas isso foi antes de aquele merdinha imprudente começar a competição anual de assassinatos com Sloane e perder o interesse em traficantes de drogas zé ruelas como Robbie.

– É, eu simplesmente prefiro resolver essas coisas logo. *Sem sujeira.* Não… assim – digo, apontando para Robbie.

Quando olho em sua direção, ele tenta implorar liberdade. Lágrimas e ranho se juntam ao sangue em seus riachos, escorrendo pela pele pálida.

– Sou pago pra matar. Não pra limpar. Não pra torturar.

– Você é pago pra *fazer o que eu precisar.*

Quando encontro o olhar de Leander mais uma vez, a diversão em seus olhos cor de musgo desapareceu. Resta apenas advertência.

– Pelo que me lembro, na última vez que você deixou de lado seu trabalho e suas boas maneiras, acabou se metendo em confusão. E com certeza não me lembro de ter te instruído a irritar um dos nossos clientes mais valiosos, não é?

Embora muitas vezes eu acredite que já deveria ser imune a sentimentos como vergonha ou constrangimento, às vezes eles me tomam e queimam minha face. Assim como agora, quando me lembro do resultado da faxina que ele me mandou fazer no ano passado, na noite de Halloween. Esse contrato específico foi suspenso depois daquela noite, junto com minhas esperanças de me livrar do controle de Leander.

E o que mais me irrita? Eu nem sei *por que* fui um babaca com a mulher que tinha arrumado a confusão que eu precisei resolver.

Talvez eu já estivesse irritado por ter que deixar Fionn para trás naquela maldita festa, aos prantos, para fazer a faxina quando esse não era meu trabalho. Talvez tenha sido a maneira como ela agia, como se a morte e o caos que acabara de causar não fossem grande coisa. Talvez tenha sido até o fato de ela estar claramente ferida quando me disseram que ela estava bem. Ela definitivamente *não estava* bem. E, de um jeito inexplicável, isso me deixou quase tão revoltado quanto ser convocado para mergulhar em águas escuras e geladas na noite de Halloween. Não sei bem o que me levou ao limite. Só sei que a Barbie Sem Noção conseguiu me irritar. Merda, e eu deixei. Pior ainda, ela escapou, e eu nem sei *como*.

Balanço a cabeça.

Nós nos encaramos por um bom tempo, até que a expressão de Leander se suaviza. Ele apoia uma mão no meu ombro, a outra ainda segurando o dardo como uma oferenda preciosa.

– É o Robbie que tá por trás do último lote de fentanil arco-íris que a polícia encontrou numa operação na semana passada. *Porra, fentanil arco--íris.* Ele fazia as drogas parecerem doces – sussurra Leander, uma melodia sombria que ressoa em meus ouvidos. As sobrancelhas de Leander se erguem enquanto Robbie grita do outro lado da sala. – Ele está querendo atingir *crianças*, Lachlan. E, dessa vez, ele chegou a uns moleques cujos pais têm condições de contratar o tipo de pessoa que vai mesmo fazer justiça onde mais se precisa dela. Pessoas como você.

Volto minha atenção para Robbie enquanto ele luta contra as abraçadeiras que prendem seus pulsos e tornozelos a uma cadeira de metal. Seus olhos arregalados não são inocentes. Os protestos abafados são apelos egoístas, não palavras de remorso. Embora eu não tenha me dado ao trabalho de pesquisar os detalhes das últimas aventuras de Robbie antes de o capturarmos, sei que Leander não está mentindo. Ele nunca mente.

Mantenho os olhos fixos em Robbie enquanto pego o dardo da mão de Leander. Não preciso olhar para meu chefe para saber sua reação. Posso sentir. O sorriso dele é uma respiração contra minha pele antes de ele dar um passo para trás.

Eu atiro o dardo. Robbie grita quando atinge sua testa, ricocheteando no osso e caindo no colo.

– Uau, essa foi boa. Quase na mosca. Mas eu tô na frente – declara Leander, enquanto se posiciona para a próxima jogada.

Ele está prestes a lançar o dardo quando um alerta de segurança soa nos alto-falantes. Viramos ao mesmo tempo para a tevê pendurada atrás do bar. Um jogo de rugby está passando, sem som, e a imagem da câmera de segurança no canto superior direito mostra o portão da frente da propriedade de Leander. Há um velho Honda Civic esperando para entrar.

Um segundo depois, o celular de Leander toca.

– Abre pra ele – diz, sem cumprimentar a pessoa do outro lado.

Leander desliga sem se despedir, e eu acompanho pela tela enquanto os portões se abrem. O carro segue pelo caminho de acesso à garagem, que serpenteia por entre pinheiros.

Troco meu copo pela arma e caminho em direção à porta blindada do porão enquanto Leander lança outro dardo.

– Já volto – resmungo.

O grito estridente de Robbie desaparece quando a porta de aço pesado se fecha. O silêncio no resto da casa é um bálsamo calmante e agradável depois do sofrimento. O sol de outubro já está tão baixo atrás da floresta que cerca a casa que todos os móveis caros e as peças de decoração exclusivas estão cobertos de sombra. A esposa e os filhos adolescentes de Leander estão passando o fim de semana fora. Até os seguranças estão no canto deles. Às vezes, o chefe quer fingir que é só um cara comum com uma vida descomplicada. O tipo de cara que toma umas cervejas na sexta à noite. Se diverte com suas ferramentas. Pede comida em casa. Quem sabe joga uma partida ou outra de dardos.

Mas, em seu típico estilo psicopata de alta performance, Leander dá um toque sangrento a praticamente tudo o que faz.

Abro a porta da frente e mantenho a arma escondida atrás do mogno grosso, o cano apontado para o garoto. Na casa de Leander, cuidado nunca é demais.

– Uma de pepperoni e uma suprema de carne? – pergunta ele, enquanto verifica o recibo.

Meu estômago revira de um jeito desconfortável. Pizza nunca é um bom sinal. Leander sempre se comporta melhor quando é comida tailandesa (ele não gosta de desperdiçar comida boa).

– Isso mesmo.

Depois de dar uma gorjeta ao entregador e trancar a porta, coloco a arma no coldre e levo as caixas para o porão, lançando um olhar ansioso para o relógio de parede enquanto ando. Quase cinco e meia. Ainda bem que tenho uma desculpa para dar o fora daqui esta noite.

Robbie tem mais três dardos cravados na pele quando entro.

– Porra, aí sim. Tô morrendo de fome. Isso aqui que é esporte, sabe como é, né – diz Leander.

Enquanto isso, ele lança outro dardo, fazendo um arco alto, provavelmente na esperança de prendê-lo no topo da cabeça de Robbie como uma bandeirinha. Em vez disso, ele cai na coxa do cara, a ponta de metal alojada bem fundo, e o som da angústia do nosso prisioneiro se torna um acompanhamento áspero para a música que toca nos alto-falantes fixados às paredes.

Uma dor de cabeça surge no fundo dos meus olhos.

– Aham.

– Trabalho pesado.

– É, você tá mesmo suando a camisa.

Leander sorri e me segue até o balcão do bar, onde coloco as caixas, bem ao lado do alicate manchado de sangue e dos incisivos descartados.

– Tá com fome?

– Surpreendentemente, não.

– Nem uma fatia?

Balanço a cabeça.

– Tô me guardando pra mais tarde.

– Ah, é. O Rowan já tá com tudo pronto pra inauguração do novo Cutelo & Corvo?

Leander abre a caixa da pizza de pepperoni e tira uma fatia. Trinco os dentes como faço toda vez que ele menciona o nome dos meus irmãos. Leander sempre foi gentil com os dois nas raras ocasiões em que esteve com eles, mas a bondade é uma máscara traiçoeira. Uma isca no escuro. Eu conheço a criatura grotesca que está por trás da luz atraente, e ela não me engana.

– Pronto como sempre.

– Diz pra ele que desejei tudo de bom, tá? – Seu sorriso é luminoso enquanto ele dá outra mordida na pizza e toma um bom gole de cerveja para acompanhar. – *Dois* restaurantes. Quem diria que vocês três estariam onde estão agora. Rowan, um chef de sucesso. Fionn, um *médico*. E você, com seu próprio ateliê. Aposto que vocês nunca tinham imaginado nada disso no dia em que os encontrei.

– Aham – digo, minha voz diminuindo enquanto a névoa da memória baixa para confrontar o presente.

– Ainda me lembro como se fosse hoje... Rowan, um adolescente desajeitado com sangue escorrendo pelo queixo. Parecia que tinha saído de um filme de zumbi. No começo, pensei que ele tivesse arrancado um pedaço do Fionn, até que percebi que o Fionn estava simplesmente costurando o lábio do Rowan com uma agulha comum.

Concordo com a cabeça, ou pelo menos acho que sim. Leander continua falando, mas não o ouço de fato.

A memória está intacta. É como se eu tivesse mergulhado naquele momento. Todas as cenas são absolutamente nítidas. Límpidas. Eu me lembro de todos os detalhes, dos insignificantes aos extraordinários. Ainda sinto a ponta do dedo que foi cortado latejar. Consigo ver o tom preciso do sangue que saiu de um corte profundo no lábio superior de Rowan. Enxergo o rosto de Fionn conforme ele puxava o fio através da carne rasgada, a concentração em seus olhos. Eu me lembro de como a luz da lua entrava pela janela e refletia nos cacos de vidro e nos últimos pratos de porcelana da minha mãe espalhados pelo chão.

E, de forma ainda mais vívida, me lembro do corpo sem vida do meu pai deitado aos meus pés, com o cinto enrolado no pescoço, uma das pontas ainda ao redor do meu punho pegajoso e trêmulo.

Rowan se virou para mim, a linha esticada entre o lábio cortado e a agulha presa nos dedos de Fionn. Seu olhar foi suave, tanto que me dei conta de que talvez fosse a primeira vez que o via relaxado.

– Pode soltar, Lachlan – disse ele, e meu olhar desceu para minha mão.

Foi um pouco depois disso que Leander entrou e mudou *tudo*, até mesmo as coisas que já haviam sido alteradas para sempre. Aquele cinto ainda estava enrolado no meu punho. E quando Leander olhou para mim, ele sorriu.

– ... aí o Rowan disse: "Juro que foi quase um acidente", e pensei: "É, tá tudo bem com eles" – diz Leander com uma risadinha.

Pisco os olhos para afastar a lembrança, percebendo que perdi parte do que ele estava dizendo...

... e tudo o que ele estava *fazendo*.

– Que porra é essa?

Leander pega uma fatia da pizza suprema de carne e coloca no liquidificador, onde a primeira fatia já está dobrada, com gordura e vapor espalhados pelo vidro.

– Vitamina.

Olho da caixa de pizza para o liquidificador, e vice-versa.

– Como é que é?

– *Vitamina*, sabe, pra beber.

– Vitamina... de pizza?

Leander apenas sorri enquanto derrama meia lata de cerveja no liquidificador.

– *Por quê?*

– O Robbie não tem mais dentes. De que outra forma ele vai fazer a última refeição? – Leander volta a atenção para Robbie, que chora em sua cadeira. – Ninguém te falou que doce apodrece os dentes, seu merda? Aliás...

Leander desliza os dentes da bancada para a palma da mão antes de colocá-los no liquidificador e ligar o aparelho. A cerveja espuma. O queijo derretido gruda no copo. São necessárias algumas pausas e recomeços, mas, em algum momento, ele transforma a mistura em uma pasta marrom espessa e borbulhante.

– Deus meu. Que coisa nojenta.

Leander dá de ombros.

– Continua sendo pizza e cerveja, só que com mais cálcio.

– Ele não tinha uma obturação de ouro em um deles?

Leander sacode a mistura e espia dentro da jarra, mas não há muito para ver na lama marrom.

– Aham, tinha sim. Então tem cálcio *de rico*. Enfim, tenho certeza de que o gosto é quase o mesmo.

– Duvido. Você deveria experimentar. Testa aí sua teoria e me conta.

– *Nem fodendo* – diz ele logo após uma risada, enquanto despeja a mistura em um copo de cerveja. – Tenho um fraco por dentes.

Dou um gemido, e Leander gargalha outra vez, claramente encantado consigo mesmo. Ele passa a mão pelos cabelos prateados e depois vasculha as gavetas atrás do balcão até tirar o funil com uma exclamação de triunfo.

– Deus meu, cara. Tô indo nessa.

Eu me viro, mas não chego a dar nem um passo antes que suas palavras me façam parar.

– Sabe, garoto, eu poderia *fazer* você ficar.

Olho para a porta por um bom tempo, sem piscar, antes de me virar para encarar Leander. Ele ainda está sorrindo quando passa por mim com o funil em uma mão e o copo cheio na outra. Mas há sempre uma ameaça por trás de seu sorriso branco demais e das rugas que aparecem no canto dos olhos. Leander tem um lado predador que corta essa máscara como uma navalha.

Ele aponta com a cabeça para Robbie numa sugestão para que eu o acompanhe, e é o que faço.

– Ainda bem que sou um cara benevolente e tudo mais. Eu não ia querer que você perdesse uma noite tão especial pro seu irmão. E *com certeza* não gostaria que ele cuspisse na minha refeição na próxima vez que eu fosse fazer uma visita. Dizem que, embora possa ter diminuído as incursões do Açougueiro de Boston pela cidade, ele ainda anda um pouco perturbado. Fiquei sabendo que recentemente andou pintando o sete pelo Texas com a tal namorada. Foi pra lá que eles foram, não foi? Texas?

E... antes disso foi onde mesmo? Ah, lembrei. Califórnia. Calabasas, pra ser mais específico. E West Virginia.

– O que você quer de mim? – disparo.

Leander sorri.

– Só segura ele pra mim.

Lançando um olhar rápido e sombrio em sua direção, paro atrás de Robbie e pressiono a palma das mãos de cada lado da cabeça. Ele treme enquanto o seguro.

– Abre mais, seu merda. – Leander enfia a ponta do funil pela mordaça de Robbie, que tenta se livrar da pressão que faço, mas não há como escapar. – Última refeição canudo abaixo. Sabia que o filho dos Nelsons precisou ser alimentado por sonda depois de ter uma overdose com a sua balinha? É mais ou menos a mesma coisa – diz ele enquanto despeja as primeiras porções grossas de vitamina de pizza no funil.

– Não é bem a mesma coisa – resmungo acima do som da tosse gorgolejante de Robbie.

– É parecido o suficiente.

Leander derrama mais da mistura, mas ela acaba escorrendo pelos cantos da boca de Robbie. Um suspiro frustrado sai dos lábios de meu chefe psicopata.

– Ele não tá engolindo – reclama ele.

– Não consigo nem imaginar por quê.

– É só pizza e cerveja, Robbie.

– E dentes.

– Finge que é whey protein. Vamos, cara. Descendo! – diz Leander, enquanto tenta mais uma vez.

Robbie geme e choraminga, mas ainda não engole. Um suspiro irritado sai dos lábios do meu chefe enquanto seus ombros caem.

– Aperta o nariz dele.

– Não mesmo.

– Não foi um pedido, garoto.

– Leander...

– *Anda*, Lachlan, que aí eu deixo você ir pra sua festa.

Nossos olhos se cruzam por um momento que parece interminável. Eu poderia quebrar o pescoço de Leander. Com um soco, poderia esmagar sua traqueia. Poderia dar com a palma da mão na base do seu nariz com um estalido satisfatório. Ou poderia seguir o caminho mais fácil e atirar nele. Deixá-lo no chão sangrando como tantos outros antes dele que passaram por seu porão em uma noite de sexta-feira.

Mas a vingança pela minha traição seria rápida e impiedosa. Seus irmãos igualmente pirados me caçariam até os confins da Terra, assim como eu faria pelos meus. E a vingança deles não começaria nem terminaria comigo.

Aperto o nariz de Robbie com força.

– Os Nelsons queriam que ele sofresse como eles sofreram. Isso não é tortura, Lachlan. Não é assassinato. Isso aqui é *justiça* – declara Leander, sem desviar os olhos dos meus enquanto enche o funil.

Desta vez, Robbie não tem escolha senão engolir. Nem todo o líquido desce pela garganta, é lógico. Mas Leander não para, não até que o copo esteja vazio. E, mesmo assim, mantém o olhar inabalável em mim.

Quando se dá por satisfeito, Leander dá um único aceno de cabeça.

Solto Robbie, tiro a arma do coldre e atiro na cabeça dele.

A pressão e a dor no fundo dos meus olhos diminuem agora que os gorgolejos, soluços e súplicas de Robbie não soam mais ao nosso redor. Há apenas a música, e agora o som constante do sangue gotejando no chão.

Deslizo a arma de volta no coldre. Não pode haver nenhum sinal de ameaça quando eu deixar minhas próximas palavras fluírem entre nós.

– Eu quero me aposentar.

Um sorriso lento e predatório surge no rosto de Leander.

– Não diga – diz ele, virando as costas para mim. – Estou completamente chocado.

– Leander, sou grato por tudo que você fez por mim e pelos meninos. Protegendo a gente em Sligo. Trazendo a gente pra cá, dando uma vida pra gente. Você sabe quanto sou grato por tudo isso. Dediquei anos pra retribuir, você sabe. Mas isso aqui... – digo, parando de falar ao olhar para o corpo caído ao meu lado. – Acho que não consigo mais fazer essas coisas.

Leander solta um suspiro profundo enquanto coloca o copo e o funil ao lado da pia e se vira para me encarar.

– Vou ser franco com você, garoto. Eu sempre sou.

Concordo com a cabeça quando ele ergue uma sobrancelha.

– Quando irritou o Damian Covaci no ano passado, não foi só o nosso contrato com ele que você arruinou. Também houve efeitos em cascata em outros contratos, quando a fofoca se espalhou em certos círculos. E quer saber, garoto? Isso *me* irritou.

Minhas bochechas esquentam.

– Eu fui babaca *uma vez*. Não é pra tanto.

– Você simplesmente colocou uma Covaci em um porta-malas, Lachlan.

Merda. Eu fiz isso mesmo.

Leander se encosta no balcão e cruza os braços. Perto dos 60, ainda parece um touro, seus bíceps imensos esticando o suéter preto.

– A gente já conversou sobre isso. Goste você ou não, o atendimento ao cliente faz parte do negócio. Você deveria saber o que isso significa, já que faz isso todos os dias no seu estúdio. Se um cliente entrar no Ateliê Kane pra comprar alforjes de couro pra moto ou algo do tipo e te irritar, você vai trancar ele no armário? Porra, espero que não. Porque isso seria um péssimo *atendimento ao cliente*.

– Tá, então como é que vai ser? Vou ter que continuar fazendo isso indefinidamente?

Leander dá de ombros.

– A menos que você encontre uma maneira mágica de consertar o dano que causou, sim. Acho que sim.

Um momento suspenso no tempo paira entre nós. Leander pode fingir estar decepcionado comigo, mas às vezes fico pensando se esse meu erro não acabou sendo benéfico para ele, ainda que os serviços tenham diminuído gradualmente como ele afirma. Como se pudesse ver esses pensamentos girando em minha mente, Leander se afasta antes que eu possa inferir grande coisa em sua expressão.

– Vai, vaza – diz ele enquanto abre outra cerveja. – Dá um oi pros meninos por mim.

Espero até que ele me encare nos olhos, mas isso não acontece.

Sem mais nenhuma outra palavra, vou embora. A porta de aço se fecha com um baque reverberante.

Deixo Leander para trás.

Mas sei que nunca vou conseguir fugir de fato.

3

GUILHOTINA
LACHLAN

Toco o interfone do apartamento do meu irmão Rowan pela segunda vez e dou um passo para trás para olhar na direção do terceiro andar do prédio de tijolos. Seguro com força a garrafa de uísque Athrú Keshcorran enquanto reprimo a vontade de atirá-la na janela. Com um palavrão, avanço para enfiar o dedo no botãozinho preto quando uma voz estala no alto-falante.

– Se você veio vender peido enlatado, eu não quero.

Estreito os olhos. *Fionn*. Amo muito nosso irmão mais novo, mas ele é um pé no saco.

– Nós dois sabemos muito bem que você encomenda os seus pela internet no atacado. Deixa eu subir, seu linguarudo – digo, puxando o gargalo da garrafa para fora do saco de papel pardo enquanto o seguro em direção à câmera acima da porta. – A menos que não queira o que tenho aqui.

A porta zumbe, e eu entro.

Quando chego ao terceiro andar, Fionn está lá, com um sorriso malicioso, encostado no batente da porta aberta enquanto petisca um mix de castanhas. Consigo ouvir música, conversas entrecortadas e risadas saindo do apartamento.

– Bom te ver, seu merdinha – digo enquanto o abraço.

Fionn é alguns centímetros mais alto que eu, seu corpo bem-definido por uma musculatura sólida sob meus braços. Ele me dá dois tapinhas fortes nas costas, como se estivesse provando sua força.

– Por quanto tempo vai nos agraciar com sua presença em Boston? – pergunto.

– Só até segunda.

– Ou você poderia só ficar pra sempre.

– Não, obrigado.

Nós nos desvencilhamos apenas para encostar nossas testas uma na outra, algo que fazemos desde a primeira vez que o segurei nos braços no quarto do hospital em Sligo, no dia em que ele nasceu. Quando dá um passo para trás, Fionn examina os detalhes do meu rosto com um escrutínio clínico.

– Você não parece nada bem.

– E você parece um bocó com essa porra desse saco de alpiste.

– Ômega-3 reduz inflamações e o colesterol LDL – declara Fionn enquanto passo por ele para entrar no apartamento de Rowan, que ocupa todo o terceiro andar do prédio estreito.

– Tenho certeza que sim. Também aumenta suas chances de parecer um panaca, Dr. Kane.

Fionn tagarela sobre ácidos graxos e inflamação cerebral enquanto me segue pelo corredor que dá para o salão de tijolos aparentes e janelas industriais. Nossa amiga Anna me acena da cozinha, onde está preparando dois martínis. Há uma mulher pequena, mas de aparência ameaçadora, sentada no sofá com uma perna quebrada apoiada na mesa de centro, seu gesso preto adornado com um único adesivo de estrelinha dourada. Eu me dou conta de que as mensagens de texto que Rowan tem me mandado são sobre ela, a motociclista de circo ferida que sei lá como acabou hospedada na casa de Fionn no Nebraska e com quem Sloane fez amizade depois de um incidente envolvendo muletas. Fionn a apresenta como Rose, mas parece não querer dar nenhuma pista sobre o relacionamento deles, o que deixo para perguntar mais tarde, só para irritá-lo. A julgar pelo sorrisinho sarcástico nos lábios de Rose, ela está fazendo o mesmo que ele. O gato demoníaco de Rowan e Sloane, Winston, está ao lado do pé levantado dela, balançando o rabo de um lado para outro, como se estivesse refletindo sobre quão rápido poderia arrancar um dos seus dedos expostos. Minha atenção se volta para Sloane, que se levanta da cadeira para vir até mim com um sorriso cauteloso.

Assim que ela se move para o lado, fico completamente sem fôlego quando a mulher mais linda que já vi entra no meu campo de visão. Seus olhos azuis brilhantes se fixam em mim, os lábios carnudos curvados em um sorriso cheio de malícia mas caloroso, as ondas brilhantes cor de mel caindo em cascata sobre o ombro. Fico pensando que deveria dizer ou fazer alguma coisa, mas não consigo fazer nada além de olhar para ela.

– Lachlan – diz Sloane.

Engulo em seco e substituo meu choque por um sorriso forçado enquanto desvio a atenção da mulher desconhecida e me concentro em Sloane.

– Dona Aranha. Como anda seu trabalho de artesanato ultimamente? Algum projeto novo?

Ela franze a testa. É divertido implicar com ela, mesmo sabendo que ela seria capaz de arrancar meus olhos.

– E os desenhos? Deixou mais algum passarinho pro meu irmãozinho apaixonado?

As bochechas de Sloane ficam vermelhas, e meu sorriso se espalha enquanto estendo a garrafa de uísque para ela, mas, antes que ela possa pegá--la, Fionn a arranca da minha mão ao passar entre nós. Ela nem sequer olha para Fionn, sua atenção fixa em mim, como se estivesse tentando comunicar algo com seu olhar sombrio.

– Lachlan, essa é a minha amiga Lark.

Mudo meu foco para Lark e estendo a mão. Quando ela se aproxima, os detalhes de seu rosto ficam nebulosos, e eu me amaldiçoo por ter deixado os óculos no carro. Posso não ser capaz de ver os mínimos detalhes de seu sorriso a esta distância, mas posso *senti-lo,* a energia dela uma lambida de calor na minha pele. Meu olhar desce para nossas mãos. Um zumbido elétrico percorre minha pele com o toque dela.

– Lark Montague. Prazer em conhecer – diz. Há algo traiçoeiro nela, como uma vibração que desliza entre nossas mãos. – Quer dizer que você é o famoso Lachlan Kane.

– Famoso? – repito, erguendo as sobrancelhas.

– Aham. Eu ouvi… coisas.

– Ah, você ouviu *coisas*, é? Que tipo de… coisas?

Ela ri e solta minha mão enquanto diz:

– Bem, andei ouvindo a palavra "temperamental" por aí.

– Opa, opa – repreende Fionn enquanto me traz um copo de uísque com gelo. – Não subestime meu pobre irmão. Eu disse que ele é um *babaca* temperamental.

– *Escroto* – corrige Rose. – Você disse que ele é um "escroto temperamental cujo único hobby é ficar de bico".

Sloane bufa.

– Muito preciso.

– *Ei*, eu não passo o tempo todo de bico. – Eu me inclino para mais perto de Lark e dou a ela um sorriso torto e safado. – Eu tenho *hobbies*.

Ela ri quando lhe dou uma piscadela.

– Ah, é? Tipo o quê, crochê? Acho que tem a ver com você. Aposto que você faz umas toalhinhas lindas.

Rose dá uma gargalhada, seus olhos dançando de uma pessoa para outra no cômodo.

– Não, esse é o forte do doutor…

Meu irmão engasga com um gole de uísque.

– Rose!

– Ele faz parte de um clube, na verdade…

– Porra, *Rose!*

– Eles se reúnem todo domingo. Se chama "Irmãs da Sutura", e ele é o…

As palavras de Rose se perdem na palma da mão que meu irmão coloca sobre a boca dela, sua risada diabólica substituindo o que quer que viria a seguir. O olhar que Fionn me lança é ao mesmo tempo horrorizado e suplicante.

– Não conta pro Rowan – implora ele. – Eu finalmente consegui ressuscitar o apelido "comedor de meleca" quando ele foi pra Nebraska.

Solto uma risada e balanço a cabeça.

– Meu doce, adorável e ingênuo irmãozinho caçula. É claro que eu vou contar pro Rowan. É minha função promover o máximo de conflito entre vocês dois. Essa é a única maneira de eu ter alguma paz. – Coloco a mão em seu ombro e passo por ele para me sentar em uma das poltronas de couro. – Odeio ter que te dizer isso, garoto, mas você ainda tá no auge dessa sua onda de personagem de filme água com açúcar com essa historinha toda de toalha de crochê. O Rowan vai adorar saber disso.

Fionn dá alguma explicação sem sentido, algo sobre um panfleto e um mero mal-entendido, mas não presto muita atenção. Não quando Lark se senta à minha frente no canto do sofá. O gato psicopata de Sloane se enrola em seu colo assim que ela se acomoda.

Posso vê-la muito mais claramente a essa distância, desde a pinta na borda do lábio superior até a ondulação na pele próxima ao cabelo, um corte que provavelmente não levou pontos e cicatrizou com bordas irregulares. Mas mesmo que não pudesse vê-la com clareza, é impossível não notá-la. Toda a energia da sala parece fluir através dela e se concentrar antes de irradiar de seus olhos azuis brilhantes, da pele luminosa e do sorriso fácil. Transparece em sua risada e aquece o tom de voz. E mesmo que eu não esteja prestando atenção na discussão bem-humorada entre Fionn e Rose, ela está. Intervém com frequência suficiente para dar apoio a quem parece achar que está perdendo em determinado momento, Fionn, na maior parte do tempo. *Você aceita encomenda?* Ou: *Aposto que ganharia uma grana na internet.* Ela concentra toda a atenção na pessoa que está falando enquanto sua mão percorre o pelo de Winston, seu ronronar ressoando ao fundo da conversa. É como se nada nem ninguém mais existisse no mundo, nem mesmo eu. Se ela consegue sentir o peso do meu olhar em seu rosto, não transparece em nenhum momento.

Lark Montague é *linda*.

E tenho que parar de ficar encarando feito um pervertido.

Desvio os olhos para a bebida em minhas mãos. Cicatrizes escondidas sob tatuagens. A ausência da ponta do meu indicador. Desenhos nos nós dos dedos. Anéis de prata. Bato um deles no copo antes de levá-lo aos lábios. Minhas mãos combinariam muito bem com a pele perfeita dela. Ao redor de suas coxas suaves. A imagem dos meus dedos tatuados agarrados em sua carne macia me faz mudar de posição no assento em uma tentativa fracassada de aliviar a tensão do meu pau duro contra o zíper. Alguém como eu com alguém como *ela*? Até imaginar parece errado.

E, ao mesmo tempo, tão deliciosamente *certo*.

Quando ergo os olhos mais uma vez, a discussão sobre a toalhinha de crochê ainda continua, mas os olhos de Lark se conectam com os meus, seu sorriso conspiratório. É apenas um lampejo de cumplicidade antes de ela voltar a atenção para Fionn e Rose, mas algo daquele breve sorriso fica em mim. Uma conversa silenciosa. Uma familiaridade que não consigo explicar.

Mesmo depois que a conversa toma outros rumos, esse sentimento permanece comigo. É como se houvesse um fio muito tênue nos unindo.

E enquanto Lark aproveita a oportunidade para fugir para a varanda quando parece pensar que sua ausência não será notada, sinto essa conexão em meu peito. Embora eu passe alguns minutos tentando me livrar dessa sensação, o fio ainda me puxa e não afrouxa mesmo depois que vou atrás dela.

Quando abro a porta da varanda, Lark não se move do parapeito onde está encostada, como se estivesse me esperando.

– Oi.

Não é a melhor abordagem, eu sei. Mas mesmo assim Lark sorri quando olha para mim por cima do ombro.

– Oi. Você não veio aqui pra ser um escroto, né?

Dou risada, fechando a porta.

– Não, isso é só durante a semana, das nove às cinco. O resto do tempo eu só fico de bico.

– Isso é tão esquisito – diz ela com uma risada tilintante. – É como se você passasse o dia inteiro ciscando por aí. Mas, sei lá como, combina com a vibe toalhinha de crochê do seu irmão.

– Não me choca que você tenha razão.

Ela bufa.

– *Choca?* Você gosta mesmo de trocadilhos com galinha, né?

– Ah, meu bom Deus. Essa foi realmente a pior abordagem da minha vida. Deixa eu começar de novo. – Eu me viro e saio da varanda. Posso ouvi-la rindo através do vidro enquanto abro a porta novamente e volto. – Que noite linda. Tudo bem se eu ficar aqui com você? A propósito, não entendo nada de galinhas.

– Que ótimo. O último cara gostava muito de frangos.

– Ele parece um escroto mesmo. Fetiches com penas não são mesmo minha praia.

– Que pena, eu adoro brincar com penas…

Eu me viro de novo, abrindo e fechando a porta pela terceira vez antes mesmo de ela parar de rir.

– Oi. Meu nome é Lachlan e não, eu não entendo nada de galinhas, mas gosto de penas nas circunstâncias certas.

Lark ainda está dando risada, seus olhos cintilando sob o brilho ambiente das luzes da cidade.

53

– Bem, parece que você é o meu tipo. O primeiro cara tinha obsessão por galinhas e o que veio depois odiava penas. Estou perdendo de dois a zero. Mas fique à vontade pra se sentar no meu pequeno poleiro.

Chego perto o suficiente para sentir o cheiro de perfume carregado pela brisa de outono, a fragrância suave e cítrica. Lark analisa a distância que nos separa do solo, e sigo seu olhar, embora já tenha olhado aquele vão muitas vezes. Não é a melhor vista. Apenas um beco escuro, com um prédio de tijolos que parece muito próximo do outro lado de um abismo negro. Mas, de alguma forma, ela faz com que até isso pareça mais do que uma estreita faixa de espaço suspensa na escuridão. Seu grande interesse por tudo que observa me faz querer prestar mais atenção, como se talvez eu estivesse perdendo algum detalhe.

– Primeira vez em Boston? – pergunto quando ela ergue os olhos para encarar os prédios à distância.

Lark sorri e joga os cabelos dourados por cima do ombro para poder me ver melhor.

– Não exatamente. Eu cresci não muito longe daqui.

– Onde?

– Rhode Island.

Murmuro e aceno com a cabeça, depois tomo um gole da minha bebida.

– A Sloane disse que vocês são amigas há muito tempo.

– Somos – diz Lark. Seu sorriso diminui, mas apenas por um segundo. Com um piscar de olhos, ela controla a emoção sob um sorriso ainda mais brilhante. – A gente se conheceu no internato, na verdade. Passei um bom tempo correndo atrás dela, mas agora somos melhores amigas.

– Não me surpreende.

Lark dá de ombros e torce os dedos entrelaçados.

– A Sloane não é tão difícil quanto parece. Ela pode ser durona por fora, mas é uma manteiga derretida por dentro.

– Eu estava falando de você – digo, dando um sorriso de lado para ela enquanto uma risada me escapa. Uma ruga surge entre as sobrancelhas de Lark quando seu olhar recai no meu sorriso torto e persistente. – Consegui visualizar você perturbando ela. Duvido que ela pudesse ser capaz de resistir a você por muito tempo.

Lark revira os olhos e se vira para mim, apoiando o peso na grade de ferro. Ela tenta parecer brava, mas não consegue evitar o sorriso que se estende por seus lábios.

– E por quê, exatamente? Vai dizer que é pela minha personalidade forte? Minha energia confiante?

– Tipo isso, sim – admito, e isso me rende uma risada. – Tá funcionando comigo.

– Funcionando como, me explica?

Mantenho os olhos fixos nos dela. Lark parece tão amável e doce que eu esperaria que uma mulher como ela desviasse o olhar. Ao menos ruborizasse. Uma mordidinha nervosa nos lábios carnudos. Uma respiração instável. Mas ela não faz nenhuma dessas coisas. Seu meio-sorriso permanece inalterado.

Eu me inclino mais para perto. Os olhos dela brilham de diversão.

– Talvez me fazendo querer beijar você. Ou, pra ser mais exato, fazendo você me pedir que eu te beije.

– Hum, que ousado – diz ela, mas vejo pelo brilho em seus olhos que está gostando. – Você acha que eu iria querer isso?

Sorrio e baixo o olhar enquanto giro o gelo no copo. A imagem das minhas mãos na pele dela retorna, meus dedos tatuados cravados com força em sua carne. Eu me entrego a essa fantasia por um segundo antes de olhar para ela e dar de ombros.

– Eu tenho uma coleção incrível de penas.

Lark ri, e tomo um longo gole da minha bebida, meus olhos fixos nos dela por cima da borda do copo. Ela desvia o olhar, mas sua atenção volta como se fosse atraída para mim, apesar de seu imenso esforço para cortar a eletricidade que estala entre nós. Ouço o momento em que ela cede pela maneira de soltar um suspiro. Eu o vejo em meio ao vapor que escapa de seus lábios e sobe com a brisa refrescante.

– Apesar dos boatos, você não parece tão escroto assim – diz ela enquanto estende os dedos para agarrar a grade.

– Talvez eu seja um pouco. Às vezes.

– Isso não deve ser algo ruim.

– Você acha?

Lark dá de ombros.

– Lógico. Quando você é legal demais, pode acabar passando os domingos fazendo toalhinhas de crochê.

– Porra, Fionn... – digo, meus lábios curvados em um sorriso debochado. – O que eu não daria pra saber o que a Rose estava prestes a dizer antes de ele impedir. Ele deve ser o tesoureiro do clubinho. É definitivamente o tipo de coisa pra qual ele seria tragado. Ele sempre foi um garoto bonzinho. Até demais, pro meu gosto.

Lark sorri, mas suas sobrancelhas tremem como se estivesse resolvendo um problema complexo.

– O que foi?

– Nada – responde ela enquanto balança a cabeça, sua expressão se suavizando conforme o olhar percorre o meu. – Eu só... sei lá. Algo em você parece familiar. Deve ser porque sou próxima do Rowan e vejo semelhanças entre vocês.

Dou risada e cutuco seu cotovelo antes de tomar outro gole da minha bebida.

– Isso, sim, é escroto. Não me compare com aquele merdinha imprudente.

– Ah, para – repreende ela, dando um tapinha suave com as costas da mão no meu braço. – Ele é ótimo. Perfeito pra Sloane. Não seja escroto.

Eu sorrio, meus olhos presos em seus lábios carnudos.

– A senhora que manda.

Ela bufa.

– "Senhora". Por favor, não.

– Senhorita?

Ela torce o nariz.

– Madame? – sugiro. Lark balança a cabeça. – É, acho que madame não é muito melhor do que senhora. Peraí, já sei. *Duquesa.*

– Olha só, gostei. Não sei bem como, mas combina com o lance das penas. Majestoso mas atrevido.

Atrevido. Não sei por que essa palavra invade meu sangue quando Lark a pronuncia, como se ela estivesse conectada às minhas veias e as atingisse com um choque elétrico. Imagens dela passam pela minha mente em todos os tipos de cenários *majestosos mas atrevidos*, e mesmo aqueles que inexplicavelmente envolvem perucas de Maria Antonieta são sexy pra cacete.

– Tudo bem aí? – A voz de Lark é suave, mas a diversão ainda colore cada nota. – Parece que você tá no modo bico total.

– Aham – digo enquanto dou um pigarro e forço minha mão a relaxar ao redor do copo antes que o esmague. – Eu, é... eu tô bem.

– Tem certeza? Talvez você não seja tão ousado, afinal de contas.

O calor do corpo de Lark penetra no meu conforme ela se aproxima. Quando me viro para encará-la, um leve sorriso surge em seus lábios. Ainda que eu não consiga ver claramente os detalhes de suas feições a esta distância, o brilho cristalino de seus olhos é penetrante, cortando a meia-luz.

– Parece que eu disse alguma coisa que te deixou um pouco... atordoado – sussurra ela, inclinando a cabeça enquanto me encara, seus olhos desviando dos meus para se fixar na minha boca. – Foi meu comentário "majestoso"? Talvez você tenha uma queda por espartilhos e tule, pra combinar com o fetiche por penas.

Deus meu. Agora são *espartilhos*.

– Na verdade, não...

– Que pena, teria sido supersexy.

– Quer dizer, na verdade não *só* espartilhos e tule. Perucas também.

Sua risada farta e melódica me envolve.

Lark Montague rasteja diretamente para dentro do meu cérebro e injeta fantasias selvagens e inesperadas em meus pensamentos toda vez que abre a boca. Ela assumiu o controle de alguma parte da minha mente que nem sei se eu tinha noção de que existia, e não tenho a menor ideia de para onde ela vai me mandar em seguida. Só sei que vou seguir qualquer caminho que ela traçar. É irritante. Mas também é irresistível.

– Acho que você ficaria bem de colete e calças curtas – diz Lark com um sorriso debochado enquanto dá um último passo, eliminando qualquer espaço entre nós. Ela enrosca os dedos na minha camisa, um após o outro, cada um deles roçando de leve meu peito, até que enrola o tecido preto em seu punho delicado. – Essas tatuagens no pescoço ficariam bem sexy aparecendo por baixo daquelas gravatas antigas.

Engulo em seco, e minha respiração fica presa em meus pulmões enquanto Lark fica na ponta dos pés, seus olhos fixos em meus lábios, meu coração um martelo sob sua mão. Cada vez que ela solta o ar derrama um calor elétrico na minha pele.

– Sensual mas elegante – digo, por fim, em um sussurro rouco.

– Combina muito bem com "majestoso mas atrevido", não acha? – Ela inclina a cabeça e parece que o mundo inteiro se resume a esse momento. – Acho que o ousado aqui não é você, afinal.

Qualquer resposta inteligente que estou prestes a dar se perde no momento em que os lábios de Lark se colam nos meus.

Meu cérebro é um buraco negro atrás das minhas pálpebras fechadas. O perfume cítrico de Lark inunda minhas narinas. Ela passa a ponta da língua pelos meus lábios e sinto o gosto do refrigerante de laranja que ela estava bebendo. Um gemido suave vibra da boca dela para a minha.

E eu perco o controle.

Minha língua mergulha em sua boca. Lark aperta minha camisa. O copo que tenho na mão corre o risco de ser reduzido a pó ou atirado da varanda. Estou louco para moldar sua carne nas minhas mãos, mas em vez disso me contento em colocar uma delas na lateral de seu pescoço. No segundo em que minha mão toca sua pele, ela geme de desejo. Meu pau duro dói contra o zíper quando ela pressiona o corpo no meu.

Nossos dentes se chocam. O beijo se torna brutal. Em segundos, Lark rompeu todas as amarras que eu achava ter. Ela me beija com o tipo de desespero febril que me faz sentir não apenas desejado. Ou necessário. É como se ela quisesse me *devorar*. Ela agarra minha nuca como se fosse desmoronar se não se segurar. Ao respirar fundo, mergulha ainda mais, me rebocando para a escuridão com ela. Cada vez que acho que consegui assumir o controle do beijo, ela o arranca de mim. Com um toque. Uma mordida, uma chupada, um gemido.

A língua de Lark varre a minha e então ela se afasta, levando meu lábio inferior com ela antes de deixá-lo deslizar entre seus dentes, sua mordida o equilíbrio perfeito entre dor e prazer.

– Lark...

Sua risada ofegante elimina todos os pensamentos relacionados a qualquer que fosse o apelo que eu estava prestes a fazer. Ela traça uma linha de beijos de boca aberta ao longo da minha mandíbula. Meus dedos se enroscam em suas ondas douradas quando ela morde o lóbulo da minha orelha com força suficiente para me fazer suspirar. Puxo os fios com mais força e ela dá um gemido, sua boca caindo no meu pescoço, sugando minha pele tatuada.

Um grunhido escapa do meu peito enquanto agarro seu cabelo.

– Deus meu – digo com um gemido.

Ela para de mover os lábios contra o meu pescoço.

Merda.

No mesmo instante, afrouxo o punho emaranhado em seus cabelos. Será que fiz algo errado? Definitivamente algo *parece* errado. É óbvio na maneira como ela fica rígida.

– O que você disse? – sussurra ela, seu hálito quente na minha pele.

Merda. *Merda.*

O que foi que eu fiz? Será que tem a ver com aquele lance de não usar o nome de Deus em vão e tal? Talvez Lark seja super religiosa. Não me lembro se ela ou Sloane mencionaram se o internato era católico. Freiras. Será que havia freiras?

Engulo em seco.

– Eu... eu disse "Deus meu".

– Mais ranzinza – responde Lark.

– *Deus meu.*

O mundo fica em silêncio por um segundo.

Então Lark se afasta de mim, o calor de seu corpo desaparece, um arrepio persiste na minha pele. Ela cobre a boca com as duas mãos, mas não consegue disfarçar o choque nos olhos.

Choque e... *fúria.*

– Meu Deus do céu – sussurra ela entre os dedos.

– O que...? Foi porque eu falei de Deus?

– Não. Não, não foi isso – responde ela, com um sorriso de escárnio, enquanto se inclina perto o suficiente para enfiar um único dedo no meu peito. – Você é o Batman. O *cosplay* de Batman.

Lark dá um passo para trás. Cruza os braços. Ergue uma única sobrancelha.

Estreito os olhos. As palavras saem como um silvo venenoso quando digo:

– Barbie Sem Noção.

– Ai. Meu. Deus. *Aimeudeusaimeudeusaimeudeus* – repete Lark, sacudindo as mãos como se estivesse tentando tirar qualquer resíduo meu de dentro dela. – A sua *língua* estava dentro da minha *boca*.

– Odeio ter que lembrar, Barbie Sem Noção, mas foi *você* que *me* beijou.

– E você *deixou*. Você *sabia* que era eu.

– É claro que não, ou teria preferido pegar a saída de incêndio.

– Não tem nenhuma saída de incêndio aqui.

– Exatamente.

Lark revira os olhos antes de fixá-los em mim com um olhar letal.

– Você é muito mentiroso. Viu muito bem a minha cara naquela noite. Você estava com uma *lanterna*. A mesma que usou pra bater na minha cabeça.

– A sua cara estava *coberta* de maquiagem. E eu não bati...

– A cabeça que eu já tinha batido. Eu estava com uma *concussão*! Precisava levar pontos que nunca consegui levar porque tive que andar até em casa, *muitíssimo obrigada*. Aí você rosnou pra mim feito um panda raivoso prestes a arrancar minha perna e me jogou no porta-malas do seu carro, seu psicopata dos infernos.

– Ah, *eu* sou o psicopata, é? Foi *você* que pulou de um veículo em movimento depois de jogar um pobre coitado dentro de um lago e fingir que estava chorando quando eu coloquei o corpo dele aos seus pés. E não foi nem um choro falso dos bons. Foram lágrimas *de crocodilo*! – vocifero. Ando para a frente e me inclino para que meus olhos fiquem no mesmo nível dos dela, dando um pigarro para atingir o tom de voz mais meloso possível. – Buá, eu sou a Barbie Sem Noção e *matei um cara* – digo, fingindo secar os olhos. – Foi mal. Mas não tem problema, vou pedir pra outra pessoa resolver, pra eu poder voltar pra minha vidinha perfeita.

– Eu nunca ouvi tanta hipocrisia na vida. Aliás, como vai seu emprego de matador de aluguel? Tá ganhando um bom dinheiro com suas habilidades de mergulhador assassino, Batman? – Lark bufa e caminha na minha direção, desenhando um círculo gigante na frente do meu rosto com um dedo delicado. – O que você acha que sabe de mim, ou *seja lá o que for*, francamente, é *isso aqui* – diz ela enquanto continua o círculo. – Mas o que você sabe *de verdade* é isso.

Ela para de repente para aproximar o indicador e o polegar, apenas um mínimo espaço entre eles.

– O que eu sei *de verdade* é que você é um enorme pé no saco.

– E o que *eu* sei de verdade é que você é um completo babaca. – Ela solta um suspiro irritado. – Isso é algum tipo de piada de mau gosto? Por que você me deixou te beijar, seu perturbado?

– Como eu disse, não te reconheci. Era Halloween, pelo amor de Deus. Você estava fantasiada. Usando maquiagem. Maquiagem *pesada*.

Ela fica de queixo caído. Depois volta ao normal. Depois fica de novo.

– Sério? – Quando não respondo, ela fecha os punhos ao lado do corpo, e me pego desejando que ela tentasse me dar um soco só para que eu pudesse ter a satisfação de capturar toda a sua fúria na minha mão calejada.

– Você é *inacreditável*. Estava usando uma máscara cobrindo a cara toda, e eu te reconheci por esse resmungo ranzinza e pelo meu Deus ao contrário. Tudo o que eu estava usando naquela noite era tinta branca e sombra colorida. Não é a mesma coisa que o seu disfarce de super-herói.

Concluindo que chegou a hora de tirá-la dos eixos, dou de ombros e me inclino contra a grade. Minha súbita indiferença parece enfurecê-la tanto quanto eu esperava, então tomo um longo gole da minha bebida antes de contar a verdade.

– Estava escuro. Eu não estava usando meus óculos.

– Seus *óculos* – repete ela depois de uma arfada incrédula. – Perdão, mas isso me parece uma desculpa esfarrapada.

– Está perdoada. Bem, por isso, pelo menos.

– Você não está usando óculos *agora*.

– Muito observador da sua parte, *duquesa*. Provavelmente é melhor assim. Imagino que você teria arrancado eles da minha cara e pisoteado depois, certo? – Quando estreito os olhos na direção de Lark, ela sorri, incapaz de esconder que tenho razão. – Talvez agora seja um bom momento pra te informar que você me *fodeu* no trabalho. Ou esqueceu a parte em que conseguiu sozinha causar o rompimento de um contrato muito importante pro meu chefe? Você não faz ideia das merdas que ele tem me obrigado a fazer.

– *Eu*? Você acha que fui *eu* que fodi com seu contrato? – grita ela. – Em primeiro lugar, eu não fiz isso. Mas não posso fazer nada se os boatos a respeito das suas péssimas habilidades no atendimento ao cliente chegaram ao seu empregador. Bem feito. Você foi um babaca. Até o seu amigo Conor concordou.

Porra, Conor. Ele sabe que não deveria dizer o próprio nome. Um grunhido baixo escapa da minha garganta e um sorrisinho demoníaco surge no rosto de Lark. Ah, o dardo dela atingiu o alvo e ela sabe disso.

Minha expressão ameaçadora não parece assustá-la, nem mesmo quando me inclino um pouco mais para perto.

– Este não é o tipo de negócio em que você pede pra falar com o gerente e deixa uma crítica de merda, princesa.

Ela ergue uma das sobrancelhas perfeitas. Seu sorriso se alarga, e os olhos brilham na penumbra.

– Ah, não é? – diz ela, sua voz melosa. Ela se aproxima, um passo lento após o outro. – Porque sem dúvida parece que é *exatamente* assim que o seu meio funciona, e você tá puto por terem te chamado a atenção por agir feito um babaca. Você decidiu descontar em mim, supondo equivocadamente que fui eu que te meti em confusão, em vez de se olhar no espelho e ter uma conversa séria consigo mesmo.

Lark para tão perto de mim que meu peito vai tocar o dela se eu respirar fundo. Seus olhos descem para meus lábios e permanecem neles. Um calor faz minha carne formigar. Ainda consigo sentir o gosto do beijo dela, a doçura do refrigerante em seus lábios. Não tiro os olhos de seu rosto enquanto ela toca meu esterno e caminha dois dedos em direção ao meu pescoço.

– Suposições equivocadas são o seu forte, né? Mas dessa vez acho que são só as consequências dos seus atos voltando pra te assombrar, queridinho.

Eu pego a mão dela com força e dou uma risada. Mesmo com o clima violento, este ainda parece o primeiro momento verdadeiramente prazeroso que tenho em muito tempo. Bem, pelo menos desde o beijo que acabamos de dar, embora esse evento em particular agora pareça ter acontecido com outro homem.

– Esse é exatamente o tipo de hipocrisia que eu esperava vir de alguém como você – digo.

Há um lampejo de dor em seus olhos azuis, mais fugaz que um raio.

– *Alguém como eu?* Você não faz a menor ideia de quem eu sou ou do que eu sei sobre consequências.

A raiva em seu rosto é combustível. Quero encontrar cada um de seus pontos fracos e pressioná-los até que ela exploda, só para ver como vai reagir. Mas, dessa vez, ela não recua. Em vez disso, endireita a coluna. Levanta o queixo. Ela se solta do meu punho com um puxão rápido. Luto contra a estranha vontade de trazê-la para mais perto de mim. Estou instável. À deriva. Como se eu tivesse sido atingido por uma onda violenta e perdido o equilíbrio. Mas afasto o sentimento.

Lark aponta para a porta de vidro.

– Aquela ali é a minha melhor amiga – diz ela, com a voz baixa e ameaçadora, os olhos fixos em mim. – E ela merece comemorar com o amor da vida dela. O seu irmão. – Lark contrai o rosto como se tivesse acabado de provar algo amargo. Em um segundo, ela já vestiu uma máscara educada outra vez e deu um passo para mais perto. – Então vou ser legal com você. Por *ela*. E você pode continuar sendo esse babaca com um sorrisinho escroto o quanto quiser, mas não vai ganhar mais nada de mim.

Sem sequer piscar, ela tira a bebida da minha mão e bebe tudo. Seus olhos lacrimejam assim que o líquido atinge sua língua.

– Achei que você não bebesse, duquesa – digo com um sorriso debochado.

– Acho que a sua companhia estimulante tem esse efeito – retruca Lark antes de empurrar o copo contra meu peito, nada mais do que lascas de gelo deixadas para trás. – E vai se foder com essa merda de "duquesa". A infeliz foi parar na guilhotina.

– Você que manda – digo entredentes, mas ela já abriu a porta de vidro e passou pela soleira.

Ela nem percebe como fecho a porta com um baque um pouco abrupto e alto demais. Está indo em direção à cozinha quando Sloane a intercepta no corredor que leva ao escritório.

– Ei, eu tava indo atrás de você. – Seu leve sorriso desaparece conforme ela examina o rosto de Lark. – Você tá bem?

Lark passa um braço em volta dos ombros de Sloane, sem diminuir o passo.

– Aham, claro. Aliás, você tá tão linda. Já te disse isso?

– Talvez uma ou duas vezes quando tentou colocar adesivos de estrelinha nos meus peitos.

– Eles merecem. Esse vestido é muito sexy.

– Ah, obrigada.

– Eu queria muito uma taça de vinho, ou quem sabe uma banheira de tequila, então vamos pro restaurante agorinha mesmo, estamos atrasadas. Não quero que o Rowan fique preocupado com você.

– Tá...

Sloane olha por cima do ombro na minha direção, estreitando os olhos em uma análise minuciosa.

Ergo as mãos e passo por elas com um sorrisinho de canto, algo sobre o gesto forçado parecendo estranho desta vez, e, considerando a ruga que se forma entre as sobrancelhas de Sloane, acho que não sou o único capaz de perceber.

E a sensação de ser tirado do eixo? Não passa nunca. Não enquanto nos organizamos em dois Ubers para irmos ao restaurante, Lark se certificando de não ir no meu. Não enquanto comemos e celebramos a noite de inauguração do Cutelo & Corvo, e ela passa o tempo inteiro irradiando seu sorriso para todo lado, menos para mim. Nem mesmo quando vai embora de fininho logo após Rowan e Sloane. Assim como na noite em que nos conhecemos, ela desaparece, deixando para trás apenas um vazio desconhecido.

Mesmo depois que ela já se foi, o sentimento permanece, como se algo tivesse mudado no mundo que me rodeia. Como se eu tivesse sido deslocado.

Como se eu estivesse na sombra.

4

CULTIVAR
FANTASMA DA FLORESTA

Deslizo o tensor da gazua na parte inferior do buraco da fechadura. Em seguida, a agulha. Quando consigo posicioná-la abaixo dos pinos da fechadura, aciono o mecanismo até que ele ceda. Cinco tiques silenciosos de fricção de metal. Um segundo depois, estou dentro da casa dos meus adversários.

Eis que venho em breve! A minha recompensa está comigo, e eu retribuirei a cada um de acordo com o que fez.

Guardando minhas ferramentas no bolso, fecho a porta e dou uma olhada em meu caderno. Já sei os detalhes de cor. Verifiquei mais uma vez pouco antes de vir para cá. Mas não pode haver margem para erros.

Dia 2 de agosto. 13h. Tatuagem agendada no Estúdio de Tatuagem Prisma. Tempo estimado de ausência: duas horas.

Guardo o caderno e observo os detalhes da sala. O interior é familiar para mim. Já o vi muitas vezes pelas janelas. Sei onde a Aranha Tecelã se senta para fazer seu trabalho. A que horas recebe ligações recorrentes. A que horas da manhã gosta de tomar um café. No início foi mais difícil rastrear os hábitos do Açougueiro de Boston. Mais fácil agora que consegui ter acesso aos horários dos restaurantes. Mas acompanhei por tempo suficiente para perceber os padrões.

Um grunhido emana de baixo da mesa de centro. Envergo o corpo para a frente até encontrar os olhos do gato.

– Ah, sim – falo com um sorriso lento. – Oi, gatinho.

O felino sibila para mim, e eu fecho a mão enluvada em um punho. Minha frequência cardíaca dispara enquanto impulsos obscuros ameaçam assumir o controle. A lembrança da raiva da minha mãe os acalma.

Que o ímpio abandone o seu caminho, e o homem mau, os seus pensamentos. Volte-se para o Senhor, que terá misericórdia dele; volte-se para o nosso Deus, pois ele perdoará de bom grado.

Eu me afasto do animal e caminho até a porta de correr que dá para a varanda. Abro a porta e saio. Vi o Açougueiro e a Aranha aqui muitas vezes. Eles tomam café juntos nos dias quentes. Uma taça de vinho à noite. Protagonizam atos obscenos, como se ninguém mais pudesse vê-los.

Mas eu vejo. Eu tenho observado.

Diante de toda minha servidão e todo meu sofrimento, o Senhor vem recompensando minha dedicação. Uma noite, Ele me mostrou meu verdadeiro prêmio, parado exatamente onde estou agora. O irmão. O assassino.

Olho por olho.

Mas Ele me deu um presente ainda mais precioso. Ele me mostrou a melhor amiga. Uma amiga tão próxima da Aranha que as duas poderiam ser irmãs. A cantora.

Dente por dente.

Entro novamente no apartamento e fecho a porta. A mão do Senhor me guia. Sua voz sussurra, e eu a sigo. Paro diante do aparador da sala de jantar, onde as fotos emolduradas ficam voltadas para a janela. O Açougueiro de Boston e a Aranha Tecelã. Rostos que reconheço. Outros que não. Dentre as fotos, há uma no restaurante, em uma mesa. Rowan Kane e Sloane Sutherland sentados lado a lado. Lark Montague sorrindo para a câmera. Lachlan Kane, o matador de aluguel, a serpente mais mortal em um ninho de cobras. Seu olhar está atraído pela Srta. Montague. Ódio e desejo são muitas vezes indistinguíveis para mim. Mas sei o que vi na varanda na mesma noite em que o restaurante abriu. Sei o que ouvi. Havia raiva entre eles. Mas, por trás, havia *desejo*. Ele queimava nos olhos de Lachlan Kane como chamas gêmeas enquanto a observava se afastar.

Meu foco volta para Lark Montague. A adorada filha de dois impérios do pecado. A amada amiga da Aranha Tecelã. O cobiçado objeto de desejo de Lachlan Kane. E a inspiração divina ataca. Uma nova ideia. As sementes de um plano magnífico. Um plano não apenas para me vingar, mas também para libertar suas almas apodrecidas com o fogo purificador e virtuoso da dor. Do sofrimento.

O pior sofrimento não é a morte. É viver, dia após dia, sabendo que perdeu para sempre aquilo que mais adorava. Mais amava. Mais desejava. É ser obrigado a continuar existindo em um mundo indiferente à sua dor. Perceber o quanto se é impotente contra a ira de Deus.

Então trarei a dor para a vida deles. Do Açougueiro. Da Aranha. Lark Montague. E qual será o pior destino para um homem como Lachlan Kane?

Que qualquer pessoa deixada para trás acredite que *ele* é a causa da ruína de Lark Montague.

Ao puro te revelas puro, mas com o perverso reages à altura.

Primeiro passo. *Desestabilizar.*

Sorrio e me viro para sair, o gato dando um tapa na minha perna no caminho.

Saiba disto: nos últimos dias sobreviverão tempos terríveis.

Deus "retribuirá a cada um conforme o seu procedimento".

Olho por olho.

E dente por dente.

5

FIOS
LARK
UM ANO DEPOIS...

Entro na casa ampla da minha tia-avó Ethel, o ritmo familiar das ondas vindo da costa rochosa próxima no meu encalço até eu fechar a porta. O aroma de lavanda e rosas me cumprimenta no hall vindo dos grandes buquês que se alinham em ambos os lados da entrada. Há um porta-retratos com uma foto de Ethel e do meu tio-avô Thomas entre dois vasos, que tirei na festa de aniversário de casamento deles seis meses atrás. Estou olhando para a foto quando minha irmã mais velha, Ava, chega da cozinha, e a cadência de seus passos é tão familiar que não preciso erguer os olhos para saber que é ela.

– A festa foi ótima, né? – digo quando ela para ao meu lado para admirar a ternura no rosto enrugado dos nossos tios, seus sorrisos congelados para sempre enquanto dançam com amigos e familiares ao fundo.

– Foi, sim. Tirando aquela gelatina de cenoura. Que merda era aquela?

– Coisas da Ethel. Ela tem um gosto peculiar.

– Pelo visto, ela gosta de fazer todo mundo querer vomitar na mesa. Nunca vou conseguir entender como ela pode ser tão boa em preparar muffins e tão terrível em literalmente todo o resto. – Ava estremece na minha visão periférica antes de se virar para me abraçar. – Oi, Rouxinolzinha.

– Tava com saudade – respondo, e ela aperta com mais força antes de me soltar. – Você ainda vai conseguir levar a Ethel esse fim de semana se o casamento surpresa da Sloane correr como planejado?

Ava dá um suspiro, as mãos agarradas aos meus bíceps enquanto me avalia. Algo em sua expressão me passa uma impressão de cansaço, agora que tenho a oportunidade de olhar para ela com atenção. Talvez seja apenas pelo estresse da viagem ainda recente da Califórnia para cá. Ela não é do tipo que relaxa, e provavelmente isso está começando a afetá-la, além de todas as coisas que ela vem organizando aqui. Dou-lhe um sorriso radiante e canto alguns versos da "Marcha Nupcial", mas isso não quebra sua máscara estoica.

– Claro, eu consigo levar ela, mas infelizmente não vou poder ficar pro casamento. Deseja tudo de bom pra Sloane por mim se ela acabar aceitando esse plano maluco – diz Ava por fim, enquanto solta meus braços.

– Cadê a tia Ethel, afinal? Ela queria que eu estivesse aqui às onze em ponto, por algum motivo – digo enquanto meu olhar percorre a sala.

Normalmente, quando minha tia exige um horário específico, ela já está na porta, pronta para latir suas ordens.

– Tá lá em cima. A mãe e o pai estavam na sala com o Tremblay na última vez que eu vi os dois. Vou ficar no escritório revisando todos os milhões de documentos que ainda faltam. Se você não me vir mais, é porque resolvi acabar com tudo me cortando com papel em vez de ter que ler outro livro de contas com pedidos de farinha e açúcar.

– Eu sei o que vai te animar.

– Margaritas?

– Gelatina de cenoura.

– Com todo o carinho do mundo, vai se foder.

Minha irmã abre um sorriso sarcástico antes de dar um beijo na minha bochecha e se retirar, desaparecendo no corredor, passando pelas caixas cheias de papel que ela colocou ali. Uma sensação de desconforto se instala no meu peito como uma calda espessa que gruda em meus ossos.

Meu relógio vibra com uma mensagem de texto da minha tia.

Você não está atrasada, né?

Reviro os olhos, mas sorrio enquanto pego o celular para responder.

Pontualíssima, tia. Acabei de chegar.

> Ótimo. Sobe pela escada dos fundos.
> E me traz o creme para mãos que está no
> banheiro aí de baixo, por favor? Sem pressa.

Fico apreensiva. Estou habituada às estranhas exigências da minha tia. Ande logo. Depois, não tenha pressa. Traz uma coisa aleatória. Mesmo assim, é um pouco estranho.

Deixo pra lá e envio um simples "Tá bem" antes de ir em direção ao banheiro ao lado da escada que leva à ala onde fica o quarto da minha tia, de frente para o mar. Estou quase lá quando ouço vozes tensas flutuando no corredor. O tom e a cadência familiares do meu padrasto falando, seguidos pela voz de outro homem que reconheço ser Stan Tremblay. O tom profundo de barítono dele provoca arrepios na minha pele.

Normalmente, eu deixaria minha mãe e meu padrasto com seus segredos e planos e com as intermináveis maquinações que mantêm seus respectivos negócios funcionando e suas famílias felizes. Desde que me entendo por gente, entreouço essas conversas. Elas fazem parte das trevas que ondulam sob a superfície imaculada que dá a aparência de uma vida perfeita.

– ... o nome daquele sujeito que trabalhava pra Leviathan?

Meus passos vacilam. A voz da minha mãe evoca lembranças da noite em que arremessei o carro de Merrick no reservatório. Minha intenção é pegar o creme da minha tia e continuar andando como se pudesse simplesmente ignorar que isso faz parte da minha vida. Nada disso é da minha conta, essas conspirações constantes, essas batalhas intermináveis. Mas são as próximas duas palavras que me fazem ficar imóvel.

– *Lachlan Kane.*

Olho para a sala de estar no final do corredor. Uma das portas duplas está entreaberta. Depois de apenas um segundo de hesitação, sigo o fluxo das vozes, entrando de fininho no escritório vazio do outro lado do corredor.

– O fato é que pode haver umas cem pessoas diferentes querendo acertar contas com um de nós dois. Não dá pra sair por aí matando todas elas. – Meu padrasto solta uma risada sarcástica. – Não sobraria ninguém em Rhode Island.

O som do arquejo irritado da minha mãe escapa da sala. Imagino que seus olhos azul-prateados estejam penetrantes o suficiente para esfolar o rosto do meu padrasto. Ela pode amá-lo com toda força de seu coração de aço, mas, quando se trata de trabalho, há limites que eles não ultrapassam, ainda que seus negócios se misturem cada vez mais com o passar do tempo.

– Damian, não estamos falando apenas de alguém que quer acabar com uma fábrica e atrapalhar sua vida por uns meses. Estamos falando de alguém que tem a intenção de atacar *nós dois*. Kelly Ellis fazia parte do meu conselho. O Cristian era seu *primo*. Todo mês tem mais um assassinato. É como um relógio. Quarenta dias. Não é coincidência.

– E a cada quarenta dias voltamos à estaca zero. Não temos testemunhas nem provas. Com certeza, nada que aponte de maneira concreta pra alguém da Leviathan.

– O Kane é habilidoso – diz Tremblay enquanto ouço um som pesado de papel batendo em uma superfície de madeira. – Ele passou dezesseis anos trabalhando pra Leviathan. Talvez esteja se vingando por ter sido mandado embora.

Páginas farfalham. Um murmúrio pensativo ressoa no tom caloroso de meu padrasto.

– Ele foi demitido mesmo? Até onde a gente sabe, ele continua lá. Eu rompi o contrato integral... não falei pra eles se livrarem do Kane nem nada do tipo.

– Mais um motivo pra ele vir atrás da gente se as pessoas erradas estiverem tirando proveito da situação. Como vamos saber se a Leviathan não foi contratada por algum concorrente?

– Não vamos. Porque tudo isso são apenas suposições. Não temos provas que apontem pra alguém ou algo específico. – Meu padrasto deixa escapar um suspiro pesado, e eu o ouço se mexer na cadeira. – Olha, concordo que é possível que o Kane ou quem sabe a Leviathan tenha algo a ver com esse... padrão. Eles sem dúvida têm os meios necessários. Mas pode muito bem ser um concorrente nosso, tipo o Bob Foster...

Minha mãe bufa.

– ... ou alguém *pago* por um de nossos concorrentes ou uma centena de outras opções. Não acho prudente ir atrás de uma organização como a Leviathan ou um de seus funcionários, se é que ele ainda trabalha lá, sem ter certeza absoluta.

– E se não eliminarmos as ameaças mais prováveis, convidaremos o mal a entrar em nossa própria casa – diz Tremblay, e outro papel é colocado sobre a mesa. – O Kane tem dois irmãos. Um parece ser… normal. Um médico que mora em Nebraska. Mas o outro… – Papéis farfalham. – Rowan Kane. Ele tem o pavio curto. Vai apoiar o irmão e já fez isso antes.

Não. Não, não, não.

Cubro a boca com a mão para bloquear o som desesperado que implora para escapar. Parece que o mundo virou de ponta-cabeça, como se eu estivesse caindo de um precipício.

Minha mãe parece tão chocada quanto eu ao dizer:

– Rowan Kane…? O mesmo Rowan com quem a Sloane vai se casar?

– O próprio. Andei investigando ele, perguntando por aí. Ele tem um histórico de violência, alguns incidentes na adolescência logo depois de imigrar para Boston, mas parecem faltar alguns detalhes nos registros policiais, e as acusações nunca deram em nada. E aconteceu alguma coisa quando ele tinha uns 20 e poucos anos, uma briga em um bar que colocou o Lachlan no hospital. Pelo que o meu contato disse, o Rowan espancou o cara que machucou o irmão dele e o largou no beco. Há registros do tratamento médico de Lachlan e do outro homem que acabou morrendo no hospital, mas nada sobre o Rowan.

Meu sangue corre em ondas ensurdecedoras dentro da minha cabeça, entorpecendo a conversa sussurrada entre meus pais enquanto as páginas farfalham. Mas consigo distinguir suas breves perguntas. *A Sloane está segura? E a Lark? Precisamos de provas. Mas podemos correr o risco de esperar…?* Cada palavra me atinge como um soco.

– O que você está sugerindo, Stan… – diz meu padrasto, deixando seus pensamentos se dispersarem. Sou capaz de imaginar o estresse em seu rosto, o modo como provavelmente está balançando a cabeça. – Poderíamos eliminar os Kanes e mesmo assim não resolver o problema, e depois como vai ser? Vamos ter a Leviathan na nossa cola de verdade, é isso que vai acontecer. Precisamos de *provas*.

– Não dá pra ficarmos aqui sentados esperando que as provas caiam no nosso colo. Se fizermos isso, eles vão continuar matando nosso pessoal. Você mesma não fez coisa pior pelos Empreendimentos Covaci?

– Stan – rebate minha mãe, tensa.

– E é por isso que nem tudo deveria ser terceirizado – diz Tremblay.

As páginas farfalham e depois batem na madeira. – Nina, nós deveríamos discutir isso com a Ethel, pensar em como lidar com esse tipo de coisa do jeito que os Montagues sempre fizeram...

– Não – interrompe minha mãe com firmeza. – Deixa ela fora disso. Ela já tem o bastante com o que se preocupar agora. Eu e o Damian vamos resolver. Dê uma semana pra gente, e vamos lhe dizer o que queremos fazer. Obrigada, Stan.

Imóvel nas sombras, observo pela fresta entre as dobradiças enquanto Stan Tremblay se retira da sala. Ele não olha na minha direção conforme se afasta com passos seguros, a cabeça baixa e os papéis debaixo do braço. Ele pode estar perto dos 70 anos, mas continua sendo uma das pessoas mais formidáveis que conheço. Um espectro da minha infância.

Meus pais saem alguns minutos depois, conversando sobre assuntos corriqueiros. Almoço e bebida. Onde poderiam ir jantar. Coisas que parecem bem distantes da conversa que acabou de terminar, mas sempre foi assim. Os negócios em cantos escuros. A vida sob a luz.

Deixo que os dois passem e espero até meu coração se acalmar o suficiente para eu conseguir recobrar meus sentidos, antes de deixar meu esconderijo, pegar o frasco de creme no banheiro e depois subir as escadas de dois em dois degraus.

Com as mãos trêmulas, avanço apenas alguns metros antes de colocar o creme em uma das mesas decorativas do corredor, me apoiar no tampo e encarar meu reflexo no espelho dourado. Minhas bochechas estão vermelhas e ondas de adrenalina percorrem minhas veias.

Não posso deixar que eles tirem Rowan de Sloane. Tenho que encontrar uma maneira de detê-los. *Preciso.*

Mas não sei como.

Não tenho um matador de aluguel na família. Ninguém que possa sair em minha defesa. Sempre fui aquela a ser protegida, não a que enfrenta os outros predadores por um pedaço de uma presa ou de um território.

– Não sei como fazer isso – sussurro para meu reflexo enquanto lágrimas brotam nos meus olhos.

Meu smart watch vibra no pulso e, ao olhar para baixo, vejo o nome de Rose aparecer na tela.

> Olá, minha mestre de cerimônias! Logo estarei
> prontinha pro próximo espetáculo!

Franzo o nariz e esfrego os olhos enquanto tento decodificar a linguagem circense de Rose, pegando meu celular para ficar encarando a mensagem, como se ver as palavras numa tela maior pudesse ajudar. Não ajuda.

> Mestre de cerimônias?

> A pessoa que faz a apresentação do show no circo.
> Que cuida do espetáculo. É você.

> Aham... E o que eu tenho que fazer agora?

> Preparar o espetáculo, ué. Ir até a Pousada
> Leytonstone pra levar toda a tranqueira do casamento.
> Que tal a gente se encontrar às três da tarde na sua
> casa? Já pegou o vestido? Tô doida pra ver!

Olho para o corredor em direção à ala da casa preferida da minha tia e mordo a borda interna do lábio até o sangue escorrer pela minha língua. Embora eu ainda não saiba como resolver essa situação que parece tão inevitável quanto uma avalanche, também não posso decepcionar Sloane no dia mais importante da vida dela. Ainda faltam alguns dias para o casamento surpresa que Rowan vem planejando nas últimas semanas. Talvez eu consiga convencer os dois a fugir. Eles poderiam sair de Boston. Sair do *país*. Viver uma vida paradisíaca longe daqui. Mas, tão rápido quanto essas ideias, surgem também pensamentos sussurrados sobre como isso jamais vai dar certo. Porque famílias como a minha não chegam aonde estão deixando qualquer coisa passar nem permitindo que bobagens como fronteiras e geografia fiquem no caminho. Não quando se possui todos os recursos ao alcance para fazer o que se deseja.

Preciso encontrar outro jeito.

Engulo o pânico. Só preciso pegar o vestido e dar o fora daqui, e então encontrar um lugar seguro e tranquilo para descobrir como vou fazer isso.

Respirar. Planejar os próximos passos e executar um de cada vez, do jeitinho que pratiquei.

Com uma única respiração profunda que preenche todas as fendas dos meus pulmões, enxugo meus olhos uma última vez.

Estarei lá.

Deslizo o celular para dentro do bolso e volto minha atenção para o espelho. Respiro fundo mais uma vez.

Sorria, digo a mim mesma.

Continue sorrindo.

Sorrio mais e mais até que pareça perfeito, até que tudo esteja escondido por trás do sorriso. Só quando tenho certeza de que estou exatamente com a cara que deveria, me afasto do espelho e sigo pelo corredor.

Não encontro Ethel na cama, onde ela costuma ficar antes do almoço, mas na sala de atividades manuais, onde tintas, linhas, fios e telas estão enfileirados nas prateleiras e mesas brancas, tudo muito limpo e disposto com precisão impecável apesar do uso frequente. Ela está sentada em sua poltrona favorita, que fica de frente para uma janela com vista para o mar, com o cabelo feito uma nuvem de cachos brancos em cima dos ombros curvados e concentrada no bordado em suas mãos. Com um xingamento repentino e um assobio, ela coloca um dedo na boca, e por um segundo meu sorriso é genuíno.

– A senhora devia era deixar essa agulha de lado um pouco pra conseguir falar com sua sobrinha favorita – digo com uma alegria fingida quando do entro na sala.

Ethel inspira de repente, sobressaltada, e o ar sai com uma tosse estrondosa.

– Minha Nossa Senhora, menina. Você vai me matar de susto antes de eu chegar à casa de repouso.

– Seria um jeito de irritar minha mãe e a Ava. Faz dois dias que elas estão empacotando coisas.

Coloco o frasco de hidratante em cima da mesa e dou um beijo gentil na bochecha da minha tia, sua pele enrugada polvilhada com pó e blush, o perfume evocando memórias de infância, de quando eu me sentava na penteadeira dela e brincava com a maquiagem. A sensação reconfortante desses momentos não é suficiente para mascarar a preocupação que queima em meu peito e ameaça se transformar em pânico.

– A Ava deveria voltar pra Califórnia. Ela já tem muito com o que se preocupar em casa, não precisa ficar aqui – diz Ethel enquanto me viro e encaro o porta-vestido preto pendurado no alto da porta do armário.

– A senhora sabe que ela não vai, não até ter empacotado tudo. Ela é teimosa. A quem será que ela puxou, né?

– Não a mim, se é isso que está insinuando, mocinha.

– Não – respondo na maior cara de pau. – Nunca que eu faria uma coisa dessas, tia.

Ela ergue os olhos, e exibo um sorriso brilhante e fugaz. Dou um passo para mais perto do armário, mas consigo sentir seu olhar inquisidor, os olhos atentos de Ethel lancinantes o suficiente para atravessar qualquer barreira que eu tente colocar entre nós. Eu deveria saber que não dá para tentar enganar a mulher que ergueu um império a partir de farinha e açúcar; detalhes são o forte de Ethel. É melhor pegar o vestido e ir logo embora para poder descobrir o que afinal devo fazer.

O único problema: é um pouco tarde demais.

– O que houve? – pergunta Ethel sem qualquer hesitação. – Está insegura em relação ao casamento da Sloane?

Não desvio os olhos do porta-vestido, embora sinta o olhar da minha tia perfurando minha cabeça. Sinto uma vontade enorme de resgatar o vestido de seu casulo preto, como se a felicidade de Sloane fosse sufocar ali dentro se eu não a libertasse.

Balanço a cabeça enquanto ando em direção ao porta-vestido e pego o cabide.

– Não, tia. De jeito nenhum.

Estou abrindo os primeiros centímetros do zíper quando Ethel diz:

– Bem, é uma pena, meu bem, porque seria um pouco mais fácil resolver essa situação dos Kanes se ela deixasse de gostar daqueles meninos.

Quando me viro para encará-la, minha tia está puxando um fio do bordado, com um sorriso ardiloso nos lábios.

– Como a senhora sabe sobre os Kanes? – pergunto, estreitando os olhos. – A senhora armou pra eu ouvir a minha mãe e o Damian.

– Talvez.

– Por que a senhora simplesmente não me contou?

Minha tia dá de ombros.

– Era melhor você ouvir direto da fonte. Sua irmã acha que estou senil. Quem sabe o que posso estar inventando?

Faz sentido. Sei tão bem quanto qualquer um que não devo confiar em metade das bobagens que Ethel Montague diz. Faz parte do poder que ela tem de sempre deixar as pessoas em dúvida.

– Como a senhora sabe disso tudo?

– Minha rouxinol – diz ela, com um estalar de língua enquanto me encara por cima da armação de acetato dos óculos –, esta ainda é a *minha* casa. E os negócios desta família ainda são da *minha conta*, quer seus pais concordem ou não.

Sinto um nó na garganta quando dou alguns passos para mais perto da minha tia, o porta-vestido parcialmente aberto pendurado em meus braços como um presente. Abro a boca para dizer alguma coisa, mas as palavras morrem em meus lábios quando minha tia sorri e volta sua atenção para o bastidor que tem na mão.

– Sente-se, minha filha.

Faço o que ela manda e me acomodo na frente dela enquanto Ethel enfia a agulha no tecido criando pontos vermelhos.

– Não acho que os Kanes estejam envolvidos no que está acontecendo – digo. Ela mantém os olhos no bordado, mas assente. – Fionn com certeza não. O Rowan jamais faria qualquer coisa que pudesse acabar me machucando, ferindo pessoas que conheço, não importa quanto essas conexões sejam tênues.

– E o Lachlan?

Será que ele faria isso? Será que essa retaliação tem mesmo a ver com o chefe dele, como meus pais e Tremblay estavam dizendo lá embaixo? Será que Lachlan é do tipo que se vingaria de nós por conta do cancelamento do contrato? Por ele ter sido sugado ainda mais para uma vida que nunca quis ter? Ele sem dúvida tem questões e está sempre irritado e com o pé atrás com as pessoas. Mas simplesmente não faz sentido.

– Não acho que ele correria o risco de comprometer a integridade física ou a felicidade dos irmãos. Não mesmo.

– Também acho que não. Pra mim, o Bob Foster está enfim botando as asinhas de fora, aquele merdinha asqueroso. É bem a cara dele chutar cachorro morto. Mas o Tremblay tem uma opinião diferente, e sua mãe está inclinada a concordar. – Ethel olha para mim enquanto estica a linha. – O Damian não parece comprar essa ideia de que o Lachlan esteja envolvido nesses assassinatos – diz ela enquanto baixa o olhar por um instante para o vestido no meu colo. – Mas esse é um dos motivos pelos quais eu a amo como se ela tivesse nascido uma Montague. Ela é tão mandona e calculista quanto eu.

Um suspiro profundo enche meus pulmões.

– Talvez exista alguma maneira de provar, um álibi sólido capaz de descartar o Lachlan.

Sei tanto quanto Ethel que não existe um álibi sólido quando o assunto envolve pessoas como Lachlan.

– Ele é um profissional. Pessoas como ele, com acesso aos recursos certos, podem inventar qualquer desculpa, fabricar qualquer história e evidência verossímil.

– E se eu simplesmente conversar com a minha mãe e com o meu pai, convencê-los de que ele não faria isso…

– Vai ser preciso mais do que uma conversa pra fazê-los mudar de ideia, Lark.

– Mas não posso simplesmente deixar isso acontecer com a Sloane. *Não posso.* Não depois de tudo o que aconteceu quando estávamos em Ashborne…

Minha tia estende a mão e segura a minha, apertando-a com uma força surpreendente.

– Sei aonde quer chegar com isso, Lark. Mas você não pode se culpar pelas coisas que aconteceram naquele internato. Nada daquilo foi culpa sua, ouviu bem?

Embora eu assinta, as lágrimas ainda embaçam minha visão. E eu sei que o que o Sr. Verdon fez não foi minha culpa, mas não consigo me livrar dessa sensação. É um sentimento de vergonha que me envolve como um véu. Já me questionei milhares de vezes, me culpei por estar presa no medo que ele injetou em meus pensamentos com suas ameaças e promessas sussurradas. E, assim como me questionei várias e várias vezes, também me tranquilizei. *Não foi culpa minha.*

Mas quem sabe se eu tivesse agido antes...

– Você não pode questionar as decisões que tomou para sobreviver.

Ethel solta minha mão e tosse, um estrondo de desconforto que deixa seu rosto marcado pela dor. Quando estendo o braço para oferecer uma mão reconfortante, ela me dispensa.

– A gente pode arranjar uma enfermeira para ficar aqui com a senhora. Arrumar o quarto do jeito que quiser. A senhora não precisa ir pra uma casa de repouso – digo enquanto ela continua a tossir e seu rosto fica vermelho de tensão. Sinto um aperto no peito quando Ethel leva um lenço à boca e limpa uma mancha de saliva ensanguentada dos lábios. – Posso resolver tudo pra senhora. Não me incomodo.

– *Eu* me incomodo – retruca ela, ofegante. Leva um tempo, mas ela recupera a compostura, embora seus olhos enevoados ainda estejam vidrados com uma fina película de lágrimas causadas pelo mero esforço para respirar. – Não vou deixar que vocês todos fiquem correndo pela casa feito barata tonta enquanto eu murcho devagarzinho em direção à vida após a morte.

– Bem, isso é... sombrio. E meio esquisito.

– Talvez seja hora de você aprender que o poder está presente em decisões inesperadas. – Ethel pega o bastidor com uma mão, a agulha com a outra e me encara com uma expressão séria. – Fui eu que decidi ir para o Residencial Vista da Praia. Ninguém vai me assistir deteriorar dentro da minha própria casa. Nada vai impedir que isso aconteça, é claro. Mas é ainda pior desmoronar à vista de todos no que é quase o coração do império que construí. Além disso, vou ficar mais perto de você. E nunca se sabe – diz ela com uma piscadela antes de seus olhos finalmente se voltarem para o bordado –, talvez eu precise de algum poder pra mais um ou dois projetos.

Inclino a cabeça, mas Ethel não ergue os olhos, nem mesmo quando um longo momento de silêncio se instaura.

– Projetos...?

– Isso mesmo. Sabe – diz Ethel enquanto perfura o tecido esticado e puxa a linha vermelha através dele –, uma coisa que eu adoro na sua mãe e no Damian é que eles são muito fiéis às próprias crenças. Família em primeiro lugar. Promessas devem ser cumpridas. Votos, honrados.

Desvio o olhar em direção à janela e ao mar enquanto assinto. Espero que minha tia diga algo sobre termos o dever de tomar decisões difíceis em prol uns dos outros nesta família. *Há uma lição nisso tudo*, dirá ela. *Às vezes, precisamos sacrificar um pouco de felicidade para proteger aqueles que amamos e cumprir nossa promessa de cuidar uns dos outros. E nada é mais importante do que isso.* Mas o buraco no meu estômago só fica maior. Mais ermo. Mais impossível de recuperar.

– No internato, quando a Sloane te protegeu, você prometeu cuidar dela em troca?

Olho para Ethel, piscando, percebendo só nesse momento que minhas bochechas estão úmidas.

– Prometi.

– Prometeu – repete minha tia. – Você prometeu. E pode cumprir essa promessa fazendo outra. O tipo de promessa na qual seus pais não vão interferir. Pelo menos, não se forem... convencidos.

– Não tô entendendo...

Ethel deixa minha confusão pairar enquanto passa a linha pelo tecido. Perfura e puxa. Perfura e puxa. Talvez esteja esperando que eu encontre uma solução sozinha, ou que adivinhe seus pensamentos a partir de seu simples movimento, mas não faço isso.

– Sabe o que mais gosto em relação à sua mãe e ao seu padrasto?

– A capacidade que eles têm de destruir a concorrência e eliminar os oponentes, mantendo a imagem de uma família perfeita e feliz?

– Também – responde Ethel. – Mas é principalmente a lealdade dos dois. O amor profundo que têm um pelo outro. O amor profundo por vocês duas. – Ethel dá um último ponto carmim no tecido antes de dar um nó na linha e cortá-la com uma tesoura. – A recusa deles em quebrar promessas feitas àqueles que amam.

Ela tem razão, é lógico. Sei que, apesar de todo o lado obscuro da vida deles, minha mãe e meu padrasto nos amam muito. Assim como minha mãe amava meu pai, Sam. E muito antes de conhecer meu pai, ela já amava Damian. Ele foi seu namoradinho de infância. Um amor jovem que ardia intensamente, mas que não conseguiu sobreviver às exigências do tempo. Ou assim eles devem ter pensado, até que meu pai faleceu e as brasas lentamente se reacenderam.

– Então a senhora acha que eu consigo convencer os dois a não matar o Lachlan porque, sei lá... meus pais amam a nossa família? Isso não faz sentido, tia.

Ethel se vira para mim e vejo seus olhos, da cor da neblina, uma névoa sobre a mente perspicaz que se desgasta sob a película cinza.

– Você se lembra do enterro do pai do Damian? – Balanço a cabeça, negando. – Você tinha uns 5 anos. Foi a primeira vez que a sua mãe e o seu padrasto se viram depois de tantos anos separados. Tenho certeza de que não fui a única a sentir a tensão entre eles. Mas sua mãe tinha vocês duas. E o Sam. A vida tinha seguido em frente. E não importava quanto amor o Damian e a Nina ainda tivessem um pelo outro, eles jamais quebrariam os votos da sua mãe ou magoariam o seu pai. Se não tivéssemos perdido o Sam, isso jamais teria mudado.

Engulo em seco, tentando evocar uma lembrança do enterro, mas ela não vem. Nem o sentido do que Ethel está tentando me dizer, embora ela observe minha reação de perto, como se estivesse implorando para que eu entendesse.

– Eu não tô entendendo de jeito nenhum. A senhora tá dizendo que acha que eles não vão fazer nada contra o Rowan depois que ele e a Sloane se casarem, porque não vão interferir nos votos dela...?

Ethel ri e balança a cabeça.

– Não. Eles se importam com a Sloane, claro. Mas eles se importam porque você se importa. Eles aceitaram a Sloane por conta do que ela fez por você em Ashborne. Mas é a *sua* felicidade que é a prioridade deles. É o *seu* coração que eles não suportam partir.

– Tá, e se fosse... eu me casando...?

Notas que pareciam discordantes de repente se misturam. Um acorde que surge do caos.

– Olha pro seu colo de novo, menina – diz minha tia, e baixo o olhar para o vestido de noiva apoiado nas minhas pernas. – E me conta mais sobre Lachlan Kane.

6

LEYTONSTONE
LACHLAN

As portas da Pousada Leytonstone se abrem revelando o mar e uma passarela curva repleta de flores. Uma melodia angelical de piano e violão vem na nossa direção junto com a maresia.

Sloane aperta meu braço com mais força, e eu olho para ela pelo canto do olho. O cabelo preto, puxado para trás em ondas frouxas que oscilam com a brisa que entra no local, deixa seu rosto à mostra. Um rubor surge em suas bochechas quando ela sorri, sua covinha se aprofundando perto dos lábios.

Ela olha para mim com olhos castanhos penetrantes.

– Você tá olhando pros meus peitos?

Eu gaguejo e engasgo com a maresia.

– Deus meu – respondo entredentes, e ela me lança um sorriso tortuoso e dá um passo à frente, me levando a acompanhar seu ritmo. – Justamente quando pensei que meu irmão era o maior pé no saco que eu tinha, você apareceu.

– Estou tentando fazer você baixar a bola, Lachlan. Um trabalho impossível, pra ser sincera – diz ela, seu sorriso só se alargando quando reclamo baixinho. – Mas, falando sério, não esquece o que eu disse.

Um gemido sobe pela minha garganta. Eu me lembro.

Não seja babaca. Vai dançar com a madrinha.

Respiro fundo para perguntar por que isso é importante ou tentar mais uma vez sair dessa, mas Sloane me interrompe.

– Ordens da noiva – sussurra ela, como se estivesse dentro do meu cérebro. – Ou te removo um olho.

– Queria muito ver você tentar.

– O que eu já falei sobre me ameaçar com diversão?

Quando Sloane ergue os olhos, há um leve tremor em seus lábios e os resmungos que quero soltar evaporam. A hesitação escapa de sua tentativa de me provocar, e ela sabe que consigo ver o nervosismo sob sua máscara, o brilho vítreo na linha dos cílios.

– Ei – digo, dando um tapinha na mão dela. – Lembra quando você entrou no restaurante pela primeira vez e eu estava lá?

Sloane balança a cabeça sem olhar para mim.

– Eu cochichei uma coisa pro meu irmão. Quer saber o que eu disse?

Ela faz uma pausa e assente de novo.

– Eu falei: "Essa garota é boa demais pra você, seu otário, mas ela te ama mesmo assim. Não estraga tudo." E ele não vai estragar. De uma coisa eu tenho certeza, Dona Aranha. Você e o Rowan foram feitos um pro outro.

Sloane franze a testa enquanto se esforça ao máximo para conter as lágrimas. Depois de algumas inspirações profundas e do toque de um lenço de papel sob os cílios, ela se recompõe.

– Obrigada.

– Imagina. Só mantém o meu irmão longe do uísque. Ele vai começar a cantar "The Rocky Road to Dublin", e isso não é nada bom. Nada, nada bom. Ele tem uma voz capaz de fazer o próprio diabo chorar.

– Dar todo o uísque pro Rowan. Entendido.

– Deus meu.

Uma risada ansiosa borbulha de Sloane. Quando chegamos à porta aberta, ela está tremendo, o braço instável contra o meu.

E então cruzamos o portal.

Posso sentir o momento exato em que ela vê meu irmão esperando no final do longo corredor sob um arco de flores, o mar um cenário de fundo brilhante iluminado pelo sol da manhã. Sloane relaxa a mão ao redor do meu braço. O tremor desaparece. Seu sorriso fica mais radiante.

E Rowan?

Está aos prantos feito uma criancinha.

Ele pressiona um lenço sobre os olhos, mas isso não impede que mais lágrimas substituam as que ele consegue secar. Ele muda o peso de um pé para o outro até que Fionn apoia a mão em seu ombro e sussurra algo em seu ouvido. Seja o que for, Fionn recebe um tapa na lateral da cabeça, mas Rowan não tira os olhos de Sloane em momento nenhum.

– Vocês três *nunca* conseguem se deixar em paz? – sussurra Sloane para mim enquanto Fionn dá um sorrisinho e Rowan retorna ao seu estado de lágrimas e confusão.

– Não. Normalmente, não.

– É claro que não.

Ficamos em silêncio enquanto nos aproximamos dos assentos. Há apenas alguns convidados, a maioria amigos de Rowan e alguns dos colegas de trabalho mais chegados de Sloane e a tia idosa de Lark, todos observando nossa entrada com sorrisos calorosos e encorajadores. Eles bloqueiam nossa visão dos músicos sentados em algum lugar à esquerda, próximo ao arco de flores, mas, mesmo sem vê-los, reconheço a voz da cantora.

Estreito os olhos. Meu sorriso parece mais uma careta.

Tento resistir à vontade de olhar na direção do guitarrista e do pianista, acenando com a cabeça para os poucos convidados que reconheço quando nos aproximamos do arco. Mas é inútil.

Meu olhar se volta para os músicos. Para a fonte da voz que rasteja para dentro do meu peito e se contorce como arame farpado sob meus ossos.

Para Lark Montague.

Seus olhos azuis e brilhantes se conectam com os meus por um segundo, apenas o suficiente para nos encararmos e desviarmos o olhar. Sinto uma descarga elétrica no coração. Quero mil coisas. Ir embora. Ficar. Continuar de onde paramos naquela varanda. Mas qual momento eu escolheria? Aquele em que pressionei meus lábios nos de Lark, segurando o cabelo dela com força? Ou a discussão que ainda parece inacabada, que quero reabrir como uma ferida purulenta, um corte nas minhas memórias que se recusa a cicatrizar? Não importa quantas vezes eu tente ignorar, essa conversa continua a invadir meus pensamentos. Sinto o estômago revirar quando me lembro daquele breve momento em que minhas palavras duras atingiram o alvo. Ainda vejo o lampejo de mágoa nos olhos dela.

Você não faz a menor ideia de quem eu sou ou do que eu sei sobre consequências, disse ela enquanto sua dor submergia sob a fúria.

As palavras dela ecoam na minha mente enquanto Sloane e eu diminuímos o ritmo até parar diante do meu irmão, que está praticamente se desintegrando. O volume da música diminui nos compassos finais.

– Você tá bem, bonitão? – sussurra Sloane para Rowan enquanto ele substitui seu lenço úmido por um novo.

– Você tá... – Rowan para e dá um pigarro para tentar de novo. É um esforço admirável, mas sua voz não é mais do que um sussurro rouco quando diz: – Você tá tão linda, Corvo.

– Você até que tá ajeitadinho. Embora eu esteja um pouco decepcionada por você não estar usando o macacão de dragão.

– Tava pra lavar – diz ele.

Rose dá uma gargalhada e esconde o sorriso em seu buquê. Fionn resmunga algo ininteligível sobre esportes enquanto um rubor surge sob seu colarinho. Lark se junta à festa de casamento agora que a música terminou. Ela está radiante. Lágrimas umedecem seu rosto quando ela junta as flores de Sloane às dela. E, por Deus, demoro muito para perceber que Conor acabou de perguntar quem estava acompanhando a noiva e cabe a *mim* responder. Sloane percebe a distração, é claro. Seu beliscão no meu braço é o que me impede de tentar decifrar Lark, uma mulher que consegue atirar um pobre coitado em um lago sem nenhum remorso, mas chora tanto no casamento da melhor amiga que um de seus cílios postiços chega a cair. *Sério.* O maldito desliza por sua bochecha, e ela o espana com a mão, não dando a mínima para nada além de Sloane e Rowan.

Coloco a mão de Sloane na de Rowan e tento manter a atenção no meu irmão enquanto ele funga antes de dar início aos votos. Talvez eu sinta uma ardência no canto do olho quando Conor os declara legalmente casados de acordo com as leis de Massachusetts. Talvez minha garganta queime um pouco quando Rowan segura o rosto de Sloane entre as mãos e apenas olha para ela, certificando-se de que ela saiba que este é o maior acontecimento da vida dele.

– É melhor você me beijar, bonitão. Você não é meu marido até isso acontecer – sussurra Sloane enquanto uma única lágrima rompe seus cílios e desliza em direção a seus lábios.

Rowan a beija, é claro. Ele desliza um braço pelas costas dela e a inclina para trás enquanto os poucos convidados aplaudem. Lark é a mais barulhenta de todos.

Tomamos alguns drinques na Pousada Leytonstone, onde a tia de Lark, Ethel, ofereceu canapés e caixas de champanhe, muito mais comida e bebida alcoólica do que jamais poderia ser consumido por um grupo tão pequeno de pessoas, mesmo com três irmãos irlandeses desordeiros no meio. Quando todos estão suficientemente embriagados, entramos em vans contratadas e seguimos para o centro. Acabamos em uma taverna na mesma rua, um lugar simples cheio de tralhas com temática praiana, painéis de madeira e jovens moradores locais. Costelinha com molho barbecue, batatas fritas e cervejas são servidas com guardanapos que exibem o logotipo de uma casquinha de sorvete derretida e as palavras AÇOUGUEIRO & CORVO, CONFRONTO ANUAL DE AGOSTO. O detalhe surpresa faz Sloane primeiro rir e depois chorar enquanto Rowan dá um beijo em sua bochecha. Quando o DJ começa a tocar e declara que chegou a hora da primeira dança dos noivos, cercamos meu irmão e sua esposa, e embora eu tente não deixar transparecer, fico maravilhado ao notar que aquele garoto imprudente que sempre esteve na minha cola ou arrumando encrenca para eu resolver já ficou totalmente para trás. De alguma maneira, ao ver Rowan agora, com a vida exatamente como deveria ser, a minha parece um pouco vazia, mesmo que eu não pudesse estar mais feliz por ele. E embora eu reflita sobre isso enquanto assisto a isso tudo, não consigo entender o *porquê*.

– Escroto – diz Fionn, interrompendo meus pensamentos ao parar do meu lado na beira da pista de dança, que está lotada com um misto de convidados da nossa singela festa de casamento e moradores locais que foram arrastados para nossa comemoração.

– Doutor Toalhinha. – Dou um sorriso debochado quando ele me lança um olhar metade ameaça, metade súplica. Aponto para a pequena multidão com a cabeça. – Tá boa a festa, né?

– Aham. Talvez você se divertisse mais se não fosse tão babaca e convidasse a madrinha pra dançar.

– Ah. A noiva te mandou aqui?

Fionn zomba e revira os olhos.

– Eu sou médico, seu mané. Sou um cara observador.

– E também faz crochê e tem uma incapacidade chocante de dizer não a merdas sem sentido.

– Para de fugir do assunto.

– Ah, então você quer dizer que existe um assunto?

– Sem dúvida. E o assunto é o seguinte: qual é a porra do seu problema com a Lark?

Algo sem nome e inesperado faz meu peito apertar.

– O que você tá querendo dizer?

Fionn dá um sorriso de lado e deixa minha pergunta pairar enquanto toma um longo gole de cerveja. É preciso mais concentração do que deveria para conseguir não olhar na direção onde vi Lark pela última vez conversando com o DJ e folheando as opções de música. Ela estava atirando seu sorriso ensolarado para cima dele, e o desgraçado se deleitava como se estivesse tentando pegar um bronzeado. Não que eu estivesse prestando muita atenção.

– Era pra você já ter aprendido a ser mais discreto, visto que passou a última década saindo com todas as mulheres de Boston, pulando de uma pra outra mais rápido do que troca de meia – diz Fionn por fim.

Meu sangue ferve e bato um dos anéis no copo enquanto tomo um gole, resistindo à vontade de engolir todo o conteúdo, com gelo e tudo.

– Não sei do que você tá falando.

– Eu vi que você passou o dia inteiro olhando pra ela. Num minuto, você tá furioso, no outro, olha pra ela como se fosse um cachorro sem dono, depois fica encarando como se ela tivesse arrancado a cabeça do seu ursinho de pelúcia.

– Vai se foder – rosno. – E deixa o Sr. Buttons fora disso.

Fionn dá risada, meio sem jeito. Voltamos nossa atenção para a pista de dança e, embora eu não olhe, consigo sentir a diversão desaparecer do rosto do meu irmão mais novo. Para falar a verdade, preferia que o clima descontraído continuasse, pois poderia ficar naquele embate por muito tempo. É com o que vem depois que não consigo lidar.

– Mas sério agora. Você tá bem, mano? – pergunta Fionn. Posso sentir seus olhos em mim, mas mantenho os meus focados nas pessoas dançando. – Não é muito do seu feitio ficar tão mal por causa de uma mulher. Nem ser tão babaca com uma mulher, aliás.

– Eu não estou mal, seu bosta.

– O que deu em você?

– Nada. Absolutamente *nada*.

– Então por que está sendo tão escroto? Tipo, mais do que o normal.

– Eu não tô sendo escroto.

– Não. Tem razão, você tá sendo um amor. Tenho certeza de que ela acha o seu jeito cativante.

Dou um grunhido e me viro o suficiente para imobilizar Fionn com uma expressão ameaçadora. Ele me encara de volta, mas franze as sobrancelhas de preocupação.

– Tô aqui numa boa, tomando minha bebida, tentando sobreviver ao meu irmãozinho analítico cuidando da minha vida. Não faço a menor ideia do que você está falando.

– Entendi. Bem, é melhor você descobrir logo, porque tenho a sensação de que a noiva notou que você fez de tudo pra evitar a Lark o dia todo. É meio difícil não perceber seu comportamento mais desagradável do que o normal, mano. E se tem alguém aqui mais assustador do que você – diz Fionn, me dando um tapinha no ombro –, é *ela*.

Ele dá uma risada rouca e vai embora.

Merda.

Embora eu tente manter minha atenção nas costas dele, posso sentir o peso do olhar assassino de Sloane no meu rosto. Com um suspiro pesado, finalmente encontro seus olhos na pista de dança. Sloane aponta um dedo na minha direção.

Eu?, pergunto sem som, a mão espalmada contra o peito, uma expressão inocente no rosto, embora minhas entranhas estejam se revirando.

Sloane aponta para mim outra vez e acena com a cabeça na direção de Lark, embora eu não me atreva a olhar naquela direção. *Vai dançar*, articula ela com os lábios, numa ordem silenciosa.

Finjo estar confuso.

Ela *não finge* estar furiosa.

Sloane gesticula a coreografia mais triste que já vi enquanto faz outra exigência muda. *Vai dançar com a Lark. Agora, porra.*

Aponto para meu ouvido e balanço a cabeça. *Não consigo te ouvir.*

Sloane revira os olhos, depois dá meia-volta e vai embora, sem desviar o olhar do meu até chegar ao bar. Quando o barman se inclina sobre a madeira polida para anotar o pedido dela, uma sensação de pavor invade minhas veias.

– Ah, *merda* – sussurro quando ele lhe entrega uma garrafa cheinha de uísque.

Ela me lança um sorriso sombrio e maléfico. Ergo as mãos em um pedido de trégua.

– Tá bem, tá bem.

Sloane balança a cabeça e aponta para a orelha antes de sua expressão mudar para um beicinho sarcástico. *Não consigo te ouvir*, faz ela com a boca.

– Chata pra caralho.

Estou prestes a cruzar a pista de dança e implorar para que ela não dê a garrafa para Rowan quando o rosto de Sloane se transforma. Um sorriso lento brinca em seus lábios e seus olhos se movem na direção de algo logo acima do meu ombro.

Pá, pá, pá.

Depois de três tapinhas suaves no meu ombro, me viro apenas o suficiente para encontrar os olhos cristalinos de Lark presos aos meus. São lindos e brilhantes, mas também *penetrantes*.

– Dança comigo.

Não faço a menor ideia do que ela sente em relação à exigência que acabou de fazer. Sua voz é quase apática; sua expressão, neutra. É irritante. Essa não é a mulher vibrante que beijei na varanda de Rowan, nem a impetuosa com quem discuti minutos depois. Não é a mesma com quem estive algumas vezes desde então, que podia ficar descontente em me ver, mas que ainda mantinha ternura dentro de si, como se não conseguisse conter seu calor radiante. Esta versão de Lark não é nenhuma dessas coisas. A mulher diante de mim é fria, hostil.

Olho para Sloane, como se ela pudesse me dar alguma dica do que está acontecendo, mas ela continua ali, imóvel, acho que nem piscou.

– A Sloane vai ficar ali parada até você dançar comigo – diz Lark.

– Por Deus. Você deve ter razão. – Um suspiro profundo passa pelos meus lábios enquanto continuo esperando que Sloane ao menos pisque, mas isso não acontece. – Acho que podemos, sim.

– Esse é o espírito. O entusiasmo que toda mulher deseja em um homem.

Estendo a mão.

– Pronta, duquesa?

Ela não responde, apenas olha para a minha mão como se tivesse que fazer um esforço para me tocar. Será que é porque não tenho uma ponta do dedo? Isso a assusta? Talvez ela não tenha notado na primeira vez em que nos vimos e trocamos um aperto de mãos. Ela não parece o tipo de pessoa que ficaria incomodada, mas, quanto mais ela hesita, mais inseguro fico.

– Não é tão ruim assim – resmungo.

Ela inclina a cabeça para o lado.

– O quê? Dançar com alguém que te odeia?

Lark me observa enquanto engulo em seco e tento suavizar minha surpresa sob uma máscara apática.

– Eu... tava falando do meu dedo.

A confusão aprofunda a ruga entre as sobrancelhas de Lark até que mudo o ângulo da minha mão para que ela possa ver melhor. Agora ela parece... *ofendida*. Ela faz um som de deboche e desliza a palma da mão sobre a minha, sem tirar a atenção do meu rosto quando encosto meus dedos tatuados em sua mão.

– Sinto muito pelo que aconteceu com você, seja lá o que tenha sido – diz ela enquanto nos encaramos –, mas você é mesmo um babaca.

– O elogio que todo homem quer receber de uma mulher.

Com uma piscadela que me rende um revirar os olhos, começamos a dançar, apenas um movimento lento em um arco suave no piso de taco polido. Embora a gente não diga nada, sinto que Lark está ansiosa para falar algo. É como se ela não soubesse como começar, então contrai os lábios e cantarola. No início, é tão baixinho que não tenho certeza se estou imaginando, mas depois fica mais alto. Logo, ela não consegue evitar e canta uma palavra ou outra, seu olhar preso em algum lugar além do meu ombro enquanto se perde na melodia.

– Eu não te odeio – digo por fim, na esperança de que a tensão entre nós se dissipe, meu tom baixo e calmo, pouco mais que um sussurro.

Os olhos dela se voltam para os meus, e seu lado frio está de volta.

– Odeia, sim. E acho que também não gosto de você.

– Faria mesmo alguma diferença se eu gostasse?

– Faria, mas não porque estou desesperada pra que qualquer zé mané goste de mim.

– Obrigado.

– É só esquisito. Então, sim, pra mim faz diferença.

Não há nenhum indício de hesitação na voz de Lark. Sua sinceridade não é apenas surpreendente, é revigorante. Ela deve ter notado que me pegou desprevenido com a resposta, porque deixa seus olhos pousarem em mim por um segundo antes de desviá-los e dar de ombros.

– Apesar do que você pensa, eu sou muito legal na maior parte do tempo. As pessoas gostam de mim. Até as que me traem.

– Que *te traem*? Que drama – zombo, apesar de um pico irracional de raiva queimar e se dissolver no meu peito. – Talvez essas pessoas não gostem tanto assim, se acabam se voltando contra você.

– Eu disse que gostam de mim. Não disse que me respeitam. É diferente.

Reviro as palavras dela na minha mente, refletindo sobre minhas interações com pessoas do passado e momentos em que me senti traído e desrespeitado.

– Acho que faz sentido, duquesa. Não tenho certeza de quantas pessoas gostam de mim, mas acho que a maioria me respeita.

– A maioria das pessoas não gosta de você? Que revelação chocante.

Lark tira a mão do meu ombro e olho para baixo, encontrando seu sorriso brilhante e seu meneio de cabeça na direção de Sloane. Em questão de segundos, ela se transforma, de fria e cortante para radiante e ofuscante. Na verdade, consigo *sentir* o amor e a adoração dela por Sloane, como raios de sol atravessando uma nuvem. Mas não parece forçado ou dissimulado. Seu calor parece tão real quanto o desconforto gélido que paira assim que ela desvia os olhos de Sloane e se volta para mim.

– Como anda o trabalho? Nadando muito? – pergunta ela. – Muitas avaliações positivas?

Uma risada triste escapa e então examino os clientes ao nosso redor. As palavras dela são um gatilho para que eu automaticamente verifique os arredores.

– Absolutamente fantástico – respondo sem expressão. – Fico com todas as tarefas divertidas, graças a uma certa ex-cliente.

Olho para baixo e vejo a pulsação no pescoço de Lark, onde a pele fica manchada com um rubor carmim intenso. Ela me encara, mas não consegue sustentar o olhar.

– E se eu te dissesse que posso dar um jeito nisso?

Dou uma risada. Olho para ela. Rio outra vez.

– *Dar um jeito?*

– Isso mesmo. E já que sua intuição é tão útil quanto buzina em avião, vou te dizer que esse plano não me deixa nada feliz, se isso serve de consolo.

– Bem, ajuda um pouco. Prossiga.

Lark morde o lábio por um bom tempo, e dessa vez fico em silêncio, determinado a esperar que ela se manifeste.

– Ouvi dizer que você tá pensando em se aposentar... das suas aventuras... como freelancer.

– Você quer dizer meu trabalho paralelo como matador de aluguel e todas as outras merdas nas quais me envolvo regularmente por conta do meu chefe psicopata?

– Aham – diz Lark depois de engolir de maneira audível. – Isso mesmo.

– Claro, o objetivo era me aposentar, mas não acho que isso vá acontecer.

– Você tem razão, não vai. A menos que você tenha uma ajudinha.

– E você acha que pode me ajudar?

Os olhos azuis e gelados de Lark me cortariam se fosse possível.

– Eu sou a única pessoa que pode te ajudar.

Meu arfar se transforma em uma risada enquanto o silêncio se instala entre nós, o olhar duro de Lark imaculado pelo meu desdém.

– Duvido muito, duquesa. Além disso, por que você faria isso? Você não gosta de mim, lembra?

Ela dá de ombros.

– É verdade. Mas preciso da sua ajuda tanto quanto você precisa da minha. E, se eu conseguir, posso garantir que seu chefe ganhe o contrato dos Covacis de volta. Além disso, vou dar um jeito de ele fechar um contrato com os Montagues também.

Sinto a testa enrugar enquanto assimilo cada microexpressão que passa pelo rosto de Lark.

– A sua família tinha um contrato? Nunca fiquei sabendo.

– Da parte dos Montagues, não. A gente sempre resolve as nossas próprias merdas. Mas as coisas estão mudando.

Ela olha para mim e depois na direção de algo por cima do meu ombro. Quando me viro para saber o que é, vejo Sloane recolher a saia do vestido de noiva para poder se sentar no colo de Rowan. Ele envolve a cintura dela, as mangas de sua camisa dobradas até os cotovelos, sua tatuagem recente uma explosão de preto e cor sobre as feridas cicatrizadas. Eles cochicham enquanto passam a garrafa de uísque um para o outro.

– O lado Montague da família vai precisar terceirizar em breve – diz Lark, chamando minha atenção de volta para ela. – Proteção. Resolução. Limpeza. Não vai ser tão trabalhoso quanto o contrato do meu padrasto, mas ainda o suficiente para ser de interesse do seu chefe, tenho certeza.

– Qual é o negócio? Se for tráfico de drogas, eu tô fora.

Lark revira os olhos.

– Não é tráfico de drogas.

– É o que, então? Armas? Logística? Investimentos?

Lark respira fundo e endireita os ombros.

– Muffins.

– Muffins...? O grande negócio criminoso da sua família são *muffins*?

Lark enfia um dedo no meu peito.

– Você não sabe que a indústria alimentícia está cheia de sociopatas, assassinos e comportamentos duvidosos? – pergunta Lark entredentes enquanto caio na gargalhada. – Nunca ouviu falar da história de qualquer franquia ou produtor de alimentos e bebidas? Os Muffins Montague estão pau a pau com os piores da categoria.

– E você precisa contratar o serviço. Pro seu negócio de *muffins*.

– É um mercado altamente competitivo. Você não conhece As Banoffes do Bob? Esse cara vive falando mal da minha tia.

Por um instante tiro a mão da cintura dela em um gesto de rendição.

– Tá bem, tá bem, acredito em você. Qualquer pessoa que sinta a necessidade de argumentar sobre esse assunto claramente nasceu pro negócio.

– Tá. Talvez armas sejam enviadas vez ou outra em um ou dois lotes, mas a maior parte envolve só muffins mesmo.

Lark revira os olhos e volta sua atenção para os outros casais na pista de dança. Seus passos ficam mais curtos enquanto os observa, seus movimentos rígidos. Talvez seja apenas nervosismo o que sinto nela. Ela está claramente preocupada em abordar o que deseja em troca do acordo proposto. Mas, quando os olhos dela se fixam em Conor e sua esposa, Gabriela, que dançam perto da gente, não é apenas ansiedade que vejo em Lark. Parece derrota. Uma rendição. Como se ela estivesse tentando se cobrir com uma armadura apertada, quando tudo que quer de verdade, tudo que realmente *precisa*, é apenas respirar profundamente.

Sei disso porque sei como é.

– O que você quer de mim? Porque não vou soltar minha perna de uma armadilha só pra me ver preso em outra.

– Falou o guaxinim – diz Lark com um sorriso fugaz e melancólico. Quando ela desvia o olhar de Conor e Gabriela, mantém os olhos longe dos meus, com o rosto pálido. – Parece que alguém está matando os sócios da minha mãe e do meu padrasto. Está se espalhando pra minha família. E este não é bem o tipo de situação que queremos, com a polícia revirando a nossa vida. Tenho certeza de que você entende o desejo de manter os agentes da lei longe das pessoas que você ama, certo?

– Certo – respondo, minha voz sombria. Automaticamente rastreio o salão em busca dos meus irmãos. – Você sabe por onde começar?

– Nada concreto ainda, além de um cronograma definido. O assassino parece ir atrás das vítimas quando elas estão sozinhas, e não deixa nada para trás. Mas espero que você possa me ajudar a juntar as peças. Pelo que entendi, esse tipo de coisa faz parte do seu conjunto de habilidades. – Lark meneia a cabeça na direção de Rowan e Sloane. – Você sabe investigar crimes tanto quanto sabe cometê-los. Sei que você juntava informações pra competição anual deles.

– Acho que eu não deveria ficar surpreso com o fato de você saber disso.

– De agora em diante, vamos assumir que eu sei mais sobre você do que você sabe sobre mim, beleza?

O olhar malicioso de Lark não é apenas um golpe, é um aviso. E embora eu tente manter minha expressão neutra, nós dois sabemos que ela tem razão. Desde a noite em que nos conhecemos, tenho feito o possível para evitar qualquer coisa que tenha a ver com ela, principalmente por pura vergonha e teimosia. Resultado: Lark Montague agora está em vantagem.

– Então meu chefe fica com os dois contratos, você com o assassino e eu com a minha liberdade. Todo mundo ganha. Fim da história?

O canto dos olhos de Lark se reduz a linhas finas quando ela contrai o rosto.

– Quase.

– Como assim "quase"?

– Tem um probleminha.

– Mal posso esperar pra saber qual é.

– A gente precisa se casar.

– Que *asneira* é essa? – Dou uma risada, mas Lark permanece imóvel. Rio outra vez e é um som irônico e triste, mas ela não cede. – Deus do céu, você tá falando sério.

– Infelizmente.

– Por que…? Por que diabos nós teríamos que fazer isso?

– Porque é o único jeito de garantir a sua segurança. A minha família vê você como um provável suspeito.

– *Eu.*

– Assassino descontente com meios pra se vingar das pessoas que arruinaram sua carreira de matador de aluguel? Meio que faz sentido, não acha?

Entendo o que ela quer dizer, mas não quero admitir.

– Não – respondo.

Lark suspira, irritada.

– Faz alguma diferença se não for você? Você é um forte candidato a potencial ameaça, então pra eles é melhor só apagar você e ver se isso resolve o problema. E eu tentar te defender não vai adiantar. Meus pais não vão se importar se pensarem que somos amigos. Eles não vão se importar se eu disser que eu mesma contratei você. E não vão se importar se estivermos só namorando. Mas casamento… – Lark faz uma pausa. Seus olhos azuis brilham, mas ela logo desvia o olhar. – Casamento é diferente. É um voto que ambos levam muito a sério e não vão interferir nisso se acreditarem que é o que eu quero de verdade. Eles não correriam o risco de me magoar dessa maneira. Principalmente meu padrasto. Ele é meio antiquado quando se trata das pessoas que ama.

Dou uma bufada e reviro os olhos, tentando esconder a crescente sensação de pavor que sinto.

– Esta não seria a primeira vez que tenho um alvo nas costas. Posso resolver isso sozinho. Sinto muito pelas mortes e tudo mais, mas tenho certeza de que você vai ficar bem.

Embora eu diga isso em voz alta, imediatamente quero enfiar as palavras de volta na minha boca. Decido investigar a questão dos assassinatos no círculo de Lark sem o fardo adicional de tê-la por perto.

– Claro. Sinto na alma a sua preocupação com meu bem-estar. Mas como você claramente não está motivado pela minha saúde e pela minha felicidade, o que faz sentido, acho melhor saber que não somos os únicos em risco. – A determinação de Lark é uma fortaleza quando ela aponta com a cabeça para Rowan e Sloane, e a única coisa que consigo fazer é, como uma onda, quebrar contra ela, mas sem abalar suas estruturas. – Eles sabem o suficiente sobre seu irmão pra achar que ele é um risco. E eles não enfrentam riscos, eles os aplacam. Pra minha família, é melhor acabar com todos eles.

Demoro um tempo para perceber que paramos de nos mover e que parei de respirar. Que outros casais passam por nós. Que a música mudou. Estamos suspensos no tempo, e tudo o que vejo são os diversos tons de azul nos olhos de Lark me ancorando no lugar.

A mão dela escorrega da minha. Meu coração bate em meus ouvidos e se sobrepõe a todos os outros sons, exceto ao da voz dela, quando diz:

– Sem mim, Lachlan Kane, você vai morrer. E não tenho como garantir que o acerto de contas irá parar em você.

E então ela se afasta, fugindo do meu alcance.

Uma salva de palmas e gritos me tiram do meu estupor enquanto Rowan sobe no pequeno palco ao lado do DJ, microfone numa mão, uísque na outra. Ele aponta a garrafa na minha direção e dá uma piscadela, dando um pigarro e em seguida cantando os primeiros versos de "The Rocky Road to Dublin".

– Me avisa até o final da noite se temos um acordo ou não – diz Lark, com a voz grave se sobrepondo ao cantar desafinado que vaza dos alto-falantes. – Não temos muito tempo.

Lark abre um sorriso forçado e se junta à multidão na frente de Rowan. Ele sorri enquanto ela aplaude mais alto do que qualquer outra pessoa e canta junto.

One two three four five
Hunt the Hare and turn her down the rocky road
All the way to Dublin.

7

JUSTIÇA
LARK

—Este deve ser um dos piores dias da minha vida – digo enquanto borrifo cola em spray nas pétalas de uma rosa branca imaculada.

Um misto de palavrões, súplicas e suspiros de pânico se mistura à música que toca ao fundo.

– Quer dizer, não que seja *o pior*, mas definitivamente está entre os cinco piores, isso com certeza. Provavelmente em terceiro lugar. E considerando que os dois primeiros lugares envolveram mortes terríveis e experiências angustiantes e traumáticas que deixaram marcas indeléveis na minha alma, essa é sem dúvida uma grande conquista pra um casamento.

Meu prisioneiro faz força contra as amarras de couro. Os dedos dos pés descalços rangem na parte inferior do caixão de acrílico quando a resina jorra em suas pernas da torneira do barril que coloquei em um suporte acima dele. Esta fábrica antiga que venho transformando em meu próprio retiro musical, um espaço sem uso que meu padrasto me deu de presente, veio com uma série de dispositivos que realmente se conectaram com minha alma de artesã. E este é meu projeto mais ambicioso até então. Coitado do meu padrasto: ele provavelmente me deu esta antiga fábrica de tecidos na esperança de que eu me divertisse tanto transformando-a que acabasse me adaptando a um estilo de vida mais sedentário. Mal sabia ele que o espaço também seria útil para garantir que ninguém ouviria os últimos gritos de Patrick O'Neill.

Olho para o rosto coberto de suor de Patrick. A caixa está quase cheia até os ouvidos. Em breve, ele não vai ser capaz de me ouvir.

Com um pote de purpurina dourada na mão, eu me inclino sobre a borda do caixão e salpico a superfície da rosa, o excesso caindo na resina infundida com purpurina ao lado de sua cabeça.

– Você é casado, né? Ficou nervoso quando se casou?

– Vai se foder, sua psicopata! – vocifera ele antes que sua fúria se transforme em soluços frustrados.

– Acho que é normal ficar nervoso, né? É um dia importante. Tipo, o *mais* importante. – Deixo a rosa de lado para secar e pego a próxima, desta vez me inclinando sobre o caixão transparente enquanto borrifo a cola de modo que gotas caiam no rosto de Patrick. – Me diz uma coisa, Sr. O'Neill. Na verdade, digamos que esse momento seja sua oportunidade de se arrepender – acrescento enquanto sorrio diante de seu desespero e sua angústia. Ele não consegue decidir entre a raiva e o medo enquanto meu sorriso ganha um ar malicioso. – Você ficou nervoso na primeira vez em que assediou uma aluna?

Patrick contrai os lábios, e consigo me esquivar da cusparada que ele dá na minha direção. A saliva grossa cai e vai parar na própria bochecha dele, deslizando para dentro da resina que sobe cada vez mais a cada segundo que passa.

– Que pena que não gostou da minha pergunta. Pra quem não dormiu nada, acho que ainda tô bem esperta. – Dou de ombros e torço a flor entre os dedos, os espinhos cortados. – Sempre me pergunto por que vocês, homens casados, não são um pouco mais cuidadosos. No caso dos solteiros, faz sentido. Mas você é tão ingênuo! Bastou o quê? Um ou dois dias te provocando na internet até você tentar se encontrar comigo?

– O que você quer de mim? – pergunta ele entredentes.

– Que você morra, é óbvio. – Reviro os olhos e derramo o resto do pote de purpurina na rosa, o excesso formando uma película fina que adere à pele de Patrick. – Gosto de pensar nisso aqui como um ato de justiça, mas também quero que brilhe bastante. Além disso, estou precisando de uma mesa de centro.

– Então compra uma.

– Não, eu gosto de fazer meus próprios móveis – respondo, dando de ombros, apoiando a rosa ao lado das outras. – Meu noivo... meu Deus, como odeio essa palavra... Ele vai se mudar pra minha casa amanhã, e eu queria uma peça bem ousada pra ele não achar que pode simplesmente trazer uns móveis de merda da casa dele de solteiro. E como eu gosto de levar um pequeno troféu de cada pedófilo nojento que elimino desse mundo maravilhoso, fiquei pensando, são dois coelhos com uma cajadada só, sabe? Preciso de uma mesa de centro, você é pedófilo, é o destino.

– Você pegou o homem e-errado – implora Patrick enquanto abro um novo pote de purpurina e começo a trabalhar em outra rosa.

– Não peguei, não.

– Eu nunca quis machucar ninguém.

– Quis, sim.

– Se você me soltar, juro que nunca mais chego perto de nenhuma escola.

– Bem, pelo menos estamos de acordo em relação ao último ponto. Você definitivamente nunca mais vai chegar perto de outra escola.

Com um sorriso fraco e ameaçador, me inclino para dentro da caixa de acrílico e sopro a superfície da rosa, espalhando uma fina nuvem de pó brilhante na pele dele.

– Você nunca mais vai ludibriar outra aluna. Nunca mais vai tocar em outra criança. Nunca mais vai roubar o futuro de alguém. Nunca mais vai despedaçar outra alma.

Sustento o olhar de Patrick por um bom tempo, o tom cinza-azulado de suas íris contrastando com a rede de minúsculos vasos sanguíneos vermelhos que atravessam o branco de seus olhos. Não é a primeira vez que eu gostaria que Sloane conhecesse esse meu lado. O talento dela para remover os olhos das vítimas talvez seja um pouco repugnante para o meu gosto, mas algumas pessoas simplesmente merecem ter partes de seus corpos arrancadas, e esse Patrick O'Neill é sem dúvida um excelente exemplo disso.

Mas, por mais tentador que fosse deixar Sloane a par do meu hobby, que na verdade foi inspirado por ela, também seria arriscado. Então repito a mim mesma o mantra que sempre entoo quando a vontade de confessar vem:

Quanto mais Sloane souber, mais riscos ela vai correr.

Inspiro profundamente uma rosa fresca e as pétalas sussurram contra minha pele, o perfume quase forte o suficiente para mascarar a fumaça da resina. Por um tempo, apenas observo a ondulação do epóxi saindo da torneira. Uma sensação de calma toma conta de mim, apesar dos intermináveis xingamentos e súplicas de Patrick. Há certa retidão na doce fragrância da rosa e no brilho dourado da purpurina. Há beleza no terror quando ele traz vida a almas sombrias.

O alarme do meu relógio de pulso dispara, interrompendo minha paz momentânea. Onze da manhã. Sloane vai ficar pronta para me buscar à uma da tarde, e o casamento é às duas em ponto. E espero de verdade que esta aventura na confecção de mesas ajude a me acalmar, não apenas para encarar a noite de núpcias à minha frente, mas para enfrentar Sloane. Dois dias depois do casamento dela, soltei a bomba de que iria me casar com Lachlan Kane, e desde então ela não sai da minha cola atrás de detalhes que tenho evitado compartilhar. Mas acho que chegou a hora.

– Bem, Patrick, foi tudo muito divertido – digo enquanto borrifo a última rosa com cola e polvilho a purpurina antes de apoiá-la na mesa com as outras flores que vou amarrar com uma fita –, mas preciso mesmo ir. É um dia importante e tal. Quero estar bem bonita, sabe? Esse macacão provavelmente não vai cair bem, mesmo que eu esteja me casando com um completo babaca.

Os apelos incessantes de Patrick ficam mais altos quando me levanto e espano o pó do macacão.

– Você não pode fazer isso – diz ele enquanto luta para manter a cabeça erguida acima do líquido viscoso que enche a caixa.

Sorrio enquanto abro totalmente a torneira do barril de epóxi e mudo a música da minha playlist. A batida pesada ecoa pelos alto-falantes presos às paredes.

– Na verdade, *posso*, sim – respondo enquanto volto em direção à cabeça de Patrick e agarro a alça de metal do carrinho onde seu caixão está apoiado. – E vou.

Com as mãos agarradas ao aço frio, empurro o carrinho para a frente. As rodas rangem enquanto giram no concreto polido.

– P-por favor, eu imploro – insiste Patrick, soluçando.

Os olhos dele saltam de mim para o líquido dourado que se espalha ao redor de seu corpo enquanto eu o aproximo da torneira. A resina cobre suas pernas. Os quadris. O abdômen. Veias se projetam sob a pele pálida e suada de sua testa enquanto nos aproximamos, centímetro a centímetro.

– Eu te dou o que você quiser – continua ele. – *Qualquer coisa.*

– Sr. O'Neill. Já era pro senhor ter entendido. – Empurro o carrinho até que a torneira do cano suspenso paire logo acima da garganta dele. Seu batimento cardíaco acelerado desaparece sob ondas cintilantes de resina. – Eu quero coisas que homem *nenhum* pode me dar.

Com um último empurrão, o carrinho para onde sua boca se alinha com o fluxo viscoso. Patrick fecha os olhos com força. Balança a cabeça de um lado para o outro. Engasga e cospe, lançando respingos de resina contra o acrílico. Ele implora por ajuda, por um Deus que não vai atendê-lo.

– Nem se dê ao trabalho de implorar pela ajuda de Deus – digo enquanto calço minhas longas luvas de couro e enfio as mãos na piscina. Pressiono a testa dele para manter sua cabeça firme sob a torneira. – Ele também nunca me atendeu.

Patrick luta, se sacode e prende a respiração até não conseguir mais. O ar escapa de seus pulmões todo de uma vez. Só há líquido esperando para encher sua boca na próxima inspiração.

Sei que ele não pode me ouvir mergulhado na resina enquanto listo os nomes de todas as garotas a quem ele fez mal. Mas falo todos em voz alta mesmo assim. Nomeio cada menina que ele transformou em sobrevivente enquanto seus pulmões param em uma pulsação rítmica. E, quando seu corpo fica imóvel, tiro minhas mãos dali, deixando lindos redemoinhos dourados para trás, e fico assistindo até que o rosto e o corpo dele desaparecem sob a superfície cintilante.

Com um último olhar satisfeito para o bloco dourado, ligo os aquecedores e os ventiladores para ajudar a resina a secar, pego minhas flores e vou embora.

Meu cachorro se levanta do seu lugar favorito no chão da sala de atividades manuais e me segue enquanto caminho pelo corredor, rumo ao andar principal do que já foi uma fábrica de tecidos. Passo pelo antigo elevador de aço que ainda funciona mas me apavora e, em vez de entrar nele, sigo em direção à escada de metal na parede oposta, subindo os degraus de dois em dois até chegar ao meu apartamento de paredes de tijolos aparentes, janelas altas e decoração eclética, com fotos, esculturas, tapeçarias e pôsteres, a maioria coisas que colecionei durante os tempos na estrada fazendo shows. Talvez haja algumas lembrancinhas de justiça purpurinada e, embora estejam quase todas escondidas, sua presença faz com que este espaço seja meu lar.

Achei que meu projeto com os móveis no andar de baixo faria com que eu me sentisse melhor em relação ao que está por vir e até ajudou, mas o efeito é mais temporário do que eu esperava. O nervosismo aumenta a cada segundo que passa, como uma melodia contagiante que toma conta dos meus pensamentos nota por nota, até se transformar na única coisa que consigo ouvir. Aumento o volume da música na esperança de que ela afogue a ansiedade. Danço enquanto enrolo meu cabelo em bobes e canto ao mesmo tempo que faço a maquiagem. Até pego meu violão e toco algumas músicas antes de vestir um terninho de cetim marfim com um espartilho de renda sem alças. Quando termino e todos os detalhes estão resolvidos, tiro um segundo para girar de um lado para o outro na frente do espelho que vai até o chão do meu quarto. Provavelmente não é nenhuma surpresa dizer que sempre imaginei que teria um casamento grandioso, vestido branco de princesa e com um véu esvoaçante. Quinhentos convidados, fogos de artifício e um conto de fadas.

Mas essa não é a realidade e não estou chateada com isso. Ainda estou nervosa? Claro. Mas também me sinto feroz. Destinada a desafiar as expectativas.

Quando Sloane manda uma mensagem dizendo que chegou, estou mais pronta do que nunca.

E, no instante em que entro no carro dela, sei que estou fazendo a coisa certa.

– Que porra é essa? – pergunta Sloane, a preocupação estampada em seu rosto, os tons verdes de seus olhos castanhos mais vibrantes ao lado do vermelho injetado pelas lágrimas de preocupação que deve ter derramado durante a viagem até aqui. – Eu achava que você odiava o Lachlan. Você não pode estar falando sério sobre se casar com ele.

– O que te fez achar que eu odeio ele?

– Você ter dito "o Lachlan é um babaca, eu odeio mesmo esse cara" talvez seja um dos motivos.

Solto uma risada trêmula enquanto tento não ficar cutucando o buquê preso no meu punho de ferro.

– Bem, ele é meio babaca, lógico, mas ódio talvez seja um pouco forte demais.

Sloane se vira para mim, o carro ainda parado.

– Pelo amor de Deus, me fala o que tá acontecendo, Lark. Você é minha melhor amiga. É a pessoa mais impetuosa que eu conheço, mas *isso*? Um casamento do nada com Lachlan Kane, sendo que vocês se viram, o quê, cinco vezes na vida? Sendo que todos esses momentos foram péssimos! Tem que haver um motivo pra essa mudança de repente. – Ela balança a cabeça enquanto lágrimas brotam da linha dos cílios. Sua voz é pouco mais que um grunhido tenso quando diz: – A conta não fecha.

Pego a mão de Sloane no meio do painel do carro e a encaro fixamente. Preciso de mais força do que deveria para me manter firme, para não ceder à tentação de dizer *foda-se esse plano maluco* antes de fugir para sabe-se lá onde.

– Eu te prometo, amiga, vai ficar tudo bem.

– Mas…

– Eu te amo – sussurro enquanto passo a mão na bochecha dela.

Não há nenhum alívio em sua expressão quando lhe dou um sorriso tranquilizador, que parece dissonante com a vontade de chorar e o aperto no peito.

– Você não precisa cuidar de mim dessa vez, Sloane. Eu só preciso que confie em mim, sem questionar. Deixa comigo.

Leva um bom tempo, mas Sloane finalmente controla as lágrimas.

– Tá bem. Mas, se ele te magoar, juro por Deus que removo a porra dos olhos dele.

– Por mim, tudo bem.

– Lentamente. Com uma colher enferrujada. Tipo, remover tudo. Grosseiramente. Com uma cara de serviço amador. Um trabalho bem malfeito mesmo.

– Tá bem. Quer dizer, você poderia deixar um olho, pelo menos.

– Tô falando sério, Lark.

– Aham, eu também. Acho que eu ia gostar de aprender seus truques – digo com um sorriso.

Depois de um olhar minucioso e derradeiro, Sloane dá a partida no carro e seguimos em direção ao centro de Boston.

Conecto minha playlist ao carro de Sloane no caminho até o cartório para este dia auspicioso. "Chapel of Love", do Dixie Cups. "Marry You", do Bruno Mars. Tem uma vibe animada que espero que melhore meu humor.

"Single Ladies", da Beyoncé, porque não podia faltar. Embora eu cante e tenha um sorriso pronto sempre que Sloane olha na minha direção, ela não está acreditando em nada disso.

– E a sua mãe e o Damian? – pergunta ela, diminuindo o volume da música conforme nos aproximamos da Prefeitura de Boston em meio ao trânsito do meio-dia.

Meu coração aperta.

– O que tem eles?

– Não vão ficar chateados?

– Talvez – respondo, mexendo na bainha do meu blazer de cetim branco. Olho na direção dos prédios que passam. – Mas acho que a Ethel já é preocupação suficiente.

– As coisas não andam bem por lá? – pergunta Sloane, e balanço a cabeça. Quando não olho em sua direção, ela tira minha mão do meu colo e a segura contra o painel. – Sinto muito, Lark.

– Tá tudo bem. – Meu sorriso frágil não ajuda muito a tranquilizar Sloane, a julgar pela forma como franze a testa quando olha para mim. – Talvez isso dê alguma outra coisa pra preocupar os dois que não a tia Ethel.

Sloane continua apreensiva.

– Você acha que se casar escondido com um cara que eles nunca viram vai ajudar?

– Claro – respondo, dando de ombros. – Entretenimento, sabe como é. Algo que distraia os dois das… coisas.

– Que tipo de coisas?

– Coisas, tipo a morte da Ethel.

– Não era disso que você tava falando.

– Do que mais poderia ser?

Sloane suspira e aperta o volante com mais força, os nós dos dedos brancos.

– Não sei, quem sabe o verdadeiro motivo por trás do que tá na cara que é um casamento de mentira com um homem que você detesta?

– Sloane, achei que a gente já tivesse concluído esse assunto. Deixa comigo.

– A gente não concluiu merda nenhuma. Você tá me dizendo pra eu não me preocupar, o que me deixa ainda mais preocupada.

– Mais preocupada do que se de repente eu dissesse: "Sloaney, acabei de me dar conta de que estou perdidamente apaixonada por Lachlan Kane e vamos nos casar"?

Sloane fica piscando. Inclina a cabeça. Pondera.

– Não. Todas as opções são péssimas.

– Mesmo aquela em que somos oficialmente cunhadas?

– Tá, essa é a vantagem. Mas é a única.

– Bem, então aceite essa dádiva.

Dou um tapinha na perna de Sloane, e ela me encara, arrancando de mim o que acredito ser o primeiro sorriso genuíno que dou em dias. Adoro cutucar a face letal de Sloane, principalmente sabendo que tenho imunidade total ao revide.

– Pra ser sincera, ainda não sei bem como vou contar pra eles. Estava pensando em improvisar. Combina com casar escondido.

– Eu tô chocada. Sério.

– Talvez eu só mande uma foto pra Ava. Sem contexto, só eu, Lachlan e o juiz de paz. Depois desligo o celular.

– Você não me contou uma vez que a Ethel era a única pessoa que gostava de implicar com a sua irmã mais do que você?

– Contei… – digo, inclinando a cabeça para o lado. – Por quê?

– Bem, acho que a boa e velha Ethel cuidou de tudo hoje.

Sloane acena com a cabeça em direção à calçada. Sigo sua linha de visão e meu olhar recai numa senhora de aparência familiar, com o cabelo enrolado em um halo de cachos brancos, o vestido floral esvoaçando sob um casaco de pele preto vivíssimo, embora seja um dia ameno de outubro, com uma bengala de ébano na mão.

Ela está de braço dado com ninguém menos que Lachlan Kane, esse infeliz.

– Puta merda, como assim… – digo entredentes.

– Parece que ela também gosta de implicar com você – comenta Sloane achando graça, dando um cutucão no meu ombro.

Estacionamos perto de onde eles estão, o que os dois provavelmente não teriam percebido se Sloane não tivesse buzinado alegremente. Minha tia sorri para mim do outro lado do vidro.

– Odeio vocês duas – sussurro com um sorriso falso antes de meu olhar se voltar para Lachlan. – Mas odeio ele mais do que qualquer um.

A tatuagem aparece na pele de Lachlan por baixo da gola do terno preto. Seu cabelo está penteado para trás, um sorriso arrogante erguendo o canto dos lábios quando seus olhos se conectam aos meus. Ele dá um tapinha na mão enluvada de minha tia como se quisesse provar alguma coisa, e eu cerro os olhos em fendas estreitas.

– Ah, é? Você odeia ele? Porque parece que você quer trepar nele como se ele fosse uma árvore.

Eu me viro para encarar Sloane.

– Claro que não.

– Você tem razão. É claro que não. Parece que você quer decapitá-lo e desfilar pela cidade com a cabeça dele numa lança. – Sloane se aproxima enquanto fico boquiaberta e ruborizada. – Um conselho, Lark. Se a sua intenção é convencer alguém de que isso aqui não é um casamento de mentira, seria bom você pelo menos fingir que quer trepar com o seu marido no dia do casamento.

– Merda. Acho que você tá certa. – Meus ombros sobem e descem com um suspiro pesado. – Ele tá bem gato. É só fingir que ele não passa de um terno sexy por fora e um merda por dentro.

– Esse é o espírito – diz Sloane, sem emoção.

Dou-lhe um sorriso fraco e volto a atenção para a janela, onde vejo que minha tia e Lachlan continuam na calçada. Rowan acena para eles, andando mais rápido para alcançá-los, mas sua tentativa de mostrar entusiasmo não disfarça nada sua preocupação. Ele deve achar isso uma loucura como todo mundo, inclusive eu. Bem, todo mundo exceto Ethel, que parece estar se divertindo bastante.

Baixo a janela fumê apenas o suficiente para ser ouvida claramente pela fresta.

– Oi, tia!

Os olhos de Ethel brilham apesar da névoa causada pela catarata.

– Oi, minha filha. Lindo dia para um casamento.

– Pois é.

Volto minha atenção para Rowan e aceno para ele. Então olho para Lachlan, cujo sorriso se tornou diabólico. Para alguém que provavelmente odeia essa ideia tanto quanto eu, ele parece estar se divertindo tanto quanto minha tia.

Para não ficar atrás, abro meu sorriso mais vibrante.

– Meu amor.

O sorriso debochado de Lachlan se ilumina.

– Duquesa.

– Dá azar ver a noiva antes do casamento.

– Ah, é? Humm. – Lachlan passa a mão pelo rosto recém-barbeado, os anéis brilhando sob o sol de outubro. – Quer dizer que pode piorar?

– Com todo o meu amor, vai se foder – digo, dando uma piscadela.

Lachlan dá um sorriso sarcástico enquanto fecho o vidro.

– É, então… talvez precise praticar um pouco isso aí – diz Sloane, e em seguida dá um tapinha na minha perna em um comando silencioso para permanecer sentada.

Ela sai do carro e fica parada ao lado da minha porta até que os outros desapareçam de vista. Só então me ajuda a sair do carro. Mas, mesmo quando estou firme sobre meus sapatos de salto agulha, Sloane ainda me segura. Ela aperta minha mão. Oferece uma opção usando sua expressão severa.

– Ainda dá tempo de fugir.

– Eu sei – digo, mas dou um passo à frente.

Ela me dá um sorriso resignado. Odeio vê-la se sentindo assim, tão preocupada mas sem ter como resolver a situação por eu mantê-la no escuro. Odeio fazer isso com ela. Odeio tudo neste plano, a não ser o fato de ele me dar a maior chance de mantê-la em segurança e de descobrir o que diabos está acontecendo com a minha família.

Nunca mais.

Endireito os ombros e aperto a mão de Sloane com mais força.

– Vamos encerrar logo esse assunto. Quanto mais cedo fizermos isso, mais cedo vamos poder ir beber no Dubliner como irmãs de verdade.

– Noite de núpcias, Lark – diz Sloane enquanto caminhamos de mãos dadas em direção à entrada da prefeitura. – Você deveria ir trepar com o seu marido, lembra? Não tomar dois martínis e começar a chorar por causa de um desconhecido.

– Eu não faço isso. Sou uma bêbada adorável.

Sloane bufa quando passamos pelas portas e entramos no saguão. O impacto dos nossos saltos no chão ecoa nas paredes rígidas e no teto abobadado.

– Adorável e feliz ou adorável e chorona. As chances de uma Lark feliz ou de uma Lark triste são sempre de cinquenta por cento. Cem por cento de chance de cantar e chorar.

– Tá bem, *tá bem*, talvez eu chore um pouco de vez em quando. Mas acho que dessa vez tenho passe livre. É o meu casamento. Lágrimas são justificadas.

Estremeço quando noto meu desconforto refletido nos olhos de Sloane.

– Acho que você não devia fazer essa cara toda vez que diz "casamento", "casada" ou "marido". Só pra você saber.

– Tá bem – digo enquanto entramos no elevador rumo ao cartório. – Sorrir. Fingir que quero transar com ele. Entendi.

– Pelo menos, ele tá lindo. Um misto do Keanu Reeves de *Constantine* com o Tom Hardy de *Mad Max*. Gato e meio triste.

Eu me viro e olho para Sloane. Ela tenta não sorrir, mas a covinha a entrega, como sempre acontece quando está tramando algo.

– Essa é a coisa mais profana que você já disse na vida. Que nojo, Sloane Sutherland.

Sloane abre um sorriso quando o elevador apita e a porta de metal se abre.

– Você só tá irritada porque sabe que eu tenho razão.

Quando descemos no nosso andar, Lachlan está no final do corredor, parado ao lado de Rowan com as mãos nos bolsos. Minha tia está sentada em uma das cadeiras encostadas na parede. E, embora eu não admita, Sloane o descreveu com perfeição: ele é um pouco Keanu-Hardy, gato, perigoso e triste. Embora Lachlan sorria para seja lá o que minha tia esteja dizendo, há algo obscuro em seus olhos, algo faltando.

E, quando ele se vira para mim, esse abismo se enche de fogo.

Não sei o que ele está sentindo, se é ódio, determinação ou desconfiança. Não consigo interpretar seu olhar duro e sombrio nem sua testa franzida. Tudo o que sei com certeza é que ninguém nunca olhou para mim do jeito que ele está olhando agora.

Endireito os ombros. Levanto o queixo. Se isso for um frio na barriga, então estou em uma geleira, porque me sinto congelando.

A ruga se aprofunda entre as sobrancelhas de Lachlan quando paro na frente dele. Ele observa os detalhes do meu rosto, dos olhos aos lábios, onde seu foco permanece, depois o rubor que aquece minhas bochechas, em seguida a cicatriz perto do meu couro cabeludo. Um leve sorriso ergue um canto de seus lábios enquanto seu olhar se reconecta com o meu.

– Achei que não deveríamos nos ver antes da cerimônia, duquesa.

– É só isso que você tem pra dizer?

Reviro os olhos e dou um passo à frente para contorná-lo e cumprimentar minha tia, mas Lachlan segura meu pulso. Ele fica sério, e qualquer traço de diversão desaparece.

– Você tá linda – sussurra ele, sua atenção fixa em meus lábios.

Ele ressuscita uma memória que continuo tentando enterrar, mas que abre caminho para a luz com mais frequência do que eu gostaria. Queria poder dizer que é a primeira vez que penso no nosso beijo na varanda de Rowan, mas isso seria uma mentira deslavada.

Engulo o gosto fantasma de uísque na minha língua enquanto dou um tapinha no peito de Lachlan.

– É melhor não dizer isso muito alto. Alguém pode te ouvir. A gente não quer que ninguém tenha a impressão errada e pense que você é realmente gentil.

– Não se preocupa, todo mundo sabe que ele não é – diz Rowan, surgindo atrás do ombro de Lachlan, o que lhe rende um chute forte na canela, cortesia do irmão mais velho. Rowan estremece e se encaixa no círculo que termina ao lado de Sloane. – Tá linda, Lark.

– Obrigada.

– Sim, você está tão linda, meu bem – diz minha tia, e Lachlan finalmente desvia o olhar do meu rosto para se virar e ajudá-la a se levantar da cadeira. Quando está firme de pé, ela estende uma caixa de joias antiga de veludo vermelho na minha direção. – Aqui, quero que fique com isso. Considere como o algo velho da tradição.

Pego a caixa com uma mão hesitante, lançando um olhar para Sloane, que dá de ombros, sua expressão tão confusa quanto a minha deve estar. Abro…

… e fecho a tampa depressa.

– Não. – Empurro a caixa na direção de Ethel enquanto balanço a cabeça. Um nó do tamanho de um punho se aloja na minha garganta, e lágrimas repentinas queimam em meus olhos. – Não posso aceitar isso.

A mão enrugada da minha tia se dobra sobre a minha e empurra a caixa de volta na minha direção.

– Pode, sim.

– Você não pode dar isso pra mim.

– Eu posso dar pra quem eu quiser.

A primeira lágrima escorre pelo meu rosto.

– Você deveria dar pra Ava.

– Por quê?

Tento afastar a caixa outra vez, mas, para uma octogenária à beira da morte, Ethel é bem forte. Ela crava as unhas nas costas da minha mão apenas o suficiente para causar desconforto. Minha voz é um apelo entrecortado quando digo:

– Porque ela é minha irmã mais velha. E isso a deixaria feliz.

– Mas dar isso pra você vai *me* deixar feliz.

Olho de soslaio para Lachlan, que nos observa de testa franzida. Ele parece mais pensativo do que o normal. Talvez seja o terno combinando com os óculos que dá um toque calculista à sua presença já intimidante. Sinto que estou sendo analisada. Medida. Provavelmente considerada insuficiente, porque, afinal, é Lachlan Kane. Quando nossos olhares se cruzam, ele parece perceber de repente que está atento demais. Baixa os olhos para minha mão e relaxa a postura, mas um vinco entre as sobrancelhas permanece.

Ethel abre a caixa e tira o anel. É um diamante enorme, amarelo-escuro, rodeado por diamantes brancos com lapidação baguete de cada lado.

– O Thomas me pediu em casamento com esse anel, e foi o dia mais feliz da minha vida. Mas eu era ingênua, claro. Não fazia ideia de como construir um casamento bem-sucedido. Demorou um pouco para aprender que estar apaixonada não basta. É preciso *escolher* o amor – diz ela, deslizando o anel no meu dedo.

Ethel dobra a mão sobre a minha e não olha para Lachlan, mas sim para onde Rowan e Sloane estão, atrás de mim, antes de se inclinar um pouco mais perto.

– Você está escolhendo o amor, Lark – declara ela. – E estou muito orgulhosa de você.

Minha tia puxa a mão, e eu olho para o diamante. Há muitas lembranças lindas dela e do meu tio refletidas nas facetas familiares reluzentes. Comprimo os lábios com força e tento sorrir para Ethel em meio à névoa de lágrimas. Isso faz com que um dos cílios caia na minha bochecha e, depois de um abraço breve mas bem apertado na minha tia, Sloane me puxa para consertar minha maquiagem no banheiro, e nos reunimos com os outros assim que somos chamados à sala da cerimônia.

– Pronta? – pergunta Lachlan enquanto os outros vão na frente e entram na sala.

As mãos estão enfiadas bem fundo nos bolsos, o terno perfeitamente passado, e aquele maldito sorrisinho... Ele parece tão calmo e controlado, e eu me sinto um absoluto caos sob um sorriso forçado.

– A ideia foi minha, não foi?

Foi. Foi minha aquela ideia maluca da qual não estou nem um pouco arrependida neste momento. *Ai, meu Deus, o que estou fazendo? Perdi a cabeça por completo. Vou me casar com Lachlan Kane, o maior babaca de Boston. Isso deve ser ainda mais louco do que explodir alguém com fogos de artifício.*

– Claro que foi, duquesa – diz Lachlan com um sorriso fugaz. Ele se inclina um pouco mais para perto, com a voz baixa o suficiente para que só eu possa ouvi-lo, e sussurra: – Ainda dá tempo de mudar de ideia.

Eu me permito apenas uma respiração profunda. Um segundo para viver no fio da navalha entre dois futuros.

– Eu fiz a minha escolha.

Com um único meneio de cabeça, Lachlan estende o braço, e eu o seguro, então seguimos nossos entes queridos para dentro da sala.

Rowan faz uma chamada de vídeo com Rose e Fionn para que eles possam assistir à cerimônia. Ficamos diante de uma estante de vidro. Lachlan segura minhas mãos. Ele me observa como se esperasse que eu desistisse e fugisse. Mas não faço isso. Talvez ele ache que vou chorar. Isso também não acontece. Repito os votos depois do juiz de paz, e minha voz é firme, nunca hesitante. Trocamos alianças e, em apenas alguns minutos, acabou. O juiz nos declara casados. Uma união sob as leis do estado de Massachusetts. *Pode beijar a noiva.*

Não sei o que esperava desse momento. Talvez que Lachlan me beijasse rapidamente e fosse embora. Talvez até um beijo na bochecha. Caramba, eu nem tenho certeza se achava que chegaríamos tão longe. Mas sei que não esperava que Lachlan olhasse com tanta atenção para mim, como se estivesse saboreando os detalhes do meu rosto e esse momento agridoce. Não pensei que veria o desejo escondido em suas profundezas azul-escuras. Jamais imaginei que ele afastaria meu rabo de cavalo alto do meu ombro e deixaria as pontas dos dedos roçarem meu pescoço, ou que se inclinaria devagar.

– *Geallaim duit a bheith i mo fhear céile dílis duit, fad a mhairimid le chéile* – sussurra Lachlan.

Então seus lábios pressionam os meus em um beijo que cobre meu coração com uma descarga elétrica. Desejo e negação. Coração partido e perda. Sinto tudo ao mesmo tempo quando sua boca se inclina sobre a minha e me afogo em seu perfume recendendo a âmbar e hortelã. Ele me beija como se eu fosse exatamente o que sou. Sua chave para a sobrevivência.

E eu o beijo de volta como se estivesse me despedindo de algo que nunca foi meu. Porque estou escolhendo o amor.

Só que não o meu.

8

FRICÇÃO
LACHLAN

Há uma tensão constante no ar, o ruído cortante de fricção e de um motor elétrico envoltos na melodia da música que ecoa pelo corredor de concreto. A voz de Lark se mistura ao caos, um som puro e precioso, o único resquício de calma no meio de uma cacofonia. Quando paro na porta, ela está de costas para mim, balançando a cabeça no ritmo da música enquanto guia uma lixadeira pela superfície de um longo bloco dourado apoiado em um carrinho elevado. Um cachorro imenso repousa a poucos passos dos pés dela. A pelagem do animal é espessa, uma mistura de branco e cores escuras, manchas tigradas e pintas salpicadas, como se o universo tivesse dito *foda-se* e só misturado todas as opções. A fera sente a minha presença mesmo com o barulho e se levanta, erguendo a cabeça de urso para soltar um latido único e autoritário.

A sala mergulha em um silêncio repentino quando Lark desliga a lixadeira e a música, virando-se para mim em seguida.

Cruzo os braços e resolvo manter os olhos no rosto de Lark e não na estreita faixa de pele exposta que consigo ver entre as laterais do macacão e da camiseta na altura das costelas.

– Olá.

Lark não sorri. Na verdade, ela parece um pouco decepcionada quando abaixa a máscara e ergue os óculos de segurança até a testa para me olhar, como se eu tivesse arruinado todos os seus sonhos ao aparecer na porta.

– Olá.

O cachorro se levanta e fica entre nós, com uma postura rígida, como se as pernas atarracadas tivessem sido fundidas em aço sob o pelo. Tenho certeza de que Lark poderia pedir à fera para rasgar minha garganta, e ela obedeceria de bom grado.

– Vai deitar.

O cachorro me olha feio e dá um passo para chegar mais perto antes de desabar no chão, bufando, com as pernas tortas.

– Ele é o quê? – pergunto, mudando minha atenção para Lark enquanto a fera me olha de lado.

– Algumas pessoas chamam de cachorro.

– Que *tipo* de cachorro.

– Akita americano.

– Ele parece... defeituoso – digo, observando as pernas bambas do animal, que parecem dobradas em ângulos desconfortáveis.

– É um akita. É assim mesmo.

– Qual o nome dele?

– Bentley.

– *Bentley?* – pergunto com uma risada. – Deixa eu adivinhar. Foi o último carro que você bateu antes do Escalade?

Lark olha feio para mim e depois se vira, passando a mão sobre a mesa.

– Bentley Beetham. – O cachorro solta um longo suspiro, como se já tivesse ouvido essa explicação mil vezes. Está na cara que ele está tão farto de mim quanto ela. – Ornitólogo. Alpinista. Escalou o Everest em 1924. Mas meu pai estava mais interessado em como ele era capaz de descer penhascos com uma corda amarrada na cintura pra poder fotografar gansos-patola com uma câmera que provavelmente tinha metade do peso dele.

– Obstinado, hein? – digo, e quando Lark me lança um olhar penetrante por cima do ombro, eu sorrio. – O seu pai. Gosta mesmo de pássaros.

– Aham. Como você percebeu? – pergunta Lark, sua voz cheia de sarcasmo.

– Quando seremos apresentados? Vou levar binóculos e alpiste. Fionn deve ter de sobra.

Lark balança a cabeça, os olhos fixos na própria mão enquanto varre a poeira da superfície da mesa. Ela não responde, então dou alguns passos para dentro do salão, mantendo uma boa distância do cachorro, assimilando os detalhes do que parece ser o espaço que abriga seus hobbies. Há latas fechadas de resina de secagem rápida empilhadas ao lado de uma bancada de aço, onde as ferramentas ficam ao lado de tecidos dobrados e caixas de ferragens. Pregos. Parafusos. Fios dourados, prateados, cobre e cor de rosa. Pincéis em potes de vidro manchados com um arco-íris de respingos secos. E purpurina. Potes e mais potes de purpurina, de todas as cores possíveis. Dourado, em sua maioria.

– Você é fã de brilho, hein? – comento enquanto pego um pote com salpicos dourados e o giro contra a luz; a purpurina gruda nas paredes do pote como uma ameaça.

– Você veio aqui pra me encher o saco por causa de purpurina?

– Na verdade, vim falar sobre o plano. Temos várias coisas pra investigar. Por onde você quer começar?

Devolvo o pote à mesa e puxo um banquinho de metal gasto que está debaixo dela. Assim que me sento de frente para Lark, solto meu cinto personalizado e enrolo o anel de metal em volta do dedo médio para esticar a tira de couro.

– É… mantendo as roupas no lugar, sem dúvida.

– Até parece, duquesa – digo com uma piscadela e um sorriso enquanto tiro minha faca do bolso e começo a passar a lâmina no couro, afiando o aço. – Tô falando sério. Por onde você quer começar? Provavelmente é melhor a Barbie Sem Noção ficar fora dessa, não acha?

Lark me encara por cima do ombro e sinto a ardência de seu olhar conforme ele desliza pelo meu rosto, até a tatuagem que cobre meus braços, passando pela aliança de casamento no meu dedo e voltando pelo mesmo caminho.

– Acho que faz mesmo sentido você conhecer a minha família. É melhor fazermos isso primeiro antes que cortem sua garganta e cremem você num forno industrial.

– Nossa… isso foi de oito a oitenta bem rápido.

Lark dá de ombros.

– Não seria a primeira vez que eles tentam fazer isso, pelo menos de acordo com a tia Ethel.

– Você tá falando daquela senhorinha fofa de ontem? *Essa* Ethel?

Com um gesto de desdém, Lark abaixa os óculos de segurança até o nariz.

– É, mas, tipo, quem garante? Não acredito que esses fornos esquentem o bastante pra cremar alguém. Mas fariam um ótimo trabalho na parte de matar. – Lark me lança um sorriso brilhante e despreocupado antes de colocar a máscara sobre o nariz e ligar a lixadeira para trabalhar na superfície próxima a uma das extremidades da mesa. – A gente devia ir na casa dos meus pais no domingo – diz ela, sobrepondo-se ao barulho da lixadeira. – Brunch em família, faça chuva ou faça sol.

– Nada como ir com tudo. Será que a gente treina antes? Sabe, pra ser convincente e tudo mais.

– Se você quer dizer "será que a gente transa antes", pode ir à merda agora mesmo.

Eu bufo, embora a imagem das minhas mãos tatuadas nas coxas macias dela surja inesperadamente na minha mente.

– Quero dizer que talvez a gente devesse tentar fingir que é capaz de se aguentar em público. Gosto da ideia de não morrer.

– Não é a sua família que está sendo assassinada – retruca Lark. Um pico de raiva protetora substitui no mesmo instante o desejo que acabei de sentir. – Então, sim, também não acho que seja sensato esperar mais do que o necessário. Pro meu bem ou pro seu.

– Claro. O forno industrial.

– Exatamente.

Lark olha para mim por cima do ombro enquanto continua passando a lixadeira na mesa. Seu olhar permanece em mim por um bom tempo, e eu provavelmente deveria mencionar algo sobre como ela está prestes a deixar a superfície da mesa irregular, mas noto que as palavras me deixaram na mão.

– A gente tem que ser convincente na frente da minha família – diz ela antes que eu possa elaborar uma única frase. – Acha que consegue?

Um canto da minha boca se transforma em um sorriso arrogante.

– E você?

Lark revira os olhos. Meu sorriso se espalha. Há algo viciante em irritá-la. Cada vez que faço isso, sinto como se tivesse furtivamente rompido suas barreiras e invadido um lugar em que a maioria das pessoas nunca sequer bateu os olhos.

Mas, como aprendi bem depressa, ela nunca deixa barato.

– Ah, dá um tempo. Eu tenho anos de prática.

Minha risada parece assustá-la. A lixadeira rosna contra a mesa para acompanhar o olhar letal que ela me lança.

– Mal posso esperar pra ver quanto tempo vai levar pra isso tudo ir pro buraco.

– Ir pro buraco não é uma boa – diz ela, e ergo as sobrancelhas, confirmando. – Bem, então, se tudo der errado, não vai ser porque *eu* não consegui dar conta. E posso garantir que não serei eu a ir parar no forno. Então acho melhor *você* não estragar tudo.

Lark me dá um sorriso meloso por baixo da máscara, um sorriso que vejo em seus olhos, na maneira como eles se estreitam e enrugam nos cantos. Respondo com um esgar sombrio. Se ela acha que não sou capaz de fazer esse jogo com os pais dela, está enganada. Vou garantir que este dia seja tão bom, a melhor de todas as vezes em que ela apresentou um cara para os pais, que ela vai até achar que se apaixonou por mim.

Espero.

Merda.

Lark me tira das minhas dúvidas crescentes quando diz:

– E o seu chefe? Presumo que vamos precisar vê-lo também.

Toda a alegria que senti enquanto a provocava momentos antes desapareceu como se ela tivesse apertado um interruptor. A ideia de levar Lark para conhecer Leander não sai da minha cabeça desde o casamento de Sloane e Rowan. Esse pensamento flutuou nas trevas de todas as outras preocupações que surgiram por conta desse plano maluco, mas esta é a primeira vez que consegue me fisgar.

– Vamos – respondo, apertando o cabo da faca com tanta força que minha mão dói. – Ele não espera ver um romance de verdade…

– Ainda bem.

– … mas vai querer garantias comerciais. Provavelmente algum trato financeiro.

Lark faz que sim com a cabeça uma única vez. Seu olhar não desvia do meu.

– Me arruma a papelada. Eu vou resolver.

– Leander Mayes é um cara bem fodido da cabeça, Lark. Mesmo que ele queira algo de você, não dá pra considerar que você vai estar segura, tá?

– Vou ficar bem – garante ela, estreitando os olhos por trás dos óculos de segurança. – Já falei que vou resolver.

Embora odeie admitir, admiro a determinação dela. Lark não hesita, mesmo quando acho que vai. Mas não sei por que continuo pensando que ela vai desabar sendo que isso nunca aconteceu, em nenhuma ocasião, desde que a vi pela primeira vez. Ela poderia ter se acovardado naquela noite, mas em vez disso me atacou com aquela história de cosplay de Batman. Eu a prendi no meu porta-malas, e ela escapou. No momento em que percebi que ela havia sumido, dei meia-volta e fiquei rodando pelas estradinhas de terra, procurando por ela até o amanhecer. Todas as vezes que discuti com ela desde então, ela revidou com a mesma intensidade ou nem ligou para as minhas ofensas, como se não fossem nada.

– Tudo bem, duquesa. Assim que você entregar sua alma ao diabo, vamos usar os recursos da Leviathan pra rastrear o seu assassino. É melhor a gente se encontrar com o Leander o mais rápido possível, depois de ver a sua família. Ele viaja muito, então vou atrás dos detalhes do que ele quer e de quando vai estar por aqui pra que você possa preparar tudo com antecedência.

Lark concorda com a cabeça antes de desviar sua atenção de mim. No momento em que ela baixa os olhos para a mesa, estremece como se estivesse chocada, seu suspiro audível apesar do som da máquina.

Dou dois passos apressados em direção a ela antes mesmo de me dar conta do que estou fazendo, minha faca esquecida no chão e o cinto batendo na coxa. Estou quase ao lado dela quando o cachorro gigante se levanta, mais uma vez colocando seu corpo entre nós.

– Você tá bem? – pergunto enquanto ela desliga a lixadeira.

Lark ainda segura a máquina em uma das mãos enquanto bate a outra na mesa, com o olhar fixo na superfície. Ela solta a lixadeira para tirar os óculos de segurança e a máscara, mas não olha na minha direção.

– Se machucou? – insisto.

– Não, não. Tá tudo ótimo.

Ela não parece nada bem.

– Tem certeza, duquesa?

– Absoluta.

– Algo errado com a lixadeira? Eu posso dar uma olhada. – Dou alguns passos lentos e cuidadosos ao redor de Bentley, mas Lark tenta me dispensar com a mão. – Sou muito bom em desmontar coisas desse tipo, então devo conseguir consertar...

– *Não*. Tá tudo bem. Eu só...

Todo o corpo de Lark está tenso, desde a palma da mão, na qual ela apoia seu peso, passando pelos ombros contraídos até os lábios dispostos em uma linha sombria que aprisiona as palavras que ela estava prestes a dizer.

– Você só...

– Só percebi que devia colocar uma estrela bem aqui. – Lark meneia a cabeça em direção à mão espalmada sobre a resina desgastada, mas não a levanta, nem mesmo quando me aproximo e paro perto de seu ombro. – Aham. Ali. Uma grande estrela preta e brilhante.

– Tá... então... manda bala.

– Pode deixar.

– O que tá te impedindo então?

– Não quero perder o lugar certo. Tem que ser bem aqui. É. Nesse local exato. Consigo sentir. – Uma careta passa por seu rosto antes de se transformar em um sorriso que é ao mesmo tempo dolorido e um pouco... perturbado. – Tem uma forma de bolo em forma de estrela na cozinha, no segundo armário à esquerda do fogão. Você pode pegar pra mim, por favor?

– Você tem uma forma de bolo gigante em forma de estrela? Por que isso não me surpreende?

– Pega pra mim, vai.

– Que cheiro é esse...?

Um rubor repentino aparece nas bochechas de Lark.

– Bentley. Ele peidou.

Volto minha atenção para o cachorro, que olha para Lark ao ouvir seu nome. Ele dá uma bufada descontente e me encara como se fosse eu o peidão.

– Tem certeza de que ele não tá doente ou algo assim? Parece que ele comeu alguma coisa podre. Você devia mudar a alimentação dele.

– Vou pensar nisso, Lachlan, mas pelo amor de todas as coisas sagradas, por favorzinho, com uma cereja purpurinada no topo... a *forma de bolo*?

– Tá bem, tá bem. Tô indo.

Com um revirar de olhos que Lark não vê, dou meia-volta e saio, não antes de dar uma última olhada por cima do ombro. Cabeça inclinada, ombros caídos; quase posso sentir o alívio dela.

Afivelo o cinto enquanto vou em direção às escadas e subo para o apartamento, onde minhas duas malas ainda estão fechadas ao lado da porta. A forma de bolo está exatamente onde ela disse que estaria, o que por algum motivo acho surpreendente. Lark parece caótica, mas, quando espio alguns armários, tudo está muito organizado. Canecas alinhadas por tamanho e modelo. Chás organizados por cor. Cada lata de sopa ou de molho em fileiras perfeitas, com os rótulos voltados para a frente.

Guardando essa informação, levo a forma de bolo para baixo e entro na sala onde Lark paira sobre a mesa enquanto derrama uma fina camada de resina preta na superfície. Quando passo a estrela para ela e aguardo para ver o que vai fazer em seguida, ela murmura um agradecimento, mas não tira os olhos da superfície da mesa. Apoia a estrela no móvel, cercando a pequena porção que já derramou, e então acelera o processo até preencher todos os ângulos e pontas com resina preta brilhante.

Eu me encosto na borda da mesa e cruzo os braços.

– Tudo certo?

– Aham. Tudo ótimo.

Lark fica em silêncio, toda sua concentração nas bordas do metal enquanto verifica os limites em busca de bordas pretas que estejam vazando. Quando parece satisfeita, coloca uma lâmpada ultravioleta sobre a estrela e a acende antes de limpar o resto da mesa. Ela cantarola enquanto trabalha, uma melodia que não reconheço até que deixa a letra começar a escapar. O tom de sua voz é ao mesmo tempo assombroso e puro, luz e sombra, como se fosse possível tirar qualquer coisa dela e ouvir a música de um jeito único.

– Você é fã de Smiths? – pergunto. Lark passa a cantar mais baixo até ficar em silêncio, a limpeza se torna mais lenta, e ela me observa por um bom tempo. – "How Soon Is Now?", certo?

– É. Você gosta deles?

Dou de ombros antes de me curvar para pegar minha faca.

– Gosto dessa música. Não de tudo.

– Eu também. – Ela volta a atenção para a mesa, mas olha por cima do ombro para mim como se não conseguisse desviar o olhar. – Você ouve muita música?

– Sim, na loja.

– O ateliê de couro?

– Isso mesmo.

– Você fez a asa que fica acima da mesa da Sloane – diz Lark, e eu assinto. – É linda.

– Obrigado.

Lark me observa por um instante, como se esperasse que eu explicasse melhor. Eu poderia contar a ela que foi a maior peça que já fiz, ou que trabalhei à mão cada pena de forma individual antes de reuni-las. Ou talvez ela espere que eu pergunte se já a ouvi cantar antes, se conheço alguma de suas músicas. E já ouvi, mas também não digo nada. Com certeza, não preciso de mais vínculos com Lark além dos legais que já nos unem. Quero que sejam fáceis de romper quando chegar a hora. Então permaneço em silêncio.

Vejo algo em seus olhos. Decepção. Talvez um pouco de tristeza.

Lark volta ao seu projeto e a cantarolar enquanto limpa a superfície da mesa e examina as bordas. Não diz mais nada enquanto trabalha, até dar uma olhada no relógio acima da pia da oficina e depois para o relógio de pulso, os lábios se movendo em um cálculo silencioso. Ela desliga a lâmpada ultravioleta e a coloca sobre a bancada de trabalho antes de se virar para mim.

– Me ajuda a levar lá pra cima? – pergunta, e olho para a mesa antes de erguer os olhos na direção dela.

– Terminou?

Ela assente.

– Tá bem, mas só se formos usar o elevador. Não vou subir oito milhões de degraus carregando essa coisa, como aconteceu com o sofá quando te ajudei a se mudar no ano passado.

Embora revire os olhos, Lark parece nervosa, acho que o mais nervosa que já a vi em relação a qualquer coisa.

– Tudo bem – diz ela.

Essa é sua única resposta antes de eu me posicionar para empurrar o carrinho, então ela começa a andar na frente, com Bentley nos seguindo pelo corredor. Quando chegamos ao elevador de carga Otis centenário, as portas já estão abertas, o chão coberto por uma fina película de poeira. É a primeira área intocada que vi até agora neste enorme edifício. É verdade que não estive em todos os quartos escondidos ou áreas de armazenamento, mas é difícil não notar como este lugar é limpo, apesar de seu tamanho e da finalidade anterior. Até as janelas estão perfeitamente livres de manchas, não há teias de aranha balançando nos cantos com as correntes de ar nem insetos ressecados nos peitoris.

Lark sai do caminho conforme empurro a mesa para dentro do elevador. Ela fica perto da porta quando o carrinho está no lugar, observando da soleira enquanto vou até os controles manuais para entender como funcionam.

Ela continua parada do lado de fora.

– Vai entrar ou não? – pergunto.

Seu corpo parece enrijecer como se ela estivesse pronta para sair em disparada, mas em vez disso ela entra, o cachorro grudado em seus calcanhares. Embora eu esteja visivelmente intrigado, ela simplesmente me ignora. Espero até que seus olhos se desviem de mim antes de acender a luz fluorescente do teto, e ela se assusta.

– Pra cima ou pra baixo. Parece bem simples. Pode fechar a porta, duquesa...?

Lark pisca como se estivesse saindo de uma névoa e olha de mim para o cabo que vai fechar as duas metades da porta. Mas ela não se move.

– Você tem medo de elevador?

– Não.

– Tem certeza?

– Eu só... não confio nesse aqui – diz ela. Quando ela olha para mim de novo, seu rosto está corado. – Meu padrasto contou que ficaram presos na primeira vez em que ele veio aqui com o corretor. Ele fez a manutenção quando comprou, mas isso foi há alguns anos.

– Se não teve muito uso, tenho certeza de que está tudo bem. É tudo mecânico. E não vamos subir muito.

Mesmo assim, Lark não se move.

– Eu não tô com medo.

Não tento esconder meu sorriso e percebo que isso a irrita.

– Claro. Mas, se for o caso, é só ir de escada.

– E deixar você sozinho com a minha mesa? Nem pensar. Ela tem valor sentimental pra mim e tenho certeza de que você ia adorar quebrar ela *sem querer*.

Fico olhando para ela.

– Uma mesa... que você acabou de fazer... tem valor sentimental pra você?

– Isso mesmo.

– E você acha que eu vou partir um metro de resina com o quê, com minhas próprias mãos? – Dou um tapa na mesa, e Lark parece que vai desmaiar ou arrancar meu rosto, e não tenho certeza de qual reação me traz mais alegria. – Por que você fez essa mesa tão grande, afinal?

Lark cerra os olhos em fendas estreitas.

– Se você não gosta, pode ficar sozinho no seu quarto.

Ela puxa o cabo para fechar a porta, depois cruza os braços e ergue uma sobrancelha em desafio. Teimosa pra caralho. Ela tem a vontade ferrenha de quem está acostumada a conseguir o que quer. Isso alimenta o meu desejo de descobrir uma forma de pressioná-la, cada vez mais, até que seja forçada a ceder. Na verdade, não tenho certeza se há muita coisa neste momento que me daria mais satisfação do que ver Lark Montague admitir a derrota em alguma coisa. *Qualquer coisa.*

Balançando a cabeça, solto uma risada baixa enquanto volto minha atenção para a engenhoca.

– Tudo bem, sua praga apocalíptica. Dedos cruzados, hein?

Movo a alavanca para cima, e o elevador dá uma guinada quando o motor ganha vida e os cabos começam a passar pela roldana. É uma partida turbulenta, mas ele sobe em direção ao andar superior. Eu me viro o suficiente para ver Lark, que parece um pouco mais aliviada agora que estamos nos movendo.

– Viu, só? – digo. – Falei que ia ficar tudo bem.

Em seguida, sente-se um tranco. O motor fica em silêncio e o elevador para.

Lark e eu nos encaramos, imóveis. Na verdade, consigo ver o pânico tomando conta de seu corpo, sua pulsação acelerando nas pequenas veias que incham perto da têmpora.

– Estamos no segundo andar? – pergunta ela, e eu olho em torno do elevador, como se ele pudesse me dar uma resposta.

– Não exatamente.

– Então por que a gente parou?

– Tô achando que um dos fios do motor pode ter queimado.

– Você não tinha dito que é tudo mecânico?

– E *é*. Mas o motor é elétrico. – Quando dou de ombros para ela, com um ar de "merdas acontecem", ela estreita os olhos em uma onda de ameaça em resposta. – Pelo menos as luzes ainda estão acesas, né?

A lâmpada fluorescente pisca. Minha mão paira sobre o interruptor.

– Pelo amor de Deus.

– *Não*! Não toca nisso.

As mãos de Lark estão estendidas, seu olhar disparando entre mim e o teto enquanto a lâmpada zumbe e chapisca com o esforço para continuar acesa. O peito dela sobe e desce, acompanhando a respiração pesada.

– Por favor... Eu não sei como sair. Preciso da luz...

O terror absoluto nos olhos de Lark atinge meu coração. Dou um passo na direção dela...

E então mergulhamos na escuridão.

Lark solta uma espécie de som que nunca ouvi uma pessoa emitir, apesar de acreditar que já tivesse escutado tudo que era possível: um misto de pânico, impotência e desespero. O cachorro choraminga. Há um estrondo contra a parede de aço.

– *Lark*.

Ela não responde, mas ouço sua respiração cada vez mais rápida no canto do elevador tomado pela escuridão. Então a ouço sussurrando, embora não consiga entender o que diz.

– Lark – repito, enquanto tiro meu telefone do bolso e acendo a lanterna.

Mantenho o aparelho apontado para o chão e giro na direção onde ela está sentada encolhida no canto, como alguém preso em um filme de terror, as mãos sobre as orelhas e os olhos arregalados, mas perdidos. Bentley está parado ao lado dela e solta outro grunhido, a língua pendurada a cada expiração ofegante. Dou a volta na mesa, e o cachorro me lança um único latido de alerta. Quando me agacho e tento parecer o mais inofensivo possível para um cara como eu, o cachorro continua ao lado dela, mas parece relaxar um pouco.

– Eu não vou machucá-la.

Volto minha atenção para Lark. Ela está tremendo. Sua testa está coberta de suor. Ela sussurra uma sequência de números. Dois, vinte e quatro, três, dezoito, cinco, trinta e nove, seis, doze, seis, cinquenta e dois. Ela repete a sequência duas vezes antes que eu consiga me aproximar o suficiente sem irritar o cachorro, conseguindo colocar a mão no tornozelo dela.

– Lark...

Ela ainda não responde. Um calafrio toma conta de mim. Já vi esse olhar antes. Foi quando a enfiei no porta-malas do meu carro na noite em que nos conhecemos. Havia um apelo em seus olhos, apesar do ar desafiador. Achei que fosse petulância.

Eu estava errado. *Absolutamente errado.*

Tento ignorar a sensação de estar afundando preso a uma âncora que me puxa para as profundezas mais escuras do oceano.

– Duquesa, ei.

Aperto seu tornozelo, de leve, minha aliança um reflexo pouco familiar no escuro. Quando o sussurro de Lark desaparece aos poucos e seus olhos se concentram na mancha de luz no chão, parece que é a primeira vez que consigo respirar desde que as luzes se apagaram.

– Tá tudo bem – asseguro.

Lark não diz nada, apenas olha para mim por um segundo até que algo parece se instalar em seus pensamentos e ela desvia o rosto. Suas bochechas ganham um tom de vermelho mais intenso. Ela aproxima as pernas do peito ainda mais e eu a solto, embora não queira. Parece errado, de alguma forma. Mas pelo visto ela está constrangida por eu vê-la tão vulnerável. Eu não deveria querer tocá-la, mesmo achando que ela precisa disso.

Dou um pigarro e me inclino para trás para abrir algum espaço entre a gente, sem me afastar de verdade.

– Eu sou bom em consertar coisas – digo pela segunda vez esta noite. – Posso te levantar pela abertura no teto e depois dou uma olhada na engrenagem.

Lark vira a cabeça para mim, mas só um pouquinho. Sua respiração ainda é irregular, as lágrimas um fluxo contínuo que ela não consegue interromper.

– E o Bentley?

– Ele vai ficar bem se ficar aqui por um tempo.

– Quanto?

– Não sei, duquesa. Vinte minutos. Uma hora. Depende.

Lark balança a cabeça e passa um braço trêmulo ao redor do cachorro, que afunda ao seu lado.

– Não. Eu vou ficar.

– Lark...

– Anda – diz ela com a voz instável, embora seu tom não admita discussão. Ela se mexe o suficiente para tirar o celular do bolso do macacão e ligar a lanterna. – Vou ficar bem.

– Você pode me chamar.

– Vou ligar pra Sloane.

A sensação de estar afundando volta a encher meu peito enquanto vejo Lark abrir a lista de contatos favoritos, onde meu nome não aparece. Ela liga para Sloane, mas cai direto na caixa postal. Sem olhar para mim, ela tenta falar com Rose em seguida, que atende no segundo toque.

– Minha mestre de cerimônias. Como vai a vida de casada, minha belezura? – pergunta Rose em saudação.

Lágrimas frescas ainda brilham na pele de Lark e seus ombros tremem, mas a voz é como o sol de verão quando diz:

– Ah, sabe como é, muita coisa acontecendo. Como você tá, quais as novidades? Já ensinou ao doutor algum truque de circo novo?

Rose dá uma gargalhada do outro lado da linha enquanto Lark me lança um olhar que claramente diz *vaza daqui agora*. E eu deveria querer ir embora. Não deveria querer ficar. Lark prefere ficar sozinha nesta caixa de metal com seu medo do escuro do que compartilhar as sombras comigo. E é melhor assim. Para *nós dois*.

Mas, quando me afasto do seu foco de luz, parece que é a coisa errada a fazer.

No tempo que levo para subir na mesa e abrir a escotilha do teto, não ouço nenhuma reclamação vinda de Lark, apenas as perguntas que faz para Rose, qualquer coisa que mantenha a amiga falando ou a faça rir. Suas vozes me seguem enquanto forço a abertura da porta do segundo andar, que não está muito longe do teto do elevador. Saio e caio direto na sala de estar e jantar de Lark e volto para o andar de baixo. Depois de recolher algumas ferramentas na sala de trabalhos manuais de Lark, consigo consertar o defeito na conexão elétrica em uma hora.

Lark está com o aspecto de quem não dorme há dias quando o elevador finalmente abre onde deveria. Coloco a mesa de centro na sala, e juntos a posicionamos exatamente onde ela quer que fique. Lark se afasta e admira seu trabalho por um bom tempo, com uma expressão ininteligível.

– Ficou bom – digo. – Como se merecesse o valor sentimental, apesar de ser novinha em folha.

Lark não responde às minhas provocações, nem revida. Ela apenas me dá um leve aceno de cabeça.

Eu a encaro e respiro fundo.

– Lark, eu...

– Não. – Ela se vira para mim, e seus olhos azuis brilhantes estão rosados por causa das lágrimas. – Já chega por hoje. Obrigada pela ajuda.

Quero dizer algo mais. Quero que ela fale comigo. Quero ouvir. Mas sua expressão mostra que ela não vai ceder.

É melhor assim...

Dou-lhe um aceno de cabeça e deixo que me acompanhe até o quarto de hóspedes. Ela leva Bentley para sua última caminhada noturna enquanto desfaço minhas malas. Não a vejo quando ela volta para o apartamento, apenas a ouço entrar no quarto principal com o cachorro atrás dela. Embora eu cozinhe para dois e mande uma mensagem quando a comida fica pronta, ela não aparece para jantar. Se não fosse pela música baixa que sai pela fresta debaixo da porta, eu estaria convencido de que estou sozinho em casa. Até as melodias suaves desaparecem antes da meia-noite, e vou dormir desejando ter falado mais alguma coisa.

Acordo de um pesadelo pouco depois das três da manhã e vou até a cozinha buscar um copo de água gelada. A última coisa que espero ver é Lark encolhida em uma cadeira redonda perto da janela, um violão aninhado no colo, fones de ouvido, papéis espalhados à sua frente e uma caneta jogada nas folhas de papel.

Ela não me vê, mas eu a vejo com clareza. Olhos e lábios inchados. Pele manchada. O brilho das lágrimas no rosto, como se não tivessem parado de cair. Ela está completamente exposta, os nós dos dedos sangrando de lutar contra a vida. Também me feri nesta luta por sobrevivência e, embora tenha tentado cobrir as marcas físicas com tatuagem, as que estão na minha memória parecem nunca sarar. Às vezes, antigas cicatrizes ainda doem, um eco de momentos críticos.

Será que a magoei? Sei que sim. Mas talvez não com um golpe novo e superficial que logo seria esquecido. Não, acho que cortei um tecido delicado na noite em que nos conhecemos. E ainda há algo sangrando profundamente sob a ferida.

– *Dois, vinte e quatro, três, dezoito* – canta ela, com o olhar desconectado do mundo ao redor enquanto olha pela janela. – *Cinco, trinta e nove, seis, doze, seis, cinquenta e dois…*

Eu me viro e saio antes que ela possa me ver, sentindo como se finalmente tivesse chegado ao fundo do mar.

9

BURACO
LACHLAN

Preciso te fazer uma pergunta.

SLOANE: Manda.

Qual é o lance da Lark com espaços escuros e fechados?

SLOANE: Por que você mesmo não pergunta pra ela? Ela é sua esposa nesse casamento esquisito sobre o qual nenhum de vocês vai me contar, então, se você quer fazer o papel de marido, que tal esta ideia revolucionária: CONVERSA COM ELA.

Acho que ela não vai me contar. Eu esperava que você pudesse me dar alguma dica…

A resposta de Sloane leva um tempo para chegar, e logo me dou conta de que isso acontece porque ela passa esse breve momento reclamando com Rowan sobre o fato de eu ser um grande babaca.

SLOANE: Você acha que vou simplesmente te dar de bandeja a história da minha melhor amiga? Lachlan Kane, você não pode estar falando sério.

ROWAN: Ei, babaca. Minha esposa quer saber por que você é tão babaca.

ROWAN: Devo contar a versão longa ou a versão curta?

SLOANE: Você acha de verdade que eu te contaria? Jura mesmo? VAI SE FODER.

ROWAN: Proteja seus olhos. Repito. Proteja seus olhos.

SLOANE: Se você está tendo problemas no seu "casamento" e em conversar com a sua "esposa", por que não vai ler um livro? Um bem ROMÂNTICO, não essas palhaçadas de "História do Couro". É literalmente um manual de instruções pra manés feito você.

SLOANE: E se fode aí.

SLOANE: METAFORICAMENTE

ROWAN: Se você conseguir encontrar um seguro para enucleação do globo ocular, agora seria um bom momento...

– Palhaçada.

Largo o celular na minha mesa de trabalho e apoio a testa latejante nos braços enquanto tento descobrir o que diabos devo fazer.

Depois da noite em que nos conhecemos, tentei afastar todos os pensamentos relacionados a Lark. Nunca procurei saber quem ela era. Nunca fui atrás dela. Embora tenha passado a madrugada inteira procurando por ela quando percebi que ela havia escapado do carro, a vergonha me impediu de tentar encontrá-la depois daquele dia. Nem havia me dado conta de que ela era parente de Damian Covaci até Leander me esculachar por ter arruinado o contrato. Eu não queria me importar com Lark Montague, mas cada momento que passa parece mudar o que penso sobre a mulher com quem pensava ter me casado. E ultimamente tenho tido a impressão de que não procurei Lark por medo do que iria encontrar.

Mas acho que ela precisa de ajuda. Parece que sou o único que consegue ver. E estou totalmente perdido em relação a *como* fazer isso.

Desde que me mudei há duas noites, Lark mal dormiu. No primeiro dia, quando acordei de manhã, ela ainda estava na cadeira de frente para a janela, com fones de ouvido e violão nas mãos. Estava dormindo, mas parecia inquieta. Quando tentei tirar o violão de seu colo, ela acordou com um olhar feroz e foi para o quarto sem dizer uma única palavra. Ontem à noite, ela não apareceu na sala, mas dava para ver a luz acesa por debaixo da porta. Às vezes, ela canta ou murmura alguma música. Ela passou os últimos dois dias na rua, parando em casa apenas o suficiente para assistir a alguns minutos de um filme com Keanu Reeves, mas só resmungou "*Constantine*" quando perguntei o nome. Tirando isso, ou ela vai para o Residencial Vista da Praia, para onde a tia acabou de se mudar e onde Lark vai começar a trabalhar como musicoterapeuta na semana que vem, ou leva o cachorro para passear, ou faz faxina com um rigor que beira a obsessão, ou vai ensaiar com a banda dela. Dá para ver que ela está exausta.

Posso não conhecê-la bem, mas ela não parece a mesma pessoa desde a experiência no elevador. E preciso saber por quê.

Além disso, agora tenho absoluta certeza de que sou ainda mais babaca do que eu achava.

A imagem de Lark sentada no porta-malas do meu carro se repete na minha mente. Havia medo em seus olhos. Determinação também. Embora estivessem cheios de lágrimas, ela piscou para afastá-las. Ela *implorou*.

E eu a empurrei e fechei a porta.

– *Seu otário de merda* – murmuro, mal percebendo que falei isso em voz alta.

Para que Lark e eu sejamos capazes de descobrir o que diabos está acontecendo e conseguir o que ambos queremos deste casamento, vamos ter que trabalhar em conjunto. E isso não vai ser possível se ela estiver desmoronando. Se quero entender Lark, vou ter que fazer isso através dela, e não das pessoas ao redor. E não faço a menor ideia de como lidar com essa situação.

Já fiz muita merda na vida. A vida reduziu a maioria das minhas emoções a pouco mais do que uma rocha lisa e polida. Mas, de vez em quando, encontro um sentimento há muito negligenciado, que me corta feito caco de vidro. Por exemplo, o intenso desconforto que é me dar conta de que preciso pedir ajuda à minha cunhada.

Pego o celular e digito uma mensagem para Sloane.

> Dona Aranha do globo ocular, venho humildemente pedir uma trégua.

> Não acabei de dizer pra você ir ler a porra de um livro?

> Deus meu. Você é tão amarga.

> Obrigada. O que você quer agora?

> Você e o Rowan estão livres pra almoçar hoje no Cutelo & Corvo? Quero chamar a Lark, mas talvez ela fique mais confortável se vocês estiverem lá.

Há uma longa pausa antes dos três pontinhos começarem a dançar na minha tela.

> PUTA MERDA, EU SABIA QUE EM ALGUM LUGAR AÍ DENTRO VOCÊ ERA MOLE.

> SIM, ESTAREMOS LÁ. O Rowan tá liberado às 14h, me avisa se esse horário dá pra vocês.

> Mas você ainda é um babaca. Só pra deixar bem claro.

Tento não abrir um sorriso, mas ele surge na minha cara mesmo assim.

Preciso respirar fundo algumas vezes antes de conseguir digitar minha próxima mensagem. Demoro um tempo surpreendentemente longo para chegar a:

Ei.

No começo, acho que ela não vai responder, e estou quase digitando uma segunda mensagem quando a resposta de Lark chega.

O que houve?

Estou tenso demais enquanto olho para o celular nas minhas mãos.

Nada… Eu só queria saber se você quer ir almoçar no Cutelo & Corvo às 14h. O Rowan e a Sloane vão estar lá.

Posso te dar uma carona. Ou a gente pode se encontrar lá, se você quiser. Você vai estar livre a essa hora?

Os pontinhos da resposta de Lark piscam na parte inferior da minha tela. Somem. Começam a piscar de novo. Somem outra vez e, finalmente, a mensagem dela chega.

Tá. Te encontro lá.

Meu coração sobe pela garganta, ressuscitado de onde parecia se encontrar, mergulhado nas minhas entranhas.

Tá bem.

Fico olhando para a tela mesmo depois que ela fica preta. Embora meus batimentos comecem a desacelerar até um ritmo normal, o espaço vazio entre cada um ainda dói com uma sensação que não consigo nomear. Uma inquietação que surge em meu sangue enquanto conto as horas entre agora e a próxima vez em que a verei.

Minha manhã na loja se arrasta. Saio cedo para ir ao restaurante e, quando passo pela porta, ela já está sentada na mesa com meu irmão e minha cunhada. O sorriso cauteloso que lança na minha direção desperta uma esperança inesperada em meu peito, uma que não pedi para sentir. No entanto, de alguma maneira, não é suficiente.

Lark parece entusiasmada junto a Rowan e Sloane, e, se eu não soubesse a verdade, ficaria achando que ela está tão descansada e feliz quanto meu irmão e sua esposa. Ela ri, brinca e cola um adesivo de estrelinha dourada na covinha de Sloane quando ela faz uma piada que não entendo envolvendo sorvete *cookies and cream* que faz Rowan ficar pálido. E talvez eles estejam ocupados demais tentando descobrir como vai nosso "casamento esquisito", com suas ocasionais perguntas curiosas ou seus olhares minuciosos. Mas consigo enxergar o que eles não percebem. A forma como o sorriso de Lark vacila quando ela acha que ninguém está olhando. A maneira como pressiona dois dedos na têmpora antes de tirar um ibuprofeno da bolsa gigante. O bocejo que esconde com um punho. Lark está exausta, operando à base de cafeína e pura determinação para evitar que sua máscara caia.

Quanto mais o tempo passa, mais me arrependo de tê-la convidado para esse maldito almoço. Seria melhor ela ter tirado um cochilo. Talvez tivesse se aninhado com Bentley no sofá, ao sol. Só quero levá-la para casa. Ela não vai se dar ao trabalho de se esforçar tanto se estivermos só nós dois. No mundo lá fora, é como se ela precisasse ser tudo para todos, sem sobrar nada para si mesma no final.

Mas parece algo inevitável, mesmo para as pessoas que a amam.

– Eu vi os primeiros pôsteres do seu show no Amigos – diz Sloane.

Pelo jeito que Lark sorri e balança a cabeça, sei que ela não compartilhou com a amiga o desgaste que tem sido tentar impulsionar sua banda. Ela só comentou por alto sobre o show comigo, como se não fosse nada de mais, mas consigo ver o efeito disso nela quando tem que reorganizar a agenda para dar conta de tudo, desde postagens nas redes sociais até ensaios para o próximo show. É mais um favor para uma amiga que provavelmente não valoriza o esforço que ela está fazendo.

– Desculpa não poder ir, essa semana vou viajar pra uma reunião.

– Pra onde você vai dessa vez?

– Singapura. O cliente é um pé no saco, mas vale a pena pela viagem. Vou reservar um dia extra pra passear.

– Que demais, Sloaney.

Embora o sorriso de Lark seja verdadeiro e caloroso, continuo inquieto na cadeira, ansioso para sugerir que ela venha comigo, mesmo sabendo que ela jamais faria isso. Não importa quanto eu me force a lembrar que não é da minha conta, que não deveria me importar e que é melhor manter distância, não funciona.

Como se sentisse meu desconforto, Sloane me encara com a precisão de um falcão mergulhando em busca de sua presa inocente.

– Você vai, né, Lachlan? Preciso de fotos. Nunca perco um show quando estou na cidade.

Além de coisinhas corriqueiras, como horários e detalhes irrelevantes, Lark e eu não falamos sobre o show. Ela não me convidou. Não sei se está tão desconfortável quanto eu com a pergunta de Sloane, mas não me atrevo a olhar para ela para descobrir.

Passo a mão na minha nuca e olho para meu irmão, mas ele não ajuda em nada, sorrindo para mim como o sabotador de merda que ele é. Quando faço uma cara feia como quem diz "não me fode", o sorriso dele só aumenta.

– Não sei. Eu…

Sou interrompida pelo som de uma voz familiar.

– Lachlan Kane.

Justamente quando acho que a situação não pode piorar, isso acontece. Fecho os olhos por um segundo. Quando os abro e me viro, capto o olhar atento e cauteloso de Lark antes que minha atenção recaia na fonte da voz.

– Claire.

Claire Peller está exatamente como me lembro dela. Cabelo penteado para trás em um rabo de cavalo alto. Um sorriso branco e predatório. As linhas minimalistas de um terninho preto. Tudo é uma faceta imaculada que esconde lá no fundo um desejo de provocar o caos.

Claire sorri e volta sua atenção para Rowan.

– Oi, Rowan.

Ele responde apenas com um aceno de cabeça, mas não há simpatia em sua resposta. Claire não dá a mínima. Na verdade, ela adora. Olha para Sloane, e Rowan antecipa o que quer que ela esteja prestes a dizer depois de respirar fundo.

– Essa é a minha esposa, Sloane. Sloane, essa é a Claire.

– Prazer – diz Claire.

Sloane apenas dá um sorriso tenso, mas Claire nem percebe, seu foco já mudando para Lark.

– E essa é a Lark – digo apontando com a cabeça na direção dela. – Minha esposa.

Claire irrompe em uma risada incrédula, e meu sangue pega fogo. Ela olha de mim para Lark como se estivesse esperando o final da piada, mas isso não acontece.

– Você se *casou*?

– Aham.

– Lachlan Kane – diz ela, balançando a cabeça. – Nunca imaginei que esse dia chegaria. Com certeza, muita coisa mudou desde aquela festa de Halloween, dois anos atrás.

Há um tom cortante na voz de Claire com a intenção de machucar. Porém, quando encontro os olhos de Lark, há apenas uma máscara ininteligível me observando. Eu provavelmente deveria me sentir aliviado por ela parecer incólume, mas parte de mim está um pouco desapontada, por mais que eu não goste de admitir.

– Pois é. Bom, a gente se vê por aí – digo com firmeza enquanto me viro de volta para minha comida.

– Sim, com certeza – diz Claire enquanto seu celular toca. – Vou passar na loja um dia desses. Aí a gente conversa melhor.

Antes que eu possa dizer qualquer coisa, Claire atende a chamada e segue-se o som ritmado dos seus saltos no piso de ardósia conforme ela sai do Cutelo & Corvo. Balanço a cabeça, me concentrando na comida até sentir a tensão no ar e erguer os olhos.

Lark e Sloane conversam baixinho sobre alguma coisa. Sloane ergue uma única sobrancelha. Lark estreita os olhos. Sloane suspira e dá de ombros.

E então Lark se levanta da mesa, ajeitando a bolsa absurdamente gigantesca no ombro.

– Bem, me diverti bastante. Tenho que correr – diz ela enquanto abre um sorriso que brilha tanto quanto um laser na direção de Sloane e Rowan. Ao se virar para mim, o sorriso parece capaz de cortar minha pele. – Te vejo em casa.

E então ela vai embora do restaurante, sua energia a seguindo como a cauda de um cometa.

Rowan ri e balança a cabeça antes de tomar um gole de sua bebida.

– A menos que esteja querendo ter que tirar sua esposa da cadeia, é melhor correr atrás dela.

Eu me recosto na cadeira e bato o anel do dedo indicador no copo enquanto tento não olhar para a porta. Em vez disso, meu foco recai em Sloane, que mascara seu sorriso com uma garfada de comida.

A sensação de estar afundando invade meu peito.

– Do que você tá falando?

– Vai atrás dela antes que ela meta uma faca na Claire, seu jumento – insiste ele.

– Que nada… ela… – Olho para a porta e depois para Sloane, seus olhos cheios de faíscas. – Que foi…?

– Escuta aqui – diz ela, dando um tapa na mesa quando finalmente olha direto para mim. Aquela covinha maldita aparece perto do lábio. É sinal de que lá vem coisa. – Lark Montague pode ser uma fofa, toda animadinha e feliz, com aquela vibe de líder de torcida, mas a desgraçada é vingativa pra caralho. Eu amo muito ela, mas digamos que ela nem sempre seja flor que se cheire.

Ainda não consigo conciliar as palavras de Sloane com a mulher que acho que conheço.

– A gente tá falando da *mesma* Lark? A Lark que vive cantando e quer colocar brilho em tudo? Você tá me dizendo que ela tem um lado rancoroso de verdade? Tipo… ela não é apenas um apocalipse ambulante, mas maliciosa *de propósito*?

Ambos riem. Eles *riem*, porra.

– Lachlan – diz Sloane, balançando a cabeça –, vou te dar essa dica porque você é um caso perdido e eu tenho pena de você.

– Obrigado…

– Lark Montague não tem apenas um "lado rancoroso". Ela pega a ideia de retaliação e a transforma em um desfile de vingança cheio de brilho.

Rowan aponta para ela com o garfo.

– Ela colocou uma bomba de purpurina no meu carro uma vez que eu fiz a Sloane chorar e falei pra ela ir pra casa. Gastei uma grana limpando o carro e mesmo assim ainda encontro purpurina todo dia.

– Quando a gente tava no internato, uma garota chamada Macie Roberts chamou uma amiga da Lark de "balde de porra". Então a Lark entrou no quarto da Macie e passou uma noite inteira escrevendo *Eu sou um balde de porra* com tinta pra tecido em literalmente todas as peças de roupa que a Macie tinha, até nas peças íntimas.

– Conta pra ele das lantejoulas.

– Lantejoulas? – pergunto enquanto os dois riem.

Sloane ergue as sobrancelhas enquanto revira a comida no prato.

– Uns anos atrás, a Lark morava com o namorado dela na época, um cara chamado Andrew. Um fim de semana, enquanto a Lark estava viajando, ele e uma amiga em comum dos dois, a Savannah, se pegaram no apartamento da Lark e do Andrew – diz ela enquanto sou tomado por uma onda irracional de raiva. – Algumas semanas depois, a Lark invadiu a casa de Savannah enquanto ela dormia e escreveu *piranha traidora* na cara dela com cola instantânea e lantejoulas. Ela roubou o frasco de removedor de esmalte, o celular e o computador da Savannah, então ela não teve escolha a não ser sair e comprar mais acetona pra tirar a cola. Mesmo depois que as lantejoulas não estavam mais lá, ainda dava pra ver as marcas. Foi incrível.

Não posso negar que adoro a ousadia desse plano. Quase sorrio, mas então percebo a troca de olhares sombrios entre Sloane e Rowan.

– O que foi?

– Bom… a Lark não vai confirmar nem negar seu envolvimento, mas dois meses depois, o Andrew morreu em um estranho "acidente" com fogos de artifício – diz Sloane fazendo aspas no ar.

– Você acha que a Lark… matou alguém? A *Lark*?

Sloane dá de ombros.

– Não sei por que você ainda tá sentado aqui quando ela provavelmente tá cortando a cara de Claire pra fazer uma pipa, mas quem vai pagar a fiança é você, então – diz Rowan, e num piscar de olhos estou a meio caminho da porta.

O som das risadas de Rowan e Sloane me acompanha até a rua. Paro na calçada, esticando o pescoço para olhar além dos pedestres. Procuro ouvir a voz de Lark, que sempre soa como sinos de vento.

Nada.

Dou uma olhada ao redor antes de confiar no meu instinto e seguir na direção leste. Segurando o celular com uma força que poderia quebrá-lo, busco o número de Lark na lista de favoritos e faço a chamada.

Cai direto na caixa postal.

– Mas que palhaçada, assim vai acabar indo tudo pro buraco, Deus meu – sibilo, e a lembrança da risada dela é como um tapa.

Ela tiraria sarro de mim por dizer isso. Encheria minha paciência até que eu fosse forçado a me virar para esconder o sorriso malicioso que implora para sair toda vez que ela implica comigo. Depois daria um jeito de me criticar falando do cosplay de Batman, armando de novo as barreiras para se proteger, do mesmo jeito que eu faço.

Mas, dessa vez, o problema não são as barreiras entre nós. Não é o que vai acontecer se deixarmos o outro entrar.

É o que ela está deixando *sair*.

Saio correndo. *Ela não pode ter ido longe.*

Não sei se é instinto, destino ou pura sorte, mas olho de lado na direção de um beco e vejo um lampejo dela antes de passar direto. Lark desce apressada a passagem estreita, a bolsa gigante batendo contra sua bunda redonda.

Minha frequência cardíaca dispara com a emoção de ir atrás dela. Felizmente, não é difícil encontrá-la com a série de palavrões que ela murmura para si mesma enquanto caminha pelo beco.

Pego Lark pelo pescoço e interrompo a cadência de seus passos em marcha. O ar sai de seus pulmões quando a empurro contra a parede de tijolos, seus olhos presos nos meus, chocados e ferozes.

– Que *porra é essa*? – Lark agarra meu braço e tenta puxar minha mão, mas não me movo. – Me solta.

– Acho que não, duquesa.

– Para com essa merda de *duquesa*.

– Para de perseguir mulheres aleatórias pra matar e cortar a cara delas.

– Aleatórias o caralho – zomba ela. Ela franze a testa, seu pulso batendo forte sob a minha mão. – E ela pode não ter cara e continuar viva.

Inclino a cabeça enquanto observo os detalhes da expressão de Lark, desde a indignação em seus olhos semicerrados até o rubor de seus lábios carnudos e a cicatriz perto do cabelo, uma lembrança do nosso primeiro encontro que grava um pedaço de arrependimento nas minhas memórias sempre que a olho tão de perto.

– É curioso que a sua primeira objeção seja em relação à aleatoriedade e a cortar a cara dela.

– Eu estava só seguindo a ordem.

– Claro que estava. Qual é o seu plano exatamente? Porque algo me diz que você não estava indo convidar a Claire pra comer pipoca e maratonar filmes do Keanu Reeves.

O olhar que Lark lança para mim é letal.

– Não. Coloque. O nome. Dela. Na mesma frase. Com Keanu Reeves. *Jamais.*

– Você parece estar ignorando o argumento principal no que eu disse.

– Você tem um argumento? Achei você só tava sendo um babaca autoritário.

Consigo reprimir um grunhido frustrado, mas por pouco, e Lark percebe. Estou convencido de que pouca coisa dá tanto prazer a Lark Montague do que me fazer perder o controle.

– Qual era o seu plano, Lark?

– Sei lá – responde ela, com um aceno de mão desdenhoso. – Talvez segui-la até em casa. Invadir a casa dela...

– Deus...

– Quem sabe pegar umas latas de cola em spray e colocar uma bomba de purpurina no armário dela. – O brilho tortuoso nos olhos de Lark se torna totalmente maníaco. – Dá pra imaginar aquela mulher com um guarda-roupa todo enfeitado e brilhante? Acho que esse seria o inferno pra ela.

– Na verdade, consigo, sim. Meu irmão contou que você fez algo parecido com o carro dele recentemente. Parece que você tem um lado psicopata purpurinado, duquesa.

Lark olha para mim.

– Tá, eu entendo por que você fez isso com o Rowan. Ele deve ter sido merecido, do jeito que é um mané. Mas por que você liga pra Claire?

Lark fica me olhando, sua garganta trabalhando debaixo da minha mão enquanto engole. Não sei bem se ela estava só agindo por instinto e agora está lutando para ligar os pontos, ou se não quer me contar por que estava caçando uma mulher que viu apenas uma vez.

– Desembucha, duquesa. – Eu me inclino mais para perto e tento não deixar óbvio quando inspiro bem fundo seu perfume doce. Meu olhar percorre as feições do rosto dela, e sua respiração fica presa, os olhos fixos nos meus. – Qual é o problema? Fala pra mim.

– É meio difícil fazer isso com a sua mão no meu pescoço.

Afrouxo um pouco o aperto, mas ao perceber o modo como seus olhos se dirigem para o fim do beco, como se estivesse pronta para retomar sua caçada, volto a não ter a menor intenção de soltá-la.

– Tenta. Acho que você consegue…

– Foi por causa dela, né? – Os cílios de Lark brilham com lágrimas furiosas que ela tenta esconder piscando. – Aquela noite. No Halloween. Você não queria ir embora da festa, mas não teve escolha por minha causa.

Suavizo a pressão em seu pescoço quando me lembro daquela noite com absoluta clareza. Fionn estava péssimo, por mais que fingisse que não. No mês anterior, eu tinha quase conseguido convencer meu irmão a voltar para casa, e a Claire estava estragando tudo. Então veio a ligação de Leander. Ignorei sua primeira tentativa. A segunda também. Mas atendi na terceira, e ele me mandou ir até o reservatório de Scituate com meu equipamento de mergulho para arrumar a bagunça de uma descuidada qualquer.

Ou foi o que pensei.

– Eu estraguei tudo – sussurra Lark. – Eu sou o motivo de você ter ido embora da festa. E a Claire é o motivo pelo qual você queria ficar.

– Não, duquesa. O *Fionn* era o motivo pelo qual eu queria ficar.

Lark abre a boca em uma inspiração profunda destinada a palavras que não saem. Espero em silêncio enquanto ela avalia suas opções antes de escolher uma.

– Como…?

É preciso reunir cada fragmento de autocontrole para não sorrir diante de sua confusão, mas ele desaparece quando me inclino um pouco mais para perto e o calor de seu corpo destrói outras camadas da minha prudência.

– A Claire partiu o coração do Fionn. Ele estava um lixo naquela festa, foi a primeira vez que ele a viu depois que os dois se separaram.

– Ela estava com o Fionn…?

Concordo com a cabeça, e as bochechas de Lark ficam rosadas.

– Eles estavam juntos havia alguns anos. Os dois se conheceram quando ele estava na faculdade de Medicina, e ela estava se formando em Direito. Ele estava quase terminando a residência e estava prestes a pedi-la em casamento. Ele carregou aquele maldito anel por semanas, só esperando o momento certo. Quando ele finalmente se ajoelhou na frente da Claire, ela largou ele. Isso destruiu o meu irmão. Foi por isso que ele se mudou pra Nebraska, pra ficar o mais longe possível dela. Quase o convenci a voltar, até que aquela festa estragou tudo.

– Mas… do jeito que ela falou…

– É. Tenho certeza de que ela queria alguma coisa. É claro que eu jamais cederia aos caprichos da Claire, mas ela não lida bem com rejeição. Não é bem o tipo dela.

– Então… não foi porque eu estraguei sua chance com a Claire…?

– Não, Lark.

Preciso de mais esforço do que eu deveria para não deixar meus pensamentos viajarem com o significado por trás de suas palavras. Não sei por que ela se importaria com a Claire. E não sei por que de repente é tão importante para ela saber o que aconteceu.

Os olhos de Lark caem em meus lábios e se estreitam enquanto ela parece refletir.

– Você me odeia porque acha que arruinei sua chance de trazer o Fionn pra casa. Você teve que ir me socorrer e não pôde cuidar dele.

Algo desconfortável se contorce em meu peito, como uma pequena cobra que se enrosca no meu coração e aperta.

– Eu não te odeio. Mas queria muito falar sobre o seu plano de cortar a cara da Claire.

Lark revira os olhos e bate no meu braço, liberando minha mão do seu pescoço.

– Tá bom. Eu tenho que ir.

Num piscar de olhos, ela escorrega do vão entre mim e a parede. O espaço deixado para trás é frio e sem vida. Seu cheiro permanece no ar, uma tentação que me seduz, doce e sombria. Pisco os olhos para tentar tirar Lark dos meus sentidos, mas é inútil.

– A gente precisa conversar! – grito conforme ela se aproxima da saída do beco.

– Dispenso! – grita ela de volta, e me mostra o dedo do meio antes de desaparecer.

Fico parado na passagem estreita por um bom tempo, observando sua ausência como se ela fosse retornar e preenchê-la com revelações enquanto repasso tudo o que Rowan e Sloane disseram no restaurante.

Então me viro na direção oposta para buscar meu carro, ir direto para casa e me recompor. Para fazer o que deveria ter feito meses atrás.

Caçar Lark Montague.

10

TROFÉUS
LACHLAN

Entro na sala do nosso apartamento e fico um bom tempo parado no meio dela, tentando enxergar a situação com outro olhar. Bentley observa do sofá, julgando com severidade o que estou prestes a fazer.

– Também não gosto disso – digo a ele, embora o cachorro não pareça convencido. – Mas ela vai se meter no tipo de confusão da qual vai ser impossível tirá-la se eu não souber o que ela está escondendo.

Nem tiro a jaqueta antes de começar a procurar. O que, não sei ao certo. Sinto que já faz muito tempo que venho deixando escapar partes dessa mulher, talvez tesouros que ela não quer que ninguém descubra.

Abro armários. Vasculho a parte inferior das gavetas. Caço em lugares que evitei de propósito durante os últimos dois dias, por respeito à privacidade de Lark. O quarto dela. O banheiro. Se ela acha que a desprezo, talvez acredite também que eu jamais iria querer espiar sua gaveta de lingerie. Eu poderia facilmente provar o contrário enquanto reviro peças de renda, seda e alças finíssimas. Meu pau lateja toda vez que toco uma delas enquanto imagino Lark vestindo cada uma. Fico um pouco perturbado por um espartilho azul-escuro que dispara todas as fantasias envolvendo a Duquesa Lark que venho tentando e não conseguindo suprimir. Passo mais tempo do que deveria olhando para o tecido em minhas mãos, imaginando-o roçar as curvas de Lark e como sua pele ficaria coberta de renda.

Embora tenha vontade de roubá-lo para alimentar minhas fantasias na privacidade do meu quarto do outro lado do corredor, coloco o espartilho de volta no lugar e fecho os olhos com força enquanto empurro a gaveta.

Respiro bem fundo, dou meia-volta e retorno para a sala.

– Caralho – digo ao cachorro, que solta um suspiro desinteressado. – O que ela vê?

Ela vê a cidade de sua cadeira redonda enquanto conta as horas entre o anoitecer e o amanhecer. Fotos de amigos, familiares e lugares por onde passou. A mesa dourada que construiu, e um painel de macramê com pequenas estrelas. Pôsteres de filmes gigantescos. *A vida marinha com Steve Zissou. Os fantasmas se divertem. Sharknado. Constantine.*

Constantine.

Respiro fundo e caminho até o pôster, levantando-o suavemente da parede. Atrás, finalmente encontro o que procurava. Uma folha fina sobre um buraco irregular na parede de gesso.

Quando Lark volta ao apartamento, uma hora depois, já esvaziei o buraco e recoloquei o pôster na parede. Agora tenho apenas uma pequena caixa de papelão contendo muito mais perguntas do que antes. Quero respostas. E a única mulher que pode me dar essas respostas entra com um olhar cortante, a suspeita pesando na tensão entre nós dois.

– Oi – digo quando o silêncio na sala fica do tamanho de um buraco negro.

Equilibrando uma bandeja coberta com uma das mãos, Lark ergue os olhos e coloca a bolsa no chão com a outra. Não diz nada, apenas me lança um olhar breve e exausto, como se soubesse que há algo por vir, mas fraca demais para evitar o conflito.

– A gente precisa conversar, Lark. Mesmo.

Ela suspira e esfrega a testa com a mão livre.

– Lachlan, pra falar a verdade, nesse momento não quero falar sobre a Claire nem qualquer merda do tipo. Quero só existir em um lugar cheio de cafeína, manteiga e açúcar. – Lark coloca uma bandeja com muffins sobre a bancada e levanta a tampa de plástico. O cheiro de maçã e canela vem na minha direção. – Eu me ofereci pra dar aulas de música hoje à tarde, e esse garoto, Hugo, literalmente tenta roer o violoncelo toda vez. Ele é bem esquisito.

– É importante.

– É sobre o assassino misterioso?

– Não exatamente.

– Então não é mais importante do que a cafeína que preciso pra sobreviver à fixação que o Hugo tem por comer lascas de madeira.

– É sobre *você*.

Lark me encara, a cautela em seus olhos.

– Já que esse é o assunto que você menos gosta, e eu estabeleci como objetivo de vida te causar o maior sofrimento humanamente possível – diz ela, fazendo uma pequena reverência e graciosamente gesticulando com a mão à frente do corpo –, por favor, prossiga.

Normalmente, eu responderia com um sorriso diabólico. Talvez uma alfinetada ou outra para irritá-la. Mas, dessa vez, meu estômago revira de maneira desconfortável quando coloco a mão dentro da caixa de papelão enfiada debaixo do braço para retirar o primeiro item em questão.

– O que é isso? – pergunto enquanto seguro um disco plano de tecido.

O lampejo de choque em sua expressão se esvai tão depressa quanto aparece em seu rosto. Ela dá um pigarro.

– Parece ser um porta-copos.

– Mais ou menos – respondo, dando um passo para mais perto. – É um porta-copos feito de um cadarço reforçado de bota de trilha. Com uma, mancha suspeita nas fibras.

Lark solta uma risada desdenhosa, mas há uma faísca de apreensão em seu olhar quando ele passa da corda na minha mão para o meu rosto.

– Um cadarço de bota de trilha? Vem o kit completo, com fivela e gancho também? – Ela revira os olhos e caminha em direção à cozinha enquanto eu a sigo como um fantasma desanimado. – É uma mancha de vinho em um porta-copos, Lachlan. Você pode ter arrumado isso em qualquer lugar.

– Eu poderia, mas não foi o que aconteceu. Arrumei aqui mesmo, no apartamento.

Ela zomba, mas não olha para mim.

Em seguida, tiro da caixa dois bastões com pontas em formato de bulbo pintadas de cores brilhantes.

– E isso aqui?

Sua atenção se volta para os itens na minha mão. Ela evita meus olhos.

– Chocalhos, é óbvio.

Dou um pigarro para obter um efeito dramático.

– Chocalhos... – repito, e Lark assente. – E do que eles são feitos, exatamente?

Lark vai até a geladeira pegar manteiga.

– Como é que eu vou saber?

Eu os chacoalho, e os objetos dentro deles batem nas paredes revestidas com algo que parece ser pele.

– Você sabe que eu trabalho com couro, Lark. Quer outra chance?

Ela finge que não entende.

– O que você acha que vai acontecer se eu… – Minhas palavras evaporam enquanto esmago um dos bulbos fechando o punho. Dentes humanos caem na palma da minha mão, vários indo para o chão enquanto Bentley corre para verificar se é comida. – De alguma maneira, era isso que eu esperava, mas ainda assim estou surpreso. Que mistério, hein.

Lark finge se concentrar no muffin que coloca no micro-ondas.

– Muito bem. – Inclino a mão e deixo os dentes caírem na caixa. – Depois voltamos nesse assunto. Mas até lá – digo enquanto seguro meu último prêmio –, o que é *isso*?

Lark olha para o item sobre a mesa e logo em seguida para o micro--ondas quando ele apita. Ela dá de ombros.

– Um anel…?

Deixo o peso do meu olhar martelar na lateral da cabeça dela e, mesmo ficando inquieta, ela resiste à vontade de se virar.

– Um anel – repito.

Ela assente.

– Por acaso você notou que ele está *preso a um dedo dentro da porra de um vidro*?

Uma risada nervosa acompanha Lark quando ela vai em direção à pia. Ela agarra a borda de aço inoxidável como se torcesse para ser sugada em direção ao ralo. Quando finalmente se vira para mim, está mordendo o lábio inferior, incapaz de controlar o incômodo que vinca suas feições.

– Haha… é… – A risada indiferente de Lark se desintegra quando coloco o pote de vidro sobre a mesa com um baque alto. Um pequeno arrepio percorre seu corpo enquanto ela se endireita e levanta a cabeça, se preparando para o confronto. – Bem, tenho uma explicação muito simples.

– Qual?

– Eu não consegui tirar o anel. Os dedos dele eram muito grossos.

Dou um pigarro, cada palavra selecionada com cuidado é uma proclamação quando pergunto:

– Daí você pegou o dedo inteiro?

Uma onda de irritação surge em seus olhos.

– Parece que sim, gênio. Vejo que sua capacidade de observação não melhorou com os óculos.

Solto um suspiro longo e lento.

– Vamos tentar de outro jeito. Por que você se sentiu impelida a pegar um dedo com um anel enfiado e guardá-lo num vidro? A propósito, foi surpreendentemente fácil de encontrar. Pro futuro, sugiro um cofre, não um buraco na parede.

– Ninguém mandou você bisbilhotar minha vida.

– É meu *dever* proteger você. Isso é parte do acordo que você propôs no casamento, lembra? E não faço distinção entre te proteger de terceiros e de si mesma. – Dou mais um passo na direção dela e levanto o pote entre nós dois. – Então? Pode me explicar...

– Ele não merecia usar. *É óbvio.*

Não tive tempo de pesquisar o brasão do anel de sinete, mas obviamente tem algum significado para ela que ainda não sei qual é. Talvez haja até uma pista na superfície interna da joia, e começo a girar a tampa para abri-la e tentar puxar o anel para fora da polpa cinzenta e cerosa.

– *Não* – diz Lark. Há um pânico absoluto em seus olhos. Ela fica pálida no mesmo instante. – *Por favor*, Lachlan, não abre.

Quando ergo uma sobrancelha em uma pergunta silenciosa, ela balança a cabeça.

– Sério. O formol. Odeio o cheiro. Quase vomitei umas cinco vezes só de jogar aí dentro. Se você abrir, isso com certeza vai acontecer.

– Bem, estou feliz que você tenha conseguido lidar com isso tempo suficiente pra colocar purpurina no pote.

Lark resmunga qualquer coisa enquanto coça a cabeça e olha para o chão.

– Não entendi direito, duquesa.

– Flocos de neve – repete ela um pouco mais alto, depois gesticula na minha direção sem me olhar nos olhos. – Sacode.

Olho para o pote e depois de volta para ela antes de pegá-lo para dar uma sacudida. O anel bate no vidro e o dedo, na tampa de aço. Quando o coloco de volta na mesa, pequenos flocos de neve brilhantes giram em torno do dedo decepado antes de caírem lentamente em direção à base do frasco.

– Um globo de neve – falo devagar, esperando que ela erga os olhos, mas ela não faz isso. – Você transformou um dedo decepado numa porra de um *globo de neve.*

– Estava perto do Natal – diz ela, dando de ombros. – Me pareceu... festivo.

– Fest... Festivo... – Solto um suspiro longo e fraco e coloco o pote de volta na mesa com os dedos dormentes. – Eu só... *caralho*, Lark... Você é...

Lark inclina a cabeça, as sobrancelhas erguidas enquanto aguarda que eu continue. Seus ombros ficam rígidos, e sei que ela está se preparando para a batalha, então é melhor dizer de uma vez antes que ela vista sua malha medieval psicológica.

– Você é uma assassina em série?

– Não. – Ela ri pelo nariz; é totalmente forçado. – Claro que não. *Não.* Sou mais tipo uma...

Ela se perde em pensamentos enquanto parece avaliar várias respostas possíveis. O pavor toma minhas entranhas enquanto ela franze a testa e depois sua expressão se suaviza. Um segundo depois, um sorriso vibrante surge em seu rosto.

– Estou mais pra uma *eliminadora em cadeia.*

Lark assente uma única vez, de maneira decisiva, as ondas loiras e brilhantes de seu rabo de cavalo balançando em seu ombro. Acho que nem pisquei ainda, mas ela parece que acabou de tomar dez doses de café expresso quando abre um sorriso brilhante e diz:

– Pra falar a verdade, tá sendo ótimo finalmente contar pra alguém.

Lark dá meia-volta e para de frente para a máquina de café expresso. O silêncio se estabelece. Como já era de se esperar, ela o preenche com um cantarolar.

Ela mói os grãos. Pega uma caneca rosa em forma de caveira. Despeja o leite na jarra de aço inoxidável e liga a máquina. Não parece notar que estou olhando para ela o tempo todo, boquiaberto.

– *Eliminadora... em cadeia?* – digo por fim. Lark não ergue os olhos enquanto sorri e assente. – *Eliminadora em cadeia*, Lark? Que porra é essa, Deus meu?

– Que porra é *essa* de "Deus meu"? – dispara ela de volta com uma risadinha enquanto aperta um botão e a máquina de café expresso ganha vida.

– Quem é esse tal de "Deus meu"? Por acaso é alguma divindade irlandesa que você fica chamando e não te responde?

Pasmo. Estou completamente *pasmo*. Nem sei o que dizer. Não que isso importe, porque Lark simplesmente continua:

– *"Bueller... Bueller... Bueller... não, ele desmaiou no restaurante ontem à noite."* Deus meu, Deus meu, Deus meu...

– Que merda é...

– Ah, não, você nunca viu *Curtindo a vida adoidado*? – Os olhos cristalinos de Lark brilham de diversão. – Ah, uma maratona de comédia clássica, é disso que você precisa pra tirar essa vassoura do cu. Preciso comprar pipoca. *Agora mesmo.* Tenho uma ótima programação em mente...

– Não vem com essa – interrompo, minha voz grave e severa enquanto dou mais um passo.

A mudança em Lark é instantânea. A diversão evapora de seu rosto. *Não*, eu me dou conta. É exatamente o contrário.

É como uma névoa repentina que vem do mar para obscurecer o sol.

A luz anuvia seus olhos enquanto Lark endireita os ombros. Ela segura a jarra entre as mãos, o leite ainda não vaporizado, os nós dos dedos brancos por conta da pressão que faz. Pela determinação em seu rosto, imagino que vou tomar um banho de leite se der mais um passo adiante.

Mas não é apenas determinação. Percebo uma veia pulsando no contorno liso de seu pescoço.

Eu sei o que é medo. E sei mais do que a maior parte das pessoas.

Tento relaxar minha postura, embora, a julgar pela maneira como os olhos dela vão do meu rosto para meus ombros, para meus punhos cerrados e de volta para meu rosto, eu não esteja sendo muito bem-sucedido em parecer tranquilizador. Como tenho dificuldade para relaxar as mãos, enfio as duas nos bolsos e digo:

– Que tal a gente voltar rapidinho à parte em que você é uma "eliminadora em cadeia"?

Lark engole em seco.

– De quantas... *eliminações* estamos falando exatamente?

– Humm. – Lark olha para o teto. – Acho que... sete?

– *Sete?*

– Não, oito. Oito, com certeza.

– Você não pode estar falando sério.

– Bem, teve um cara que morreu no hospital uns quatro dias depois. Ele conta?

Minha resposta é um olhar silencioso e sem vida.

– Ele pode ter morrido por negligência médica – continua ela, tamborilando as pontas dos dedos calejados no jarro de metal. – Ou talvez tenha se engasgado com o pão. Comida de hospital é muito ruim, sabia? Pode ter sido qualquer coisa, na verdade. É, acho que ele não conta. Quatro dias deve extrapolar o período de carência.

– Não existe período de carência, Lark.

Ela suspira.

– É, acho que você tem razão. Nove, então.

– Você tá me dizendo que matou…

Lark resmunga.

– Tá, você *eliminou* nove pessoas – digo, tirando a mão do bolso para apontar para ela. – *Você*. Lark *Montague*.

Com um olhar desafiador, ela me dá um sorriso sarcástico.

– Kane. Lark *Kane*.

Suas palavras me acertam como um soco na cara.

Quer nossos votos tenham sido reais ou não, quer ela *acredite* neles ou não, quer use o nome dela ou o meu, Lark me lembrou muito bem da verdade suprema: para o bem ou para o mal, estamos unidos.

As dinastias Montague e Covaci mantiveram Lark a salvo até agora, pelo menos das autoridades. Posso ter experiência no mundo dela, até mesmo ser capaz de me dar bem nele, mas não tenho os meios necessários para oferecer a mesma proteção. Pior ainda, venho com uma bagagem de alvos e vinganças que poderia colocá-la em perigo. Se alguém descobrir o que ela fez…

Ainda estou preso nas garras desse novo medo quando ela inclina a cabeça e respira fundo.

– Então, também teve um cara…

– *Lark.*

– Dez – sussurra ela.

Ficamos em silêncio enquanto tento escolher uma das mil perguntas que competem pelo primeiro lugar no meu cérebro em curto-circuito. Ela me observa com olhos arregalados e inocentes, e mesmo ouvindo tudo isso sair de sua própria boca, acho difícil acreditar que seja possível. A Lark Montague que conheço é irritantemente gentil, pelo menos com qualquer pessoa que não seja eu. Sua lealdade nunca falha. Ela é empática, mesmo que isso a prejudique.

E ela é… uma assassina em série?

Uma pergunta finalmente chega ao topo.

– *Por quê*, Lark? Por que você teria matado dez pessoas?

Ela engole em seco, os lábios comprimidos em uma linha decidida. Eu já a vi irritada. Já a vi determinada. Eu a vi cheia de luz, radiante de alegria. Eu a vi provocar as pessoas. Adoração e derrota, resignação, desgosto e esperança. Vi tudo isso em Lark. Mas neste momento há algo em seus olhos, enterrado bem fundo sob todas as suas camadas, escondido nas sombras da música, do caos, das citações de filmes e de toda a luz do sol que ela usa como uma armadura ofuscante.

A armadura é a Lark que eu achava que conhecia.

E embora eu já tenha tido um vislumbre disso antes, esta é a primeira vez que de fato enxergo sob seu escudo e vejo alguém completamente diferente. Vejo a dor que inflama no escuro.

Talvez Lark sinta medo de mim, mas ela não recua, não deixa seus olhos se desviarem dos meus ao dizer:

– Pra que nunca mais alguém que eu amo tenha que fazer isso por mim.

As palavras dela são uma lâmina que desliza entre minhas costelas.

– Sloane…? – pergunto baixinho. – Ela… foi isso que aconteceu no internato…?

A única admissão de Lark é o brilho em seus olhos, e me contenho para não pressioná-la.

Quando foi a última vez que me senti assim? Não consigo sequer me lembrar. Só deixei espaço suficiente para me preocupar com meus irmãos, o trabalho e meu chefe psicopata, e mais nada, mais ninguém. E de repente aparece Lark, que em momento algum deveria estar aqui, que não deveria estar iluminando lugares que eu acreditava que permaneceriam no escuro para sempre. Mas, com essas palavras, ela consegue chegar lá dentro e acender algo que nunca imaginei que sentiria. Dor, sofrimento e um sentimento de perda por alguém que está do lado de fora da minha pequena bolha.

Dou um pigarro.

– Lark…

Basta um sorriso brilhante, e tudo o que acho que ela quer dizer desaparece.

– Enfim – diz ela enquanto empurra a jarra na minha direção –, é melhor eu ir agora.

– Mas…

– Preciso correr.

Num único giro, ela pega a bolsa do sofá e caminha em direção à porta, com o cachorro em seu encalço. Ela tropeça, e por instinto dou um passo para a frente, mas ela levanta a mão e eu paro.

– Porra, mulher, onde…

– Tchau.

A porta se fecha.

Fico parado por um bom tempo no espaço entre os cômodos. Não é bem a cozinha. Não é a sala de jantar ou o escritório. É o vazio.

Sempre que ela vai embora, é como se o calor desaparecesse. É como retornar a uma versão de mim mesmo que não sou mais eu.

Bem, foda-se essa merda.

Ando em direção à porta e a abro com mais força do que o necessário, um barulho de metal batendo contra a parede. Lark já desceu dois terços da escada.

– Pare aí, Lark Montague! – chamo por ela.

– Não sei com quem você tá falando – grita ela de volta.

– Lark *Kane*.

Minha voz ecoa pelo vão aberto do armazém e volta em nossa direção. Lark para com uma das mãos agarrada ao corrimão, mas não se vira.

– A gente precisa conversar.

– Na verdade, Lachlan, a gente não precisa, não.

– Descobrir que você é casado com uma assassina em série…

– Eliminadora em cadeia.

– … *eliminadora em cadeia* provavelmente é motivo pra uma conversa, você não acha?

Lark dá de ombros.

– Não é bem assim.

– Então por que você admitiria isso pra mim?

Lark aperta o corrimão com mais força ao se virar apenas o suficiente para me perfurar com seu olhar.

– O que eu ia dizer quando você sacudiu o pote com o dedo? "Opa, não sei bem como esses flocos de neve foram parar aí dentro junto com um dedo decepado, mas tenho certeza de que não há nada com o que se preocupar"?

Engulo minha irritação e fico plantado no patamar, sem vontade de me aproximar dela, mesmo que eu queira. Mas não posso. Não posso suportar sua onda de medo outra vez. Não de mim.

– Só... só vem aqui e conversa comigo.

Bentley se joga entre nós na escada de metal com um bufo descontente, como se eu fosse o babaca mais babaca que já existiu. Juro que ele revira os olhos quando Lark solta uma risada incrédula.

– *Conversar* com você? E por que eu conversaria com você? Você tá sempre esperando uma oportunidade pra me julgar. Você é mesmo um babaca, Lachlan Kane. – Lark balança a cabeça, e o sorriso que deveria ser brilhante a ponto de cegar é apenas sombrio e letal. – Uma vez, você me perguntou se eu me importava de verdade com o que você achava de mim, e eu disse que sim. Muito bem, vai em frente e me julga o quanto quiser, porque já superei isso. E bem rápido, devo acrescentar.

– Isso é... – É *o quê*? Bom? Ruim? Porra, sei lá.

Balanço a cabeça e seguro o corrimão, mas o metal frio não ajuda em nada a acalmar o calor que percorre minhas mãos.

Lark observa. Espera. Mas sinto que algo se partiu dentro de mim. Como se eu continuasse pressionando uma tecla do piano e não saísse nenhum som. Por um momento, a expressão nos olhos de Lark é de pena.

– Eu não contei pra Sloane porque a amo, Lachlan. Não contei pro Rowan porque o amo. Eles esperam que eu seja uma pessoa diferente de quem eu sou. Todo mundo espera. E não quero que fiquem decepcionados. Não quero que pensem o pior de mim. Mas você já sabe. Você sabe desde o primeiro segundo em que colocou os olhos em mim. Então, que diferença faz se eu te contar? O que realmente vai mudar em morar com você? Você vai gostar menos de mim? – Com uma risada sarcástica e um revirar de olhos, Lark se vira. – Tenho coisas mais importantes com o que me preocupar do que se você vai gostar menos de mim.

Os passos dela ecoam nas paredes de concreto e nas vigas de aço enquanto desce as escadas, com Bentley como um fantasma em seu rastro. E eu apenas observo. Não chamo os dois, e eles não olham para trás. A porta é uma exclamação metálica, e depois vem o silêncio.

Ainda estou aqui. Parado. Esperando. Esperando *o quê*?

Solto o corrimão e viro as palmas para cima. Há pequenos fragmentos de ferrugem na minha pele.

Só agora entendo que ela foi embora. Mesmo depois da revelação desses segredos, continuo não sabendo nada a respeito de Lark Montague.

– Kane – digo em voz alta. – Não sei nada a respeito de Lark *Kane*.

Volto para o apartamento, mais determinado a cada passo. Então pego as chaves, minha jaqueta, e saio.

11
HOLOGRAMA
LARK

Meus olhos ainda estão fechados conforme um pensamento gira na minha cabeça, uma música se repetindo: tenho muitos arrependimentos. E a maioria deles tem a ver com essa merda de cadeira. Talvez uma ou duas com Lachlan. Mas principalmente com a cadeira.

Passava pouco da meia-noite, e eu tinha acabado de deixar de lado a limpeza para me sentar na cadeira redonda de vime perto da janela. É aqui que quase consigo me convencer de que estou ao ar livre, as luzes da cidade se estendendo à minha frente como um manto de estrelas, uma vista que parece infinita. Lachlan foi conversar com o chefe depois da nossa discussão e voltou para me contar todos os detalhes a respeito do que Leander quer da minha família. É uma lista bem simples. Um mínimo de quatro serviços por ano para cada contrato. Adiantamento de 500 mil dólares. Muffins caseiros feitos pela própria Ethel.

– São tão bons assim? – perguntou Lachlan.

Lancei um olhar enviesado enquanto ele pairava ameaçador perto de mim.

– Você nunca provou?

Quando ele balançou a cabeça, senti uma pontada de decepção. Se fosse o contrário, eu já teria experimentado todos os sabores para conhecer melhor meu adversário, assim como pesquisei tudo sobre o Ateliê Kane no Google. Vi todas as fotos do portfólio de Lachlan e li todos os depoimentos sobre seu negócio. Também dei uma olhada em suas postagens nas redes sociais, que trazem principalmente seus diferentes projetos usando couro, com ocasionais *photo dumps* de imagens de mergulho. Mas assim, eu só prefiro que ele saiba tudo a meu respeito pois do contrário vai ser muito mais difícil convencer minha família de que estamos de fato apaixonados. Esse é cem por cento o único motivo.

– Bem – continuei, dando de ombros –, eu gosto de pensar que sim. Mas se você decidir experimentar um muffin Montague, vai na loja principal que fica na Weybosset Street, em Providence. É sempre melhor do que os produzidos em massa.

Lachlan ficou ali como se quisesse puxar assunto, provavelmente sobre o elevador, Claire, ou meu estoque de troféus, sendo qualquer um deles a última coisa que quero discutir com ele. Então coloquei meus fones de ouvido e tentei me concentrar na partitura diante dos meus joelhos dobrados. Dedilhei meu violão até que Lachlan finalmente desapareceu.

Deviam ser quase cinco da manhã quando acabei pegando no sono na cadeira redonda, e passava um pouco das seis quando acordei com o violão ainda no colo.

E agora estou tentando desdobrar minhas pernas. Não consigo sentir meus pés. Nem minha bunda. Nem uma das minhas mãos, que passou a última hora presa entre a minha perna e o corpo do violão. Tiro os fones de ouvido e dou um gemido, um som que se transforma em um grunhido exausto enquanto esfrego os olhos.

Quando os abro, uma xícara de café aparece à minha frente, trazida por uma mão tatuada.

– Não quis te acordar com o barulho da máquina de café expresso – diz Lachlan quando o encaro com apenas um olho, o outro ainda se recusando a encarar a realidade. – É aquele café instantâneo de merda, mas achei que poderia te ajudar a despertar.

Ao aceitar a xícara, eu o observo. Ele parece sério hoje. Não há nenhum tom de provocação em sua voz. Lachlan olha para mim como se eu estivesse morrendo e ele não soubesse o que fazer. Uma ruga profunda se formou entre suas sobrancelhas e mesmo depois de eu tomar um gole do líquido vil e marrom que me recuso a chamar de café, ele ainda fica ali, uma espécie de ansiedade reprimida o atingindo em ondas, apesar de suas tentativas de disfarçá-la. Ele chega a arrancar o violão da minha mão quando tento colocá-lo no chão.

– Você não foi pra cama ontem à noite? – pergunta Lachlan, seus olhos percorrendo meu rosto.

– Não. Acho que não.

– Também não foi na noite anterior.

– Sua habilidade de observação realmente melhorou desde que nos conhecemos.

Lachlan suspira.

– Já te falei. Eu estava sem óculos.

Estalo os dedos e abro um sorriso tortuoso.

– E eu estava usando maquiagem. Um disfarce infalível – digo enquanto pouso a xícara na mesa lateral e me levanto da cadeira.

O revirar de olhos de Lachlan é quase páreo com o de Sloane, e o calor se espalha pelo meu peito. Irritá-lo é ainda mais energizante do que a lama nojenta que levo comigo para a cozinha.

– Obrigada pela tentativa – digo enquanto despejo o café no ralo –, mas isso aqui é basicamente o diabo em forma líquida e agora temos que exorcizar a pia. *In nomine Patri, et Filii, et Spiritus Sancti.*

– Você entende latim?

Eu bufo e enxáguo a caneca.

– Eu entendo de "Constantine, John Constantine". – Como esperado, ao olhar para Lachlan por cima do ombro, ele parece não entender nada. – Você nunca viu mesmo *Constantine*? Achei que você tava brincando quando perguntou outro dia, mas pra falar a verdade não me surpreende nem um pouco que você não faça a menor ideia do que estou falando. Vou te mandar direto pro forno.

– Achei que você fosse dizer que aprendeu no internato onde conheceu a Sloane. Ashborne, né?

– É. – Um sorriso frágil surge em meus lábios. Fico surpresa quando ele não o retribui. – Ashborne.

– Mas você não se formou lá, né? – pergunta Lachlan enquanto se senta e passa a mão pela superfície da minha nova mesa de centro. Lanço um olhar desconfiado enquanto começo a moer um novo lote de grãos de café. – A Sloane me contou um tempo atrás.

– Isso mesmo. A gente terminou os estudos na casa da minha tia, com professores particulares.

– Por quê?

Dou uma risada.

– Não é da sua conta.

– Você não acha que isso é algo que eu deveria saber? Nós vamos pra casa dos seus pais daqui a, o que, seis horas? E quase não sabemos nada um do outro. Eu queria ser convincente, sabe? Gosto da ideia de não morrer dentro de um forno.

– Pode acreditar, ninguém vai falar sobre a minha educação em Ashborne na mesa de jantar.

A máquina de café expresso zumbe e sibila enquanto preparo dois Americanos bebíveis. Eu os levo para a sala e me sento em frente a Lachlan, me dando conta, distraída, de que devo estar parecendo um cadáver rea-nimado. Dou de ombros e deslizo uma caneca para ele sobre a resina brilhante.

– Você deveria saber coisas como meu filme favorito. *Constantine*. Ou se tenho medo do palco. A propósito, não tenho. Ou onde eu gostaria de ir na nossa lua de mel. Se tudo fosse de verdade, seria para a Indonésia. Eu gosto de orangotangos.

Lachlan dá uma breve bufada, um som de surpresa.

– Também quero ir pra lá, pra mergulhar.

Concordo com a cabeça e tomo meu café. Mesmo com os olhos fixos na xícara, posso sentir que ele me observa como se eu fosse algo quebrado que ele não sabe como consertar. Já faz muito tempo que ninguém me olha assim, tanto que esqueci como isso me fazia sentir. Danificada. Irreparável. *Fraca*. Mas, por alguma razão, não quero me esforçar para cobrir nada dis-so com um verniz novo, uma superfície brilhante. Acho que essa é a ironia de ser casada com alguém que não me dá absolutamente a menor vontade de fazer feliz. Pela primeira vez, não preciso me esforçar tanto para projetar uma coisa enquanto sinto outra, e a percepção de como isso é exaustivo se instala em meus pensamentos. Mas, com Lachlan, posso desligar o holo-grama e simplesmente existir.

Bem...

Que epifania aterrorizante do caralho.

Tomo um longo gole do meu café, embora ainda esteja muito quente, e deixo o resto para trás.

– É melhor eu ir passear com o Bentley antes que ele comece a fazer drama – digo enquanto me levanto.

Mas Lachlan segura meu pulso quando passo, apenas por tempo suficiente para me parar antes de soltá-lo.

– Já fiz isso enquanto você tava dormindo.

– Ele deixou você colocar a coleira?

Lachlan dá de ombros como se não fosse grande coisa.

– Eu subornei ele com frango.

Olho para Bentley, que mantém a cabeça baixa sobre as patas cruzadas e observa nossa conversa com um olhar de culpa.

– Traidor.

– Se serve de consolo, ele ficou o mais longe possível de mim.

– Isso faz com que eu me sinta um pouco melhor.

Ainda estou de pé, com os olhos grudados no meu cachorro, sem saber para onde devo olhar ou o que devo fazer a seguir, quando Lachlan roça minha mão com o nó dos dedos.

– Ei – diz. Minha atenção se volta para ele, mas não falo nada em resposta. – Só... senta aqui.

Levanto uma sobrancelha e mordo o lábio, tentando não sorrir.

– Você tá mandando em mim na minha própria casa?

Ele fica corado.

– Não... mas... por favor? – pede Lachlan, mexendo nos óculos. – Vou preparar o café da manhã. Podemos conversar um pouco mais antes de sairmos.

– Conversar sobre o quê? – pergunto, sem fazer nenhum movimento para me sentar.

– Não sei. Que tal começarmos pela Indonésia?

Nossos olhares se cruzam mais uma vez, e eu me permito contemplar Lachlan de verdade. Olhos de um azul intenso, da cor de um mar gelado e traiçoeiro. O cabelo escuro perfeitamente penteado. Tatuagens que descem pelo pescoço, sob a gola da camisa cinza, algo escrito em irlandês em espiral, uma triquetra intrincada de um lado, um anjo chorando do outro. Não sei o que significam nem a história por trás delas, mas entendo bem de dor e sofrimento. Às vezes, você precisa gravar na pele as coisas que perdeu para se lembrar do que deixou para trás.

Eu me sento em frente a Lachlan, e ele relaxa os ombros de alívio.

– Eu ia adorar ser voluntária lá, se encontrasse um bom lugar pra isso. Acho que passar algumas semanas trabalhando com orangotangos na floresta de Bornéu não deve parecer uma lua de mel divertida pra qualquer um – digo com um dar de ombros. – Não é exatamente um refúgio romântico.

– Também não gosto de ficar fazendo nada. Amo a água, não a praia. Depois de uns dois dias, começa a ficar um tédio. A sua ideia parece divertida pra mim.

Olho para Lachlan, e o leve sorriso em seu rosto talvez seja o mais verdadeiro que já vi. Sei que ele ainda é um escroto. Não vou me esquecer disso. E também nunca me pediu desculpas por ser um babaca ou por ter me enfiado no porta-malas. Não vou deixar isso passar também. Mas é até legal vê-lo quando ele me dá aquele sorriso, ou quando se levanta e prepara o café da manhã, que, além de ser mesmo muito bom, tem um bônus: não está envenenado. Talvez haja um cara decente enterrado ali em algum lugar. Bem lá no fundo, no fundo *mesmo*. Não que eu queira descobrir, mas acho que não tem problema aprender um pouco sobre ele.

A questão é: isso vai ser suficiente para convencer minha família? Não sei. Mas vamos descobrir logo, logo.

Paramos primeiro no Residencial Vista da Praia para buscar minha tia e, apesar de Lachlan se oferecer várias vezes para ajudar, entro no local sozinha. Encontro Ethel em seu quarto já esperando para sair, cabelo penteado, de batom, bengala polida. Quando cruzo a porta com ela, Lachlan está parado do lado de fora de seu Charger, sob o vento forte, esperando com o banco inclinado para que eu possa me sentar no banco de trás antes que ele ajude minha tia a se sentar no banco do passageiro. A tosse de Ethel é avassaladora com a mudança brusca do calor para o frio e para o calor de novo, mas ela luta para superar o estrondo persistente e fazer um milhão de perguntas para Lachlan em relação ao carro. Eles conversam durante quase uma hora inteira de viagem até a casa dos meus pais em Providence.

Quando paramos na entrada da garagem e Lachlan desliga o motor, minha tia se vira para mim com um sorriso malicioso.

– Pronta pra arrumar confusão, mocinha?

Balanço a cabeça.

– Não. Nem um pouco.

– Que pena. – Ethel volta sua atenção para Lachlan e bate no braço dele com a bolsa. – E você?

– Sim, senhora. Pronto pra confusão.

– Esse é o espírito.

Lachlan solta uma risada baixinha antes de sair do carro para pegar no porta-malas o presente que trouxe para meus pais. Perguntei o que era, mas ele não quis me contar.

– Gosto dele, Rouxinolzinha – diz Ethel.

– Então *a senhora* que deveria ter se casado com ele.

– Agora é tarde demais – declara ela quando Lachlan abre a porta.

Com uma gargalhada de alegria, ela pega a mão dele e sai do carro. Começo a segui-la, tentando controlar meus nervos para o que está por vir, quando Lachlan estica a mão na direção do banco de trás. Eu a aceito, sentindo uma segurança inesperada por compartilhar calor com a única outra pessoa capaz de sentir o que estou sentindo agora. Depois que já estou fora do carro, parada ao lado dele, ele não me solta como imaginei que faria.

– Tudo bem? – pergunta ele.

Sinto como se estivesse me cobrindo com camadas de papel machê quando sorrio.

– Aham, lógico.

Mas Lachlan não acredita.

– Tem certeza?

– Tô nervosa – deixo escapar, e não sei por quê.

De imediato, me censuro por dentro. Ele não deveria ver nenhuma fraqueza em mim. Lachlan Kane não gosta de mim. Ele só está enfrentando toda essa aventura maluca para salvar a própria pele.

Travo a coluna e jogo os ombros para trás.

– Estou nervosa por *você*. Se eles sugerirem te levar para um passeio pela fábrica em Portsmouth, você deve recusar educadamente. Depois *sai correndo*.

A preocupação surge no rosto de Lachlan antes que ele a elimine com um sorriso malicioso.

– Tudo bem, sua praga apocalíptica. Deixa eu te mostrar como se faz.

Eu bufo.

– Se eles não te atirarem no forno, eu mesma vou fazer isso.

Trocamos um olhar derradeiro, que na verdade não incomoda, e acompanhamos minha tia até a porta da frente com as mãos ainda entrelaçadas.

12

IN NOMINE PATRI

LARK

Minha tia toca a campainha e esperamos. Ela não consegue se conter e bate a bengala na porta algumas vezes quando eles levam mais tempo do que o usual para nos atender. Quando a porta se abre, Ethel já está sorrindo, pronta para quando nós dois detonarmos algumas bombas durante o que normalmente é um brunch semanal sem intercorrências. Ela beija as bochechas de Ava, depois fica parada no hall de entrada para observar as primeiras gotas de caos atingirem a superfície fervente do temperamento volátil da minha irmã.

– Rouxinol – diz Ava, com uma suspeita na voz enquanto me dá um abraço desanimado.

– Que bom te ver! – digo. – Achei que já tinha voltado pra casa.

– Semana que vem. Além do mais, o Edward tá ocupado demais com o trabalho nesse momento pra sentir minha falta.

Ela me solta e examina meu rosto com a precisão exclusiva de uma irmã. Olha para Lachlan e depois para mim. Mas não nasci ontem. Não demonstre medo ao diabo: *in nomine Patri* e por aí vai. Mantenho minhas questões bem escondidas.

– Então – diz Ava, enquanto se vira devagar para encarar Lachlan. – Vai me apresentar?

– Claro. – Eu sorrio e coloco a mão no bíceps contraído de Lachlan. Quase não consigo resistir à vontade de cutucá-lo para ver se cede. – Lachlan, essa é a minha irmã, Ava. Ava, esse é o meu… Lachlan – digo, perdendo a coragem no último segundo.

– *Marido*, meu bem – interrompe minha tia.

Ava solta um gritinho ensurdecedor que ecoa pelo teto abobadado do hall de entrada.

– Marido…? Marido. *Marido.* Como assim? – Ela agarra minha mão e grita de novo enquanto se vira para minha tia, boquiaberta. – Como *assim?*

Ethel se diverte à beça vendo minha irmã, em geral fria e controlada, totalmente surtada. E, no verdadeiro estilo Ethel, ela adora jogar lenha na fogueira.

– Acredito que a resposta adequada seja "parabéns pelo casamento", meu bem.

– O que tá acontecendo? Você se *casou?* Quando? Não tô entendendo nada.

– Que comoção toda é essa? – pergunta minha mãe ao entrar no hall, a cadência irregular de seus passos anunciando sua presença antes que sua voz o faça. – Ah, oi, Lark, meu amor, eu…

A voz da minha mãe desaparece assim que vê Lachlan, mas Ava está ali para preencher o silêncio.

– Ela se casou, mãe. A Lark. *Se casou* – diz Ava enquanto agarra meu pulso e empurra minha mão em direção à minha mãe, que reconhece o anel no mesmo instante e lança um olhar chocado para Ethel.

Minha tia sorri.

– Puta que pariu – sussurro para Lachlan quando minha mãe, Ava e Ethel começam a conversar entre si. – E a gente ainda nem entrou em casa.

Lachlan dá uma risadinha e olha para mim por cima do ombro.

– Aprende comigo, Barbie Sem Noção.

Ele me dá uma piscadela. Malditas *piscadelas*. E então se enfia no meio delas segurando a sacola preta com o presente que trouxe.

– Talvez a gente devesse abrir isso aqui, e aí então eu posso explicar – diz ele enquanto enfia a mão na nuvem de papel de seda e tira uma garrafa de Château Petrus 2018. – Também trouxe uma garrafa de uísque Springbank, se preferirem. Achei que todos nós poderíamos querer tomar alguma coisa um pouco mais forte, dadas as circunstâncias.

A discussão para no mesmo instante quando as três mulheres olham para ele.

– Prometo que essa história não é tão maluca quanto parece.

Ninguém fala nada por um instante, e começo a achar que vamos ter que nos esgueirar de volta pela porta e desistir desse plano. Mas então Ava tira a garrafa de uísque da sacola com um olhar furioso e segue em direção aos fundos da casa.

Minha mãe fica ali parada por um tempo com um olhar demorado e sério na minha direção e depois fixa os olhos azul-prateados em Lachlan.

– Estou ansiosa pra ouvir a versão "não tão maluca" dos acontecimentos. Por favor, entrem – diz ela antes de seguir minha irmã, com minha tia bem atrás.

Lachlan estende a mão para segurar a minha. Cruzo os braços, e ele dá de ombros como se dissesse *como quiser*.

– Você estava forçando seu sotaque pra conquistar minha mãe e minha irmã com seu charme irlandês inexistente? – pergunto entredentes.

O sorriso de Lachlan é debochado.

– Você me magoa com suas acusações, minha querida esposa – diz ele, pesando ainda mais na pronúncia.

– Você tá fazendo de novo.

Lachlan balança os dedos tatuados na minha direção, e solto um suspiro dramático antes de pegar sua mão.

– Te disse que eu ia mandar bem.

– Cala a boca. Só se passaram, o que, cinco minutos. Tem tempo de sobra pra você estragar tudo.

O som de uma conversa acalorada nos recepciona conforme nos dirigimos para a cozinha, onde minha mãe e minha irmã tentam explicar ao mesmo tempo para o meu padrasto que *sim*, eu me casei mesmo, e *sim*, o nome dele é Lachlan Kane. Felizmente, minha irmã parece confusa quando meus pais trocam um olhar de cumplicidade. Se Ava soubesse das preocupações deles em relação a Lachlan, tenho certeza de que ele já estaria morto. Ava sempre foi uma irmã superprotetora, e tenho 99 por cento de certeza de que ela passou a vida adulta procurando uma desculpa para ativar seus genes Montagues assassinos.

Invisto toda minha energia em emanar o que sei que eles precisam ver. Felicidade. Satisfação. Admiração pelo homem dono da mão que seguro com muita força. Apresento Lachlan ao meu padrasto e fico plantada ao seu lado até ter certeza de que meu marido não vai ser assassinado na ilha de mármore da cozinha. A enxurrada de perguntas começa, é claro, e não para nem enquanto levamos a comida para a mesa de jantar e nos sentamos. Alguns momentos da inquisição são mais dolorosos que outros. *Quando foi? Onde? Por que não fomos convidados?*

– Porque eu falei pra eles não convidarem vocês – declara minha tia, silenciando o bombardeio. – Vocês todos estão lidando com muita coisa no momento. Com o trabalho. Comigo. Então, quando a Lark me disse que tinha conhecido alguém e queria se casar antes que eu falecesse, pedi a ela que fizesse desse jeito. Ela queria algo íntimo, e eu queria estar lá. E agora está feito.

Para acrescentar um efeito dramático, Ethel tosse, a princípio um estrondo suave que não sei dizer se ela está forçando ou não, mas que logo se estende por tempo demais. Minha mãe esfrega o ombro da minha tia enquanto minha irmã vai buscar uma caixa de lenços de papel, e, quando finalmente passa, a primeira coisa que minha tia diz é:

– Vocês sabem como esses dois se conheceram? Vai ser uma história excelente pra contar aos netos. Ele jogou a menina no porta-malas de um carro.

Meu Deus do céu.

– Você *o quê?* – Minha irmã pousa os talheres e ataca Lachlan, e é a primeira vez desde que ele entrou aqui que eu realmente o vejo abalado. – Você jogou ela *onde?*

– Não é tão ruim quanto parece – protesto, embora na realidade seja pior. – Eu tava em uma... situação difícil. E era a única maneira de sair com segurança.

– Uma situação difícil.

– Aham.

– Quer se explicar mais um pouquinho? – pergunta Ava, com as sobrancelhas erguidas.

– Na verdade, não.

– E então ele colocou você. Lark Montague. Na porra de um porta-malas.

– Bem, eu saí, então... – Dou de ombros e engulo à força um pedaço de rosbife que normalmente devoraria. – Isso ficou pra trás. Acabou tudo bem no final. Como a tia Ethel disse, é uma história excelente.

Mentiras. Tantas mentiras e meias-verdades que sinto como se estivessem grudadas na minha pele, como se todas as máscaras com as quais me cubro fossem escorregar na lama oleosa dos meus enganos.

– O porta-malas não foi minha melhor ideia na época – diz Lachlan enquanto uma pitada de rubor surge em suas bochechas –, mas nossas opções eram limitadas e, felizmente pra mim, a Lark tem um coração muito misericordioso.

Tusso em meio a um gole de água, quase cuspindo de volta no copo.

Minha mãe e meu padrasto trocam olhares reflexivos. Vejo fúria na minha mãe, mas decepção no meu padrasto, e de alguma forma a decepção é pior. Encosto na mão dele, esperando que olhe para mim.

– Desculpa, pai – sussurro, minha garganta de repente se apertando com as palavras. – Eu sempre quis que você me levasse até o altar. Mas me apaixonei pelo Lachlan tão rápido – digo, olhando para Lachlan de uma forma que torço para ser convincente. – Só... aconteceu.

Parte de mim deseja que meu padrasto me desafie. Cave um pouco mais fundo. Chame minha atenção. Mas, para ele, este é provavelmente apenas mais um episódio da série *Lark faz o que quer, fodam-se as consequências*. O que mais ele poderia esperar de alguém que lhe telefona no meio da noite para encobrir um acidente fatal? Ou que larga o emprego para passar seis meses em turnê, faz as malas por impulso e se muda para mais perto de casa porque foi o que a melhor amiga fez? Ele nunca chama minha atenção, na verdade. Em vez disso, abre um sorriso fraco e aperta meus dedos de leve.

– Tá tudo bem, Lark. Estou só... meio chocado. É uma surpresa enorme.

– Entendo. Mas só quero que você saiba que estou feliz de verdade.

Sorrio e desvio o olhar para onde Lachlan está sentado, à minha frente. Eu provavelmente deveria ter perguntado se ele já se apaixonou, porque, para falar a verdade, se esta é a tentativa dele de parecer apaixonado, é péssima. Ele está mais para sofrido do que qualquer outra coisa. Como se estivesse tentando, mas houvesse preocupação e ansiedade demais borbulhando logo abaixo da superfície.

Ele estreita os olhos na minha direção, apenas por um segundo. Com um leve meneio de cabeça, percebo que está se comunicando comigo. Perguntando se estou bem.

Meu sorriso fica um pouco mais brilhante. *Claro que estou bem.*

Ele inclina levemente a cabeça enquanto me observa. Lachlan não parece convencido.

Arregalo os olhos até ter a certeza de que pareço um pouco perturbada. *Faça a sua parte, a menos que queira encarar um tour pelos fornos.*

– Tenho que agradecer ao meu irmão, na verdade – diz Lachlan. – Se não fosse pelo casamento dele e por todos os preparativos necessários nos bastidores, acho que Lark e eu não teríamos tido tempo pra nos conhecer.

Ao menos a mentira dele é bastante convincente, porque com certeza não investimos um único segundo um no outro. Toda vez que Lachlan era sugerido como companhia para um pulinho na floricultura ou no local do evento, eu dava todas as desculpas possíveis para levar outra pessoa ou resolver sozinha. Tenho certeza de que o mesmo aconteceu com Lachlan, embora eu tenha feito questão de nunca perguntar sobre ele e me lembre de cada detalhe que chegou aos meus ouvidos. Ainda me recordo da satisfação que senti, mas tentei ignorar, quando Rowan disse que Lachlan não levaria acompanhante para o casamento. Não me demoro nesse pensamento.

Minha tia aproveita a menção ao casamento para redirecionar a conversa para as núpcias de Rowan e Sloane, e finalmente sinto que posso respirar. Quando as perguntas voltam para Lachlan, ele as responde com facilidade. Perguntas sobre seu ateliê. Sobre a Irlanda. Sobre seus pais, o que faz com que ele se remexa na cadeira. Ele chama o próprio pai de "um homem problemático" e se concentra na mãe. Tudo que sei dessa história descobri através de Sloane e Rowan, pelo menos superficialmente. É diferente não apenas ouvir de Lachlan, mas *enxergar* tudo aquilo nele. As profundezas assombradas em seus olhos, onde os segredos prosperam nas sombras. Seu sorriso ao falar dos irmãos com um orgulho resultante de todo o sofrimento que deve ter passado para criar os dois depois que a mãe faleceu. De vez em quando, Lachlan chama minha atenção enquanto fala, em especial sobre assuntos mais difíceis. Ele não entra em detalhes, mas posso ouvi-los, notas fantasmagóricas em uma melodia.

E quando terminamos o prato principal, estou um pouco mais à vontade. Não apenas comigo mesma, nem porque sei que minha família está pelo menos tentando dar sentido a esta situação, mas com Lachlan também. Quando Ava tira nossos pratos e volta com o café e a sobremesa, me sinto mais calma. Podemos não estar cem por cento seguros ainda, mas estamos no caminho.

E *exatamente agora*, como era de se esperar, Ethel decide atacar.

– Agora que você perturbou o coitado do garoto com essas perguntas sem sentido, por que não falamos do elefante na sala? O contrato com a Leviathan.

Meu padrasto passa a mão no rosto. Minha irmã engasga com o café. Minha mãe tenta repreender Ethel, o que parece deliciar a velha matriarca. Dou um gemido e me recosto na cadeira enquanto uma dor de cabeça se reflete nos meus olhos insones. E Lachlan? Parece que ele quer se fundir em alguma outra dimensão, o que me traz uma pequena alegria ao perceber que estou sentada diante de um assassino sanguinário que fica totalmente perdido diante de um drama familiar.

– Não existe nenhum contrato – dizem meus pais em uníssono.

Ethel dá um sorrisinho.

– Vai existir para os Montagues.

– Eu não assinei nada – declara minha mãe.

– Isso porque eu não lhe dei poderes para fazer isso. Nem vou dar. Nomeei Lark como diretora de segurança.

Ethel tira um envelope grosso da bolsa e o desliza sobre a mesa na minha direção. Meu rosto esquenta, e o resto da família me encara como se eu tivesse orquestrado um golpe. Levanto as mãos e balanço a cabeça, o que parece bastante convincente, pois todos voltam a se concentrar em Ethel.

– Conflito de interesses. Ela não pode contratar a empresa para a qual o marido trabalha.

Minha tia bufa.

– "Conflito de interesses" é meu cu velho e enrugado. Não somos médicos ou advogados. Nós fazemos *muffins*, Nina. Desde quando nos preocupamos com conflitos de interesses?

– Desde agora. Ela não pode contratar a Leviathan.

– O Lachlan vai se aposentar. Problema resolvido – interrompo. Todos estão tão chocados quanto eu. Não sei de onde isso vem, mas, caramba, é tarde demais para parar agora. – Obrigada, tia. Espero deixar todos vocês orgulhosos. Vou fechar o contrato com a Leviathan, a família vai ficar protegida, o Lachlan vai se aposentar, todo mundo vai ficar feliz.

– Ninguém vai ficar feliz – diz minha irmã.

– Eu estou feliz – protesta Ethel.

– A senhora está moribunda e gagá. Sem querer ofender.

– Estou moribunda e perfeitamente sã. Certificada por três médicos e pelo meu advogado – declara minha tia enquanto coloca outra pilha de papéis na mesa. – Legalmente, inclusive. Apenas para o caso de vocês tentarem reverter a minha decisão.

– Ótimo. Então está resolvido – finalizo.

Sorrio para cada um dos membros da minha família, deixando Lachlan por último. A expressão em seu rosto dá a impressão de que está perseguindo uma presa à distância. É como se tivesse desligado todas as partes de si mesmo, de modo que apenas o instinto e a técnica permanecessem.

Minha mãe olha de uma pessoa para outra antes de me encarar, a mão agarrada ao guardanapo com tanta força que os nós dos dedos ficam brancos.

– Você não sabe o que está fazendo, Lark.

– Sei, sim. Eu escolhi o amor – digo, incapaz de suportar o peso da mentira em relação a algo tão precioso. – Somos casados. Essa é a vida que escolhi. Ele é o homem que eu escolhi.

– Ele é um assassino – retruca minha mãe entredentes, jogando a penúltima bomba.

Meu coração se parte quando digo com suavidade:

– Talvez todos devêssemos ser transparentes pelo menos uma vez e admitir que, quando se trata desta família, ele não é o único.

Há um breve instante de silêncio absoluto. Posso sentir a descrença como uma entidade que paira sobre nossos pratos, um fantasma preso entre nossos corpos rígidos enquanto ficamos sentados, imóveis.

A inspiração distinta do meu padrasto quebra o feitiço.

– Lark Montague…

– *Kane*, pai. – Apoio o garfo na mesa e cruzo as mãos no colo. Os demais ainda estão atordoados, presos no tempo, inclusive Lachlan. Nem Ethel se move, o rosto congelado em um momento de alegria reprimida e conspiratória. – Lark Kane. Vou manter o Montague no palco, por enquanto. Mas já comecei a mudar meu nome em todos os lugares. Na verdade, tirei minha nova carteira de motorista na sexta-feira.

Jogo o cartão de plástico sobre a mesa. A última bomba.

Um brilho cobre os olhos da minha mãe, mas ela pisca antes de endireitar a coluna, como faz quando está zangada e se preparando para a batalha.

– Bem. Isso é...

– É simplesmente adorável, meu bem – diz Ethel, me dando um sorriso recatado que se transforma em melancolia. Meu peito dói quando ela olha para mim. – Você sempre foi para onde o vento sopra, minha Rouxinolzinha. Você merece ser feliz do jeito que escolher. Mas eu nunca quis que você ficasse sozinha. E agora você não está.

Ela levanta a garfada de bolo para mim em um brinde antes de colocá-lo na boca. A última palavra, selada por chocolate amargo.

Cravo minhas unhas curtas nas palmas das mãos. Sinto o peso do olhar de Lachlan em meu rosto, mas não consigo erguer os olhos. Não sei o que vai acontecer se eu fizer isso.

Meu padrasto toma um gole de café e dá um pigarro, e, embora force um sorriso, tudo que vejo é seu coração partido.

– O Lachlan deve ser muito importante pra você.

As palavras evocam uma névoa diante dos meus olhos e uma dor na garganta. Olho para Lachlan. Ele me observa antes de sua atenção se voltar para meu padrasto e para mim outra vez. É como se ele soubesse que há muito mais coisas não ditas, mas não conseguisse enxergar o caminho em meio à neblina.

– Claro que é, pai – sussurro com a voz instável. – Eu não teria me casado com ele se não fosse. Ele é um homem bom. E você também vai enxergar isso com o tempo.

– Eu estou... – Minha mãe olha para meu padrasto, que lhe lança um olhar de advertência. Ela recomeça: – *Nós* estamos felizes por você ter encontrado alguém, Lark. Simplesmente não é o que nenhum de nós esperava.

– Você pode fazer outra comemoração aqui ou na nossa casa de praia. É óbvio que seria um prazer – diz meu padrasto. Ele abre um sorriso fraco. – Um prazer enorme.

Eu assinto, um pouco entusiasmada demais.

– Obrigada. Vamos pensar nisso depois que as coisas se acalmarem um pouco.

Não consigo olhar para eles, então olho para todos os outros lugares. Meu relógio. A sobremesa pela metade. Minha xícara de café vazia. Finalmente, encontro o olhar de Lachlan e respiro fundo.

– Desculpem, mas temos que ir. A gente precisa levar a tia Ethel e depois eu tenho ensaio. – Não tiro os olhos de Lachlan enquanto me mexo na cadeira. Ele é mais rápido do que eu, fluido e gracioso ao chegar ao meu lado da mesa e puxar minha cadeira para trás. – Obrigada pelo brunch. Lamento que não tenha sido como esperado, mas saibam que eu amo vocês.

Dou um beijo rápido na bochecha da minha mãe e da minha irmã antes de o meu padrasto nos acompanhar até a porta. Seu abraço é longo e apertado. O cheiro familiar é ao mesmo tempo um conforto e uma dor lancinante no meu peito. Meus olhos ardem quando ele beija o topo da minha cabeça.

– Você parece cansada, Rouxinol – sussurra ele. – Tenta descansar um pouco.

Aperto um pouco mais forte antes de soltá-lo e dar um passo para trás. Lachlan está parado com a mão estendida e, após uma breve hesitação, meu padrasto o cumprimenta.

– Sei que não tem nenhum motivo pra confiar em mim, Sr. Covaci – diz Lachlan. Ele solta o aperto de mão para poder entrelaçar seus dedos nos meus. – E sei que há mais coisas acontecendo do que discutimos hoje. Mas minha palavra vale a minha vida. Eu fiz uma promessa pra Lark. Vou proteger minha esposa.

Uma carga elétrica atinge meu coração. *Isso não é real*, lembro a mim mesma. Mas a maneira como Lachlan olha para mim, olha *de verdade* para mim, faz com que eu acredite nele. Posso ser sua esposa apenas no papel, mas sei o que ele está tentando me dizer com um simples olhar. Ele vai manter a palavra.

– Estou contando com isso – diz meu padrasto.

E, com um último sorriso melancólico partilhado entre nós, partimos.

Caminhamos em silêncio até o carro, Lachlan acompanhando minha tia, que parece se mover mais devagar depois de tanta agitação. Mas ele também não solta minha mão. Mantém o aperto mesmo quando não podemos mais ser vistos da casa. Não solta a minha mão até que eu entre no banco traseiro e, mesmo assim, percebo nele uma relutância momentânea. Uma relutância que eu, por algum motivo, também sinto.

É apenas camaradagem, tento me lembrar quando o momento passa e ele empurra o banco para trás antes de ajudar Ethel a se acomodar no assento do passageiro. Então partimos, meu coração ainda batendo rápido demais no peito.

– Não sei nada sobre ser diretora de segurança, Ethel – digo quando a casa está fora de vista, como se eles pudessem nos ouvir.

– Eu sei que você não sabe. É por isso que você vai terceirizar.

– Não resolvemos nada em relação ao contrato dos Covacis. Meu pai não vai assinar merda nenhuma. Não tenho nenhuma influência nisso. – Meu suspiro é instável. Pressiono os olhos e, quando os abro outra vez, vejo o olhar inquieto de Lachlan pelo retrovisor. – Desculpa. Eu prometi os dois contratos, e vou cumprir.

Lachlan se vira o suficiente para me dar uma breve olhada.

– Eu sei, Lark. Tá tudo bem.

– Vamos encontrar outra solução – reforça minha tia.

– A senhora acha que conseguimos convencê-los? – pergunto enquanto minha tia se vira para lançar seu olhar esfumaçado para mim. – Acha que eles acreditaram que estamos apaixonados?

– Você não precisava convencê-los de nada. Precisava apenas dar dúvidas suficientes para impedi-los de agir. Tenho certeza de que vão enviar alguém para ficar de olho em vocês dois a partir de agora, então não seria má ideia se vocês dessem uns amassos em público…

– *Tia* – sibilo, mas ela só dá risada do constrangimento no meu tom. Lachlan ri e vejo seus olhos no espelho. Sei que ele deve conseguir ver meu rubor profundo, o calor queimando minhas bochechas. – "Dar uns amassos"? Sério?

– *O que foi?* Eu sou velha. – Quando solto um suspiro pesado, a leveza evapora aos poucos do carro e Ethel estica o braço para pegar minha mão. – Não se preocupe, minha menina. Claro, eles provavelmente vão ficar com dúvidas. Nós mostramos a eles uma situação difícil de aceitar. Mas quanto a dar a seus pais motivo suficiente para repensar quaisquer planos de ir atrás do Sr. Kane? – Ethel solta minha mão para dar um tapinha afetuoso na manga revestida de couro de Lachlan. – Tenho certeza de que você conseguiu. A carteira de motorista foi muito inteligente, Lark.

Solto um longo suspiro e olho pela janela enquanto a vizinhança familiar passa do lado de fora. Mordo o lábio inferior até sentir o gosto de um fio férreo de sangue.

– Talvez.

– Você fez um bom trabalho, Rouxinolzinha. Sei que está doendo agora, mas seu coração vai se curar. O Damian te ama muito, pra sempre.

– O que foi aquilo? Com a carteira de motorista? – pergunta Lachlan.

Eu não respondo. Não tiro os olhos das ruas da vizinhança. Lugares onde me senti perdida. Lugares onde fui encontrada. Caminhos e ruazinhas pelas quais meu padrasto me acompanhou. As mesmas onde me ensinou a andar de bicicleta. Onde me ensinou a dirigir. Ele investiu tempo para fazer desta casa o *meu* lar. Fez todas as coisas que meu pai teria me ensinado a fazer, se estivesse vivo.

– A Lark nunca adotou o sobrenome Covaci – explica Ethel, com a voz baixa e calma. – Ela sempre disse que jamais deixaria para trás essa parte do pai, Sam. Mas ela fez isso. Por você.

Posso sentir Lachlan me observando pelo retrovisor. Mas não aguento encará-lo.

– A sua esposa acabou de partir o coração da família – diz Ethel. – E ela fez isso pra salvar a sua vida.

13

REDE

LARK

Como podemos sair dessa se você me deixou no escuro?
Você me deixou no escuro
Mas não consigo me conter, não consigo parar de te querer

Risco as últimas linhas do texto e fecho meu caderno, colocando-o de volta na bolsa enquanto observo pela janela do quarto da minha tia. Nunca passei por um bloqueio tão grande com uma música. É como se eu simplesmente não conseguisse descobrir o que dizer. Não consigo ouvir as notas que deveriam vir naturalmente. Gostaria de acreditar que é porque estou cansada. *Muito cansada.* Mas sei que não é só isso. Nos últimos dez dias desde que estivemos na casa dos meus pais, Lachlan foi invadindo meus pensamentos, meu dia a dia. Ele sempre prepara o café da manhã. E toda noite me traz uma bobagenzinha, como se acreditasse que serão capazes de me ajudar a dormir. Uma máscara para os olhos de seda. Lachlan corou quando me deu isso. Um incensário. Mais tarde, ele vai preparar uma xícara de chá de camomila e me entregar com um olhar assustado, como faz todas as noites. Depois vai desaparecer no quarto dele e amanhã vamos repetir tudo de novo, até o dia de nossa morte.

Mas uma coisa que Lachlan não fez? *Pedir desculpas.* E não consigo parar de pensar na primeira vez que nos vimos. Ainda dói em mim, e talvez eu precise apenas que ele cicatrize essa ferida. Mas ele não vai fazer isso.

– Bem, ele que se foda – sussurro e me inclino para trás na cadeira.

– É, ele que se foda. Preciso viver indiretamente através de alguém, e a vida amorosa da Ava é muito chata. Estou quase convencida de que o marido dela é um robô – diz Ethel.

Um suspiro de surpresa escapa dos meus lábios enquanto me endireito e olho para minha tia. Ela me lança um sorriso irônico antes de suspender a cabeceira da cama.

– Desculpa. Não queria te acordar – digo.

– Não me acordou. Faz dez minutos que estou te observando olhar por essa janela. Esse rapaz está mexendo com você, é?

Embora eu revire os olhos ao notar o tom de provocação na voz da minha tia, ainda assim o calor invade meu rosto.

– Ele tá tentando.

Ethel balança a cabeça e tosse, mas ergue a mão quando me levanto para ajudá-la com água e lenços de papel. Dessa vez, a tosse demora muito para passar. O desconforto queima minhas entranhas. A culpa rasteja em minhas veias. Ela tem andado bastante animada com essa aventura toda ultimamente, mas talvez isso esteja exigindo muito dela. De repente, ela parece muito frágil, a dor estampada em sua pele enrugada.

Apesar dos seus protestos, pressiono o botão para chamar a enfermeira, que entra um segundo depois, seguida por uma médica, que se junta a nós quando a crise persiste. A médica mantém seu distanciamento profissional quando me diz que elas vão injetar uma medicação com analgésicos e antibióticos para prevenir infecções secundárias, mas circulo por estabelecimentos como este há tempo suficiente para saber que o prognóstico do câncer de Ethel é sombrio, e esta pode ser uma manifestação da rápida deterioração de uma doença que minha tia se recusa a tratar.

A tosse de Ethel se dissipa enquanto elas preparam os fluidos e o acesso intravenoso.

– Não gosto de agulhas – diz minha tia, seus olhos indo em direção à porta do quarto e permanecendo lá. Estou prestes a seguir seu olhar quando ela agarra minha mão. – Canta pra me distrair, menina.

– O que a senhora quer ouvir?

Um sorriso melancólico ergue os lábios da minha tia.

– Aquela que você cantou no nosso aniversário de casamento.

É difícil acreditar que não faz nem um ano.

No terraço da casa, minha tia e meu tio dançaram sob as luzes que penduramos na tenda. Eles se olharam nos olhos quando comecei a cantar, e eu pensei: *será que existem muitos amores como esse por aí? Será que algum dia vou encontrar um amor assim? E se isso acontecer, tomara que eu mereça.*

E agora penso: *talvez a gente não encontre. Um amor assim não aparece do nada. Não é fantasia, não é conto de fadas. Todos fazemos escolhas, nota após nota, acorde após acorde, até criá-lo.*

Eu me inclino e dou um beijo na bochecha da minha tia antes de dar um pigarro e cantar:

I can't give you anything but love, baby
That's the only thing I've plenty of, baby
Scheme awhile, dream awhile
We're sure to find
Happiness and I guess
All those things you've always pined for
Gee, I'd like to see you looking swell, baby.

A enfermeira coloca o acesso na veia da minha tia, que não recua em nenhum momento. Ela mantém os olhos em mim, e nem termino a música antes que ela diga:

– Boneca, você pode ir na recepção buscar uma balinha pra mim, por favor? Adoro aqueles caramelos duros.

Acho aquilo estranho, mas minha tia apenas solta minha mão para me dispensar.

– Deixa comigo, tia – respondo com um meneio de cabeça. – A senhora é muito mandona, sabe disso, né?

– Menos conversa. Mais balinhas.

Dou um sorriso perplexo para Ethel e deslizo para fora da cama enquanto a enfermeira verifica a bomba de oxigênio e a médica revisa o prontuário.

E, quando saio do quarto para pegar o corredor que leva à recepção, Lachlan está lá, de cabeça baixa, uma mão na testa enquanto caminha em direção às portas como se quisesse sair dali o mais rápido possível.

– Lachlan.

Ele para no mesmo instante, mas não se vira. Eu também parei, esperando por algo, talvez uma reação, uma palavra ou até mesmo um movimento, mas Lachlan continua parado, tenso.

– Oi, Lachlan – digo, e dou alguns passos para me aproximar. Ele move a cabeça o suficiente para mostrar que está ouvindo, mas não o bastante para que eu veja seu rosto. – Tá tudo bem…?

Há uma longa pausa antes de ele assentir.

– Tem certeza?

Lachlan dá um pigarro, mas não se vira. Apenas me dá o canto do olho antes de desviar o olhar.

– Vim avisar que o Leander precisa de mim. Você pode vir também se estiver liberada. Posso te dar uma carona, se quiser. Ou, se quiser ficar, posso levar seu violão pra você não precisar carregar por aí.

– Não precisa, obrigada – digo, embora me arrependa no mesmo instante e dê um passo para mais perto. – Vou ficar mais um pouco. Vou deixar o violão aqui hoje pra terapeuta do turno de amanhã poder pegar emprestado.

– Ah.

Lachlan funga e assente, e uma pequena fissura se abre em meu coração.

– Tem certeza de que tá…

– Tenho que ir. – Ele passa a mão na nuca, e o dedo sem a ponta fica mais evidente na gola do suéter de tricô creme.

Tatuagens e anéis cobrem suas cicatrizes, as mesmas que senti quando peguei sua mão. Lachlan me dá um aceno de cabeça, mas parece mais uma afirmação para si mesmo do que para mim.

– O Leander vai ficar impaciente. E o Leander impaciente se transforma no Leander bizarro – diz ele.

– Tá bem. Me manda o endereço. Quando acabar aqui, eu pego um Uber e te encontro lá. A gente pode conversar com ele sobre… as coisas. As coisas da minha família.

Com um último meneio de cabeça, como se isso fosse a única coisa que Lachlan pudesse fazer, ele atravessa o saguão e sai em direção ao forte vento de outono. Observo o Charger partir e então pego um punhado de balas para Ethel.

Quando as levo de volta para o quarto da minha tia, ela finge estar dormindo.

– A senhora é hilária – digo impassível enquanto despejo as balas no cobertor dela. – Sei que tá fingindo. A senhora ronca quando dorme. Muito alto, se quer saber.

– Ronco nada – diz ela, sem abrir os olhos. – Você não foi com ele.

– Claro que não.

– Por que não?

– Tô ocupada aqui.

– Bem, eu não quero você aqui, menina. Preciso do meu soninho da beleza. E presumo que seu marido precise de alguma coisa se veio até aqui.

Cruzo os braços e encaro Ethel, embora ela ainda não tenha aberto os olhos.

– Ele disse que eu posso ir até a casa do chefe dele hoje, mas não me mandou o endereço.

Ethel abre os olhos turvos e me examina antes de enfiar a mão debaixo do travesseiro e pegar um celular.

– O que a senhora tá fazendo?

– Mandando uma mensagem pro seu marido pra que eu possa ter um pouco de paz e sossego.

– Como a senhora tem o número dele?

Minha tia me encara enquanto guarda o celular e se afunda ainda mais debaixo das cobertas.

– Eu consigo o número de todos os rapazes, mocinha – diz ela enquanto me enxota com um gesto, o acesso intravenoso pendurado nas costas da mão. Um segundo depois, uma mensagem de Lachlan chega ao meu telefone com uma localização. – Agora, xô, xô daqui. E leva os muffins pro chefe dele. Estão fresquinhos, fiz hoje de manhã com a enfermeira Lucy. Estão lá na recepção.

– Como a senhora... – Balanço a cabeça, mas mesmo assim sorrio enquanto dou um beijo na bochecha dela. – Te amo, sua encrenqueira dos infernos.

– Xiu. Não dê ideias ao diabo. Eu quero chegar nele de fininho. E você e o Lachlan não vão comer esses muffins. São todos pro Mayes.

Ethel me presenteia com um sorriso atrevido e, em seguida, com um suspiro profundo e satisfeito, então fecha os olhos. Balançando a cabeça, pego minha bolsa e peço um Uber, e logo estou a caminho da imensa propriedade de Leander Mayes com uma caixa de muffins da minha tia no colo.

Quando passamos pelo portão reforçado e a casa surge à minha frente,

Lachlan me aguarda na entrada. Paramos, e ele se aproxima para abrir a minha porta, a mão estendida para mim.

Hesito por um segundo antes de aceitá-la.

– Obrigado por ter vindo – diz ele enquanto espera o Uber ir embora.

Ele parece suspeitar das intenções do motorista até ver as lanternas do carro desaparecerem após as curvas da pista sinuosa. Fico me perguntando há quanto tempo ele faz isso, há quanto tempo examina tudo e todos em busca de ameaças. Ele é vigilante, atento aos inimigos escondidos à plena vista, um instinto que foi gravado nele, tão indelével quanto a tatuagem em sua pele.

Fico pensando em como isso deve ser cansativo, ou se ele percebe.

– Imagina – digo. Dou um sorriso que ele não retribui. – Eu prometi que viria.

Lachlan permanece sombrio enquanto abre a porta para mim. Ele coloca a mão nas minhas costas quando passo pela soleira, seu toque ativando um zumbido na minha barriga.

– Lembra o que eu disse.

– Que o Leander é meio doido?

– Isso. E não recomendo aceitar nenhum destilado. Raramente acaba bem.

– Pode deixar.

– E pizza. Se ele pedir pizza, nós vamos embora.

– Tá bem.

– Basicamente, não aceite nada que ele oferecer – diz Lachlan, estremecendo, enquanto cruzamos o hall de entrada e depois um corredor comprido.

– Parece muito divertido.

Lachlan me conduz por outra porta, que dá em uma escada de concreto que leva até o porão. Consigo ouvir a voz jovial de um homem falando em meio à música alta. Antes que eu possa pisar no primeiro degrau, Lachlan pressiona a minha barriga para me impedir.

– Deixa eu ir na frente – diz ele.

Seu toque é gentil, apenas com as pontas dos dedos, mas de alguma maneira isso provoca um arrepio na minha pele. Agarro a caixa de muffins com um pouco mais de força. Acho que ele não percebe que minha respiração cessa nem que meus lábios se abrem. Lachlan apenas olha bem para mim, com uma expressão tão cautelosa que parece cheia de agonia.

– Só... toma cuidado.

Ele levanta a mão e se vira para ir na frente enquanto descemos, deixando um vazio dolorido para trás.

Não. Não é dor. Isso com certeza é um vazio de fome. Foi só aquele papo todo de pizza. Provavelmente.

E mesmo que não tenha sido a pizza e, *sim*, dor, é tudo uma mera questão biológica. Estou passando por um longo período de seca, só isso. E Lachlan está sendo muito temperamental e estranhamente protetor, e ele é gostoso, e eu tenho olhos. Sou capaz de apreciar a beleza dele. Isso não significa que eu queira trepar com meu marido.

Dou uma risada.

Lachlan gira a cabeça para trás quando meu riso ecoa pelo concreto. Ele olha para mim com confusão e medo, como se Leander pudesse entrar furioso pela porta no final da escada para explodir nossa cabeça.

E é basicamente isso que Leander faz.

– *Pow, pow, pow.*

Estou encarando o cano de uma arma.

A princípio, é tudo o que vejo, uma imagem impressa na memória. Lachlan estende a mão e me puxa para o degrau atrás dele. O movimento demora apenas o suficiente para que eu capture a imagem de Leander na soleira da porta aberta, a arma erguida e um sorriso acolhedor, mas assustador, no rosto. E em seguida tudo o que vejo são as costas de Lachlan, meu corpo protegido pelo dele.

– *Deus meu do céu*, seu psicopata. Guarda isso antes que você mate todo mundo – diz Lachlan, seu sotaque carregado por conta da irritação.

Nosso anfitrião dá uma risada e baixa a arma antes de se afastar da soleira da porta e nos convidar para entrar.

– Cuidado nunca é demais.

– Você só tava tentando assustar ela.

– Ele vai ter que se esforçar mais da próxima vez – digo, embora meu coração esteja pulsando na garganta.

Tento sair de trás de Lachlan, mas ele passa um braço na minha cintura, colando meu corpo ao dele. Estendo o braço na direção de Leander.

– Lark Kane, prazer.

Leander sorri quando aperta a minha mão. Há algo estranho nesse cara, exatamente como Lachlan disse. Uma desconexão entre os olhos verdes penetrantes e o sorriso cortante.

– Kane, é? Aqui você não precisa fingir.

– Não estou fingindo. – Meu sorriso é desafiador quando puxo a mão de volta e entrego a ele a caixa de muffins. – Como solicitado. Foram preparados hoje de manhã pela minha tia mesmo. Os famosos muffins amanteigados dela, de maçã e canela.

– Ah, você me trouxe mimos. Já gosto de você – diz Leander.

Pela forma como sorri para mim, sei que não é a manteiga, o açúcar, nem a maçã ou a canela que ele deseja. É poder. Para dobrar a matriarca moribunda dos Muffins Montague à sua vontade.

Em vez de voltar a mão para o lado do corpo, pego o braço de Lachlan, um detalhe que Leander observa antes de nos conduzir para dentro.

Ele nos recebe em uma sala que mais parece um pub, com um bar abastecido, uma tevê de tela grande e um alvo de dardos. Oferece bebidas que recusamos e nos conduz para um conjunto de sofás e cadeiras de couro. Não sinto nenhum conforto neste espaço que deveria parecer familiar. Tudo o que sinto está fora do meu alcance.

Mas ele não pode saber disso. Nem Lachlan.

Posso até não saber o que estou fazendo, negociando contratos nesse submundo, mas uma coisa que sei fazer é desempenhar um papel.

– Vim falar do contrato dos Montagues – digo.

Leander está prestes a dar uma mordida em um muffin, mas para. Um sorriso lento se estende por seus lábios.

– Direta, hein? Eu sabia que gostava de você. – O sorriso de Leander alcança seus olhos enquanto ele desvia o olhar para Lachlan. Dá uma mordida no muffin, deixando-nos em silêncio enquanto mastiga e engole antes de falar. – Achei que você tivesse dito que haveria *dois* contratos em troca da sua aposentadoria.

Lachlan está imóvel ao meu lado. Ele está sentado tão perto de mim que posso sentir a tensão irradiar de seus músculos contraídos.

– Eu disse que a minha esposa faria um acordo com você. As condições são com ela.

– Um contrato agora, adiantamento integral, e um serviço de início imediato – digo, me forçando a sustentar o olhar penetrante dele. – Assim que o trabalho estiver concluído, o Lachlan é liberado, e você vai ter seu segundo contrato.

Leander arqueia uma sobrancelha, reação que parece demais com insatisfação para o meu gosto. Sua cabeça balança com um aceno pensativo, e ele dá outra mordida no muffin antes de erguer os olhos para mim.

– Que garantia eu tenho de que você vai cumprir o segundo contrato?

– Você não tem – diz Lachlan antes que eu tenha a oportunidade de responder. – Então não vou embora até que ele seja fechado.

Lanço um olhar fulminante para Lachlan antes que ele possa fazer mais promessas. Sei o quanto ele quer sair. Ele *precisa* disso. E não quero que ele fique nas mãos de Leander mais tempo do que o necessário. Há algo nessa história que simplesmente não faz sentido para mim.

Meu foco se volta para Leander enquanto ele dá as últimas mordidas no muffin com um longo gole de cerveja.

– Eu *vou conseguir* o contrato dos Covacis pra você, mas esse serviço precisa ser feito primeiro.

– Procurar, proteger e matar, certo? – pergunta ele, e assinto. – O Lachlan comentou que o negócio dos muffins é mais sombrio do que parece. Mas é delicioso, sem dúvida. – Leander come o último pedaço e limpa as migalhas das mãos antes de colocar o papel-manteiga de lado. – Alguns dos últimos feitos pela própria Ethel Montague. Delícia.

Observo Leander beijar as pontas dos dedos em um gesto dramático *al bacio* antes de seu olhar encontrar o meu. Em apenas um piscar de olhos, ele passa de jovial e divertido para severo e sombrio. Ergo as sobrancelhas em uma pergunta silenciosa. *E agora?*

Depois de mais um gole de seu copo, Leander se inclina um pouco mais para perto, juntando os dedos enquanto me olha.

– Adiantamento de um milhão. Cinco serviços por ano.

– Você tinha dito 500 mil – diz Lachlan. – E ela tem acesso ilimitado ao escritório pra usar os recursos de investigação sempre que quiser.

O sorriso de Leander é agressivo quando passa de Lachlan para mim.

– Ela pode ter uso ilimitado. Pelo dobro. E cinco serviços por ano.

– Adiantamento de 600 mil, acesso ilimitado ao escritório e quatro serviços por ano. E podemos dar início ao serviço hoje, com um bônus de 100 mil dólares se o agressor for identificado e morto antes da minha tia falecer.

– Sinto o roçar fugaz dos nós dos dedos de Lachlan no meu pulso e me viro, encontrando uma interrogação em seus olhos. Assim como no brunch com meus pais, sei sem palavras o que ele quer saber. – Quero que ela saiba que a família está segura antes de partir.

Um sorriso surge nos lábios de Leander enquanto ele estende a mão no espaço entre nós.

– Combinado.

Aperto a mão dele e, assim que a solto, ele já está anotando os números combinados e me passando a papelada para assinar.

Leander junta as mãos, os dedos entrelaçados. Com o negócio fechado, seu comportamento muda mais uma vez. Ele começa a pressionar Lachlan em busca de detalhes sobre os recentes casamentos dos Kanes, e Lachlan habilmente se detém ao mínimo de informações possível. Parece algo natural para Lachlan dar detalhes suficientes para Leander se sentir satisfeito e encobrir o bastante para mantê-lo a certa distância. Depois que transfiro o dinheiro do adiantamento, Leander parece relaxado, talvez até um pouco bêbado, embora só tenha tomado um *pint* desde que chegamos.

Reprimo um sorriso sombrio.

– Muito bem, crianças – diz ele, com uma leve alfinetada, enquanto bate as mãos nos joelhos. – Fiquem à vontade pra trabalhar no escritório sempre que quiserem. Quanto mais cedo melhor, certo?

– Certo.

Leander se levanta. Dá dois passos instáveis. Depois cai de cara no chão.

– *Merda* – sibila Lachlan enquanto fica de pé.

Aliso a saia com as mãos enquanto Lachlan confere se Leander está respirando e dá alguns tapinhas na bochecha dele.

– Bem, menos mal. Ele tá vivo. – Quando o olhar chocado de Lachlan pousa em mim, estou esperando com um sorriso tímido. – Que porra foi essa, Lark?

– É... Eu meio que imaginava que isso poderia acontecer.

– Sério?

Dou de ombros.

– A Ethel não gosta que mandem nela. Principalmente quando se trata de muffins. Ela fica um pouco vingativa.

– Que tal a gente fazer assim, sua praga apocalíptica? Da próxima vez, você me dá alguma pista antes de oferecer bolinhos batizados pro meu chefe psicopata, certo?

– Pra ser honesta, eu não tinha *cem por cento* de certeza de que eles estavam batizados. A Ethel foi bastante vaga quando disse pra gente não comer eles.

– Você ia *me* contar isso?

– Achei que você não tocaria neles por puro despeito.

Lachlan balança a cabeça e aponta para o homem esparramado a seus pés. Um ronco estrondoso vem do chão. Com uma sequência de xingamentos sussurrados, Lachlan o coloca de lado, numa posição de segurança, e depois volta sua atenção para mim, com uma expressão incrédula.

– Não se preocupa. Ele vai ficar bem daqui a... umas quatro horas. E quando acordar, vai e lembrar que a Ethel sempre dá a última palavra. Os Muffins Montague estão pau a pau com os piores da categoria, lembra?

– Deus meu.

Com uma piscadela, fico de pé e bato palmas. O ronco de Leander continua, sem ser perturbado pelo som repentino.

– Muito bem. Vamos pro escritório então, certo?

Lachlan balança a cabeça, esgotado, depois faz um gesto para que eu o acompanhe enquanto ele se dirige para o porão.

A casa está vazia e silenciosa quando saímos pela porta dos fundos e caminhamos por uma trilha curva em direção a uma construção separada, que parece funcional em comparação com a casa. Tijolos totalmente brancos com telhado de aço preto e janelas escuras que não dão nenhuma indicação do que há do lado de dentro. O único ponto de acesso é uma porta de aço reforçada.

Lachlan coloca a mão esquerda em um painel de controle e depois se inclina em direção a uma lente circular que examina sua íris. Um segundo depois, um conjunto de ferrolhos cilíndricos se move e a porta se abre.

– Que chique – digo enquanto Lachlan abre mais a porta e me deixa passar primeiro. – Eu deveria comprar um desses pra minha coleção de purpurinas. Sei que você anda brincando com elas quando não estou por perto.

– Não ando, não. – Lachlan finge não se importar. – Se eu fosse roubar alguma coisa, seriam as estrelinhas douradas. Elas são claramente superiores à purpurina.

Dou um sorriso provocador para ele, e antes que qualquer um de nós possa ser sugado por um momento não abrasivo de leveza, quebramos a conexão entre nós dois e adentramos mais a sala.

O interior é tão funcional quanto o exterior da construção, sem itens decorativos no isolamento acústico de espuma que reveste as paredes. Existem várias telas pendendo do teto, mas nada exibido em suas superfícies foscas. Há quatro computadores no meio da sala, cada um com três monitores. As mesas estão organizadas, apenas um mouse e um teclado em cada uma. Uma escada de metal leva a um nível inferior, de onde ressoa um zumbido baixo.

– O que tem lá embaixo? – pergunto com um meneio de cabeça em direção à escada enquanto Lachlan nos leva até uma das mesas.

– Servidores – responde Lachlan, enquanto puxa uma cadeira para eu me sentar, pegando outra em seguida antes de ligar nossa estação de trabalho. – O Conor administra a maior parte deles para o Leander. Ele que é o cara da tecnologia por aqui, mas posso começar a busca. Normalmente, eu examinaria todos os arquivos com os registros que já temos, pelo menos em relação aos Covacis, mas, como você tá aqui, podemos pular algumas etapas.

– Quer dizer que os arquivos estão *dentro do computador*?

Lachlan olha de mim para o monitor e de volta para mim, a confusão estampada em suas sobrancelhas arqueadas.

– Sim... é... é assim que funciona...

– Ai, meu Deus, você não faz mesmo a menor ideia do que eu tô falando, né? – Dou um tapa no braço de Lachlan com as costas da mão e reviro os olhos antes de clicar no campo de pesquisa para digitar um nome. – É do filme *Zoolander*. Como a gente pode ser casado?

Recebo apenas o silêncio de Lachlan. Ignorando sua expressão reticente, puxo o teclado para mais perto.

– Posso procurar alguém nisso aqui?

– Pode, o sistema vai extrair dados de diversas fontes. Registros de trânsito, informações médicas, antecedentes criminais, se houver. Algumas fontes são mais caras que outras, então vamos começar com o básico e seguimos daí. As informações mais valiosas podem ir a leilão, tipo quando alguém está oferecendo alguma recompensa pra encontrar alguém, com várias pessoas explorando os registros, por exemplo. As informações do FBI têm um preço alto, então só recorreremos a eles se tivermos certeza de que estamos no caminho certo. Custa uma boa grana encontrar informações sobre assassinos em série pro Rowan fazer as competiçõezinhas dele com a Sloane. – Lachlan dá de ombros quando inclino a cabeça e franzo as sobrancelhas. – Mantém ele longe de problemas por aí. E deixa ele feliz.

Dou um breve sorriso que ele parece ignorar antes de me voltar para a tela. O sistema parece simples mas elegante, e começo a digitar um nome no campo de pesquisa na parte superior da página.

Louis Campbell. Localização: Connecticut. Idade, deixo em branco. Profissão: professor. Não me preocupo com os campos de pesquisa avançada, detalhes que não sei ou talvez tenha sabido em algum momento, mas esqueci.

Pressiono ENTER. Sete pessoas chamadas Louis Campbell aparecem como resultado. Cada um deles traz detalhes básicos, como idade, endereço, contato, número do plano de saúde, serviços públicos, histórico profissional. Uma ficha de dados me chama a atenção como um farol.

– Louis Campbell? Quem é esse? – pergunta Lachlan, e suas palavras pairam no silêncio como uma pena. Não respondo enquanto passo o cursor do mouse sobre o nome dele. – Você acha que ele tem alguma coisa a ver com o que está acontecendo com a sua família?

– Não – respondo enquanto volto o cursor para a caixa de pesquisa e limpo a busca. – Só tava curiosa.

Embora sinta Lachlan me observando, não me viro para ele.

– Tem certeza de que...

– Talvez a gente devesse começar com os nomes mais óbvios e seguir daí. – Meus dedos voam pelo teclado. – O inimigo número um da minha tia seria o candidato mais provável.

Tenho informações suficientes sobre Bob Foster para inserir nos campos de pesquisa, e os resultados geram uma única ficha. Quando clico nela, uma série de dados mais detalhados preenche a tela. Há uma linha de consultas bloqueadas na parte inferior da página, informações escondidas atrás de acessos pagos.

– Duvido que ele mesmo faria o trabalho sujo, mas ele é definitivamente o tipo de pessoa que paga para ver o caos. Você acha que a gente consegue descobrir se ele estava envolvido?

Quando encontro o olhar de Lachlan, sua testa está franzida, e os olhos estão escuros enquanto percorrem minha pele, deixando calor para trás.

– O contrato é seu, duquesa. Faz o que você quiser.

Volto minha atenção para a tela e mordo o lábio.

– É um bom plano – diz Lachlan enquanto aponta para um dos itens bloqueados. – Clica nesse aqui e digita o número da sua conta Leviathan. Vamos dar uma olhada nos registros bancários dele e daí a gente vê se tem algum pagamento recorrente na mesma época dos assassinatos. Eu começaria por aí.

Abro um sorriso para Lachlan. E embora seja suave e quase tímido, ele sorri de volta.

E então começamos nossa caça pelos registros, juntos.

14

RETIRO
LARK

Lachlan está encostado no lado do passageiro do Charger com os braços cruzados. As portas do Residencial Vista da Praia se fecham atrás de mim e dou alguns passos em direção à luz fraca da manhã nublada, a bolsa pendurada em um ombro e a alça do estojo do violão no outro. Embora meus olhos estejam escondidos atrás dos óculos escuros, sei que ele pode ver a surpresa e a ansiedade na minha postura cautelosa quando paro de repente. Não sei por que estou surpresa, uma vez que há pouco mais de duas semanas Lachlan vem dando pequenos passos para tentar derrubar o muro que tento manter entre nós. Não é a primeira vez que ele aparece do nada em algum lugar para me oferecer uma carona. Mas algo na sua expressão parece diferente dessa vez, mesmo à distância, e isso me mantém paralisada no lugar.

Lachlan descruza os braços, dando um passo para o lado para abrir a porta do carro. Ele empurra o banco do passageiro para a frente para que eu possa colocar meus pertences no banco de trás. Quando me encara mais uma vez, ainda não me movi nem um centímetro.

– Anda, duquesa. Vamos.

– Vamos aonde? – pergunto.

– Não posso te contar.

Engulo em seco e, inquieta, mexo na alça da bolsa, mas não me aproximo. Uma batida pesada ressoa no meu peito enquanto a indecisão e a desconfiança me prendem ao chão.

Lachlan dá um curto passo à frente, e permaneço imóvel, minha respiração constante uma névoa no ar gelado.

– É... o banco do passageiro é confortável.

– Mais que o porta-malas?

Ele se contrai, constrangido.

– Não é muito cedo pra essa piada?

– Ela ia surgir em algum momento.

Ele desliza a mão até a nuca. Cruzo os braços, esperando para ver o que ele vai dizer. Nunca falamos abertamente sobre aquela noite: talvez nós dois sejamos muito teimosos ou não estejamos dispostos a comprometer a paz tão frágil que se instalou entre nós. Mas algo parece diferente em Lachlan. Como se em seus olhos houvesse ao mesmo tempo aflição e esperança.

Ele dá mais um passo à frente. Continuo na mesma posição.

– Naquela noite em que a gente se conheceu – diz ele, com a voz suave de pesar. – A maneira como agi, a forma como te julguei, o fato de ter te colocado no porta-malas... não foi certo. Desculpa, Lark. Sei que o que fiz foi... foi cruel. Eu queria muito poder voltar atrás. Queria poder desfazer *muitas* coisas. Mas não posso. Só posso dizer que sinto muito e não vou pedir que me perdoe.

Endireito os ombros e levanto o queixo.

– Bem, até que dá pro gasto esse pedido de desculpas, tirando a parte esquisita sobre te perdoar.

– Não vou pedir que me perdoe porque quero merecer seu perdão. – Lachlan dá um último passo para se aproximar. Com gentileza, pega a alça da minha bolsa e a tira do meu ombro. – E quando eu merecer, você me avisa.

Minhas bochechas esquentam sob o frio cortante do vento. E ele nota. Seus lábios se curvam em um leve sorriso antes de se virar e começar a caminhar de volta para o carro.

– Você parece bem seguro de si – digo, atrás dele.

– Aham, bem, não sou do tipo que desiste facilmente. Não tenho medo do que exige esforço.

– E se nós dois conseguirmos o que queremos e o prazo de validade do nosso casamento acabar, e mesmo assim eu ainda não tiver te perdoado? Acho que aí você tá livre, né?

Lachlan se encolhe com a alfinetada provocada pelas minhas palavras. Ele coloca minha bolsa no banco de trás e tira os óculos escuros enquanto se vira para mim. O couro das minhas luvas range quando aperto mais forte a alça do estojo do violão. Eu o agarro como se fosse uma tábua de salvação em águas agitadas.

– Não existe prazo de validade, duquesa – diz Lachlan. – Entra. Temos um lugar pra ir e, antes que você pergunte de novo, não, não vou te contar. É uma surpresa. Então, por favor, entra.

Sorrio e me aproximo, finalmente passando o instrumento para ele.

– "Por favor"? Não sabia que essa expressão existia no seu vocabulário.

– Sou cheio de surpresas – diz ele enquanto guarda o violão e coloca o banco do passageiro de volta no lugar.

Ele se vira para mim e oferece a mão. Fico olhando para ele, imóvel e desconfiada.

– O que você tá fazendo?

– Te ajudando a entrar no carro. Sendo cavalheiro, sabe. Acredite ou não, normalmente sou um cara bem-educado e não um bárbaro. Você só me pegou em um dia ruim – explica ele, o que lhe rende uma bufada. – Tá, talvez alguns dias ruins.

– Bem, esse seu lado cavalheiresco tá um pouco bizarro pra mim.

– Então acho que você tem duas opções: se acostumar com isso ou bater de frente comigo em cada etapa do processo. De todo modo, não vou parar.

– Você sabe que não vou ficar *pintopnotizada* por causa desse plano apressado de Lachlan Kane pra me pedir desculpas, né? – digo ao mesmo tempo que deslizo minha sobre a dele.

Ele ri enquanto me coloca no carro.

– Vou acrescentar isso às minhas anotações. "Não *pintopnotizar* Lark pra me perdoar."

Quando ele começa a dirigir, segura o volante com muita força, ficando um pouco distraído no momento em que conecto meu telefone ao aparelho de som. Pergunto a ele sobre música, e ele para o carro abruptamente num sinal vermelho. Resmunga meia dúzia de palavrões, as bochechas ficando vermelhas. Quando olha na minha direção, eu me viro para observar pela janela, escondendo um sorriso provocador.

Levamos um minuto para ajustarmos o passo. Logo estamos falando sobre... tudo. Quando chegamos ao nosso destino, já estamos conversando há meia hora sem parar sobre a minha banda, e me sinto à vontade.

Pelo menos até virarmos numa rua tranquila e pararmos no final de uma passarela pavimentada.

– O que é isso?

Minha cabeça oscila entre Lachlan e a casa feita de toras de madeira no final do caminho. A placa preta e dourada diz apenas CHALÉ PEDRA ROSA. Estreito os olhos, desconfiada, todo o conforto que sentia na presença de Lachlan desaparecendo de repente e sendo substituído por um nó desconfortável que aperta meu peito.

– Por acaso é um tipo de lugar onde você vai me deixar na tentativa de curar meu... como você chamou mesmo... *lado psicopata purpurinado*?

– Deus meu. Não, Lark. – Lachlan estica a mão e solta meu cinto de segurança, guiando a fivela para longe do meu corpo e de volta ao seu lugar próximo ao meu ombro. – O Chalé Pedra Rosa é um retiro de sono.

Minha respiração fica presa na garganta enquanto tento processar as palavras dele.

– Um... como é que é?

– Um retiro de sono. Eles são especializados no tratamento da insônia. – Lachlan tira um folheto do bolso interno da jaqueta e me entrega. – Sessões de terapia sonora. Ioga. Acupuntura. Fototerapia. Planos alimentares. Tem uma especialista em sono aqui, a Dra. Sargsyan. Ela vai te ajudar a montar um programa personalizado pra você seguir.

– Retiro de sono...? – sussurro, minhas palavras um eco que não para de se propagar.

– Isso mesmo. E você vai ficar durante o fim de semana prolongado e cuidar de si mesma. Se não funcionar, tudo bem. Vamos continuar procurando alguma coisa que dê certo. De qualquer maneira, uma folga vai te fazer bem.

Meus olhos são fendas estreitas.

– Você acabou de me sequestrar pra fins nefastos sob o pretexto de dormir?

– *Não.*

– Mas...

– Você precisa. Tirar. Uma. Folga.

O olhar firme dele sustenta o meu, como se esperasse de alguma forma gravar essas palavras na minha mente. Contraio os lábios enquanto lágrimas ardem nos meus olhos. A mão de Lachlan se fecha num punho, como se quisesse me tocar, mas ele se detém.

– Olha, sei que você pode simplesmente pedir um Uber assim que eu for embora. Mas queria que você tentasse.

– Você não vai ficar?

– Não – diz ele enquanto desliza a mão pela nuca. – Achei que seria melhor pra você se eu não ficasse.

– Humm... aham – digo com um sorriso frágil. – Faz sentido.

Embora eu baixe os olhos na direção do folheto, dou apenas uma olhada rápida nos detalhes, porque a verdade é que realmente quero fazer isso. Mas precisam de mim em outro lugar. Eu o dobro e coloco no colo, voltando os olhos para o chalé.

– É que tem tanta coisa acontecendo agora.

– E toda essa merda pode esperar. Você pode tirar um tempinho.

Em resposta, dou apenas um leve aceno de cabeça. Mantenho a atenção fixa no retiro enquanto me remexo no banco, tocando uma música fantasma com uma mão nas costas da outra. Ninguém nunca fez nada assim por mim antes.

– E você? – pergunto por fim, ainda sem vontade de olhar na direção de Lachlan.

– Vou passar o resto do dia fora. Mas você pode me ligar hoje à noite se precisar de mim, tá? Devo estar de volta às onze. Não tenho nada importante no resto do fim de semana.

Suas palavras são recebidas com silêncio enquanto mil pensamentos giram na minha cabeça. Um rubor sobe pelo meu pescoço enquanto olho pela janela e mordo o lábio inferior. Quero ficar. Mas e se acontecer alguma coisa com a Ethel? E o Bentley? E as minhas responsabilidades? Os ensaios da banda? E o mais inusitado: e se Lachlan estiver tentando se livrar de mim durante o fim de semana? Será que tem alguma mulher que ele queira levar para casa? A gente não é um casal de verdade. Nunca conversamos sobre não estar com outras pessoas. Então, por que um buraco queima no meu peito quando me pergunto se esse é o verdadeiro motivo de ele estar fazendo isso?

– São só alguns dias, Lark. Se acontecer alguma coisa, não vou demorar pra vir te buscar. O Conor está vasculhando as informações que a gente conseguiu atrás de pistas sobre o pessoal do Foster, e eu pedi pra ele monitorar as investigações policiais sobre os assassinatos, então não há muito que a gente possa fazer até que ele termine esse trabalho. E vou visitar a Ethel, levar o Bentley pra ver ela. Você pode desligar o telefone, eu tenho o número do retiro, e eles vão te avisar na mesma hora se qualquer coisa acontecer. Mas vai ficar tudo bem, tá?

Não sei ao certo o que devo dizer. Para começar, como posso falar para ele que tenho medo de perder algo que não é meu para começo de conversa? Por que deveria significar alguma coisa para mim o que ele está fazendo ou com quem está saindo? Não é um casamento de verdade. *Não é real.*

O silêncio aumenta dentro do carro. Então sinto seu toque. Um simples toque de seus dedos nos ossos das costas da minha mão.

Giro a cabeça e fito Lachlan com um olhar letal. Ele afasta a mão como se tivesse medo de ter ultrapassado um limite, mas isso só piora a situação. Lágrimas frustradas tomam conta dos meus olhos.

– Lark…

– Por que é tão difícil? – deixo escapar.

Lachlan balança a cabeça, a confusão estampada entre suas sobrancelhas.

– Por que é tão difícil o quê?

A primeira lágrima rompe a linha dos meus cílios e desliza pela bochecha em direção aos lábios trêmulos. Lachlan franze o rosto de preocupação enquanto perco a batalha para conter minhas emoções.

– Você – digo com um movimento da mão entre a gente enquanto mais lágrimas escapam do meu controle. – *Isso*. É tão difícil. Não quero me importar com o que você tá fazendo ou pra onde você tá indo. Isso não deveria importar pra mim. Mas importa, e não sei *por quê*…

Lachlan segura meu queixo e olha diretamente para mim até que fecho os olhos.

– Lark – sussurra ele.

Tento enterrar o turbilhão de sentimentos, mas ele é irrefreável, como se meu âmago se agitasse feito um vulcão nas sombras. Posso senti-lo no calor que irradia da minha pele, no batimento forte de minha pulsação sob o dedo que Lachlan apoia no meu pescoço.

– Lark, olha pra mim.

Abro os olhos, mas não consigo sustentar o olhar de Lachlan, não com a angústia e o pesar que me encaram.

– Sei que esse não é o tipo de casamento que nenhum de nós imaginou pra si. Sei que não é... ideal – diz ele enquanto coloca a outra mão sobre a minha, que está no meu colo, minha atenção presa naquele mero toque. – Mas se você tá preocupada com a possibilidade de eu te abandonar e quebrar nossos votos, esse não sou eu. Não importa que não seja um casamento normal. Se faço uma promessa, eu cumpro.

O polegar de Lachlan desliza em um arco lento pela trilha de lágrimas na minha bochecha enquanto estabilizo a respiração, soltando o ar em um fluxo lento através dos lábios franzidos. Preciso de mais esforço do que eu esperava para enterrar meus medos, inseguranças e esperanças de volta no lugar a que pertencem. Nas sombras. Visto a armadura já tão familiar e levanto o queixo, e, quando encontro o olhar de Lachlan, ele reprime um sorriso não muito convincente.

– Eu... Na verdade, não me importo com o que você faz no seu tempo livre, sabe?

Lachlan abre um sorriso enquanto sua mão se afasta do meu rosto, a suavidade de seu toque impressa na minha carne.

– Não, claro que não.

– E eu não te perdoo.

– Eu sei, pode deixar.

– Se você acha que vai me... *dorminoptizar*... pra te perdoar...

– Acho que talvez seja só hipnotizar...

– ... não vai funcionar. Você não pode me subornar com travesseiros nem nada do tipo.

– Não tô tentando te subornar. – Qualquer indício de leviandade desaparece da expressão de Lachlan. Ele se inclina um pouco mais para perto e fixa o olhar em mim. Dessa vez, não desvio. – Eu tô vendo como você tá se esforçando. Sei bem como é estar tão ocupado tomando conta dos outros a ponto de se esquecer de cuidar de si. Desse jeito, você vai acabar pifando. E não vou ficar de braços cruzados vendo isso acontecer, Lark. Não quando existe esse lugar *bem aqui*, pronto pra te ajudar.

Ao acenar com a cabeça na direção do rancho, sigo a linha de visão de Lachlan, passando a manga da blusa sob os cílios.

– Tá bem – respondo depois de um bom tempo. Digo isso mais uma vez e enfatizo minha declaração com um meneio de cabeça decisivo antes de finalmente olhar de novo para ele. – Obrigada.

Ele abre um leve sorriso antes de descer do carro, pegando meus pertences no banco de trás e depois tirando uma mala pequena de rodinhas do porta-malas, que ele mesmo arrumou para mim. Reclamo de ele ter revirado minhas calcinhas, depois de ter mexido no meu aparelho de contenção e depois das calcinhas de novo, mas não posso deixar de observar coisas de que também gostei, desde a imensa construção de troncos e pedra até o lago Bantam que se estende atrás dela e as trilhas que serpenteiam a floresta.

A equipe da recepção faz o meu registro e descreve as comodidades e a programação para os próximos dias, e sinto o foco de Lachlan em mim o tempo todo, sua atenção inabalável e protetora nos arredores. Quando um atendente pega minha bagagem e começa a me guiar em direção ao meu quarto, paro no meio do saguão e me viro para olhar para ele. Sei que estou um lixo. Meus olhos estão inchados, os cílios úmidos com lágrimas ainda frescas, a pele avermelhada. Mas Lachlan olha para mim como se eu estivesse linda. Como se não suportasse desviar os olhos.

– Obrigada, Lachlan – sussurro.

Ele assente. Eu deveria dar meia-volta e ir embora, manter alguma distância entre nós.

Mas não faço isso. Nem mesmo quando Lachlan se aproxima.

Fico imóvel no meio do saguão de piso de pedra, como se tivesse sido esculpida nele, minha expressão insegura quando Lachlan para na minha frente. Ele passa a mão pelo meu cabelo e gentilmente puxa minha cabeça na direção de seu peito.

– Descansa um pouco – sussurra ele no meu ouvido. – Vejo você em breve.

Seus lábios pressionam minha têmpora em um beijo que dura apenas o suficiente para eu inspirar fundo seu perfume de couro, âmbar e hortelã, e então ele me solta. Com um último sorriso melancólico, ele enfia as mãos nos bolsos da jaqueta e vai embora. Quando olha por cima do ombro, estou exatamente onde me deixou, minhas bochechas coradas e um leve indício de sorriso nos lábios.

Antes que o sorriso desapareça, Lachlan se vira e sai pela porta.

15

SINAIS
LACHLAN

Entro no carro e pego no volante. O tempo de uma respiração profunda é o único que me permito ter antes de ligar o motor e deixar o Chalé Pedra Rosa.

As horas seguintes se arrastam e, embora eu me mantenha ocupado, meus pensamentos sempre voltam para Lark. Meus batimentos aceleram a cada segundo mais próximo das onze. Parte de mim espera que ela não ligue. Que esteja dormindo. Mas uma parte mais egoísta de mim precisa ouvir a voz dela.

São 23h02 quando meu telefone toca.

– Oi, duquesa.

– Oi. – Posso notar, por essa única palavra, que ela está bem acordada. – Não consigo dormir. Acho que ainda tô um pouco agitada... Tô te atrapalhando?

– Não. De jeito nenhum.

Há uma pausa.

– Como foi sua noite?

– Atarefada – respondo, tentando não deixar a empolgação influenciar minhas palavras. Sei que o mistério do meu paradeiro desta noite a incomoda. – Encontrei com umas pessoas. Fiz algumas coisas.

– Legal...

Ela quer perguntar. Mas não vai. E deixo o silêncio se estender por um bom tempo antes de enfim dizer:

– Quer vir aqui olhar o que eu ia fazer agora?

Há um farfalhar ao fundo. Imagino Lark saindo da cama e correndo até a janela do quarto.

– Como assim? Você tá *aqui*?

– Talvez – respondo, e ela não consegue abafar um gritinho entusiasmado que incendeia meu sangue. – Quer vir comigo? Pode ser que eu tenha uma surpresinha pra você, mas isso pode esperar uns dias…

– Não, tô indo agora.

Meu sorriso se alarga quando a ouço juntar seus pertences.

– Deixa a bolsa gigante aí, duquesa. E põe um suéter. Sai pela porta dos fundos da pousada e tenta não deixar ninguém te ver. Fica esperando na linha até chegar no carro; tô estacionado bem aqui em frente.

– Tá bem – diz ela, um pouco sem fôlego.

Em apenas alguns minutos, Lark está correndo pela trilha que vem do chalé, e eu ligo o motor assim que ela abre a porta. Em um movimento súbito, ela está sentada ao meu lado, seu perfume familiar e sua energia radiante como um bálsamo para a ansiedade inesperada que senti em sua ausência.

– Aonde a gente vai? – pergunta ela.

– Não posso dizer. – Olho bem a tempo de ver seu beicinho provocador. *Esses lábios.* Meu pau dói com a imagem repentina da minha ereção deslizando no abraço quente da boca dela. Eu me ajeito no assento e me concentro de novo na estrada à frente conforme nos afastamos. – Digamos apenas que o retiro do sono está numa localização privilegiada. E isso cria um álibi sólido.

Eu me viro para Lark e encontro seu olhar cauteloso. Mas ela não consegue esconder o entusiasmo que ilumina seus olhos.

Quase não conversamos durante a viagem curta até nosso destino, mas Lark preenche o silêncio com música. Talvez esteja tão nervosa quanto eu. Penso no reservatório Scituate e em quando cheguei ao local do "acidente" de Lark, a minha lanterna iluminando uma mulher sozinha na estrada, com sangue escorrendo do corte profundo na testa. Fico me perguntando se Lark também fica revisitando essa memória. Ela nunca me contou nada a respeito de Jamie Merrick, o homem que tirei do lago, mas andei pesquisando sobre ele no escritório de Leander no meu tempo livre durante a recente busca que realizei para saber mais sobre minha esposa. Um dia, talvez ela esteja disposta a me contar tudo. Quem sabe até depois desta noite.

São onze e meia quando viramos em uma entrada de cascalho e estacionamos entre uma van branca e um Jaguar antigo. Há um chalé de madeira triangular à nossa frente, o lago brilhando logo atrás dele, as ondas negras iluminadas pelas luzes que saem das altas janelas da construção. Conor aparece na varanda e acena para nós. Lark segura a maçaneta da porta e se vira para sair do Charger quando seguro seu pulso, impedindo-a.

– Você não precisa fazer isso – digo.

– Fazer o quê? – Os olhos de Lark oscilam entre mim e o chalé. A confusão está estampada entre suas sobrancelhas. – Com quem?

– Você vai ver. Mas já estou te avisando. Você pode desistir.

Lark fica olhando para mim, agora focando na minha boca. Ela assente, e libero o pulso dela.

Saímos do carro, e retiro minha caixa de ferramentas do porta-malas. Resisto à vontade de pegar a mão de Lark enquanto subimos as escadas de madeira para encontrar Conor na varanda. Ele segura uma arma em uma mão e um maço de papel na outra.

– Tudo certo? – pergunto enquanto pego a arma e os documentos de suas mãos estendidas.

– Não tem muito pra relatar. Ele começou a vocalizar. Dei pra ele uma coisinha pra aliviar a tensão e o prendi bem com fita adesiva pra que eu pudesse trabalhar um pouco, e ele está acordado agora.

Conor desvia o olhar para Lark, e sinto a tensão irradiar dela enquanto tenta entender o que está acontecendo. Uma espécie de esperança sombria se instala no meu peito quando volto a atenção para a arma na minha mão e dou uma olhada na revista antes de me virar para encarar Lark. Quando ela estremece de frio, coloco meus pertences no chão e tiro a jaqueta para colocá-la sobre seus ombros. Seus olhos brilham na penumbra enquanto ela me observa, e o resto do mundo desaparece na escuridão. Ela é a única coisa que vejo. A maneira como seus lábios se abrem para derramar suas exalações nebulosas na noite. A pulsação que tamborila em seu pescoço. Minha mão se ergue além do meu controle e passo a ponta dos dedos pela sua bochecha. A respiração dela se detém no meu toque.

– Pode entrar se quiser. Você vai saber quando – digo, deixando minha mão cair.

Lark inclina a cabeça.

– Como?

– Vou te dar o Bat-Sinal. – Sorrio quando Lark revira os olhos e meneio a cabeça em direção à caixa de ferramentas aos meus pés. – Isso é pra você. Até mais, duquesa.

Com um beijo rápido na bochecha de Lark, olho para Conor com cumplicidade e depois entro no chalé do Dr. Louis Campbell.

As luzes estão fracas, a sala escura. Há estantes de livros antigos. Pinturas a óleo em pesadas molduras douradas. Diplomas e prêmios. Fotos com políticos, os cabelos grisalhos de Campbell penteados, o sorriso muito branco, todos os ternos bem alinhados. Fotos dele com a esposa e os filhos sem graça em uniformes escolares. Paro perto de uma mesa lateral e olho para uma foto de seu rosto sorridente congelado no tempo. Um resmungo chega até mim vindo da sala de jantar, e vejo os olhos aterrorizados do mesmo homem da fotografia, só que dessa vez ele está amarrado a uma cadeira ornamentada. O diretor do Ashborne Collegiate Institute.

Estou muito *empolgado*, de verdade.

Antes, eu achava que sentimentos como alegria, esperança ou entusiasmo tivessem sido entorpecidos em mim, desgastados pelas marés de um mundo implacável. Mas eu estava errado. Desde que Lark entrou na minha vida, fico empolgado todos os dias. Tudo começou quando segui Lark até a varanda na noite da inauguração do restaurante de Rowan e, embora no início essa empolgação tivesse um caráter duvidoso, aos poucos ela se transformou. Percebo agora que fico animado toda vez que a vejo. A necessidade de afastá-la se tornou um desejo de aproximá-la. Não quero simplesmente ouvi-la rir, preciso merecer isso. Toda vez que consigo avançar um pouquinho, quero mais. Quero sair da sombra e voltar para a luz dela. Mesmo sem perceber, fiquei *viciado* nisso. *Nela*.

As necessidades de Lark são minha prioridade. Mesmo as que ela não conhece.

Como a que está amarrada à minha frente agora.

Chego mais perto do Dr. Campbell e arranco a fita adesiva de seus lábios.

– O-o que tá acontecendo? – gagueja ele.

A voz carregada com um sotaque de Cambridge transborda pânico. Ele se debate, mas Conor prendeu até a cabeça dele no encosto alto da cadeira. A única coisa que ele consegue fazer é mover os olhos, e eles disparam para todos os lados, cheios de angústia. – Quem é você? Por que estou aqui?

– Por que você *acha* que está aqui?

Campbell faz uma pausa, avalia as opções e depois escolhe a mais decepcionante.

– Dinheiro. Se é dinheiro que você quer...

– Errado. Tenta outra vez.

Uma centelha de pânico brilha em seus olhos. Seus batimentos aceleram acima da borda distinta do colarinho da camisa.

– Tem a ver com alguma conexão política.

– Que falta de imaginação. – Dou um meio sorriso. – Para um homem que dirige uma escola de excelência em artes, seus palpites são bem pouco criativos, Dr. Campbell.

Ele não diz nada enquanto coloco os papéis sobre a mesa. Pego a folha de cima e a seguro para que ele possa ler.

– Estou aqui por um motivo muito mais divertido do que dinheiro ou conexões políticas – afirmo.

Manchas vermelhas surgem nas bochechas de Campbell conforme seus olhos oscilam entre mim e as palavras no e-mail impresso.

Eu me inclino para mais perto e o encaro enquanto meu sorriso aumenta.

– Estou aqui por vingança.

– Eu não fiz nada – declara ele.

– Exatamente. Você não fez *nada*. – Pego o e-mail seguinte e aproximo para ele ler. – Você não fez nada quando a Srta. Kincaid demonstrou estar preocupada com a deterioração da saúde mental de uma aluna que trabalhava diretamente com o diretor do departamento de artes, Laurent Verdon, durante os preparativos para a faculdade. – Jogo a folha de lado e pego a próxima. – A Srta. Kincaid, mais uma vez, questionando por que o Sr. Verdon passava tanto tempo com outra garota fora da sala de aula. Você também não fez nada e disse só que era um trabalho extracurricular para audições.

Outro artigo, outra pergunta, outra garota. Eu o forço a ler um após o outro até chegar aos dois últimos.

– Eu não...

– *Cala a boca, porra* – vocifero, firmando minha mira para manter o cano da arma apontado para sua testa suada. Ergo a penúltima folha de papel perto do rosto dele. – O Sr. Mehta desta vez. Ele demonstrou preocupação quanto a uma aluna que parecia, como foi mesmo que ele disse? Ah, sim. "Extremamente retraída." Ele tinha visto o Sr. Verdon sair da sala de artes uma noite, enquanto se dirigia para a sala dos professores. No caminho de volta para sua sala, o Sr. Mehta ouviu alguém chorando. A garota retraída estava na sala de artes, sozinha no escuro. Ela espalhava tinta preta em uma tela colorida. Quando ele perguntou o que tinha acontecido, ela não contou, mas o Sr. Mehta suspeitou de que o Sr. Verdon tivesse algo a ver com aquilo. Então ele pediu pra você investigar. Ele estava preocupado com a garota. – O pânico deixa Campbell pálido. – Ela é esposa do meu irmão. Sloane Sutherland.

Campbell tenta balançar a cabeça, mas nós dois sabemos que seu protesto é inútil.

– Eu falei com a Srta. Sutherland. Ela não me contou nada. Não havia motivo pra acreditar que Laurent Verdon estivesse envolvido em atividades inadequadas com ela ou qualquer outra aluna. Não havia evidências que amparassem essas preocupações.

– Não havia sequer vontade de *buscar* evidências, não é? Porque Laurent Verdon tinha tantas conexões quanto você, e você precisava explorar cada uma dessas oportunidades pra garantir que o Ashborne Collegiate Institute continuasse sendo uma escola particular exclusiva e de alta categoria, pra que você pudesse garantir uma doação considerável de um determinado benfeitor cheio da grana, uma doação que você pretendia desviar pra encher o próprio bolso. Negócios, certo?

– Isso é categoricamente falso.

– Cuidado, Dr. Campbell. Se eu consegui esses e-mails, o que mais você acha que encontrei nas minhas aventuras pela sua sórdida vida privada? A propósito, como está sua amante? – Balanço a cabeça com um *tsc, tsc, tsc*. – Foder a babá, quer clichê maior que esse?

O silêncio é tão pesado que pressiona minha pele. Campbell engole em seco, com os lábios trêmulos.

– Escuta, quem quer que você seja. Entendo que esteja chateado, mas alegações sobre conduta inadequada são muito sérias e podem ter implicações avassaladoras na carreira de alguém, e não devem ser levadas adiante com base apenas em boatos. Além disso, o Sr. Verdon não está mais na Ashborne.

– Ah, eu sei que ele não está – digo.

Minha mão treme. Meu coração sobe pela garganta a cada batida. A raiva pinta minha visão de vermelho no momento em que seguro a última mensagem entre nós dois.

– Este aqui é sobre uma garota feliz. Uma bastante querida. Talentosa. Efervescente. Aquela sobre quem o Sr. Aoki alertou você quando a encontrou tremendo em um canto da sala de música com o uniforme manchado e fora do lugar. Ele tinha certeza de que algo sério havia acontecido, mas ela não contava o que era. Ele estava preocupado com o bem-estar dela. E, apenas um dia depois, Verdon desapareceu misteriosamente.

Campbell fica rígido sob as amarras enquanto dou passos lentos e predatórios ao redor da mesa até parar ao lado dele, meus olhos fixos nas palavras na folha de papel. No nome. Na foto da pessoa mencionada e em tudo que deve estar escondido sob o que consigo enxergar.

– O nome dela era Lark Montague. – A arma faz um clique quando solto a trava de segurança. – E ela é *minha esposa*.

– Não, por favor...

– Você tinha a obrigação de mantê-la segura. Mas *fracassou*.

– Por favor, *por favor* – implora Campbell enquanto pressiono a arma na testa dele. – Se você a ama, não vai me machucar. Eu fiz um acordo com os Montagues pra ajudá-los a encobrir o desaparecimento do Laurent. Gravei as conversas. Se alguma coisa acontecer comigo, as informações vão direto pro FBI.

– Você tá falando das informações que guardou no cofre do seu escritório em casa e das cópias que deixou aqui no lago Bantam? – Uma profunda sensação de satisfação floresce no meu peito quando Campbell choraminga ao sentir o silenciador pressionado com mais força contra sua pele. – Já que você é tão bom em *não fazer nada*, eu não queria que logo agora você fodesse a vida dela do além-túmulo. Eu tenho tudo.

– E-eu imploro – diz Campbell. – Eu te dou qualquer coisa, só não me machuca, por favor.

– Isso não depende de mim.

Abaixo a arma e dou um único passo para trás.

A porta se abre. Campbell agoniza conforme passos lentos se aproximam. A voz de Lark é baixa e calma quando diz:

– Olá, Dr. Campbell.

Vejo o momento exato em que ele percebe quem é Lark, e uma esperança equivocada inunda seus olhos lacrimejantes.

– Srta. Montague, *por favor...*

– Kane – retruca Lark. – Sra. Kane.

– Sra. Kane, e-eu sinto muito. *Me ajuda*, por favor.

Lark coloca a caixa de ferramentas na mesa e apoia a mão na tampa enquanto se vira para fixar o olhar no homem trêmulo junto ao cano da minha arma. Minha linda esposa. Um demônio angelical, tão perversamente inocente, suas feições doces e acolhedoras contrastando com a frieza letal em seus olhos cristalinos.

– Meu marido me trouxe um presente – diz ela enquanto abre os fechos da caixa. – Estou *morrendo de vontade* de saber o que tem aqui dentro. E você?

Campbell soluça enquanto Lark abre a tampa.

Lark solta um gritinho maquiavélico enquanto bate palmas. Ela sorri para mim e não posso deixar de sorrir de volta quando ela tira um pequeno pote de vidro da caixa.

– Você trouxe purpurina pra mim! – exclama ela, sacudindo o pote.

Dou de ombros e tento parecer indiferente, mas posso sentir minhas bochechas esquentarem com um rubor tímido. Lark tem piedade de mim e volta sua atenção para o conteúdo da caixa, examinando com calma e anunciando cada item, desde adesivos de estrelinhas douradas até um conjunto novo de facas com lâminas polidas.

Lark tira uma agulha e linha dourada da caixa.

– Sabe, foi minha tia que me ensinou a costurar – conta ela enquanto enfia a linha na agulha e dá um nó em uma das pontas. Campbell resiste às amarras e choraminga quando ela se senta no colo dele. – Sou muito boa nisso.

Com a mão firme, Lark perfura o lábio inferior de Campbell. Ele se desespera de dor, mas não há ninguém próximo o bastante para ouvir seus pedidos de ajuda enquanto Lark puxa lentamente o fio através da carne.

– Sabia que foi por causa disso que acabei contando pra Sloane o que o Sr. Verdon fazia comigo? – Lark enfia a agulha no lábio superior e estica a linha, fechando a primeira sutura. – Ele rasgou meu uniforme. Eu queria consertar, mas estava tremendo demais pra enfiar a linha na agulha, então ela fez isso pra mim.

Gotas de sangue brotam ao redor do buraco conforme Lark desliza a agulha pelo lábio inferior para dar o segundo ponto.

– Contei tudo pra Sloane enquanto ela ajeitava o meu uniforme – diz ela enquanto puxa a linha. – E o dia seguinte foi a última vez que precisei usá--lo. Porque ela fez o que eu queria fazer, mas não estava pronta. Ela me fez perceber que era possível matar demônios.

Lágrimas escorrem pelo rosto de Campbell e não sinto pena. Nenhum remorso. Apenas dor pelo sofrimento que minha esposa teve que aguentar. Apenas admiração por sua resiliência enquanto ela dá outro ponto. E outro. E mais outro, até que os lábios dele estejam totalmente costurados com fios dourados.

– Pronto.

Com alguns puxões violentos, Lark estica bem o fio e dá um nó antes de cortar o excesso de linha. Em seguida, dá um tapinha no ombro dele e se afasta para admirar seu trabalho. Os lábios de Campbell já estão inchando em torno do fio apertado, o sangue manchando o queixo. Seus olhos imploram quando a boca não consegue.

– Agora você não pode dizer nenhuma palavra. Do jeitinho que sempre quis.

Lark para ao meu lado, a palma da mão erguida. Coloco a arma em sua mão. Ela não treme. Não vacila. Não há medo em sua voz quando diz:

– Faça bom proveito do inferno, Dr. Campbell. Fala pro diabo que os Kanes mandam lembranças.

Há um ruído baixo. Um jato carmesim de sangue. A sala fica em silêncio. Ela me passa a arma, mas não diz nada. O único som é o da respiração rápida de Lark. E então, por fim, sinto a mão dela na minha, um aperto suave, e o alívio que ela sente chega às minhas veias.

– O Conor vai te levar de volta – digo ao me virar para encará-la. A decepção brilha em seus olhos, embora ela tente esconder. Mas isso ilumina meu peito do mesmo jeito. – Vou limpar essa sujeira. Vou cuidar de tudo, tá bem?

– Tá bem. – Lark hesita, mas depois aperta minha mão com mais força e fica na ponta dos pés para dar um beijo rápido na minha bochecha. – Obrigada, Lachlan. Eu... – Ela olha para o corpo de Campbell, mas, quando retorna, me dá um sorriso cansado. – Eu precisava disso.

Ela solta minha mão, e eu a observo sair do chalé e passar por Conor, que observa tudo ao lado da porta.

– Tudo bem? – pergunta Conor, me tirando de um desejo repentino de segui-la noite adentro.

– Tudo. Tô bem – respondo.

Pego uma faca na caixa de ferramentas e começo a cortar as cordas e a fita que prendem o corpo sem vida de Campbell à cadeira.

– Já ouviu falar de um lugar chamado Pacífico Night Club?

– Acho que não.

– Bem, descobri uma coisa que seria bom verificar nas informações que você puxou. Pode estar ligado ao que está acontecendo com a família da Lark.

Uma corrente elétrica desliza pela minha coluna.

– Ah, é? – pergunto enquanto me inclino para começar a cortar as cordas enroladas nos tornozelos de Campbell. – O que é?

– Todo mês são registrados pagamentos exorbitantes nos livros de contabilidade da boate, mas não consigo entender pra onde eles vão. Coisa de 50 mil dólares por vez, 300 mil no total até o momento. O dono da boate se chama Lucas Martins. Ele é primo de segundo grau do Bob Foster.

– Pagamentos pelo quê?

– Não tenho certeza. Não consegui descobrir nenhum detalhe, só os valores. Talvez valha a pena ir lá na boate conferir, quem sabe exista algo em um disco rígido por lá.

– Obrigado. Vou dar uma olhada nisso – digo, cortando a última amarração antes de me levantar e chutar Campbell para fora de seu trono sangrento, seu corpo caindo no chão. Ficamos em silêncio por um tempo antes de eu acenar com a cabeça em direção à porta. – Cuida dela, tá?

Conor ri enquanto tiro a esmerilhadeira da caixa de ferramentas e a ligo na tomada.

– Pode deixar, irmão.

– Tá rindo do quê?

– Nada. Só tô muito feliz por você, cara.

– Cala essa boca. Babaca de merda.

Ligo a máquina para abafar a gargalhada de satisfação de Conor enquanto ele sai do chalé. Depois que ele vai embora, desligo de novo por um instante para ouvir o motor da van dar a partida e o ruído do cascalho sob os pneus conforme o carro se distancia. E então começo a trabalhar.

São quase três da manhã quando chego em casa e, embora esteja tentado a mandar uma mensagem para Lark, não faço isso. Ainda estou agitado demais com os acontecimentos da noite para conseguir dormir, então levo Bentley para passear e depois carrego o kit de ferramentas comigo para a sala de atividades manuais de Lark, com meu troféu escondido ali dentro. Há uma caixa de madeira que vai ser perfeita para atender às minhas necessidades e várias latas de epóxi transparente fechadas que sobraram de um dos projetos dela. Conecto meu celular aos alto-falantes e começo a ouvir meu livro mais recente enquanto arrumo algo para beber. Em seguida, limpo meu prêmio na pia e o seco antes de pegar o arame dourado e começar a dobrá-lo, dando forma às peças.

Assim que concluo a estrutura de arame, recebo uma ligação de Lark.

– Ei – digo simplesmente enquanto coloco o telefone no viva-voz e continuo meu trabalho.

– Ei.

– Alguém viu você voltar?

– Não, acho que não. Eu não vi ninguém.

– Ótimo. Você é profissional nisso – digo, e ela ri enquanto boceja. – Você parece cansada. Eu meio que esperava que a nossa pequena excursão tivesse te esgotado o bastante pra você já estar dormindo, duquesa.

Lark dá uma risada.

– E esgotou mesmo. Mas, né, eu tô sempre cansada.

Ela deve estar mesmo, acho. Sempre cansada. Fisicamente. Mentalmente. Levada ao limite, até se tornar uma imagem deformada e distorcida de quem deveria ser. Isso preenche o fundo do meu estômago com algo que o faz queimar.

– Como foi mais cedo no retiro, afinal? Acha que vai aproveitar os próximos dias? Não consegui te perguntar antes.

– Foi ótimo – responde Lark, e ouço o farfalhar dos lençóis ao fundo.

Eu a imagino se acomodando em uma cama macia. Ela provavelmente está usando o short de dormir com babado de renda que coloquei na mala e a blusa de alcinha fina combinando. A ideia de arrastar lentamente aquele tecido preto delicado por sua pele faz meu pau ficar duro na mesma hora.

– Fui nadar depois que você me deixou aqui à tarde e fiz uma aula de ioga Bikram depois do jantar.

– O que é isso?

– Aquela ioga no calor que faz o corpo esquentar, sabe? Eu fiquei *molhada* de suor da cabeça aos pés. Tipo, *pingando*.

Meu pau lateja, exigindo atenção. Eu me remexo no lugar.

– Claro. Aham...

– Mas foi ótimo. Ainda me sinto toda alongada. Consegui até fazer a Yoganidrasana.

– Não tenho ideia do que seja, mas parece complicado.

– É a postura da ioga pra dormir. Você deita virado pra cima e cruza os pés atrás da cabeça e as mãos embaixo do quadril. Eu pedi pra instrutora tirar uma foto, vou te mandar.

Meu celular apita e, dito e feito, é uma foto de Lark torcida em uma forma impossível, o short bem esticado na bunda, suas pernas fortes e suadas subindo pela extensão do corpo até onde os tornozelos se cruzam sob a cabeça. Se ela não estivesse usando esse short...

Deus meu.

Tiro os óculos e passo a mão pelo rosto.

– Isso é... incrível.

Lark dá uma risadinha, e fico me perguntando se ela sabe exatamente o que está fazendo comigo. Se tenho alguma esperança de conseguir dormir, vou precisar me masturbar pela terceira vez hoje para dar vazão a mais uma fantasia com Lark, agora inspirada em ioga.

– Você já deveria estar dormindo. Tá muito tarde. O que você tá fazendo? – pergunta ela, e pressiono a ponte do nariz e respiro fundo antes de colocar os óculos de volta.

Tentando não morrer com o pior caso de paudurecência que já tive na minha vida.

– Nada, na verdade – digo enquanto solto meu punho de uma gaiola de arame em espiral. – Só tomando uma bebida, ouvindo um livro. – *Esperando você ligar*, declara alguma voz interior oculta.

Pelo amor de Deus, não, eu não estava esperando. Isso me tornaria pior que o Fionn.

Lark me presenteia com uma risada insegura.

– Acho que eu deveria perguntar o que você tá ouvindo.

– Por favor, não.

Ela ri de novo, e desta vez sei que é de verdade.

– Tá bem, cosplay de Batman. Continua com seus segredos guardados no macacão de neoprene, então.

– Aquele macacão é top de linha, tá, só pra você saber. Borracha sintética premium. Compartimentos de armazenamento escondidos. Alta tecnologia. – Quando Lark para de rir e meu sorriso desaparece lentamente, faço uma pergunta que está se enfiando nos meus pensamentos desde que nos separamos, me deixando preocupado. – Você acha que vai conseguir descansar pelo menos um pouco, antes do sol nascer?

– Aham, tomara… – Lark para de falar e ouço o som fraco de sua respiração se estabilizando. – Mas… eu tava pensando…

Não a pressiono. Simplesmente a deixo concluir, e o tempo de espera parece eterno.

– Você pode ler alguma coisa pra mim…? Sei que deve parecer besta, mas pode ser o que você quiser. O manual de uma arma, quem sabe, ou *Como trabalhar com couro*, ou, tipo, por que encontramos fiapos na secadora de roupas, ou só… qualquer coisa. Talvez ajude ouvir uma voz conhecida. A menos que você ache um pé no saco, eu sei que é tarde, ou talvez seja tão tarde que é cedo, e você tá ocupado e…

– *Lark.* – Eu me reclino na cadeira e deixo minhas mãos repousarem sobre a bancada, meu projeto esquecido por um momento. – Não acho um pé no saco. Tá bem?

– Tá – responde Lark com uma longa expiração.

– Segura aí, tá? – Abro o aplicativo de leitura no meu celular e procuro algo que não tenho certeza se a loja on-line vai ter, mas tem, e sorrio feito um tonto quando encontro. – Acho que você vai gostar desse. Ouvi dizer que a história do fiapo que se perdeu na secadora é fascinante.

– Mal posso esperar pra adormecer em tempo recorde.

No começo parece um pouco estranho ler em voz alta para alguém, mas logo entro no ritmo da história, que começa com uma cidade antiga e um prisioneiro que encontra uma estranha relíquia durante uma ousada fuga de sua cela. Descrevo como o artefato parece afetá-lo. Meu tom é abafado e sinistro quando conto que o prisioneiro ouve vozes quando o segura e, embora procure a fonte em toda parte, não há ninguém por perto. Ele começa a suar de maneira febril. Parece compelido por uma força oculta, levado a correr. Quando os guardas da prisão descobrem que ele está desaparecido e o perseguem pela cidade, ele é atropelado por um carro, o metal se contorce ao seu redor, e ainda assim o homem permanece ileso, a relíquia ainda segura em sua mão. Ele olha para o antebraço, onde um símbolo queima sua carne.

– Isso é *Constantine*? – pergunta Lark, sua voz repleta de encantamento. Se fechar os olhos, consigo imaginar o raro rubor que deve estar percorrendo sua pele. – Você tá lendo o roteiro de *Constantine* pra mim?

– Humm. É isso? – O silêncio permeia a linha. – Acho que você tem razão – prossigo, e espero um pouco até que Lark responda, mas ela não fala nada. – Sei que não é igualzinho ao que acabou indo pras telas, mas devo dizer que prefiro a abertura que eles fizeram pro filme. Fica ainda mais inesperado quando o carro cai em cima do cara.

– Você assistiu…?

Dou de ombros, embora Lark não consiga ver.

– Assisti.

– Quando?

Com outro dar de ombros que ela não vê, coloco a espiral de arame dentro da caixa e começo a moldar as duas extremidades para que fique em pé em uma estrutura espiral menor.

– A primeira vez foi há umas duas semanas.

– Quantas vezes você assistiu?

– Não sei, duquesa. Umas duas.

– Mentiroso – diz Lark com uma risada que se dissolve em uma melodia suave de palavras quando acrescenta: – Fala a verdade.

– Doze, acho.

– Doze – sussurra ela.

Sorrio enquanto pego meu prêmio do pano de prato úmido e ensanguentado e o coloco na gaiola de arame dentro da caixa. Com alguns pequenos ajustes, a espiral dourada vai se encaixar perfeitamente.

– Achei que era pra você estar pegando no sono. Você vai me deixar ler ou o quê? Eu nem cheguei na parte do Keanu Reeves ainda.

– Humm... tá.

– Sabe, me disseram que sou uma versão mais durona, sarada e de modo geral mais bonita do Keanu Reeves da era *Constantine*...

– Pode parar, Lachlan Kane. Você *não* vai me *Keanunoptizar* pra te perdoar. Isso é uma blasfêmia.

– Valia a pena tentar.

Lark ri, e faço algumas críticas ao ator, o que, claro, a deixa agitada. Mas depois voltamos à história. Conto a ela sobre o padre Hennessy, a água benta e a possessão que ele não consegue exorcizar. Apresento *Constantine*, *John Constantine*, na minha melhor imitação de Keanu Reeves, que ela diz que a faz lembrar demais de meu "resmungo sussurrado" da noite em que nos conhecemos.

– Menos sussurrado, mais rosnado, mas faça parecer sombrio como se você estivesse acima de toda essa merda... basicamente seja você num dia normal, mas com demônios – declara ela, e logo recebo seu selo de aprovação.

E, em determinado momento, Lark fica quieta, permanecendo desse jeito mesmo depois que vou aos poucos baixando a voz até silenciar. Quando paro para prestar atenção, ouço a cadência abafada e constante de sua respiração enquanto ela dorme.

Com um leve sorriso, coloco meu celular no mudo e o deixo de lado enquanto continuo meu trabalho.

Apenas para o caso de ela acordar.

16

HINOS
LACHLAN

O final do dia é meu horário preferido na loja. É sereno. O ateliê parece reconfortante em meio à penumbra à medida que o sol se esconde atrás dos edifícios. A música atravessa os alto-falantes instalados na parede. Resisto à vontade de trocar de playlist para poder ouvir a voz de Lark enquanto começo meu último projeto do dia. Em breve, ela vai estar aqui, e não quero que me pegue com sua música tocando quando chegar. Ela vai achar que estou apaixonado e melancólico, embora eu já tenha aceitado que isso provavelmente seja verdade.

Já faz uma semana que Lark foi para a clínica do sono, e cada dia desde que ela voltou para casa tem sido sempre melhor, embora, de certa forma, também tenha sido mais doloroso do que o anterior. Eu penso nela o tempo inteiro. Estou constantemente preocupado com ela e particularmente ansioso com o que vamos encontrar no Pacífico Night Club hoje à noite, mas também estou contando as horas para ver Lark. Então, tento me distrair, mas continuo tendo dificuldade para me concentrar no ritmo das minhas ferramentas enquanto corto, dou forma e esculpo a pele.

Estou olhando para o relógio de pulso quando o sino de bronze toca na porta.

Quando ergo os olhos, um homem desconhecido cruza a soleira. Há um leve sorriso em seu rosto enquanto ele olha ao redor da loja. Abaixo a música e tiro os óculos, deixando-os de lado na bancada.

– Bem-vindo ao Ateliê Kane – digo, caminhando na direção dele. – Posso ajudar?

O homem transfere o peso de uma sela estilo faroeste pesada para o quadril enquanto estende a mão para me cumprimentar. Ele é alguns centímetros mais baixo que eu e pelo menos dez anos mais velho, mas seu antebraço é grosso, com o tipo de músculos que resultam de um trabalho pesado e consistente. A parte inferior de uma tatuagem aparece sob a manga da camisa, uma cruz simples com três ondas debaixo dela, como páginas de uma Bíblia aberta.

– Meu nome é Abe – diz ele com um leve sotaque texano enquanto inclina a aba de seu boné surrado de trabalho numa saudação. – Abe Midus. Temos um horário marcado amanhã, mas eu estava por perto, então pensei em passar aqui pra ver se você está livre.

– Certo. Abe, é claro. Entra, vamos dar uma olhada e conversar sobre o que você precisa. – Pego a sela e sigo em direção à oficina. – Você chegou na hora certa, na verdade. Não tenho mais nenhum compromisso hoje, além de sair pra beber com a minha esposa.

– Alguma recomendação de bons lugares pra comer? Sou meio novo por aqui.

– Bem, meu irmão é chef do Três de Econômica e do Cutelo & Corvo, então eles ganham meu voto – digo com uma risada. – Você acabou de se mudar pra cá?

– Mais ou menos isso.

Fico esperando que Abe dê mais detalhes, mas não faz isso. Ele observa as prateleiras de materiais, ferramentas e trabalhos em andamento. Fico esperando até que ele encontra meu olhar persistente e meu meneio de cabeça em direção a uma cadeira, mas ele se recusa a se sentar.

Depois que me sento em meu banco com rodinhas favorito, coloco a sela em um suporte e retiro a capa de tecido para revelar o couro velho. Está rachado e arranhado em alguns lugares, desgastado pelo uso em outros. Os elaborados arabescos e ornamentos florais estão desbotados, um resquício do que antes foi um design vibrante.

– É uma bela peça, Abe. Me conta mais sobre ela.

– Era do meu avô – diz ele, e ao erguer os olhos o encontro parado bem perto, com uma expressão melancólica enquanto passa a mão na sela. – Ele era fazendeiro e comprou de um sujeito que fabricava equipamentos personalizados em Galveston. Pagou um bom dinheiro por ela na época, mas a usou quase todos os dias no rancho antes de ficar doente. Em determinado momento, ele parou de andar a cavalo. Passou pro meu pai.

Abe se vira, mas não antes de eu perceber uma distinta escuridão cobrindo suas feições desgastadas. Ele perambula pela minha estação de trabalho, curvando-se para olhar minhas ferramentas e pedaços de couro prontos para vários projetos.

– O papai… não era nenhum santo, digamos assim. Ele passava quase todo o tempo fora. Perdeu a maior parte do gado e dos cavalos em apostas, além de todo o maquinário. Até a sela – diz Abe com um meneio de cabeça na direção dela. Ele se vira para olhar para mim, segurando frouxamente o chanfrador de borda de couro na mão. Inclina a prata brilhante em direção à sela antes de testar o corte contra a ponta do polegar. – Precisei de um tempo pra rastreá-la. E de um pouco de esforço pra recuperá-la.

Ele me lança um breve sorriso, que devolvo como um leve eco do que vejo.

– Essa peça tem valor sentimental, então… – respondo, tentando afastar as imagens do meu próprio pai que passam pela minha mente. Meu foco volta para o couro enquanto levanto as abas para examinar os rasgos e arranhões nas tiras. – Os reparos vão demorar um pouco. Quando falamos ao telefone, você disse que queria dar uma atualizada no design, mas tem algo novo que deseje acrescentar?

Abe dá um passo mais para perto. Ele bate um dedo no queixo, como se minha pergunta tivesse despertado uma ideia.

– Sim. Na verdade, tem, sim.

Algo nele dispara um alarme na minha mente. Talvez seja seu sorriso de lobo. Ele parece um homem que tem segredos que querem se libertar. Ou talvez seja a maneira de segurar o chanfrador tenso, como se estivesse pronto para transformar a ferramenta em uma arma. Seria fácil se ele fosse minimamente como eu. Ele poderia dar o bote num piscar de olhos, enfiá-la no meu peito, talvez me furar no pescoço. É nisso que ele está pensando?

Mas um segundo depois ele deixa a ferramenta de lado com um sorriso agradável, e volto a me perguntar se minha cautela está se tornando paranoia.

Pigarreio e afasto o banquinho da sela; as rodas rangem em protesto ao rolarem em direção à bancada mais próxima, onde está um bloco de papel.

– Ótimo – digo, pigarreando de novo como se isso pudesse clarear meus pensamentos. – Deixa eu pegar uma caneta pra anotar exatamente o que você quer.

Viro as costas para Abe, e duas coisas acontecem ao mesmo tempo. A bota dele arranha o chão quando dá um passo para mais perto de mim. E o sino de latão toca na porta de entrada.

– Ei, cosplay de Batman! Se você não estiver pronto pra ir, eu mesma vou dirigir até Portsmouth e te jogar dentro do forno – diz Lark enquanto me levanto, me posicionando para poder ver tanto a porta quanto Abe.

Mas ele não está onde pensei que estaria. Podia jurar que o tinha ouvido mais perto, mas ele está do outro lado da sela, de onde observa Lark entrar na oficina. Ela para abruptamente ao vê-lo.

– Ah, desculpa, não sabia que você estava com um cliente.

Antes que eu possa tranquilizá-la, Abe avança, tirando o boné e estendendo a mão para cumprimentá-la.

– Boa tarde, senhora. Não está interrompendo. Era pra eu vir amanhã, mas estava por perto e pensei em passar por aqui. Meu nome é Abe.

Lark sorri ao aceitar o aperto de mão.

– Eu sou a Lark – diz ela.

Eu me pego esperando que ela fale mais sobre como nos conhecemos, mas não. Em vez disso, Lark solta a mão de Abe e aponta com a cabeça para a sela ao meu lado. – Você anda a cavalo?

– Sim, senhora.

– Eu também. Um pouco, na verdade. É mais coisa da minha irmã. Mas nada de equitação americana; fiz um pouco de hipismo até ganhar um violão e pronto.

Lark dá um sorriso caloroso para Abe e, embora ele o retribua, o sorriso não chega até os olhos, que parecem apagados, como se a luz refletisse no ângulo errado.

Bato a caneta na mesa e dou um pigarro.

– Então, Abe, você disse que queria acrescentar algo ao design... – digo enquanto me acomodo no meu banquinho e abro uma página nova do bloco de notas.

– Quero, sim. – Seu leve sorriso desaparece quando olha para o encosto da sela. – Aqui. Eu queria uma frase com arabescos. "Mais perto, meu Deus, de Ti."

Estou anotando o que ele disse quando a voz de Lark me interrompe:

Ainda que, como o andarilho, o sol se ponha
e a escuridão caia sobre mim, meu repouso, uma pedra

Minha caneta para quando estou no meio da palavra *Deus*. Eu me viro e olho para Lark, sua expressão tranquila enquanto a melodia sai de seus lábios:

em meus sonhos, ainda estaria
mais perto, meu Deus, de Ti
mais perto, meu Deus, de Ti, perto de Ti

A voz de Lark vai ficando mais baixa até sumir. A música instrumental ao fundo é o único som que resta, mas parece fria e sem vida.

– Desculpa – diz Lark. É o primeiro sorriso tímido que vejo em seus lábios, e quero capturá-lo e guardá-lo em algum lugar seguro. – Às vezes, a música só vem.

– Não – diz Abe. Ele dá um passo para mais perto dela, e minhas costas enrijecem. – Foi lindo. É um dos meus favoritos.

– Obrigada.

– Você é religiosa?

O brilho do sorriso de Lark diminui quando ela baixa o olhar para a sela. Seus dedos percorrem as rosas em relevo, o desenho desbotado perdido no tempo.

– Meu pai era. Todos nós éramos, acho. Mas não sou mais.

Desvio minha atenção de Lark e termino de escrever a frase que Abe pediu.

– "Aquele que crê em mim viverá" – recita Abe. – João, capítulo 11, versículo 25. Devemos manter nossa fé na ausência de provas. O Senhor recompensa nossa perseverança.

Estou me virando no banquinho, prestes a interromper, sem saber como. Mas avisto Lark olhando fixamente para Abe.

– Acredito que a prova possa ser encontrada na perseverança – responde Lark, com a voz firme, mas não indelicada. – Só não é a prova que se espera.

Abe está prestes a dizer mais alguma coisa quando me levanto.

– Acho que tenho o que preciso, obrigado, Abe. Se você pensar em mais alguma coisa que queira acrescentar ou alterar, é só avisar. Agora você vai ter que nos dar licença. – Pego minha jaqueta no encosto de uma cadeira próxima e a visto. Ofereço a mão para Lark e fico surpreso quando ela a aceita. – Temos um compromisso agora, mas vou ficar feliz em manter nosso horário amanhã se quiser conversar sobre outras ideias.

Abe acena com a cabeça uma vez.

– Não será necessário. Acho que você já tem todos os detalhes.

Desligo a música, e Abe dá um toque na aba do boné para nós dois antes de se virar. Ele assobia a música de Lark enquanto atravessa a loja.

Um segundo depois, o sino toca na porta, e Abe vai embora.

17

ASCENSÃO
LARK

Vou na frente de Lachlan, passando pela porta da loja bem no instante em que um caminhão de uma transportadora para na calçada. O motorista acena para nós. Lachlan o cumprimenta e depois se vira para mim.

– Ele deixou mesmo pro último minuto – diz Lachlan enquanto verifica o relógio, franzindo a testa ao perceber que já passa das oito da noite. Ele me passa as chaves do Charger. – Tenho que guardar umas caixas lá dentro. Pode ir na frente e aquecendo o motor? Eu já vou.

Vou até o carro e me sento no banco do motorista. Preciso esticar as pernas para conseguir pisar na embreagem antes de ligar o motor. Ele desperta com um rugido. As luzes desbotadas no painel antigo brilham em um azul fantasmagórico. O novo aparelho de som é ligado.

Mas não é música que preenche o carro.

"*Ainda não terminei com você*", uma voz masculina murmura nos alto-falantes.

– Que *porra é essa*?

Olho para Lachlan enquanto a narração continua, mas ele está ocupado pegando as caixas e colocando-as dentro da loja.

"*Quer que eu pare, amor?*"

– Puta merda.

Uma enorme satisfação percorre minhas veias quando me endireito e aumento o volume.

"*Se você quer que eu meta no seu cu, vai ter que pedir.*"

Pego o celular e abro minha conversa com Sloane.

> Entendi agora.

Entendeu o quê?

> O seu lance com livros

Tá... Mas ainda não saquei do que você tá falando...

Gravo a narração em uma mensagem de voz e envio para ela, captando áudio suficiente para fornecer a Sloane um trecho animado envolvendo preliminares de sexo anal.

Ai. Meu. Deus.

Eu falei pra ele ler um romance. Não imaginei que ele DE FATO fosse fazer isso hahahaha

Inclino a cabeça e releio a mensagem de Sloane.

> Você disse pra ele fazer o quê?

Olho para Lachlan, e ele está pegando a última caixa do chão. Eu estaria mentindo se dissesse que não notei suas roupas se esticando em seus músculos tensos, ou meu ventre se contraindo em resposta.

Ler um romance

> Por quê? Agora sou eu que não estou
> sacando o que VOCÊ tá querendo dizer

Pra ele aprender a conversar com você sem ser tão babaca

Ele queria saber sobre o lance da claustrofobia.
Eu mandei ele se foder e ir ler um livro.
Acho que ele só queria criar uma conexão
com você. Fofo, na verdade. Tosco, mas fofo.

Peraí um pouquinho... tá funcionando?!

A pergunta de Sloane ressoa na minha cabeça. Baixo o celular e percebo que Lachlan está trancando a loja.

Tenho que ir

Várias mensagens de texto vibram no meu bolso quando enfio o aparelho na jaqueta, mas ignoro. Lachlan caminha em direção ao carro. Ele não sabe que a porta está trancada até tentar a maçaneta, então encontra meus olhos, confuso, enquanto pressiono a trava para dar um efeito dramático. Abro um sorriso malicioso. Com um dedo ainda pressionando a fechadura, alcanço o botão de volume e giro até o som se tornar quase ensurdecedor.

A expressão de absoluto tormento no rosto de Lachlan é *deliciosa*.

– *Merda merda merda.*

Não consigo ouvi-lo em meio ao audiolivro tocando no volume máximo e à minha risada diabólica, mas com certeza identifico a palavra repetida em seus lábios carnudos enquanto ele procura o celular. Lachlan vasculha cada bolso até finalmente encontrá-lo. A gravação é interrompida abruptamente, e eu faço beicinho quando ele me encara furioso pelo vidro da janela.

No momento em que puxo a trava para cima, Lachlan abre a porta.

– Bem. Isso foi esclarecedor – digo enquanto me levanto do banco do motorista e bloqueio o acesso de Lachlan ao veículo.

O calor em seu olhar toma conta de mim. Estou muito perto dele. Eu deveria dar um passo para o lado, fora do calor radiante que se espalha por mim enquanto Lachlan me encara. Suas bochechas ainda estão vermelhas de vergonha e algo mais. Algo quente e perigoso. Algo que arde em seus olhos.

Desejo.

Sei que deveria me mexer, mas não faço isso.

– Qual é o título desse?

Lachlan engole em seco. Ele não responde, então me inclino um pouco mais para perto. Embora eu espere que ele recue, ele não faz isso.

– Talvez eu queira ouvir – continuo, deixando meu sorriso provocador mascarar a explosão de desejo que se acumula no meu baixo-ventre. – Soaria bem nos alto-falantes do meu quarto. À noite. Com a luz baixa.

Qual é o meu problema?

O que estou fazendo? Isso é loucura. Claro, Lachlan quer que eu o perdoe pela merda que fiz no dia em que nos conhecemos, mas mexer nesse vespeiro pode trazer mais sofrimento do que qualquer um de nós dois é capaz de suportar.

Paro de sorrir. Ele não vai me contar, e eu não deveria querer saber.

– Tudo bem, Batman. – Eu me espremo entre ele e o metal preto polido. – Guarde seus segredos pra si mesmo...

Lachlan segura meu pulso. Seus óculos não ajudam em nada a disfarçar a frustração em seus olhos. Ainda acho que ele não vai me contar. Mas então ele fala:

– *Death's Obsession.*

Abro um leve sorriso quando Lachlan solta meu pulso e dá um passo para trás.

– Vai, sua praga apocalíptica – diz ele, com a voz rouca. – A gente tem que ir.

Demora um segundo a mais do que deveria para meus pés começarem a se mover, mas então caminho em direção à traseira do veículo, meus passos um pouco mais leves do que imaginei que seriam.

– Acho que deveríamos ir ouvindo no caminho...

– Sem chance.

– Tá bem, então.

Lachlan coloca música. Não conversamos muito, então fico cantarolando e observo as luzes da cidade passando pela janela. Eu me sinto segura nesta bolha de aço e couro preto. A energia de Lachlan é tão gravitacional quanto a de uma estrela em implosão. Seus pensamentos se agitam, mas nunca se libertam. Parece que ele tem muitas coisas a dizer, mas não sabe como deixá-las sair, então elas se enroscam lá dentro. Cada vez mais quero saber. *Preciso* saber.

– Tô ansiosa – digo, tentando quebrar a tensão que se instalou no silêncio. – E me sentindo uma espiã.

Lachlan solta um *hunf*, nem um pouco convencido.

– Com sorte, não vai ser tão emocionante assim. Vamos só pegar os arquivos de que precisamos e ir embora.

– Mas é sexta à noite e é uma boate. A gente devia ficar pelo menos um pouco. Quem sabe você consiga até se divertir. – Dou um suspiro teatral e pressiono o punho fechado contra o coração. – Você sabe se *divertir...* né?

– Eu vou te...

– Você não sabe. Já sei disso – digo categórica antes de soltar um suspiro dramático quando paramos em um sinal vermelho. – Acho que vou ter que me divertir por nós dois.

Dou uma piscadela, alimentando a chama que sempre parece queimar bem no fundo de Lachlan. Ele sustenta meu olhar, seguro.

– Você vai tomar cuidado. É isso que você vai fazer. A pessoa que a gente está procurando pode estar nessa festa.

– E daí, você acha que eles fariam alguma coisa em público? – pergunto e balanço a cabeça. – Estamos falando de alguém que obviamente tem o cuidado de matar às escondidas e que segue um cronograma pré-definido.

– Não me importa, Lark – diz Lachlan. – E se isso for algum plano maluco seu pra incitar um assassino a sair do esconderijo, pode ir desistindo.

Meu sorriso provocador vacila e passo a olhar para a estrada à frente.

– Não é. Não se preocupe.

Uma buzina soa atrás de nós. Lachlan resmunga, e o carro avança. Por um bom tempo, fico achando que vamos percorrer o resto do caminho em silêncio, mas depois de alguns quarteirões sinto os olhos de Lachlan em mim. No momento em que olho em sua direção, ele tira minha mão do colo e a segura.

– Desculpa ter sido grosso com você. Talvez eu esteja pensando demais. Mas toma cuidado, tá? – Ele aperta minha mão, a aliança de casamento pressionada. – Quero que você fique segura. Tô preocupado com você.

Uma dor desliza em meu peito, quente e inesperada. Quando Lachlan solta minha mão, pego a dele antes que ela chegue ao volante, e a surpresa em sua expressão é espontânea, uma reação que guardo na memória.

– Vou tomar cuidado. Prometo.

Solto a mão dele e dou um sorriso imperturbável. Mas consigo notar que Lachlan ainda está aflito. O sentimento não passa; definitivamente não quando estacionamos e ele tira uma arma do porta-luvas para colocá-la no coldre às costas, nem quando nos dirigimos para a entrada do edifício. Ele mantém a mão na minha lombar enquanto atravessamos o saguão e nos dirigimos aos elevadores. Um deles chega assim que um pequeno grupo entra no prédio e nos alcança, e eles nos acompanham sem notar que o elevador está além da capacidade. Uma leve ansiedade explode dentro de mim quando minhas costas ficam contra a parede, mas pelo menos não estamos no escuro. Em vez de ficar de frente para a porta, Lachlan se vira para mim. Estamos tão perto que posso sentir o calor de seu corpo. Seus olhos permanecem fixos nos meus. Meu coração bate em um ritmo acelerado quando ela me toca na cintura.

– Tudo bem, duquesa? – sussurra ele quando o elevador começa a subir.

O grupo ao nosso redor conversa e dá risada, alheio à carga elétrica que parece envolver Lachlan e eu.

– Aham. – Olho fixamente para os lábios de Lachlan e não consigo desviar. Estou capturada pelo calor que emana de seu corpo. Ele está tão perto que posso sentir um leve cheiro de hortelã em seu hálito. – Tô bem.

Eu poderia facilmente estender a mão, envolver sua nuca e puxar sua boca na direção da minha. Poderia descobrir para onde essa corrente nos leva, ver se ela incendeia ou destrói. Talvez eu pudesse confessar que penso todos os dias naquele nosso momento na varanda de Rowan. Que, quando faço isso, é impossível não tocar meus lábios e desejar que aquela tivesse sido a primeira vez que nos vimos. Eu poderia dizer a ele que penso cada vez mais sobre a mágoa que ainda guardo e me questiono por que simplesmente não consigo deixar para lá. Poderia dizer a ele que estou começando a enxergar coisas que tentei ignorar: sua lealdade ferrenha, o quanto ele é protetor com as poucas pessoas com quem se importa, a maneira como permanece comprometido em cumprir as promessas mais difíceis. Poderia admitir que o perdoei quando ele parou ao lado do carro e prometeu se esforçar para conseguir meu perdão. Talvez até antes disso. Sei que dizer essas coisas apagaria a dor e o arrependimento em seus olhos.

Mas não digo nada.

O elevador chega ao décimo sétimo andar, e o grupo sai primeiro. Um segundo depois, Lachlan desencosta a mão da minha cintura e vai na frente, até a entrada da boate.

A batida da música ressoa sob o zumbido de vozes e risadas, a casa noturna já movimentada apesar de ser relativamente cedo. Luzes coloridas piscam no teto. No outro extremo da boate, há uma parede de janelas com vista para o horizonte cintilante da cidade. Algumas pessoas dançam, outras estão de pé com suas bebidas e circulam de um lado para outro. Há uma energia no ar, uma sensação sombria e de desejo que tenho dificuldade para definir. Talvez seja eu – ou nós. Lachlan entrelaça os dedos nos meus e me conduz pela multidão rumo ao bar. Depois de pegarmos nossas bebidas, encontramos um lugar perto das janelas, onde podemos observar a multidão na pista de dança e os clientes que se misturam, quase todos usando tênis de cano alto.

– Reconhece alguém? – pergunta Lachlan.

Posso senti-lo me observando enquanto examino a multidão. Vejo alguns rostos familiares da cena musical, mas não o tipo de conhecido ao qual ele está se referindo.

Balanço a cabeça.

– Não.

– Alguém com quem tenha esbarrado ultimamente? – Lachlan fica atrás de mim, como se pudesse observar a boate através dos meus olhos. Sua respiração aquece meu pescoço. Arrepios sobem pelos meus braços. – Alguém que tenha olhado pra você por muito tempo?

Quando me viro para encontrar seus olhos, a atenção de Lachlan se volta para a minha boca. Ela se curva em um sorriso.

– Só você.

Ele contrai os lábios. Mais uma vez, ali está aquele fogo: a chama dentro dele que, se for estimulada da maneira certa, se torna um farol no meio da noite.

Meu sorriso provocador pode desaparecer, mas não a chama entre nós.

Na verdade, ela aumenta.

Talvez eu o esteja torturando. Ou talvez esteja torturando a mim mesma. Não sei mais. Então mudo meu foco de novo para o salão antes que acabe começando algo que não vou saber como terminar.

– Nada fora do normal – digo balançando a cabeça. – Mas essa porra tá lotada, então é difícil dizer. Talvez a gente devesse acabar logo com isso, enquanto é mais provável que todos estejam ocupados.

O calor dele irradia pelas minhas costas. Luto contra a vontade de me recostar nele. Quase perco o controle quando sua mão roça meu quadril.

– Vem comigo – diz Lachlan, sua voz grave e firme, e então o calor desaparece.

Sigo Lachlan em direção aos escritórios. Ele me fez memorizar a planta para saber exatamente para onde ir. Lachlan tira o celular do bolso, sem perceber que a multidão se abre para ele como um cardume de peixes em torno de um tubarão que nada nas águas noturnas. Ele manda uma mensagem para alguém, provavelmente Conor. Seus olhos ficam fixos na tela até ela se iluminar com uma resposta. Quando isso acontece, ele guarda o aparelho no bolso e pega a minha mão. Aceito e sigo em seu encalço, e um segundo depois passamos pela porta de acesso dos funcionários, a música e as vozes ficando mais baixas quando ela se fecha.

– O Conor tá com as câmeras sob controle – sussurra ele conforme seguimos o corredor. – Espero que isso leve só alguns minutos.

Meu coração troveja de excitação e medo. Quando chegamos à porta do escritório, Lachlan mantém a mão apoiada na arma escondida às costas. Ele segura a maçaneta curva com a outra mão e encosta a orelha na madeira. Um segundo depois, ele a abre e, quando parece satisfeito, faz um gesto para que eu o acompanhe.

Não acendemos as luzes; em vez disso usamos as lanternas dos nossos celulares. Lachlan vai até o notebook em cima da mesa e conecta um pen drive, enquanto vasculho a papelada em busca de algo que possa ser útil. Anotações, correspondências abertas, qualquer coisa com algum valor em dólares: tiro fotos de tudo que consigo, mal digerindo as informações que folheio. Minhas mãos tremem enquanto viro as páginas e tento manter o celular firme. Os segundos parecem longos demais.

Então encontro uma fatura.

– Lachlan – digo entredentes, segurando o pedaço de papel. Ele ergue os olhos do notebook assim que remove o pen drive. – Aqui, 50 mil, em dinheiro vivo. Uma empresa contratante.

Os olhos de Lachlan brilham quando um sorriso malicioso toma conta de seus lábios. Talvez eu esteja imaginando coisas, mas acho que ele parece ligeiramente orgulhoso, e minhas bochechas esquentam só de pensar.

– Tira uma foto e vamos dar o fora daqui. Depois o Conor vê onde isso vai dar.

Tiro a foto. Estou contornando a mesa para ficar ao lado de Lachlan quando uma voz se aproxima de nós, vinda do corredor. Tem alguém falando ao telefone. Enrijeço de pânico, mas Lachlan já está se mexendo, com o braço em volta da minha cintura enquanto me arrasta com ele para um depósito.

Ele fecha a porta, trancando nós dois na escuridão apertada.

– Lachlan...

Sua mão desliza até minha boca e tento não choramingar conforme o sangue corre pela minha cabeça.

– Xiu – sussurra ele, os lábios roçando na minha orelha, sua voz tão baixa que quase não o ouço. – Eu tô aqui, duquesa.

E está mesmo.

Lachlan me segura contra o peito. Sua pressão aumenta quando a porta do escritório se abre e alguém entra na sala. Ele me abraça com mais força enquanto meu corpo treme com descargas de adrenalina. O homem no escritório fala sobre pedidos de bebidas e uma gaveta é aberta na mesa. Ele não consegue ouvir Lachlan sussurrar para mim, uma corrente constante de consolo, um pilar no escuro. *Está tudo bem. Basta fechar os olhos, se quiser. Não vou te deixar sozinha, prometo.*

Meu pânico aumenta quando o homem contorna a mesa e se dirige a um arquivo.

– Você tá indo bem. Tá sendo muito corajosa. – A voz de Lachlan se aprofunda com um voto mortal quando diz: – Eu vou acabar com a raça dele antes que encoste um dedo que seja em você, prometo. Entendeu?

Concordo com a cabeça, a mão de Lachlan ainda tapando minha boca.

– Essa é minha garota.

Meu sangue vira lava quando seus lábios pressionam minha testa e permanecem lá.

Medo e desejo. Os dois batalham em minhas veias.

Com os dedos trêmulos, seguro o pulso de Lachlan e puxo sua mão para baixo apenas o suficiente para que meus lábios fiquem livres. Ele se inclina para trás, seus olhos seguindo os contornos do meu rosto por trás dos óculos. Talvez ele espere que eu abra uma distância entre nós, que solte sua mão, mas não faço nada disso. Arrasto seus dedos até meu pescoço, onde minha pulsação martela em um ritmo acelerado, descendo até minhas clavículas e, por fim, até o pedaço de pele exposta no meu peito. Pressiono a palma da mão dele ali. *Quero que você fique*, diz aquele simples toque.

Um segundo depois, ouvimos os passos pesados do homem cruzando a sala. A porta se fecha, deixando-nos no silêncio.

Lachlan abre a porta do armário o suficiente para me deixar ver o lado de fora. Mas é ele que estou observando. Sua mão ainda está sobre o meu peito. Meus dedos estão enroscados em sua mão enquanto a pressiono contra minha pele. Meu coração canta debaixo dos meus ossos. Sei que ele consegue sentir. Ele observa esse ponto de contato como se pudesse ver os segredos que essas batidas escrevem em sua pele.

Uma dor se espalha pela minha barriga. Uma necessidade que me persegue cada vez mais, prestes a me consumir. Está lá quando Lachlan sai cambaleando de seu quarto pela manhã, vestindo uma camiseta e uma calça de moletom de cintura baixa, enquanto se dirige à máquina de café para preparar americanos para nós dois. Me assombra quando seu olhar permanece em meus lábios toda vez que eu sorrio. Toma conta de mim quando estou sozinha no meu quarto à noite, olhando para o escuro enquanto minha mão desliza para dentro do meu short de dormir. É o toque de Lachlan que imagino quando faço círculos no meu clitóris, quando mergulho os dedos dentro de mim. Quero o toque dele *em toda parte*. Quero seu toque por mais tempo do que apenas um momento que parece roubado no escuro.

Minha respiração acelera conforme essas imagens cruzam minha mente. Meu coração vacila. Meus olhos se fixam em seus lábios.

Só um beijo. Quero mais do que um fantasma. Mais do que minha imaginação. Eu quero *Lachlan*.

Eu me inclino mais para perto, mas ele usa a pressão no meu peito para nos manter afastados.

A rejeição deve estar estampada em cada detalhe do meu rosto. Não há como esconder, nem mesmo nas sombras. Lábios afastados. Pele vermelha. Dou um passo para trás, esperando que Lachlan levante a mão quando deixo a minha cair ao meu lado. Mas ele não faz isso.

– Não, duquesa – sussurra, sua expressão resoluta.

Engulo em seco. Balanço a cabeça. Quero dizer tantas coisas, mas só sai uma palavra.

– Lachlan...

Ele tira a mão do meu peito e deixa uma dor gelada para trás, mas, quando penso que ele vai se afastar por completo, ele roça minha bochecha com os nós dos dedos enquanto me encara.

– Não até eu saber que você me perdoa. Caso contrário, não vai dar certo, e eu quero que dê.

Antes que eu possa dizer qualquer coisa, Lachlan dá um leve sorriso de desculpas, depois abre a porta do depósito e sai.

Sinto como se minha mente estivesse desconectada do meu corpo enquanto o sigo para fora da sala e depois pelo corredor.

Embora ele olhe para trás de vez em quando, não falamos nada. Voltamos para o bar sem sermos notados, e ele tira o celular do bolso para enviar uma mensagem para Conor. Um segundo depois, sinto o zumbido de uma mensagem no meu smart e fico pensando se ele me incluiu na conversa, mas é o nome de Sloane que surge na tela. Pego o celular e abro a mensagem.

Achei que você devia saber...

Paro para ler a manchete da notícia que ela enviou.

ABERTA INVESTIGAÇÃO DE ASSASSINATO APÓS DESAPARECIMENTO DO DIRETOR DO ASHBORNE COLLEGIATE INSTITUTE

Com a respiração instável, clico no link. O rosto do Dr. Louis Campbell me encara de volta. Talvez eu devesse sentir remorso. Uma pessoa normal sentiria. Certo? Mas eu não sinto. Tudo o que sinto é uma sensação de realização, de justiça.

Estou prestes a ler a matéria quando chega outra mensagem de Sloane.

> Sabe, se ele tivesse explodido em um estranho acidente envolvendo fogos de artifício, eu ficaria orgulhosa de você.

Um arrepio percorre minhas veias quando ergo os olhos e vejo Lachlan abrir caminho em meio à multidão, rumo ao bar. Dou um passo para trás e viro para a esquerda, em direção às portas do pátio vazio da cobertura.

> Como assim? O Lachlan te contou alguma coisa?

> Não. Não mesmo.

Um vento gelado resfria o calor que inunda minha pele enquanto tento pensar no que dizer. É como estar à beira de um penhasco, com medo de cair, mas mesmo assim querendo pular. Antes que eu possa responder, meu celular vibra de novo com outra mensagem.

> Só achei que você devesse saber. Talvez eu esteja errada. Mas se você for como eu, não vou te amar menos por isso. Nem um pouco. E quem sabe você possa me contar sobre isso algum dia.

Lágrimas inundam minha visão. Tento afastá-las. Alívio e arrependimento se misturam no meu peito. O único arrependimento que já senti em relação às coisas que fiz foi por não tê-las compartilhado antes com a única pessoa que nunca escondeu de mim seu lado sombrio.

Enxugo uma lágrima da bochecha e digito a resposta.

> Eu também te amo, Sloaney.
> E vou adorar fazer isso.

Guardo o celular no bolso e olho para o horizonte, tentando afastar a tempestade de emoções. O desejo persistente pelo beijo que nunca veio. A dor da rejeição. A vergonha e o alívio dos segredos trazidos à tona. Mas não há muita esperança de encontrar qualquer alívio enquanto olho para a cidade. Passam-se menos de cinco minutos quando ouço a porta se abrir atrás de mim. Não preciso me virar para saber que é Lachlan.

– Ei – diz ele simplesmente, conforme diminui a velocidade até parar ao meu lado. – Achei que te encontraria aqui. Se importa de dividir a sacada?

Meu sorriso é fraco, pronto para se despedaçar. Volto minha atenção para as luzes da cidade.

– Fica à vontade.

Lachlan apoia os antebraços no corrimão, o cotovelo encostando no meu. As rajadas de vento parecem subir das ruas que se entrecortam lá embaixo, levantando meus cabelos. É um arrepio bem-vindo ao calor que continua a arder bem sob a minha pele.

Lachlan aponta para a vista, e vejo o brilho da aliança de casamento.

– A gente tinha uma vista bem parecida com essa quando veio pros Estados Unidos – diz ele. – O Leander trouxe a gente pra morar num prédio perto daqui.

– Sozinhos? – pergunto, e Lachlan assente. – Quantos anos você tinha?

– Eu tinha 17. – Ele me dá um sorriso agridoce antes de olhar para o horizonte. – Matriculei os meninos na escola, comecei a trabalhar. O Leander conseguiu um emprego pra mim numa fábrica de couro. Durante o dia, pelo menos.

– E à noite?

Lachlan dá de ombros.

– Devo muito a ele. Ele encobriu o que Rowan e eu fizemos lá em Sligo. Trouxe a gente pra cá. Deu um jeito na nossa vida.

– Acho que a Sloane mencionou alguma coisa sobre isso – comento, dando um sorriso tímido quando ele revira os olhos. Cutuco seu cotovelo e acrescento: – Mas você não precisa ficar em dívida com ele pra sempre. Ao menos no que depender de mim.

– Se alguém é capaz de convencer o Leander a fazer alguma coisa, acho que essa pessoa é você – diz Lachlan, enquanto ri e balança a cabeça. – Ele ainda não superou o fato de ter sido derrotado por um muffin na própria casa. Ele adorou.

Encontro os olhos de Lachlan e, de alguma maneira, ele parece mais próximo do que achei que estaria. Há calor neles quando abre um sorriso torto, mas os resquícios de tristeza permanecem.

Ficamos ali lado a lado no frio cortante até nosso sorriso desaparecer. Sou a primeira a romper nossa conexão e olhar para a cidade, embora seja preciso algum esforço para desviar o olhar. Posso senti-lo ainda me observando.

– Gosto da vista daqui. Gosto de ver à distância. Parece que dá pra ver a cidade inteira dessa altura – comento.

Meu coração bate forte, cada batida me aproximando de uma lembrança que normalmente tento evitar a todo custo. É tão forte e alto no meu peito que tenho certeza de que Lachlan pode ver a pulsação no meu pescoço, mas, se vê, não deixa transparecer.

– Foi uma invasão de domicílio. Foi assim que perdi meu pai. É por isso que minha mãe anda mancando. Por isso que não gosto de espaços apertados. Por isso que às vezes não consigo dormir.

Lachlan poderia dizer algo sarcástico, algo provocador, mas ele permanece em silêncio, uma presença constante ao meu lado. Ele observa enquanto tiro mechas rebeldes da frente dos olhos e foco nos pontos mais distantes que consigo ver no horizonte, pontinhos de luz na escuridão distante.

– Minha mãe acordou a gente no meio da noite. Ela nos escondeu no armário de roupa de cama. Disse que não importava o que ouvíssemos nem o que acontecesse, se ela ou meu pai não viessem nos buscar, não deveríamos sair daquele armário antes das sete da manhã, a menos que ouvíssemos a polícia. Acho que ela pensou que eles iriam embora quando amanhecesse. Fiquem paradas, em silêncio. "Deus proteja minhas meninas." Essa foi a última coisa que ela disse antes de descer. Na verdade, foi a última vez que a ouvi pedir alguma coisa a Deus.

"E eu também rezei naquela noite. Pedi a Deus que salvasse minha família. Rezei sem parar para um Deus que nunca respondeu. Três tiros, dois gritos e apenas alguns minutos de comoção enquanto os ladrões roubavam o dinheiro, as joias e a chave do carro e fugiam. Mas nem um pio de Deus.

"Dava pra ver o despertador no quarto ao lado pela fresta entre as portas. Eu me lembro de cada vez que verificamos: 2h24. 3h18. 5h39. 6h12. 6h52. Por fim deu sete horas, e minha irmã me fez ficar lá em cima enquanto pedia ajuda pra minha mãe. Ela estava inconsciente no andar de baixo. Meu pai já estava morto. E nunca mais rezei."

Respiro fundo e cerro as mãos como se pudesse empurrar as próximas palavras para fora do meu corpo.

– Nem mesmo em Ashborne, quando...

As palavras são carregadas pelo vento. Não tento segurá-las. Elas simplesmente *se vão*; não estão prontas para ser compartilhadas, não importa quanto eu queira revelá-las.

Balanço a cabeça. Esse não é o tipo de coisa que posso conversar com qualquer pessoa, nem mesmo com Sloane. É como o concreto em nossa fundação: sabemos que existe, mas nunca vemos. Mesmo quando fiz terapia, eu não abordava Ashborne, não *diretamente*. Ficava nervosa demais para dizer a verdade, preocupada demais em colocar minha melhor amiga em risco. Foi mais fácil vestir outro disfarce, canalizar a personalidade que eu havia exercitado para que outras pessoas não se sentissem desconfortáveis perto de mim. Achei que acabaria mais sozinha se não fosse quem elas queriam que eu fosse. Mas na verdade não funciona assim. Seu verdadeiro eu continua vivo dentro de você.

– Obrigada – sussurro, incapaz de olhar para Lachlan enquanto meus olhos se enchem de lágrimas. – Pelo Dr. Campbell. Por fazer isso por mim.

Talvez Lachlan não saiba ao certo como me sinto em relação a isso. Acho que é difícil saber, considerando que não olho em sua direção. Mas ele arrisca mesmo assim. Fecho os olhos quando ele passa o nó do dedo pela minha bochecha.

– Ele não fez nada pra impedir o que aconteceu com você. Ele teve o que mereceu.

Eu me viro só um pouquinho, de modo que Lachlan não consiga ver o meu rosto, e faço que sim com a cabeça. Quando meu olhar se fixa no horizonte, ele separa delicadamente minhas mãos para que possa segurar uma.

– Obrigada – sussurro, sem tirar os olhos das luzes da cidade.

Meus lábios formam uma linha apertada enquanto o silêncio se prolonga, apenas o vento e os carros bem abaixo de nós, a batida da música atrás do vidro, o retumbar do meu coração atrás dos ossos. E, depois de um bom tempo, Lachlan começa a girar meu anel de noivado. Para um lado e para o outro. Para um lado e para o outro. É um movimento tão simples que provavelmente ele está fazendo no automático, e talvez seja por isso que meu coração fica marcado como um papel fino dobrado muitas vezes. Sua presença constante é impressa nas linhas deixadas para trás.

Não sei bem quanto tempo se passa. Não sei bem quando me inclino na direção de Lachlan apenas o suficiente para sentir o calor de seu corpo através das minhas roupas, ou quanto tempo leva para que ele solte minha mão e passe um braço por cima dos meus ombros. Mas leva muito tempo até que eu diga:

– A gente devia ir pra casa.

– Eu te levo.

Minha respiração fica presa.

– Você não vem comigo?

– Não. – A resposta é resoluta e firme, mas acho que sinto o braço de Lachlan se contrair, sua mão tensa onde me envolve. – Tenho que ir pra casa do Leander.

– Sinto muito.

– Eu também.

Eu me viro para Lachlan e coloco a mão no peito dele. Na ponta dos pés, beijo sua bochecha. Posso sentir seu coração saltando.

– Vamos – digo, e vou andando na frente.

Em vinte minutos, ele já me deixou em casa. Lachlan espera na calçada até eu acender as luzes do nosso apartamento e acenar para ele pela janela. Vinte minutos depois, recebo uma mensagem com uma foto, um adesivo de estrelinha dourada no peito de Lachlan. Sorrio quando uma segunda mensagem chega.

> Minha primeira estrela dourada!
> Sinto que estou chegando a algum lugar.

Meu sorriso se ilumina quando pego meu violão e abro meu caderno em uma página nova. Quando estou acomodada na cadeira redonda perto da janela, digito minha resposta.

Talvez esteja, Batman. Acho que vamos ter que esperar pra ver.

Toco alguns acordes.
E, em pouco tempo, começo uma nova música.

18

HOLOFOTE
LACHLAN

— Fiz isso pra você – digo, e entrego a Lark uma caixa preta fosca com o logotipo do Ateliê Kane e uma fita dourada.

Ela está sentada de pernas cruzadas ao lado de Bentley no sofá do nosso apartamento, iluminado pelo sol poente. Sorri para mim e sacode a caixa. Meu nervosismo e minha empolgação se digladiam a cada batida dentro do meu peito. Ela vai adorar. *Tum-tum.* Ela vai odiar. *Tum-tum.* É demais. *Tum-tum.* É pouco. *Tum-tum.*

– Não é nada de mais. É só pra te dar sorte no show. – Tento conter o calor que corre nas minhas veias. Minha voz é áspera e crua quando digo: – Não tem problema se você não gostar.

Dou de ombros como se não fosse grande coisa, mas Lark vê o que há por trás disso. Consigo notar pela forma como seu sorriso se espalha enquanto ela puxa lentamente uma ponta da fita para desfazer o laço.

– E se eu não gostar?

– E se você... o quê?

Lark ri. A fita se desenrola e cai no seu colo, mas ela não abre a tampa e apenas me encara com os olhos brilhando.

– E se eu não gostar?

Deus meu. E se ela não gostar? E se ela tirar da caixa e detestar? Puta merda, vou querer me enfiar em um buraco e morrer lá dentro.

– Se você não gostar, eu posso...

– E se eu odiar? Mas e se eu *adorar*? – pergunta Lark, com a voz baixa enquanto tira o presente de couro da caixa.

Lark coloca a caixa no chão e segura o arnês de couro entre nós dois.

Não digo nada enquanto observo seus olhos percorrerem os detalhes do couro preto e as pequenas fivelas douradas. Minha boca fica seca quando ela o pressiona contra o peito e olha para baixo para avaliar o tamanho. Sua expressão é ilegível enquanto examina os pequenos detalhes nas alças que cruzam o peito e emolduram os seios. Uma fileira de pequenas estrelas douradas uniformemente espaçadas. Há apenas um leve contorno de brilho metálico nos ângulos e pontas em relevo, cada linha cuidadosamente feita com folha de ouro.

Ela abre um pouco a boca enquanto passa o dedo sobre uma das tiras de couro preto que ficará sob os seios. Isso se ela vestir. E se ela não achar que é exagerado. Talvez tenha ido muito longe. Rápido demais.

– No que você estava pensando quando fez isso? – pergunta ela, apontando para as estrelas.

Lark não ergue os olhos, e a pergunta paira no ar, suspensa. Dou um passo à frente dando a volta na mesa de centro. Outro. Mais outro. Então consigo tirar a mão do bolso e aponto para uma estrela próxima ao polegar dela.

– Naquela vez que você me disse pra não te *Keanunoptizar* pra você me perdoar.

Lark solta um suspiro silencioso de dúvida. Quase consigo ouvir seus olhos revirarem.

– Mentiroso.

– Não, é sério. Lembrei disso e dei risada. É por isso que a borda dessa estrela não tá tão uniforme quanto as outras.

Lark me encara antes de voltar os olhos para a alça em sua mão. Ela a aproxima do rosto e a inclina sob a luz para examinar os detalhes. Quando olha para mim outra vez, confusa e desconfiada, escolho outra estrela.

– Essa é por causa daquela vez que você cantou "I Can't Give You Anything But Love". A sua voz é... – Balanço a cabeça. – Precisei parar um pouco. Minha mãe adorava essa música. Tinha esquecido que ela cantava essa música na nossa casa em Sligo. Fazia muito tempo que não pensava nela.

Lark fica em silêncio. Ela passa o polegar sobre a estrela que acabei de tocar, como se pudesse adivinhar meus pensamentos a partir dela.

Dou um pigarro e aponto para outra.

– Essa aqui, na sua expressão no casamento da Sloane e do Rowan. Não entendi por que você tava tão diferente quando me convidou pra dançar.

– Diferente...?

– Fria, mas firme. Não que eu te conhecesse, mas naquela noite você parecia à flor da pele, de um jeito que eu nunca tinha visto. Na hora, me pareceu sem sentido. Agora sei por quê.

Eu poderia deixar por isso mesmo. Talvez ir embora, deixar que ela entendesse o que eu disse como quisesse, sem qualquer influência minha. E Lark me observa como se esperasse que eu fizesse isso mesmo. Mas acho que vejo em seus olhos desconfiados uma pontada de esperança de que vou tentar.

E isso me apavora.

Quando me dei conta pela primeira vez de que precisava merecer o perdão dela, em momento algum pensei em como isso me mudaria no processo. Entendi que teria que provar a Lark que estava arrependido de tê-la julgado. Entendi que havia errado. Que me sentia péssimo por ser grosseiro, por fazê-la se sentir insegura na minha presença, com medo ou desrespeitada. Mas como você mostra a alguém que não está falando da boca para fora? Porque agora sei que não se trata apenas de proporcionar um lugar seguro para ela, de atropelar qualquer um que ameace sua felicidade ou de cuidar da sua saúde quando sei que ela não consegue. Não é apenas um presente que posso comprar ou uma atitude que posso ter. Não é vencê-la pelo cansaço para que ela entre na porcaria do carro. Estou começando a perceber que preciso dar algo de *mim*. Preciso ser um pouco vulnerável. Me expor a um tipo de perigo diferente daquele a que estou acostumado.

Como agora.

É a esperança nos olhos de Lark que me mantém fincado no chão, mesmo que meus instintos me mandem sair correndo.

Deixo minha mão cair para o lado, e isso é o máximo que me permito me afastar.

– Na época, achei que era porque você não gostava de mim, mas isso era só parte da explicação. Agora vejo que era também a determinação de levar adiante seu plano de ajudar alguém que você amava, mesmo que isso significasse abrir mão de sua própria felicidade e se unir a mim. Você foi muito corajosa, Lark. Pra início de conversa, nós estávamos naquela situação por minha causa. E saber que você teve que reunir esse nível de coragem pra salvar a mim e ao meu irmão, mesmo a culpa sendo minha... – Balanço a cabeça e desvio meu olhar do dela. – Tenho vergonha de tudo isso, de ter tratado você do jeito que tratei. Mas só de pensar no que deve ter passado pela sua cabeça... aquele momento na pista de dança foi péssimo. Eu penso nisso todos os dias. E isso é péssimo, porque só fica mais claro o quanto eu estava errado.

Lark olha para mim, insondável. Parece um desafio. Um empurrãozinho, para ver se recuo. Mas não vou a lugar algum.

– Quero que você consiga se orgulhar desse casamento, não importa como ele seja ou por quanto tempo dure. Não quero que seja algo de que você se arrependa.

Uma forte tensão preenche o espaço entre nós. O ar parece denso com o peso de todos os pensamentos que deixei soltos no mundo. Então os lábios de Lark formam um sorriso, e o nó no meu peito se desfaz.

– E essa aqui? – sussurra ela, enquanto aponta para a próxima estrela da fileira sem desviar o olhar do meu.

Passo a mão pela nuca e dou a ela o leve resquício de um sorriso pervertido.

– Não, você não quer saber no que eu estava pensando no resto delas.

– Ah, não?

– Não, acho que não. – Ergo as duas mãos quando ela abre um sorriso provocador e cético. – Essa peça é muito parecida com um espartilho, então obviamente havia penas envolvidas.

Lark ri e acho que vejo suas bochechas corarem na penumbra.

– É lindo, Lachlan. Vou usar hoje à noite.

– Não precisa – digo, tentando não deixar meu peito inflar de orgulho.

– Sei que não. Mas eu quero. E trouxe uma coisa pra você também. Espera aqui.

Ela descruza as pernas que estavam debaixo de si e se levanta do sofá. Caminha até seu quarto, a porta se fechando com um clique silencioso. Aguardo com as mãos enfiadas nos bolsos, o polegar pressionado contra minha aliança de casamento enquanto tento me lembrar de todas as bobagens que costumavam vir tão naturalmente quando eu desejava uma mulher. Dar a ela um sorriso torto. Talvez provocá-la um pouco, mas apenas o suficiente para fazê-la rir. Ser confiante, mas não arrogante (não sei ao certo se já dominei essa parte). Definitivamente não ser um babaca.

Mas quando Lark sai do quarto alguns minutos depois, todos os pensamentos sobre como *devo* agir de repente evaporam.

– Você... é... você tá... é...

Absolutamente fantástica. Nesse momento, não consigo ser confiante nem arrogante. De alguma maneira, regredi para uma versão adolescente de mim mesmo, e até ele era mais sagaz que eu.

E Lark se deleita com isso. *Lógico.*

– Essa é provavelmente a coisa mais legal que você já me disse – diz ela com uma risada radiante.

Com uma caixinha na mão, ela aponta para a camada transparente do vestido todo preto que flui por cima do sutiã e da saia opaca por baixo dele. O arnês se ajusta com firmeza à parte superior do corpo sobre as camadas de tecido, passando pelos ombros e cruzando o tronco para abraçar os contornos dos seios.

– Imagina se eu não estivesse com a camada de baixo e fosse só o tule.

Meus batimentos rugem nos meus ouvidos.

– Os elogios não parariam de chegar – continua. – Só um "ooooooh" prolongado. Esse sim é o verdadeiro charme irlandês.

– Duquesa... – digo com um grunhido.

Ela sorri para mim como se tivesse entrado diretamente no meu cérebro para iluminar cada canto escondido, mesmo aquele de escuridão mais profunda, onde mantenho meu desejo por ela armazenado. *Esse* canto em especial. Não importa quantas porcarias eu jogue em cima dela, ela sempre encontra esse desejo selvagem e o alimenta.

Engulo em seco e dou o meu melhor para empilhar os tijolos do meu muro em ruínas de volta no lugar.

– Você está ótima. Ótima, mesmo.

Lark sorri.

– "Ótima".

– Aham.

– Legal. Obrigada. Você também tá ajeitado. Ajeitadinho.

Eu bufo. Lark reprime um sorriso.

– Devo admitir que eu tava esperando, quem sabe, *deslumbrante* ou *linda*. Ou, sei lá, *sexy pra caralho*.

Pelo amor de Deus. Lark é tudo isso e muito mais. Ela é *tudo*. É ousada, única, surpreendente e tão linda que às vezes parece que meu coração está preso em um torno só de *olhar* para ela. Não consigo pensar em uma única palavra que exprima o que Lark se tornou para mim. E quando tento abrir a boca para tenta encontrar uma palavra, ela se dissolve na minha língua. Então a única coisa que posso fazer é dizer a verdade. Pelo menos, talvez uma parte dela.

Vou até o lado do sofá, onde ela está com a mão apoiada na cabeça enorme do Bentley enquanto acaricia a orelha dele. Quando paro, estou ao seu alcance, mas não a toco, apesar de querer muito sentir a suavidade de sua pele sob meus dedos.

– Você está sempre deslumbrante, Lark. Sempre linda. Sempre sexy pra caralho. – Minha voz falha, provocando um rubor fugaz nas bochechas dela. – Mas não quero que você sinta que estou tentando cortar o caminho para o perdão com elogios. Sei que isso não vai resolver nossa situação.

O sorriso de Lark desaparece.

– O que você acha que vai resolver?

– Tempo.

– Quanto tempo?

– Isso não depende de mim.

Sem me dar conta do que estou fazendo, tiro a mão do bolso. Lark não desvia o olhar do meu quando deixo meus dedos roçarem seu braço nu, um movimento lento que vai do ombro, passando pelo cotovelo, até a ponta da mão, que segura a caixa com firmeza.

– Depende de você – afirmo. – Mas não quero que você ache que estou te forçando a fazer isso por conta do que eu sinto.

Lark engole em seco; seus batimentos são um zumbido constante em seu pescoço.

– E o que você sente?

– Você não sabe? – Solto a mão dela. Ela balança a cabeça. – Provavelmente não é a mesma coisa que você. Vamos deixar por isso mesmo.

– Tem certeza?

Lark sustenta meu olhar por um bom tempo antes de voltar a atenção para a caixa em sua mão. No momento em que a estende para mim, continuo sem conseguir captar qualquer coisa em sua expressão. Sua voz sai baixa e meio ofegante quando diz:

– Isso é pra você. Mas não pode abrir até eu estar no palco, não até eu te dar um sinal.

– Que tipo de sinal?

Lark revira os olhos e sorri.

– O Bat-Sinal. Dã.

– Deus meu.

– Mas a versão baixo custo. Vou usar uma lanterna barata com a pilha fraca.

– Você é quase tão insuportável quanto o Fionn, sabia?

– Ah, para. Você ama o Fionn e as brincadeiras dele.

Mordo a língua e sinto gosto de sangue.

Quando Lark sacode a caixa, finalmente a tiro de suas mãos. Há um pequeno envelope preso à fita preta com purpurina que prende a tampa. No momento em que meus dedos começam a soltar o cartão, ela coloca a mão sobre a minha para me impedir, exatamente como eu esperava que fizesse.

– Eu disse *não*. Não até o show.

Ela até parece irritada, mas percebo que demora um pouco mais do que o necessário para tirar a mão de cima da minha.

– Tá bem, prometo – digo enquanto coloco a caixa no bolso da jaqueta e levanto as mãos em sinal de rendição. – O que minha duquesa mandar.

Lark se vira para pegar o casaco, a bolsa, o violão e o violoncelo, mas pego os instrumentos antes que ela possa colocar os estojos nos ombros.

Partimos em seguida, deixando Bentley no sofá, onde ele fica de frente para a porta, guardando a casa, que parece mais nossa a cada dia que passa.

Quando chegamos ao local do evento, já há uma fila do lado de fora, apesar do tempo ruim. As pessoas se protegem em seus casacos e pulam no mesmo lugar para se aquecer. Uma sensação de orgulho inunda meu peito quando olho de relance para Lark. Ela observa a multidão sem nenhum sinal de preocupação ou medo do palco.

– Tem certeza de que não quer que eu te deixe aqui enquanto procuro uma vaga pra estacionar? – pergunto à medida que desacelero o antigo Charger, recebendo alguns olhares admirados enquanto descemos a rua.

– Não, pode ser meio complicado pra entrar. Por trás é melhor.

Minha mente imediatamente se esvazia de pensamentos racionais e se enche de imagens vívidas.

– Por trás é melhor...

– É – concorda Lark, me lançando um olhar confuso e de soslaio antes de eu decidir manter o foco na rua. – Pela porta de trás.

Engulo em seco.

– Sabe...? A entrada dos fundos?

Eu assinto e me remexo, inquieto.

– Tá tudo bem? Você tem alguma questão com entrar pelos fundos? – Sua mão se move na minha direção, e eu afasto o braço, conseguindo evitar por pouco sua tentativa de um leve aperto tranquilizador. Se ela me tocar, tenho certeza de que vou entrar em combustão. – É algum gatilho pra você ou algo assim?

– *Não*, Deus meu – sibilo.

Estou apertando os olhos. Mas por quê? Consigo ver a rua muito bem. Balanço a cabeça, tentando me reorientar. A clareza dura apenas o suficiente para eu entrar numa vaga ao longo do meio-fio logo depois que outro veículo sai.

– Você poderia ter estacionado atrás – diz Lark, seu tom calmo e inocente enquanto desligo o motor e nos deixo em um silêncio absoluto.

Esfrego a mão no rosto, mas isso não ajuda em nada a afastar o rubor. Lark abre a porta com um rangido de aço velho. Como não confio que seja possível que qualquer palavra saia da minha boca de maneira segura, minha única resposta é balançar a cabeça.

Lark solta um suspiro longo, alto e dramático.

– Lachlan Kane é um bobo. Bom saber.

Com uma risadinha, toda a inocência de Lark se dissipa. Ela sai e fecha a porta.

Merda.

Minha testa bate no volante frio e implacável. Eu me enfiaria num buraco no chão do carro se pudesse, talvez fosse parar na rua ou, melhor ainda, em outra dimensão. Mas Lark, é claro, tem outros planos e abre minha porta.

– Vamos, Batman. A porta dos fundos nos espera – diz ela, e vai depressa para a calçada me esperar.

Quando pego os instrumentos e jogo as alças sobre os ombros antes de me juntar a ela, tenho quase certeza de que minha pele está derretendo com o rubor intenso que a aquece.

– O que foi? Não tem nada de que se envergonhar, eu também gosto de fazer por trás – comenta Lark, enquanto caminhamos em direção à Cantina Amigos, descendo por um beco à nossa esquerda em direção a uma porta de metal. – Anal é ótimo. Gosto de anal. Uma vez, eu estava na estrada pra uma tour...

Antes mesmo de me dar conta do que estou fazendo, agarro Lark pela cintura e a prendo contra a parede de tijolos do edifício. Uma pontada de medo de talvez tê-la machucado atinge minhas veias, mas é dissipada pelo olhar que ela me dá à medida que me aproximo dela. Mesmo com o desfoque a essa distância, ainda consigo ver. A pele corada. As pupilas dilatadas. O pescoço pulsando.

Desejo.

Eu me inclino lentamente, cada batimento cardíaco me levando mais para perto até que posso sentir o calor de sua respiração entrecortada contra minha pele fria.

– Não estou envergonhado, duquesa.

Lark sustenta meu olhar e lança um desafio quando sussurra:

– Tem certeza?

Eliminando o pouco espaço que resta entre nós, impulsiono meus quadris para a frente e enfio uma mão em seu cabelo. A respiração de Lark falha quando sente meu pau duro contra sua barriga, implorando para afundar em seu calor apertado a ponto de doer.

– Não tenho condições de ouvir sobre outro cara fodendo a minha esposa. Ou sobre ela ter fodido ele. Por favor. Agora não.

Ela afasta os lábios. A testa fica franzida. Aperta o meu braço com mais força. Eu me inclino ainda mais e toco meus lábios na orelha dela. Com um movimento longo e lento dos quadris, esfrego minha ereção contra ela. Lark pressiona o corpo contra o meu em troca. Um gemido escapa de seu controle.

– É angustiante, Lark. É uma tortura só de imaginar. Saber que não era eu. Você não entende...?

Quando me afasto, deixo meus lábios roçarem sua bochecha. Não um beijo, mas uma carícia. Uma promessa. De que vou deixar que ela vá. De que vou recuar.

Só que ela não deixa.

Lark se move comigo, ambas as mãos agarradas com força nos meus braços. Ela não deixa o espaço entre nós aumentar. Há um apelo em seus olhos. *Não recue.*

– Lachlan...

É tudo que ela diz, com os olhos fixos na minha boca.

Eu deveria me soltar. Talvez tenha ido longe demais. Simplesmente não consigo fazer isso, embora esteja determinado a ganhar o perdão de Lark antes de darmos um novo rumo à nossa relação. Dei a ela minha palavra, mas quando ela se aproxima e eu acaricio seu rosto, fazendo- -a se inclinar, receio que essa seja uma promessa que eu esteja prestes a quebrar.

Lark fica na ponta dos pés. Seu perfume me envolve. Cada respiração dela se mistura com a minha, se torna parte de mim.

Estou prestes a implorar. Pelo que não sei. Por qualquer coisa que ela possa me dar. Para ela recuar. Não tenho certeza do que vai sair da minha boca quando a abro.

– Lark, eu...

A porta ao nosso lado se abre e bate contra o tijolo. Dois homens absortos em uma conversa animada entram no beco. Um terceiro homem permanece na porta, seus olhos alternando entre mim e Lark. Um leve sorriso se espalha pelos lábios dele, mas há uma confusão em seu olhar que ele não consegue esconder direito. Acho que uma pitada de ciúme também.

– Ei, Lark. Bem na hora – diz o cara.

Ele inclina a cabeça enquanto nos observa. Ainda não nos mexemos, e sei a impressão que isso deve passar, Lark com os olhos arregalados e sua máscara de inocência tão perfeitamente entalhada, eu com minha jaqueta de couro e as ondas loiras de Lark enroladas na minha mão tatuada. Provavelmente pareço pronto para transar com ela aqui mesmo, contra essa parede. Eu faria isso, se ela me pedisse. Levantaria o vestido e deslizaria para dentro dela com uma única estocada, e então...

– Você tá legal? – pergunta o cara e, com uma respiração instável, solto Lark e dou um passo para longe.

Uma ruga surge entre as sobrancelhas dela e um lampejo de dor parece brilhar em seus olhos quando ela solta meus braços, mas apenas porque não lhe dou outra opção.

– Tô – responde ela, e dá um pigarro quando a confirmação sai sem fôlego. – Tô ótima.

– Tem certeza?

– Claro. Xander, esse é o meu marido, Lachlan. – Uma carga elétrica explode em meu coração ao ouvir a palavra *marido*. – Lachlan, esse é o Xander. Ele toca baixo e faz backing vocal na KEX.

Engulo meu maldito entusiasmo e dou um jeito de aprisioná-lo em um sorriso dissimulado que pode parecer acolhedor para alguém que não me conhece. Mas Lark sabe. Consigo sentir seu olhar alarmado perfurando minha testa enquanto estendo a mão.

– KEX. Legal.

Só digo isso. É tudo que consigo. Qualquer coisa a mais, e não vou conseguir me conter.

– *Marido?* Que baita reviravolta, hein, Lark – diz Xander ao soltar minha mão, o olhar fixo nela. – Quando foi isso?

– Outubro.

– Humm. Não fiquei sabendo.

Lark dá de ombros e me puxa em direção à porta enquanto Xander se vira para nos conduzir pelo corredor escuro.

– Acho que estava ocupada demais fazendo postagens pra divulgar a KEX pra ficar espalhando isso pelas redes sociais – comenta Lark.

Quase não consigo reprimir uma bufada quando Xander lança um olhar questionador por cima do ombro. Lark apenas sorri de um jeito inocente em resposta, e consigo ver que ele está confuso. Ele avança um pouco mais pelo corredor, e Lark aperta meu braço.

– Qual é o seu problema com a KEX, afinal? – pergunta Lark entredentes.

Eu me inclino e sussurro:

– É uma gíria irlandesa. Significa *roupa íntima*.

Ela dá uma risadinha enquanto Xander abre uma porta preta e entra no camarim compartilhado. Lark para na soleira, e eu entrego os instrumentos para que ela os deixe em um canto.

– Bem, isso é irônico, visto que geralmente prefiro não usar nada.

Ela dá uma piscadela. Eu *morro*.

– Vai lá – diz ela, com um brilho de diversão no olhar. – Se alguém arrumar confusão com você, basta dizer que você é casado com a mina que não usa calcinha e gosta de sexo anal. Tchauzinho.

Ela acena com os dedos e fecha a porta na minha cara. Ainda estou parado do lado de fora feito uma besta quando a porta se abre de novo. Ela enfia a cabeça no corredor.

– Ah, e não se atreva a abrir esse presente até que eu dê o Bat-Sinal, ou juro por Deus que transformo suas bolas em globos de neve. Beleza? Tchau.

Soprando um beijo sarcástico, Lark fecha a porta. E ainda não me movi um centímetro.

Murmuro uma série de palavrões abafados enquanto passo a mão pelo cabelo.

– Deus meu. Preciso de um uísque.

– Aaah, me traz uma Coca Diet, por favor! – grita Lark do outro lado da porta, seguida de uma gargalhada demoníaca, e sei que dessa vez ela finalmente vai me deixar aqui com meu sofrimento.

Atravesso as passagens labirínticas e saio perto do palco, onde a apresentação de abertura está sendo montada. Se me lançam olhares suspeitos, não percebo. Meus pensamentos estão apenas no bar à minha frente e nas imagens de Lark sem calcinha.

Mando levar a Coca Diet de Lark para o camarim e tomo meu primeiro drinque quando começa o show da banda de abertura, conseguindo de alguma forma me controlar. Quando o show termina, uma hora depois, uns caras entram e saem, levando e trazendo instrumentos para o palco, e sinto uma breve onda de adrenalina em minhas veias quando avisto o violoncelo de Lark. Terminar minha bebida não entorpece a sensação. Nem ajuda a tornar a espera mais suportável, uma espera que parece durar décadas.

Estou tomando outro uísque no bar quando os aplausos finalmente irrompem. Em seguida, gritos e assobios. Braços levantados, mãos batendo palmas no ar. Guardo meus óculos para poder ver Lark com mais clareza à distância e a observo vindo até a frente do palco. A banda fica atrás dela. Ela coloca uma garrafa d'água em uma cadeira à esquerda, mas para diante de um microfone posicionado bem à frente do palco. A alça do violão está pendurada no ombro, e ela sorri e acena para o público enquanto os outros músicos assumem seus lugares. Seus olhos percorrem o público.

Até que me encontra.

Ela sorri. Seu sorriso é tão brilhante e caloroso que, quando ela se vira para afinar os instrumentos com a banda, sinto um vento gelado. Assim que eles terminam de se preparar, ela me olha novamente, e eu a cumprimento erguendo meu copo, sorrindo.

– Boas-vindas, pessoal – diz Xander. Uma rodada de aplausos e gritos irrompe ao nosso redor, mas minha conexão com Lark permanece ininterrupta. – Kevin na bateria, Eric na guitarra, eu sou o Xander e nós somos a KEX! – Lark tenta esconder uma risada atrás do microfone, mas posso vê-la em seus olhos. – E temos uma convidada especial com a gente essa noite. Por favor, deem as boas-vindas a Lark Montague!

Os gritos, assobios e palmas são ensurdecedores. Se havia alguma dúvida sobre quem o público realmente veio ver aqui, ela foi sanada pela demonstração de amor a Lark.

A banda começa a tocar, e Lark entra no clima sem esforço. Ela contribui, mas não ofusca, sua voz um equilíbrio perfeito com a dos colegas. Eles tocam o primeiro set e, durante um pequeno intervalo, Lark aproveita para falar com a banda de abertura e com os fãs que se aproximam. Embora parte de mim queira cruzar aquele mar de gente e aproveitar o calor que ela irradia, fico na minha mesa, me convencendo de que estou contente em ver Lark tão à vontade.

Tomo um gole do meu uísque e a observo iluminar o palco. Não consigo tirar os olhos da mulher sob os holofotes. Estou preso à energia de Lark e sua música. Assimilo tudo: a maneira como ela se dedica a cada nota com os olhos fechados. A forma como seus dedos deslizam pelo braço do violão. A maneira como seus lábios ficam tão perto do microfone a ponto de parecer um beijo. Sua voz flutua acima da banda, dos aplausos e do público, que canta junto.

Ainda estou maravilhado quando Xander fala para a multidão entre uma música e outra.

– A Lark vai tocar uma música nova pra gente – anuncia ele.

Lark parece relaxar. Ela é fluida, mudando seu peso de um pé para o outro em um movimento lento enquanto diz:

– Escrevi essa música nas últimas semanas. Levei muito mais tempo do que o normal. De todas as que escrevi, essa foi a mais difícil, mas também é a minha favorita.

Uma rodada de vivas e assobios emerge da plateia, bebidas erguidas em saudação.

– Quero dedicar a uma pessoa da plateia – diz Lark quando seus olhos encontram os meus. Ela sorri, e coisas que pensei que jamais sentiria, que nunca me *permitiria* sentir, surgem da escuridão. – Ela se chama "Morrendo de Amor".

Com as mulheres, nunca quis nada além de satisfazer desejos. Nada mais profundo do que uma necessidade superficial. Mas quando olho para Lark, uma mulher tão corajosa, tão ousada, tão complexa de um jeito lindo, a única coisa que desejo é ela. Eu me sinto exatamente como o homem da história que ela me contou naquele dia em sua sala de atividades manuais, como se estivesse caindo de um penhasco com nada além de uma corda em volta da cintura, na esperança de capturar algo indefinível. É uma necessidade insaciável pela única coisa que nunca quis, uma obsessão inescapável pela única mulher que achei que jamais teria.

Então Lark começa a cantar.

Faz muito, muito tempo que sinto frio
Sonhando com chamas durante a noite
Tenho vivido uma mentira sombria e delicada
Ah, que surpresa doce, estranha e perigosa de se ter

Todos os olhares prolongados que parecem arder sob a minha pele, as alfinetadas provocadoras, o jeito que ela sorri quando me rendo e entro no jogo: eu tinha me convencido de que eram apenas momentos efêmeros. Resultado da familiaridade.

É a primeira vez que realmente me permito acreditar que posso estar errado.

Seu toque é carvão em brasa

Seu cheiro é como fumaça
Seus olhos abrem buracos, olhando para trás
Faíscas estalam alto demais
A luz cai em sua boca
Você estende as mãos, segurando um fósforo
Como se fosse perguntar:
"Gata, você incendiaria o mundo por mim?
Porque eu o incendiaria por você."
Morrer de amor é tudo que sei fazer
Não tenho medo da maldição, esse desejo só é novo pra mim.
Eu acredito, sim, que as melhores coisas vêm do fogo
Acredito, sim, sim, sim

Apoio o copo na mesa. Tudo no salão desaparece. A música de Lark invade meus sentidos, como se estivesse se infiltrando no meu sangue, nos meus ossos.

Cinzas do lado de fora da janela
Raios de lua captando a poeira
Me põe na cama, meu bem, não me deixa dormir demais
O fim da vida como a conhecemos é uma bela vista
Aqui estou eu, olhando pra você, você, você

Isso dói. Faz minhas veias arderem. Aquela é minha esposa. E ela está cantando para mim. Os olhos fixos nos meus durante toda a música. Alcançando meu peito e rasgando todas as camadas até ter certeza de que consegue ver minha alma.

Eu acredito, sim, que as melhores coisas vêm do fogo
Acredito, sim, sim, sim
Você foi perdoado, tem minha permissão pra continuar pecando
Você foi perdoado, tem minha permissão pra continuar pecando...

Eu nunca quis me apaixonar, por medo do poder dizimador da perda. Então tinha enterrado esse sentimento. Deixei que ele morresse de fome.

Dei o meu melhor para mantê-lo longe. Mas Lark destruiu todas as defesas, uma supernova na minha vida. E agora, enquanto ela canta sobre dor e saudade, e sobre o fogo que agora sei que queima nós dois, não consigo imaginar meu mundo sem ela. A única coisa mais poderosa que meu medo de perder Lark é minha necessidade crescente de estar com ela.

A música termina. A multidão aplaude. Lark é luminosa. Seu olhar percorre o público enquanto acena em agradecimento, mandando até um beijo ou outro para pessoas que reconhece. Mas ela sempre volta para mim. Seu sorriso sempre é mais brilhante para mim.

Xander começa a falar no microfone enquanto Lark puxa a alça do violão pela cabeça e deixa o instrumento de lado. Ela se acomoda na cadeira e ergue o violoncelo do suporte para colocá-lo entre as pernas, reservando um momento para afinar o instrumento bem baixinho enquanto Xander apresenta a próxima música. Meus olhos estão fixos em cada movimento dela. Não existe a menor chance de deixar escapar um momento em que ela olha para mim. Lark curva as sobrancelhas. Apoiando o arco nas pernas, junta os polegares e cruza as mãos para fazer um movimento com os dedos, um pequeno morcego em pleno voo. Dou uma risada.

Abre, faz ela com os lábios.

Tiro a caixa do bolso e abro o pequeno cartão.

"Me excita", está escrito no papel com a letra de Lark.

Quando encontro seus olhos por um breve instante, ela sorri, e então me concentro novamente na caixa, puxando a fita e a colocando ao lado da minha bebida. Quando levanto a tampa, há um pequeno controle remoto oval dentro, o centro feito de silicone preto macio. Existem apenas três botões: um sinal de mais na parte superior, um de menos na parte inferior e um de liga/desliga no meio.

Inclino a cabeça, e minha pergunta é recebida com um sorriso malicioso quando a música começa e Lark desliza o arco pelas cordas.

Liga, faz ela com a boca.

Guiado por seu aceno tranquilizador, pressiono o botão liga/desliga, e Lark fecha os olhos, exatamente como costuma fazer quando se perde em uma melodia. Nada acontece. Não chovem confetes brilhantes do teto nem se inicia um espetáculo pirotécnico na beira do palco. Estou prestes a tirar a bateria quando Lark me olha e faz que não com a cabeça.

Aumenta.

Aperto o sinal de mais repetidamente até que os olhos de Lark se arregalam e ela faz que não com a cabeça. Suas bochechas coram, e ela sorri.

Diminui diminui diminui.

Ah. Meu. Deus. Do. Céu.

Pressiono o sinal de menos algumas vezes até que a cabeça de Lark cai de alívio, e então ela mantém os olhos fechados, balançando suavemente ao som da melodia enquanto equilibra notas com sensações.

Meu sangue pulsa nas minhas veias. Meu coração faz um alvoroço nos ouvidos. Alterno o olhar entre o controle remoto na minha mão e minha esposa no palco.

– Puta merda, eu vou ter um troço – murmuro para mim mesmo.

Pressiono o sinal de mais uma vez. Duas. Na terceira tentativa, a testa de Lark franze e ela se mexe na cadeira. Meu pau endurece à medida que a vejo se contorcer, o desejo aumentando em meio aos meus pensamentos, me levando à beira da loucura.

Lark me deu o controle de um brinquedo que deve estar usando. E quer que eu a veja gozar naquele maldito palco.

Aumento duas vezes. O vinco se aprofunda entre as sobrancelhas. Ela não erra nenhuma nota, mas talvez eu queira que erre. Um pulo do arco nas cordas. Uma melodia gaguejante.

Meu polegar pressiona o botão de menos até ela encontrar meus olhos com uma cara feia e petulante.

Com os lábios curvados, dou um sorriso sombrio em resposta antes de diminuir mais um pouco a vibração. O olhar que recebo é incendiário, queimando tão intensamente que me agarro à borda da mesa para evitar subir no palco.

Pressiono o sinal de mais quatro vezes, e o alívio volta a tomar conta da expressão de Lark.

Deixo-a lá, observando enquanto ela desliza o arco pelas cordas, mudando o peso de um lado para o outro do quadril. Por um bom tempo, ela parece encontrar um equilíbrio entre música e prazer, como se estivesse perdida num vazio fora do alcance do mundo que a rodeia.

Mas ela não está tão longe do meu controle.

Pressiono o sinal de mais duas vezes. Lark abre os olhos de repente e me encontra sem demora. Há desafio na maneira como me encara. Ela quer ver se vou levá-la mais longe, com toda essa gente assistindo. Talvez eles não percebam o rubor que sobe por seu pescoço, ou a maneira como morde os lábios enquanto seus cílios se fecham.

Ou talvez eles acabem percebendo.

Lark afasta os lábios. Mesmo a essa distância, estou sintonizado com cada pequena alteração no corpo dela. Seu peito, subindo e descendo. A tensão em seu antebraço, o modo como se esforça para acompanhar a música. Estou bem ali com ela, como uma nota em sua melodia.

Pressiono o sinal de mais outras três vezes.

Os olhos de Lark se abrem e se fundem aos meus. O olhar que ela me lança é de súplica.

Mais dois toques no sinal de mais, e ela mal consegue ficar parada.

Mais um e sua cabeça cai. O orgasmo deve estar ao meu alcance, mas quero os olhos dela em mim. *Preciso* deles em mim.

Quando pressiono cinco vezes o botão de menos, o olhar que Lark me dá é desesperado. Ela está prestes a atirar o violoncelo no chão. Eu daria meu braço direito para vê-la sair do palco e cair de joelhos aos meus pés. Quero que implore pelo meu pau, quero sentir o desespero trêmulo de seus dedos enquanto se atrapalha com meu cinto para libertar minha ereção, que pressiona meu zíper numa exigência dolorosa enquanto a imagino me despindo. Estou desesperado para meter nela, para sentir quanto sua boceta consegue agarrar meu pau enquanto meto até o fundo. Preciso ver meu esperma escorrendo pelas coxas dela para que todos aqui saibam. Que ela é *minha* esposa. *Minha.*

Mas, por enquanto, a atenção inabalável de Lark vai ter que ser suficiente.

Um. Dois. Três toques no botão de mais. A luxúria inunda a expressão de Lark, mas sei que não é suficiente quando ela alterna o peso na cadeira, em busca de fricção.

Ela não precisa dizer uma palavra para implorar por libertação. Está escrito no rosto dela.

Pressiono o símbolo de mais, de novo e de novo, mais vezes do que me preocupo em contar.

Lark franze a testa e sua boca se abre em um gemido que ninguém consegue ouvir. Mas consigo senti-la se desintegrar. A música crescendo. As notas de desejo. O jeito que me observa, implorando, desesperada, aceitando tudo e querendo mais. Ela precisa de mim. Que eu a toque. Que eu a deseje. Que eu trepe com ela. Isso não é o suficiente.

Quando tenho certeza de que ela gozou, diminuo a intensidade da vibração antes de pressionar o botão liga/desliga. A música termina, o público aplaude e grita enquanto Lark sorri para mim, o suor embaçando sua testa sob as luzes brilhantes.

Ela apoia o violoncelo e o arco no suporte.

E, quando ergue os olhos, eu já desapareci de vista.

19

EXPOSTA
LARK

Passo os olhos pela plateia.

Mas Lachlan não está lá.

Não vejo seu cabelo escuro, sua pele tatuada nem aquele maldito sorriso malicioso. Não sei por que nem como, ou desde quando, mas *preciso* do sorriso provocador e arrogante dele. Assim como preciso do olhar intenso que ele dá quando quer compartilhar algo desesperadamente, mas não suporta fazer isso. Assim como preciso de seus rosnados e resmungos e do mau humor zumbi de que ele não consegue se livrar até tomar seu primeiro café. Mas o que não preciso, o que não suporto, é que ele desapareça. Será que o lance do vibrador foi um pouco demais? Passei dos limites? Pensei que ele acharia sexy. Mas, talvez...

Sorrio durante o bis, porque sou boa nisso. Empurro cada átomo de sofrimento para o fundo das minhas entranhas, onde deixo queimar. Então aceno e arrumo minhas coisas. Peço a Kevin que tome conta dos meus instrumentos até o dia seguinte, mas não digo o que tenho em mente. Não conto a ele que Lachlan – o homem que finalmente chamei de marido em voz alta com *sinceridade* – me deixou aqui.

Ele me deixou aqui.

Desço do palco antes que alguém possa me puxar de lado, então atravesso o corredor às pressas em direção ao banheiro dos bastidores para chorar até cansar.

As lágrimas escorrem pela minha pele antes mesmo de eu chegar à porta.

Assim que ela se fecha atrás de mim, apoio a testa nas mãos, os cotovelos na bancada e começo a soluçar... que *merda*.

Eu o quero. Quero tanto que sinto uma dor esmagadora. É como se meus ossos estivessem se dobrando, se partindo em lascas e cacos. Quanto mais vejo quem Lachlan é de verdade, todas as coisas que ele faz pelas pessoas que mantém por perto, mais quero ficar perto dele. Em seu abraço apertado. Onde eu achava que estava.

Mas achei errado.

– Qual é o seu problema? – sibilo enquanto mantenho os olhos fechados com força.

Estou tentando reunir forças para encarar meu reflexo quando a porta se abre e bate contra a parede. Eu me viro e encontro os olhos incandescentes do meu marido.

Lachlan ocupa todo o espaço da porta, sugando a energia da sala como se fosse feito de matéria escura.

– Que porra é essa que você tá fazendo?

Solto uma risada chorosa e dou um tapa no meu próprio rosto.

– Chorando, é óbvio. O que *você* tá fazendo?

Cada passo que Lachlan dá na minha direção é ameaçador. Voraz. E embora minha maquiagem provavelmente esteja borrada e eu tenha perdido mais um cílio postiço porque *eles simplesmente não conseguem ficar colados perto desse homem*, não recuo.

Lachlan não para até estar pairando sobre mim, os olhos escuros e tomados por um calor brutal, mas ele não me toca quando diz:

– Eu tava no camarim, duquesa, andando de um lado pra outro. Estava te esperando pra entregar a chave do carro pra você levar a gente pra casa e depois eu te comer até te deixar sem conseguir andar.

Tudo no meu corpo para. Tudo, exceto meu coração. Ele martela meus ossos em um ritmo staccato até que tenho certeza de que o órgão machucado vai abrir caminho entre as minhas costelas e se libertar do peito.

– Eu... é...

Dou um passo para trás, mas Lachlan se move junto comigo. Outro passo, e minha bunda bate na bancada da pia. Endireito os ombros e tento empinar o queixo, mas me sinto exposta demais para vestir minha armadura.

– Bem... eu... você...

– Você nunca fica sem palavras, Lark Kane. Fala logo pra eu poder dizer o que eu quero.

Seus olhos se fixam nos meus, letalmente escuros na penumbra. É como se todas as células do corpo dele estivessem direcionadas para mim. Meu estômago revira quando ele avança mais na minha direção, apenas o suficiente para roçar o corpo no meu.

Meu Deus.

– Era pra você ter me mandado o Bat-Sinal – digo por fim.

Há um breve momento de silêncio em que nenhum de nós se mexe, então Lachlan ri; ri de verdade. Os cantos de seus olhos enrugam de alegria.

– Muito bem, sua praga apocalíptica. Da próxima vez, vou usar *isso aqui* em vez do celular, já que você nem pensou em olhar suas mensagens – diz ele enquanto segura o controle remoto.

– Eu deixei meu celular no camarim.

Desvio minha atenção do olhar inabalável de Lachlan e abro as notificações no meu smart.

Camarim. Agora.

– Ah. Que... é...

Lachlan ergue uma sobrancelha.

– Que mandão.

– *Mandão* – repete ele.

Concordo com a cabeça e tento ressuscitar minha confiança.

– Mas, se você vai mesmo usar o controle remoto em vez do celular, acho melhor testar de novo. Pra ver se ainda funciona.

– Eu testei. Na frente de uma plateia de trezentas...

– Quinhentas.

– ... *quinhentas* pessoas. Minha esposa. No palco. Tendo um orgasmo. Na frente de quinhentas pessoas.

Minha esposa. O tom possessivo na frase atravessa meus pensamentos. Ecoa na minha cabeça. Ricocheteia no meu peito. Tento me livrar dessa sensação e lançar um olhar arrogante para ele, mas essas duas palavras continuam a ressoar na minha mente.

– Só você percebeu.

– Acho muito difícil, duquesa.

– E isso te incomoda?

– Você estava falando sério naquela música? Você me perdoa?

– Você não respondeu à minha pergunta.

– Responde você primeiro. – Lachlan mantém os olhos fixos nos meus. Cada palavra é lenta e clara quando diz: – Você. Estava. Falando. Sério?

Engulo em seco.

– Estava.

Lachlan recua um pouco e tento não acompanhar seu movimento, embora meu corpo esteja queimando de desejo por proximidade, implorando por seu toque. Seus olhos se desviam dos meus para descer por todo meu corpo, desde o suor que salpica meu cabelo até as pontas das minhas botas e todo o percurso de volta. Quando reencontra meus olhos, há fogo, ânsia e desejo me encarando de volta.

– Se me incomoda? – diz ele, retomando minha pergunta. – Ver você naquele palco e saber que sou eu que estou fazendo você gozar, e mesmo assim não poder te tocar?

Lachlan se aproxima de novo. Ele se inclina para a frente para me prender entre os braços enquanto se apoia na bancada, tomando cuidado para não me tocar.

– Sim, me incomoda, duquesa. Isso me incomoda muito. Da melhor e da pior maneira.

Mordo o lábio, e Lachlan observa o movimento como se fosse a única coisa que fosse capaz de ver, como se nada mais existisse no mundo, exceto aquela pequena demonstração de necessidade.

– O que você vai fazer a respeito? – sussurro.

Um sorriso lento, selvagem e voraz surge em um canto de seus lábios enquanto os olhos ficam sem luz, a cor consumida pelo desejo. Ele ergue o controle remoto que tem na mão e o liga. Mesmo na intensidade mais baixa, a vibração dá um choque no meu clitóris inchado.

– Você vai me mostrar esse brinquedinho – ordena ele – e depois vai descobrir.

Com um movimento rápido, Lachlan me levanta pela cintura e me coloca sentada na bancada.

Nos encaramos. Lábios afastados. Respiração irregular. Separados por pouquíssimos centímetros de ar, finas camadas de tecido e pela determinação de cada um de não ser o primeiro a se dobrar a ponto de partir.

É Lachlan quem dá o primeiro passo, quem lentamente se inclina mais para a frente. Lachlan que preenche essa lacuna para roçar minha bochecha com os lábios e causar arrepios na minha carne; seu apelo é uma carícia na minha orelha.

– Duquesa – sussurra; sua voz é um feitiço exuberante, suntuoso. – Mostra. Pra mim.

Lachlan se afasta apenas o suficiente para cravar os olhos nos meus. Ele não rompe o contato visual ao tomar minha mão e guiá-la até o tule que cobre minhas pernas. Ele enrola meus dedos no tecido antes de afastar a mão.

Respiro fundo duas vezes e, em seguida, agarro o tecido em um punho fechado e o puxo pela perna. Quanto mais feroz a necessidade arde em seus olhos, mais devagar é meu movimento, prolongando tanto a tortura dele quanto a minha. A bainha sobe pela minha pele. Só quando roça na mão de Lachlan, no local onde ela está apoiada na minha coxa, é que ele olha para baixo. Seu polegar segue o rastro do tecido. A tensão irradia de seus músculos. Diminuo a velocidade à medida que o tecido sobe mais até finalmente atingir a bainha de renda da minha calcinha.

Então eu paro.

Lachlan me encara, os olhos escuros e desafiadores. Seu polegar traça a bainha.

– Achei que você não gostasse de usar isso – diz ele, com a voz baixa e rouca.

– Ocasião especial. – Pressiono a mão de Lachlan quando ele pega na bainha de renda. – Eu quero você – digo antes que a dúvida possa florescer em seus pensamentos. – Você sabe coisas sobre mim e sobre meu passado que eu não conto pra ninguém.

Seu rosto se enruga de dor. Ele respira fundo para responder, mas posiciono a ponta dos dedos em seus lábios.

– Só não fica achando que eu quero que você seja bonzinho. – Um sorriso surge em meus lábios lentamente. – Não sou sua duquesa recatada. Sou sua putinha, entendeu?

Deslizo meu polegar na boca dele. Lachlan geme enquanto chupa o meu dedo. Quando me mexo para libertar meu polegar, ele morde, com os dentes à mostra, os olhos semicerrados enquanto assimila minha reação. Estou presa no equilíbrio entre dor e prazer. O cabo de guerra do poder. Lachlan me solta e aumenta a vibração do brinquedo, e dou um suspiro trêmulo.

– Então levanta esse vestido e prova pra mim.

Seus dedos traçam minhas coxas, abrindo-as mais sem levantar o tecido que se acumula entre elas. A respiração dele inunda meu rosto enquanto seus lábios param a um milímetro dos meus.

– Me mostra como essa calcinha tá encharcada depois de gozar naquele palco na frente de todas aquelas pessoas. Mostra como você tá louca pra eu te comer.

Meu peito roça o dele ao respirar com dificuldade. Com meus olhos fundidos nos de Lachlan, levanto o vestido até a cintura e me inclino para trás até que meus ombros repousem no espelho, onde sinto as pontas do arnês de couro contra minhas costas.

As mãos de Lachlan são gentis na minha pele, embora todos os outros músculos pareçam prontos para atacar. A tensão irradia de seu corpo. Ele dá um passo para trás e me encara por um momento que parece eterno antes de finalmente olhar para o meio das minhas coxas.

Com um movimento longo e lento do polegar, ele esfrega o tecido úmido e o vibrador por baixo dele.

– Fala – sussurro enquanto ele roça o polegar mais uma vez.

Seus olhos estão escuros. Mortais. Impiedosos.

– Falar o quê? Que você é minha putinha?

– Isso.

A vibração aumenta, e suspiro quando ele pressiona o brinquedo no meu clitóris.

– Eu não tranquei a porta, Lark. Alguém pode entrar aqui a qualquer momento. Não tem problema?

Nego com a cabeça, mordo o lábio e dou um gemido.

– Ótimo, porque qualquer um daqueles babacas que assistiram você naquele palco poderia entrar aqui, e não dou a mínima. Não vou parar até você gritar a porra do meu nome pra que eles saibam *exatamente* quem é o dono dessa putinha.

Num piscar de olhos, algo metálico desliza pelo meu quadril, e minha calcinha fica frouxa. Lachlan a puxa e, com outro corte da faca dele, ela se solta por completo. O brinquedo some, e meus pés batem no chão. Ele

260

agarra minha cintura e me vira para encarar o espelho. A lâmina cai na pia enquanto Lachlan enrola a calcinha em volta do meu pescoço, mas não a aperta, seus olhos se fundindo no meu reflexo.

Com o vibrador na mão, Lachlan arrasta o nó de um dedo pela minha bochecha enquanto a outra mão segura o tecido ao redor do meu pescoço.

– Vermelho significa…?

– Pare.

– Laranja significa?

– Devagar.

– Verde significa?

– Me come e me enche de porra.

Lachlan ri na minha orelha antes de dar uma mordida nela, deixando seus dentes arranharem minha carne.

– Só se você implorar – sussurra ele.

Um *por favor* mal sai dos meus lábios, e ele aperta a calcinha com um giro do punho, depois pressiona o brinquedo no meu clitóris com a outra mão. A vibração percorre meus nervos em círculos lentos, e eu rebolo em busca de fricção. As veias do meu pescoço se tensionam com a pressão do tecido. Minha maquiagem está borrada, formando linhas disformes sob os meus olhos. Mas quando solto um gemido baixo e rouco e vejo a mandíbula de Lachlan se contrair com um desespero contido, me sinto poderosa. Linda. Como se pudesse ser a mulher que quero ser.

– Mais – imploro. – *Mais*, por favor.

O sorriso de Lachlan beira a ameaça. Ele leva um bom tempo para me responder, dando beijos e mordiscadas pelo meu queixo.

– Tenta de novo, duquesa. Capricha dessa vez.

Uma ânsia de ser preenchida contrai profundamente meu âmago quando Lachlan chuta meus pés, abrindo mais minhas pernas, e rola o brinquedo nos meus pontos sensíveis em estocadas longas. Ele não aumenta a intensidade nem faz qualquer menção de me dar o que desejo. Mas a recusa é sua própria recompensa.

– Lachlan, *por favor*, preciso de mais. Preciso de *você* – sussurro. A calcinha aperta minha garganta, apenas o suficiente para que eu possa respirar em um jato fino de ar, mas não sem que minha pele fique vermelha. – Eu preciso de você dentro de mim.

Lachlan se inclina perto do meu ouvido. Ele me encara com um olhar inabalável enquanto cada expiração dele faz cócegas na minha pele.

– A primeira trepada com a minha esposa não vai ser no banheiro de um bar qualquer. Então, se você quer se sentir preenchida, é melhor usar a imaginação e gozar com o que eu te der.

Choramingo com a necessidade repentina de ir embora com ele, para qualquer lugar menos aqui.

Estou descabelada. Desesperada. Bagunçada. Mas Lachlan me olha no espelho como se visse através de cada camada manchada, de cada máscara quebrada. O que me impulsiona a agir é a ideia de voltar para casa com esse homem que está sempre em busca da verdadeira mulher por trás de tudo isso.

Pressiono a mão de Lachlan sobre meu clitóris. Rebolo. Imploro para que ele aperte ainda mais meu pescoço. Então gozo, vendo estrelas ofuscantes, enquanto o nome de Lachlan sai dos meus lábios, de novo e de novo, um cantar que não para até que ele tenha arrancado cada gota de prazer do meu corpo. O orgasmo me atravessa, mas deixa um zumbido de necessidade para trás. Não é suficiente. Não vai ser até que eu sinta sua pele contra a minha e o peso de seu corpo e de seus músculos sob a minha mão.

Minha cabeça cai para a frente, e Lachlan solta o tecido da minha garganta. Ele diminui a vibração do brinquedo e o desliga. Ele passa o braço pela minha cintura e me abraça. Aprecio seu calor, os beijos lânguidos que ele deposita no meu pescoço, a pressão de seus músculos e ossos contra minha carne trêmula.

A porta range atrás de nós, e quando abro os olhos vejo o reflexo de Xander no espelho, os olhos arregalados.

– *Vaza daqui* – rosna Lachlan enquanto me aperta e protege meu corpo com o dele. Xander desaparece com um pedido de desculpas um tanto chocado, mas os olhos de Lachlan permanecem fixos na porta com um olhar feroz. – Odeio esse cara.

– Você nem conhece ele. – Embora eu prenda meu sorriso, ele explode quando Lachlan volta sua fúria para mim. – Tá com ciúmes?

– Vai à merda.

– Tá com ciúmes, *sim*.

O suspiro profundo de Lachlan esfria as gotas de suor no meu pescoço.

– Vamos sair daqui pra eu te provar que você não tem motivo pra ficar assim – digo.

Eu me viro nos braços de Lachlan e tiro seus óculos do bolso da frente. Devagar, eu os coloco e ajeito meu cabelo enquanto dou um sorriso malicioso para ele.

– Ficou bom?

– *Deus meu*, por que isso tá tão sexy?

– Agora imagina com um espartilho e penas. – Minha risada é a mais livre que dei em muito tempo quando Lachlan pega minha mão e me puxa em direção à porta. Eu o puxo de volta, desesperada para ir embora, mas ainda sem me sentir pronta. – Peraí, Lachlan. Eu tô um horror.

Ele olha para mim por cima do ombro, os olhos calorosos.

– Você tá linda, Lark.

Quando continuo hesitando, ele se vira para mim e se aproxima. Tira os óculos do meu rosto. Coloca no dele. Ele me enxerga com clareza, sorri e passa o polegar por uma das minhas bochechas, depois pela outra.

– Pronto. Já não parece tanto com lágrimas. Mais intencional. Viu?

Ele segura meus ombros e me vira até eu ver meu reflexo. Talvez eu ainda pareça um pouco doida com o rímel me deixando igual a um panda, a cara vermelha de quem acabou de transar e os cabelos suados e selvagens. Mas ele tem razão. Estou linda também.

Com um beijo rápido na minha bochecha, Lachlan pega minha mão e retoma sua campanha para me tirar do banheiro, com passos decididos.

– Agora vamos sair daqui. Eu tava falando sério sobre você levar a gente pra casa pra eu poder te comer até você ficar sem conseguir andar.

– Vamos só pegar minhas coisas rapidinho – digo antes que ele possa ir em direção à saída dos fundos. – Prefiro não deixar com a banda se não for necessário.

Lachlan solta um gemido, mas dá meia-volta e me acompanha enquanto abro caminho em direção ao palco. Xander ergue os olhos do equipamento que está guardando, próximo à parede oposta. Ele nos dá um sorriso tímido, e aponto para o violoncelo e o violão para dar a entender que vou levar os dois.

– Você pode carregar isso pra mim, por favor, Lachlan? – pergunto com um meneio de cabeça na direção do violão no estojo preto.

Lachlan dá um apertão no meu ombro e caminha em direção a ele, um avanço que Xander finge não observar com receio, embora falhe na tentativa. Lachlan murmura algo para Xander que não ouço. Tento não rir enquanto tiro o violoncelo do suporte.

– Performance maravilhosa – diz uma voz atrás de mim; algo no sotaque é familiar. – O violoncelo é meu instrumento favorito.

Eu me viro. É o homem que conheci na loja do Lachlan.

– O meu também – respondo. – Abe, né?

– Sim, boa memória. – Abe lança um olhar apreciativo para o instrumento em minhas mãos. – Você toca há muito tempo?

Assinto antes de me abaixar para colocar o violoncelo no estojo.

– Desde que tinha 7 anos.

– Sete – repete ele, depois se agacha para ficar na minha linha de visão. – A música é uma ferramenta maravilhosa pra fugir da escuridão. Você não acha? *Aclamem o Senhor todos os habitantes da terra! Louvem-no com cânticos de alegria e ao som de música.*

Meu sorriso é educado, mas frágil. Abe me observa, mas não tenho certeza se capta meu desconforto – ou talvez simplesmente o ignore. Há certa apatia em seus olhos. Uma desconexão com seu sorriso gentil. Abe me passa o arco. Ele não solta quando o pego, esperando que eu olhe em seus olhos. O sorriso retorna, vazio de luz.

– Tenha uma boa noite, Srta. Montague. Obrigado pela inspiração.

Ele solta o arco. No momento em que o coloco no estojo e Lachlan se junta a mim, Abe já se foi.

20

RASTEJANDO
LACHLAN

A volta para casa dura os quinze minutos mais longos da minha vida. Quero tocar em Lark, mas não vou fazer nada além de olhar para ela, não até que a gente chegue em casa. E ela faz com que isso seja angustiante; a maneira como morde o lábio inferior quando está concentrada, o jeito como se mexe no assento, sua calcinha rasgada queimando no meu bolso. Estou morrendo de vontade de passar meus dedos por sua pele. De prová-la. De meter nela. Sentir o peso de seu corpo sobre o meu enquanto ela monta no meu pau e me agarra com mais e mais força. Porém, estou determinado a saboreá-la. Mesmo que o caminho para casa seja uma tortura.

E Lark *adora* tortura.

– Então – diz ela, enquanto vira à esquerda no semáforo, quando seria mais rápido se virássemos à direita –, quando você disse que ia me comer até eu ficar sem conseguir andar, no que exatamente você pensou?

Meus molares travam com tanta força que poderiam quebrar.

– Tipo… há brinquedos envolvidos ou estamos falando estritamente de uma maratona?

Apoio a cabeça no encosto do banco.

– Você tem um *mood board*? Pinterest?

Eu me viro devagar para encará-la com um olhar ameaçador.

– Vamos precisar daqueles banhos gelados? Devo passar em algum lugar pra comprar gelo? Posso parar no posto e pegar um saco. De gelo; o seu eu pego daqui a pouco.

Ela dá a seta para entrar no posto de gasolina.

– Se você entrar aí, eu juro por Deus que vou fazer você implorar de joelhos pra eu te deixar gozar.

Lark sorri para mim. E entra no posto.

Não digo nada até que ela estaciona e desliga o motor. Ela tira a chave da ignição e gira o chaveiro no dedo. Meu olhar ameaçador não faz nada além de iluminar ainda mais seu sorriso.

– Você vai se arrepender disso, duquesa.

– Ah, ótimo – diz ela enquanto abre a porta. – Vou pegar dois sacos de gelo, então.

Ela sai do carro. Quando chega à porta da loja, ela se vira e dá uma piscadela para mim por cima do ombro antes de desaparecer lá dentro.

Meu pau dói, e eu esfrego a mão no rosto. Direciono todo o meu esforço para afastar meus pensamentos de Lark, mas não funciona.

Ela não tem pressa. E, do jeitinho que prometeu, sai com dois sacos de gelo e um sorriso magnético e babaca que me suga conforme ela passa pela porta do passageiro para colocar tudo no porta-malas. Lark volta para o carro parecendo bem satisfeita consigo, o que só faz com que meu pau fique ainda mais duro. Assim como ela deve ter planejado.

– Que sorrisinho é esse, duquesa? Tá achando que se safou, é?

Lark ri e se vira para mim para olhar pelo vidro traseiro enquanto dá ré. Com o movimento do seu corpo, o arnês aperta seus seios.

– Ah, eu sei que não, mas acho graça mesmo assim.

– Não vai ser tão engraçado quando você estiver engasgando com o meu pau.

Uma risadinha escapa de seus lábios enquanto ela engata a primeira, mas mantém o pé no freio. Ela me encara com seu olhar cristalino e, embora talvez esteja me provocando, sei o que minhas palavras causaram nela. Vejo quando passa a língua devagar nos lábios. As pupilas dilatadas. Os mamilos entumescidos, aparecendo sob o tecido delicado do vestido.

Eu me inclino mais para perto, e ela para de respirar. Meus olhos se fundem com sua boca à medida que um sorriso surge em meus lábios.

– Você gosta disso, né? Quer que eu meta na sua garganta. Quer engolir cada gota de porra como a putinha que você é. Não se preocupa, você vai. E depois vai me implorar por mais, né? – Dou risada quando seus lábios se afastam e o doce aroma de seu hálito inunda meus sentidos. Ela assente. – Foi o que imaginei.

Ele já se inclinou várias vezes. Roço meus lábios nos de Lark enquanto sussurro:

– Dirige, vai.

Encosto no banco com um sorriso satisfeito. Meu pau está tão duro e dolorido que tenho a nítida certeza de que o meu corpo inteiro está tão furioso com o quase beijo quanto ela. Finalmente, ela tira o pé do freio. Os pneus cantam no asfalto enquanto o posto vai ficando para trás.

Assim que ela estaciona, eu saio do carro. Lark mal coloca o pé no chão da garagem, e eu a puxo para fora do veículo e a atiro por cima do ombro ao som de sua risada surpresa. Pego o gelo do porta-malas e, um segundo depois, estou subindo as escadas com o corpo dela ainda pendurado sobre meus ombros.

Seus protestos nada convincentes ecoam pelo chão da fábrica. Só quando estamos no apartamento e eu guardo o gelo no freezer é que a coloco no chão, mas apenas por tempo suficiente para capturar seus lábios em um beijo violento.

Lark se desmancha toda. Seu gemido vibra na minha boca enquanto a língua passa pela minha. Ela agarra minha camisa e me puxa para junto dela, sem interromper o beijo enquanto tropeça numa mesa de canto, no cachorro e no sofá conforme me arrasta em direção aos quartos.

Quando estamos no quarto dela, eu a pego e a jogo na cama. Lark está ofegante, ajoelhada em cima das cobertas amassadas, os olhos semicerrados. Sua expressão é voraz quando tiro minha camisa, esticando os braços por cima da cabeça.

Dou um passo para trás em direção à poltrona no canto.

– Eu tava falando sério.

– Estou contando com isso – retruca ela, ofegante.

Seus olhos percorrem meu corpo, passando por cicatrizes escondidas sob as tatuagens. Ela sorve cada centímetro da minha pele, o tecido do vestido enrolado nos punhos apertados enquanto se inclina sobre os calcanhares, o lábio inferior preso entre os dentes.

– Quero te tocar.

Com um derradeiro passo para trás, afundo na poltrona. Eu me inclino para trás e a observo por um bom tempo, me deleitando com o desespero estampado em seu rosto.

– Então é melhor você me mostrar o quanto quer isso, duquesa.

Lark parece arrepiada antes de começar a sair da cama.

– Não – ordeno.

Lark para no mesmo instante. Aguarda por instruções, mas há frustração em seus olhos. Meu sangue se transforma em fogo, possibilidades e fantasias atravessando minha mente depressa. Como na vez em que falei com Lark na varanda, ela desperta uma faísca no escuro. Mas não sei se em algum momento fui o caçador de Lark ou se o capturado fui eu.

De todo modo, nesse momento não tem como parar. Eu não ia nem querer, se fosse possível. Não quando Lark está *bem ali*, praticamente ao meu alcance, tão desesperada por fricção que quase se contorce na cama.

– Tira o vestido, mas deixa o arnês – digo.

Lark faz uma pausa, como se as palavras demorassem um pouco para atravessar a névoa de luxúria que paira entre nós. Então ela puxa uma das alças finas do ombro, deslizando-a por baixo do couro que vai até as costas. Faz o mesmo do outro lado. Com a flexibilidade de uma bailarina, solta cada braço, tomando cuidado para não rasgar o tecido delicado. Então me encara para observar minha reação enquanto lentamente puxa as camadas por baixo do arnês, expondo os seios e mamilos duros, a extensão lisa de pele ao redor do umbigo, a estreita faixa de pelos que leva até sua boceta. Ela arrasta o vestido pelas pernas e o segura antes de deixá-lo cair no chão.

A respiração dela é entrecortada enquanto dedico um tempo apenas para olhar. As faixas de couro preto e as minúsculas estrelinhas. A maneira como traçam os contornos dos seios, as saliências das costelas. Minha arte abraçando a carne dela.

Preciso dar tudo de mim para permanecer na poltrona.

Temos uma conversa silenciosa com apenas um olhar, e sei que Lark entende que pode dizer o que quiser. O que quer que sinta. Que pode ser quem quiser. Vou aceitá-la em qualquer versão de si mesma que ela esteja disposta a dar.

Minha voz é a mais fria possível ao perguntar:

– O que você é?

– Sua puta.

– Então ajoelha.

Lark desliza para fora da cama, fica de quatro e espera. E espera. E *espera*.

Tiro a faca do bolso e abro meu cinto. Enquanto deslizo a ponta afiada pelo couro, eu a vejo tremer de expectativa. Quando ela não aguenta mais, quando penso que *eu* estou prestes a ceder aos meus desejos, ela finalmente sussurra uma única palavra. *Por favor.*

Recolho a faca e a giro na minha mão.

– Você não é minha esposa – digo, e há um lampejo de pânico e mágoa em seus olhos. – Você é só *minha*. Agora *rasteje*.

O alívio transparece no rosto de Lark.

Uma mão e um joelho após o outro, Lark rasteja na minha direção. Seus olhos nunca se desviam do meu rosto. Quando para aos meus pés, ela não me toca. Em vez disso, espera pelo meu próximo comando. Não há nada nesse mundo mais inebriante do que vê-la ajoelhada à minha frente, e ao mesmo tempo saber que é ela que está no controle. Fica muito nítido em seu olhar determinado, na maneira como cruza as mãos no colo e aperta os seios contra as tiras de couro, estimulando nosso joguinho. Ela quer receber ordens. Ser usada. Ser preenchida, degradada. Ter seus desejos recusados. Ser recompensada quando estiver pronta. Ela está no controle. E vou dar a ela tudo o que ela quiser e muito mais.

– Cinto – digo, e solto a tira de couro para que ela possa abrir a fivela por completo. – Zíper. – Ela o puxa para baixo. – Agora coloca meu pau pra fora.

Levanto os quadris para que Lark possa abaixar minha calça e a cueca, libertando minha ereção. Meu pau está tão duro que dói, pronto para mergulhar no calor da boca dela, a cabeça já melada. Lark olha para ele com um desejo voraz. Ela morde o lábio e envolve a mão na base.

– Cospe nele e me masturba.

Lark faz o que peço sem hesitar, cuspindo na cabeça antes de começar a esfregar devagar a mão da base até a ponta. O ritmo é lento, o aperto, forte. Um gemido ressoa no meu peito enquanto afundo mais para trás e resisto à vontade de fechar os olhos para poder vê-la dar atenção ao meu pau. Sonhei tantas vezes com ela me tocando desse jeito, e é mil vezes melhor do que eu imaginava.

E nunca vai ser suficiente.

Passo os nós dos dedos pela bochecha dela e enfio a mão em seu cabelo para prendê-lo no meu punho fechado.

– Lembra dos semáforos? – pergunto, e Lark assente. – Ótimo. Laranja, você bate duas vezes na minha perna. Três vezes pra parar. Do contrário, vai ter que engolir cada gota do que eu te oferecer, entendeu?

Lark me dá um único aceno de cabeça e um sorriso sombrio antes de eu empurrar sua boca para baixo no meu pau e ir parar no céu.

– *Deus meu* – sibilo enquanto Lark gira a língua na cabeça e firma os lábios em torno da minha carne.

O calor úmido da boca dela faz meu sangue rugir nos ouvidos. Uma respiração presa queima em meu peito até que finalmente a solto. Permito que ela dê algumas lambidas superficiais para se acostumar com meu tamanho antes de segurar seu cabelo com firmeza.

– Pensei que você tivesse dito que era minha putinha safada, duquesa. Você pode fazer melhor do que isso.

Meto até o fundo da garganta dela, e Lark engasga enquanto lágrimas brilham em seus olhos. Faço isso de novo, e ela geme. Uma terceira vez, e ela geme de novo, as lágrimas escorrendo pela pele, a visão da maquiagem borrada, dos lábios inchados e daquele maldito arnês me deixando louco de desejo.

– Nada como transformar uma princesinha perfeita numa vagabunda – digo enquanto pego o ritmo das estocadas profundas. – Aposto que sua boceta tá tão molhada que tá escorrendo pelas coxas.

Lark ronrona.

– Passa o dedo e me mostra.

Lark desliza a mão pelo corpo enquanto continuo a cadência de estocadas, cada uma atingindo o fundo de sua garganta enquanto ela geme e arqueja. Ela fecha os olhos enquanto se toca, e então traz a mão de volta, a prova de seu desejo brilhando nos dedos.

Com a mão livre, pego seu pulso, levo os dedos à boca e chupo. Doce e salgado, o sabor dela cobre minha língua e quase perco o controle.

Puxo a boca de Lark do meu pau e, com um movimento rápido, envolvo sua cintura e a levanto no ar para jogá-la na cama. Ela mal tem um segundo para se orientar antes de eu colocá-la de quatro e me ajoelhar atrás dela para enterrar minha cara em sua boceta.

Lark solta um grito desesperado enquanto giro a língua sobre seu clitóris inchado e cubro sua boceta de lambidas e beijos. Cada som que ela faz deixa uma marca indelével na minha mente, tão imutável quanto a tatuagem na minha pele. Seu gosto fica gravado na minha memória como uma marca. Essa mulher é *minha*.

E eu a chupo como se fosse sugar sua alma.

Lark se contorce, geme e aperta os lençóis com os punhos, mas não a deixo escapar. Aperta sua coxa com uma mão, a alça do arnês seguro com outra. Eu a levo à beira do orgasmo e a deixo ali, parando sempre que ela chega perto do clímax e retomando meus esforços quando ele começa a arrefecer. E, assim que ela começa a implorar, eu a solto. Eu me ajoelho e permito que o ar fresco esfrie a saliva e a excitação reunidas em sua vulva.

– Não – sussurra ela, lançando um olhar desesperado por cima do ombro. – Por favor.

O pânico diminui quando ela me vê puxar o resto da calça e da cueca e chutar tudo para o lado.

– Eu não falei que você podia se mexer.

Lark fica de quatro outra vez, mas parece ser necessário um esforço enorme para desviar os olhos do meu corpo, um detalhe que faz meu coração disparar.

– Eu fiz exames recentemente – digo enquanto coloco um joelho na cama e depois o outro, o movimento provocando um arrepio de expectativa no corpo quase nu de Lark. – Tô limpo. Você tá tomando anticoncepcional?

– Tô – diz ela sem fôlego, sua voz pouco mais que um sussurro quando o ar sai de seu peito. – Eu quero você, Lachlan. *Por favor.*

Passo a cabeça do meu pau no clitóris dela em círculos lentos, depois em sua entrada, fazendo-a tremer, apenas para trazê-lo de volta ao clitóris de novo numa provocação enlouquecedora.

– Você pode implorar melhor do que isso.

– *Por favor*, Lachlan. Eu preciso sentir você. Preciso de você dentro de mim. Preciso que me faça gozar. – Há uma pausa, uma respiração suspensa. A incerteza paira sobre ela, e esfrego meu pau em sua boceta, esperando que fale. – Preciso ser comida pelo meu marido.

Diminuo o ritmo enquanto assimilo as palavras, e elas se acomodam em meu peito. Em seguida, posiciono meu pau na entrada e meto só a cabeça, apreciando o alívio no gemido de Lark em resposta.

– Foi ótimo você ter comprado aquele gelo, duquesa, porque vou arrombar essa sua boceta apertadinha. – Meto um pouco mais fundo e estremeço quando a boceta dela agarra meu pau. – Quando eu disse que ia comer minha esposa até ela ficar sem conseguir andar, eu tava falando sério.

Meto até o talo, e nós dois gritamos à medida que somos consumidos por prazer e desejo. Tiro todo meu pau lá de dentro e meto de novo. E de novo. E mais uma vez, até pegar um ritmo de estocadas longas e profundas que deslizam no calor de Lark.

Ela geme e implora por mais. Chama o meu nome. Deito a parte de cima do corpo dela no colchão e seguro o arnês. Afundo nela, cada estocada profunda e impiedosa, exatamente como ela pede quando implora para que eu meta mais forte, mais fundo. E quando sinto o orgasmo crescendo na base da minha coluna, uma tensão elétrica que percorre meus nervos, estendo a mão e faço círculos em seu clitóris até que Lark grita, as costas curvadas, o corpo tremendo enquanto extravasa. A boceta dela aperta mais meu pau. Não consigo me conter, derramando jatos de porra o mais fundo que consigo dentro dela até que estou tremendo e mal consigo ficar de joelhos, meu coração um zumbido ensurdecedor nos ouvidos que cobre todos os outros sons.

Saio de dentro dela, desabo ao seu lado e a puxo para perto de mim. O corpo dela treme após o orgasmo, minha respiração instável contra suas costas. A euforia e o alívio se instalam no silêncio que nos envolve e esfria nosso suor. Não falamos nada por um bom tempo enquanto meu coração volta ao ritmo normal e a respiração dela fica mais lenta. Lark traça padrões no meu braço, melodias na minha pele, e logo está cantarolando. Sua voz é suave e contente. É a primeira vez que de fato percebo o quanto dizemos um ao outro sem palavras. Como começamos a crescer juntos. Isso nunca foi planejado para ser algo permanente, mas agora, quando imagino meu futuro, não consigo vê-lo sem suas notas na escuridão.

Eu deito em cima dela e a encaro. Ela sorri, a pele brilhando na penumbra.

– Oi – sussurra Lark.

O dedo dela traça uma linha no meu peito, seguindo os padrões da tatuagem.

– Oi.

Dou um beijo em sua testa. Mais um na bochecha. Outro do lado do nariz. Ela traça minhas costas com as pontas dos dedos enquanto sigo a linha do queixo dela, depois do pescoço. Com os lábios na minha orelha, ela passa a mão entre nós e segura meu pau, já duro de novo e desesperado por mais do seu toque, do seu calor.

– Achei que você tinha dito que ia me arrombar todinha – murmura ela no meu ouvido enquanto passa a ponta da minha ereção em nossos fluidos empoçados na vulva.

– Duquesa – aviso enquanto mergulho em seu calor ao som de um gemido obsceno. – Você não vai conseguir sentar amanhã sem pensar em mim.

– Espero que isso seja uma promessa.

E é.

Perco a noção das horas. Perco a conta de quantas vezes ela sussurra meu nome, ou grita, ou implora. Não sei quantas vezes ela goza. O céu do lado de fora das janelas sem cortinas está mudando de preto para índigo quando finalmente paramos. Lark está em ruínas: mole, exausta, suada, os cabelos emaranhados e a carne trêmula. Mas ela sorri para mim quando saio da cama e olho para ela. Nunca a vi tão relaxada.

– O que você tá fazendo? – pergunta ela enquanto coloco minha cueca e a calça jeans.

– Levando o Bentley pra passear. Tenho certeza de que ele precisa de uma pausa.

– Você vai voltar?

– É claro que vou – digo enquanto ajeito as cobertas para que ela possa se enfiar embaixo delas. – Acho que você ia me matar e usar minha pele para fazer um brinquedo de roer se eu fosse embora pra sempre com o seu cachorro.

– Eu quis dizer pra cá. – Lark bate no travesseiro livre.

Hesito por um segundo antes de vestir a camisa. Há conflito nos olhos de Lark enquanto ela me observa, como se não tivesse certeza se deveria ter perguntado.

– Você quer que eu volte?

Lark assente.

– Quero. Acho que quero.

– Quer que eu traga um pouco de gelo? – pergunto com um sorriso malicioso, e ela ri.

– Acho que vou sobreviver, a menos que você esteja planejando comer meu cu quando voltar. Nesse caso, traz, sim.

Sorrio como se fosse uma piada, mas meu sangue aquece no mesmo instante e meu pau fica duro.

Lark se acomoda debaixo das cobertas, e dou um beijo em sua testa antes de me virar para sair. Seus olhos ainda estão grudados em mim quando paro na soleira da porta e olho para ela por cima do ombro.

Dou a volta no quarteirão com calma. Embora parte de mim esteja ansiosa para voltar, quero dar a Lark espaço para processar e permitir que meus próprios pensamentos se acalmem. E o silêncio antes do sol nascer é o momento perfeito para isso. As ruas estão escuras sob a luz dos postes, e o ar frio refresca minha pele suada. Quase não tem ninguém na rua, apenas um carro ou outro e um homem solitário vestido com um uniforme hospitalar e o capuz levantado para se proteger do frio da manhã. Ele sai do prédio do outro lado da rua e caminha na direção oposta. Então deixo Bentley cheirar cada poste e mijar em cada hidrante enquanto caminhamos pelo quarteirão.

Quando voltamos, Lark está dormindo profundamente.

Fico sem saber se devo ir para o outro quarto para deixá-la descansar. Talvez seja egoísta, mas tiro a cueca e deslizo para debaixo das cobertas ao seu lado. Ela acorda assim que me deito, e meu arrependimento é imediato, mas ela pega meu pulso para puxar meu braço por cima de seu corpo e depois se aninha em mim.

– Quem diria – diz ela, com a voz abafada de exaustão. – Tudo que eu precisava pra dormir era uma bela foda com meu marido. Poderia ter economizado o dinheiro daquele retiro.

– Acho que ainda podemos usar aquela postura de ioga pra dormir. Sinto que só isso já valeu o investimento. – Beijo seu ombro enquanto ela solta uma risada e a envolvo com mais força entre meus braços. – Tenta descansar um pouco.

– Nada de tentar, dessa vez – responde ela com um bocejo. – Só fazer.

Com um último beijo, adormeço com minha esposa nos braços.

Quando acordo, algumas horas depois, com o sol brilhando através do vidro chumbado, Lark não está na cama.

Depois de alguns minutos vagarosos, já me recompus o suficiente para ficar quase apresentável. Sigo o cheiro de café e torradas na cozinha. Lark está lá, cantarolando uma música que toca baixinho nas caixas de som enquanto vira os ovos na frigideira. Bentley está sentado aos pés dela, torcendo para que migalhas caiam no chão.

– Sabe, ele não ficaria no seu caminho desse jeito se você não jogasse pedaços de bacon pra ele. Eu vi, hein – digo, tentando e não conseguindo dar a Lark um olhar de repreensão enquanto ela joga outro pedaço para o cachorro e sorri.

– Deixa o pelo dele brilhante.

– Aham. Claro. – Dou um beijo rápido nos lábios de Lark antes de pegar o café que ela já serviu para mim. – Quais são seus planos pra hoje, além de causar mais problemas gastrointestinais no seu cachorro?

Lark ri mais do que achei que a piada merecia.

– Eu tinha me esquecido disso.

– Eu não. Aquilo foi horrível. Tô falando sério… você deveria mudar a comida dele. Nenhum animal deveria soltar um cheiro desses.

Bentley me encara.

– Não foi culpa dele – diz Lark enquanto leva dois pratos para a mesa de jantar e nos acomodamos em cadeiras um de frente para o outro.

– Eu sei. Foi sua, por alimentar ele com bacon e queijo.

– Não, quis dizer que coloquei a culpa nele, mas foi o cara morto na mesa de centro.

Fico olhando para Lark. Depois, para a mesa de centro. Depois, para Lark de novo.

– *Como é que é?*

Lark toma um gole lento de seu café.

– Acabei lixando um pouco a ponta do nariz dele enquanto a gente tava conversando. O cheiro veio disso. Pedaços de nariz e resina, acho.

Ela dá de ombros e começa a cortar o bacon e os ovos.

– Às vezes, esqueço que tô casado com uma assassina em… – Lark me encara, e eu me corrijo – … *eliminadora em cadeia*. Aí você convenientemente me lembra que transforma suas vítimas em peças de artesanato.

Peças onde pelo visto apoiei meus drinques enquanto assistia a *Constantine* ou *Velocidade máxima*, ou basicamente qualquer outro filme de Keanu Reeves já feito.

– Em relação a isso, sugiro que você passe a usar meus porta-copos.

– Eu já vi seus porta-copos. Não quero.

– Enfim, artesanato é um passatempo relaxante. Eu poderia começar a vender umas coisas na internet – diz Lark com um sorriso encantador e sarcástico. – Aliás, como vai seu trabalho de matador de aluguel, *querido marido*?

– Em relação a isso... – Tiro o celular do bolso e coloco o aparelho ao meu lado, abrindo as mensagens de Leander que chegaram enquanto eu dormia. – O Leander precisa que eu vá até lá hoje à tarde. Claro que ele perguntou se a assassina dos muffins poderia ir junto. O Conor disse que os pagamentos que encontramos no Pacífico eram legítimos, então tava pensando que a gente deveria voltar à estaca zero e pesquisar novas opções de quem poderia ser o assassino. O que você acha?

– Adoraria. E vou fazer uns muffins.

Trocamos sorrisos e mergulhamos numa rotina que parece tão fácil e familiar que é difícil acreditar em como nosso casamento era no início. Conversamos e rimos enquanto terminamos nosso café da manhã e depois assamos muffins juntos. Desfrutamos de silêncios confortáveis e olhares longos e ponderados, sorrisos lentos e rubores. Tomamos banho juntos, e eu fodo minha esposa contra os azulejos, suas pernas enroladas ao meu redor e sua boca pressionada na minha.

E então seguimos para a casa de Leander Mayes.

Visitar Leander me deixa nervoso como sempre, em especial com Lark me acompanhando. Mas, dessa vez, ele está receptivo, embora talvez estivesse suspeitando dos muffins até que Lark e eu comemos um. Está encantado por Lark da mesma forma que um colecionador de pedras preciosas ficaria obcecado por um diamante raro. Ele se apega às palavras dela como se fossem facetas preciosas de luz. Enche Lark de elogios. Estou quase convencido de que ele só me chamou aqui para saber mais sobre a mulher que entrou na casa dele e o deixou no chão de sua caverna com uma dor de cabeça terrível e o ego ferido. Ele só me faz algumas perguntas corriqueiras sobre um serviço antigo e então seu foco volta para Lark. Por fim, consigo me afastar e levar Lark comigo até o escritório de Leander.

– A gente precisa expandir as opções – digo quando nos acomodamos em uma estação de trabalho.

Estou tentando ir direto ao assunto, mas meus olhos se demoram na boca de Lark quase por instinto. Dou um pigarro e volto para a tela.

– Vamos pensar nas pessoas que você e sua família conhecem... até mesmo pessoas que você não considera inimigas. Poderia ser alguém do círculo mais próximo de vocês? Alguém tentando causar confusão entre os membros da sua família em benefício próprio?

Lark dá de ombros e se inclina para a frente, apoiando o queixo na mão.

– Talvez. Mas a maioria das pessoas nesse círculo é próxima da nossa família há anos, e nunca aconteceu nada parecido com isso.

– Agora que a sua tia tá tão doente, talvez estejam aproveitando a oportunidade. Quem é mais próximo dela? Existe alguém que tenha influência nos Montagues *e* nos Covacis?

Lark digita um nome enquanto um pequeno arrepio percorre seus braços.

– Não deve valer a pena fazer uma busca muito profunda a respeito dele, mas Stan Tremblay é capanga da minha tia, por falta de termo melhor. Foi ele que sempre cuidou do trabalho sujo pra gente, pelo menos pros Montagues. Meu padrasto o mantém a certa distância, mas o respeita, principalmente depois da forma como ele lidou com a situação na escola.

– Ashborne?

– Sim – responde ela enquanto insere as informações de Tremblay na pesquisa avançada.

Embora eu tenha certeza de que Lark consegue sentir o calor do meu olhar aquecer seu rosto, ela não olha na minha direção.

– Ele limpou tudo quando a Sloane...

A voz de Lark abaixa até a frase se perder, e ela balança de leve a cabeça enquanto engole em seco.

– O Leander fez isso por mim, como o Stan – digo antes que ela dê uma explicação que não está pronta para dar. – Ele apareceu segundos depois que eu e o Rowan matamos meu pai. Meu pai devia pra todo mundo na praça e chegou uma hora que acabou se metendo com as pessoas erradas.

O pessoal do *Leander*. O Leander veio cobrar em nome de uns parentes enquanto visitava Sligo. Acho que ele acabou levando uma alma em troca, mas não do jeito que achava que seria. – Quando Lark ergue a cabeça para me encarar, eu lhe dou um olhar de advertência. – O Leander encobriu nosso crime. Trouxe a gente pros Estados Unidos. Arrumou tudo pra gente. Ele é uma das pessoas mais próximas de mim há mais de quinze anos. Devo a ele a minha liberdade, a liberdade do meu irmão, mas não confio nele. Então, não descarte ninguém do seu círculo mais íntimo, não importa o que eles tenham feito por você. Confie nos seus instintos. Você acha que pode ser esse o cara?

– Talvez. No mínimo, ele mantém registros detalhados sobre os negócios da família. Ele pode saber mais do que deixa transparecer.

– Então isso é o suficiente pra perder um tempo com ele. Vamos ver o que aparece – digo, inclinando a cabeça em direção à tela.

Lark assente, preenche os últimos campos de informações sobre Stan Tremblay e depois pressiona Enter. A ficha de Tremblay aparece, mas está cercada por uma borda vermelha, com a palavra AVISO ao lado de seu nome.

Lark inclina a cabeça parecendo confusa, mas já estou puxando o teclado e o mouse na minha direção. Clico em várias opções antes que uma transcrição apareça.

Código 2. Código 4100. O endereço de Tremblay. Uma descrição física que Lark confirma corresponder ao homem que ela conhece.

Uma nova entrada aparece na tela, derrubando as outras na lista. Código 100.

– O que é isso? – pergunta ela enquanto me recosto na cadeira. Ela se vira para mim de olhos arregalados. Ela deve ver o leve traço de medo no meu rosto. – O que significa isso?

– O código 100 é homicídio – explico. – Stan Tremblay já está morto.

21

ENUCLEAÇÃO
LARK

Imagens mentais de Stan Tremblay me consomem enquanto Lachlan e eu subimos a escada de metal até nosso apartamento em um silêncio que se estende mesmo depois que abrimos a porta e ouvimos os passos animados de Bentley, as unhas dele batendo na madeira. Com um rápido carinho na cabeça dele, Lachlan passa por mim antes de ir em direção à cozinha, e ainda não me movi um centímetro.

Observo enquanto Lachlan se concentra em seu celular, os polegares tocando a tela depressa. Sei que ele deve estar mandando uma mensagem para Conor para alinhar os detalhes do plano que começamos a traçar junto com ele a caminho de casa. Quando parece satisfeito, ele guarda o aparelho no bolso e depois se ocupa na cozinha, pegando um copo de água gelada antes de se virar para me observar, até que o silêncio parece se estender demais, até mesmo para ele. Há uma expressão fugaz de preocupação em seus olhos quando se aproxima.

– Tudo bem, duquesa?

Assinto. Ele me olha dos pés à cabeça ao me oferecer a água. Tomo um longo gole e devolvo o copo.

– Tô com medo – admito por fim.

Os ombros de Lachlan desabam, não de decepção, mas de preocupação. Noto isso porque ele franze a testa. Ele pega meu pulso e me leva em direção ao sofá, colocando o copo sobre a mesinha de centro dourada enquanto gentilmente me puxa para perto dele.

– Com medo de quê? – pergunta ele.

– Muitas coisas – respondo com um dar de ombros enquanto evito seu olhar. – Eu conhecia o Stan melhor do que qualquer outra pessoa que foi alvo até agora. Tá ficando mais real, sabe? Tipo... *tudo*.

Quando ergo os olhos, ele me observa como se soubesse que isso é mais do que apenas sobre Stan ou as mudanças na minha família que ninguém pode impedir. É sobre a gente também. E fico pensando se isso o assusta tanto quanto a mim. Parece que ele passou tempo demais tentando garantir que não houvesse mais nada nem ninguém com que se preocupar, a não ser seus irmãos e seu negócio. Então, como me encaixo nisso? Não *escolhemos* ficar juntos, somos um produto das circunstâncias. E aí, o que acontece se essas circunstâncias forem eliminadas?

Uma inspiração profunda enche o peito de Lachlan, e ele se inclina para ficar um pouco mais perto.

– Sabe o que eu mais gosto em você?

Balanço a cabeça, negando.

– Você é corajosa. – Lachlan aperta minha mão quando baixo o olhar. – Você tem medo de perder alguém? Mergulha de cabeça em um plano maluco pra se casar com um escroto temperamental que odeia só pra salvar essa pessoa. Tem medo do meu chefe maluco? Dá muffins batizados pra ele e faz o sujeito cair a seus pés, querendo ser seu amigo. Tem medo do elevador escuro? Passa uma hora sentada lá dentro só pro seu cachorro não ficar sozinho. – Lachlan tira uma mecha de cabelo do meu ombro com um leve sorriso. – Você é a pessoa mais corajosa que conheço, Lark. E eu amo isso em você.

Engulo a respiração que fica presa na garganta.

Ele ama isso em mim? Será que ele também ama outras coisas em mim? Talvez haja coisas nele que eu amo. Tipo a maneira como ele coloca as necessidades dos outros em primeiro lugar. Ou a forma de olhar para mim quando dou risada. Amo seu sorriso provocador. Seu toque. Seu beijo. A maneira como seu corpo se encaixa no meu, como se tivesse sido feito para isso. Talvez eu ame muitas coisas em Lachlan Kane.

Desvio o olhar, mas ele aperta minha mão com mais força e tenho certeza de que consegue ver o brilho repentino nos meus olhos.

– Você tá enganado – sussurro. Lachlan afasta os lábios em uma inspiração aguda, como se estivesse prestes a protestar quando digo: – E não acho que cheguei a te odiar, não. Talvez até goste de você, na verdade. Só um pouquinho.

A surpresa é uma explosão momentânea de luz nos olhos de Lachlan, e em seguida seu sorriso provocador assume o controle.

– É, eu meio que percebi isso recentemente. Não sei bem o que me deu essa impressão. Talvez tenha sido o lance do controle remoto. – Lachlan me puxa para seu abraço. O coração dele tamborila debaixo da minha orelha, e afundo em seu calor. – Coragem não tem nada a ver com não sentir medo, mas sim com enfrentá-lo. Você sabe disso melhor do que ninguém. Nós vamos dar um jeito nisso juntos, tá?

Concordo com a cabeça encostada no peito dele, e Lachlan fica acariciando minhas costas, um movimento que ele nem deve notar que está fazendo. Mas eu sim. Logo passa a ser a única coisa em que penso. Seus dedos percorrendo as cristas da minha coluna. A maneira como diminuem a velocidade no cós da minha calça legging e depois voltam a subir pelas minhas costas. Uma ânsia aumenta cada vez que a mão dele passa, uma necessidade que se aprofunda devagar no meu âmago, uma necessidade de mais do que apenas um toque reconfortante.

Eu me afasto e encontro os olhos de Lachlan. Sua mão para nas minhas costas. Ele olha bem para mim, para meu *verdadeiro* eu. Há necessidade, medo, desejo e vontade me encarando de volta. Talvez ele ame mais do que apenas a minha coragem. Acho que é isso que vejo quando me aproximo, quando nossa respiração se mistura, quando ele emoldura meu rosto com as mãos.

– Minha praga apocalíptica – diz ele enquanto seu polegar passa pela minha bochecha. – Porra, você acabou comigo. E agora não consigo imaginar ser outra coisa senão o homem que sou com você.

– Lachlan Kane – sussurro. – É melhor você me beijar e provar isso.

Um último suspiro. Um olhar. E então ele pressiona os lábios nos meus.

Começa suave. Um roçar delicado. Um suspiro. Dou um toque na barba por fazer em seu queixo. E então o beijo se aprofunda. A necessidade por mais se infiltra em cada carícia da língua dele na minha. Passo a beijá-lo com mais força. Eu me afasto apenas o tempo suficiente para tirar sua camisa e então aproveito mais cada momento que passa. Um chupão no lábio dele se torna uma mordida. O roçar de dedos se transforma em um longo arranhão em seu peito. Um suspiro se transforma em gemido.

Em um movimento rápido, estou no sofá com o peso de Lachlan sobre mim.

– Tá dolorida, duquesa? – pergunta Lachlan entre beijos e mordidas no meu pescoço.

Uma de suas mãos percorre meu corpo até deslizar por dentro do cós da legging. Nego com a cabeça enquanto ele circunda meu clitóris com um leve toque.

– Ótimo – diz ele.

Solto uma risada suave e incrédula que se transforma em um suspiro quando ele morde meu mamilo por cima da blusa.

– Quer que eu pare? – pergunta ele quando ergue seu olhar lascivo para mim.

– De jeito nenhum – sussurro.

Ele mergulha um dedo na minha boceta encharcada, dando estocadas lentas.

– Então vou deixar ainda melhor.

Lachlan para de me tocar e alcança o copo de água, tirando um gelo cilíndrico lá de dentro. Com o gelo na mão, ele abaixa minha legging enquanto tiro a blusa. Ela abre um sorriso perverso quando se posiciona bem no meio das minhas pernas e deixa as gotas geladas caírem nos meus seios. Minha respiração falha quando a água desliza pela pele. Ele traz o gelo para o meu mamilo e o circula até deixar o bico rígido, e então o acalma com o calor da boca enquanto provoca o outro. É uma onda de sensações. Frio, depois quente. Quente, depois frio. E vou ficando cada vez mais desesperada por mais.

– Lachlan – digo, ofegante. Passo os dedos pela tatuagem que cobre seu braço até agarrar o bíceps. – Por favor.

Ele se afasta apenas o suficiente para me olhar, seus olhos escuros e sérios.

– Fala quem sou eu.

Uma ruga surge entre minhas sobrancelhas enquanto tento entender o que ele quer dizer.

– Lachlan Kane – digo, passando a mão pelos músculos contraídos de seu braço. Minha resposta não parece satisfazê-lo. – Meu marido. – O alívio em seus olhos é imediato. Ele faz que sim com a cabeça uma vez. Pouso a mão no rosto dele. – Você é meu marido.

– E você é minha esposa. Não se esqueça disso quando eu estiver te comendo, minha putinha.

Ele sustenta meu olhar enquanto desce pelo meu corpo e coloca o gelo na boca. Em seguida, para no meio das minhas pernas. Mantém o gelo sob a língua enquanto chupa meu clitóris, passando pelos nervos sensíveis. A mistura de frio e calor faz com que eu me contorça. Me deixa desesperada. Minha respiração fica ofegante. Lachlan coloca o gelo entre os lábios e o rola sobre meu clitóris, depois enfia a língua na minha boceta. Estremeço quando estou a ponto de gozar, então ele muda, deslizando o gelo pela vulva, a língua no meu clitóris. Quando a sensação se torna insuportável e eu começo a me arquear, ele empurra minha barriga para baixo com a mão espalmada e me segura ali. Não tem como fugir. E não quero. Ele aumenta o estímulo até que eu esteja pronta para sucumbir.

Com um movimento tão repentino que mal tenho tempo de processar, ele me vira de bruços e me penetra com uma estocada rápida que me faz perder o fôlego. Estava tão consumida pelo prazer que nem percebi que ele havia desafivelado o cinto ou abaixado a calça jeans e a cueca, e agora seu pau está enterrado o mais fundo possível, os quadris pressionados na minha bunda, o corpo estremecendo atrás de mim. Ele mete mais uma vez ao som do meu gemido lascivo. Então pega o ritmo, que começa com estocadas longas e lentas. Passa o gelo na minha coluna enquanto segura meu quadril com a outra mão.

– Simplesmente perfeita – diz Lachlan enquanto dá um tapa suave na minha bunda.

Quando grito de desejo, ele bate de novo e depois acalma minha pele com uma carícia gentil. Em seguida, afasta minhas nádegas e dá um gemido.

– Essa bunda perfeita. Esse buraquinho apertado. – O gelo desliza pela minha bunda, e xingo baixinho enquanto ele o esfrega pela borda pregueada. – Você é *minha*, duquesa. Cada xingamento. Cada gemido. Cada grito. É tudo meu. Minha esposa. Entendeu?

Assinto.

– Sim.

– E eu sou seu.

– Sim – sussurro.

Sinto uma gota de calor quando ele cospe na minha bunda. Lachlan passa o gelo no buraco e ao redor dele, sem jamais quebrar a cadência das estocadas. Quando está tudo coberto com uma mistura de água e saliva, ele empurra suavemente o dedo para dentro.

– Ai, meu *Deus* – digo entredentes, enquanto a sensação nova, mas familiar, aumenta a plenitude do pau dele dentro da minha boceta.

– *Marido* – corrige ele, enquanto enterra o pau até o talo e se inclina sobre mim para dar uma mordida rápida no meu ombro. Ele me entrega a pedra de gelo antes de se endireitar atrás de mim. Depois mete um segundo dedo no meu cu, e tremo embaixo dele. – Usa esse gelo e goza no meu pau, duquesa. E quero ouvir você desmoronar com meu nome nos lábios.

Guio o que resta do gelo para o meu clitóris e estremeço com a explosão de sensações. Então Lachlan pega ritmo, as estocadas mais fortes, o ritmo mais acelerado, os dedos em sua própria cadência. Me delicio ao dizer seu nome. Perco a cabeça. Meus pensamentos se desenrolam até que eu seja apenas sensação. Tudo o que consigo sentir é a maneira como ele me arromba. A forma como seu pau esfrega a carne que o aperta. A carícia gelada no meu clitóris. A tensão na garganta enquanto chamo seu nome. E então ela vem, a explosão de prazer que irrompe em meu âmago. Meus músculos se contraem. As costas se curvam. O coração ruge nos ouvidos e amortece o som do gemido de Lachlan enquanto ele goza dentro de mim. Fecho os olhos com força, e estrelas inundam minha visão, e me desmancho, tremendo, coberta por uma fina película de suor. E quando acho que aquilo talvez jamais acabe, o orgasmo começa a arrefecer e me deixa completamente mole e sem fôlego.

Lachlan dá um tempo para que a gente se acalme, um tempo em que passa a mão livre pelas minhas costas em uma carícia gentil. Porém, quando estremeço, ele começa a sair de mim, primeiro os dedos, depois o pau. É um movimento lento, como se ainda saboreasse cada sensação. E quando seu pau está livre, ele separa minhas nádegas para admirar o gozo que deixou ali, dando um grunhido baixo.

– Acho que você não deveria tomar banho antes de sairmos hoje à noite – diz ele enquanto desliza um dedo pela minha vulva para coletar o esperma.

Ele o enfia lentamente no meu cu e dou um gemido.

– Acho que o Conor não ia gostar de eu estar cheirando a sexo dentro de uma van apertada.

Ele enfia mais esperma para dentro do buraco apertado e tento suprimir o desejo crescente que já se manifesta dentro de mim.

– Eu não poderia me importar menos com o que o Conor pensa. – Lachlan enfia o dedo mais uma vez, mas de repente seu toque desaparece. – Mas você provavelmente tem razão. E preciso de todo mundo concentrado hoje à noite, em especial se você insiste em estar lá.

Lachlan se levanta do sofá e me lança um olhar sombrio antes de ir para a cozinha lavar as mãos.

– Sim, insisto em estar presente – digo, e Lachlan balança a cabeça, a resignação pesando em seus ombros conforme vai até a pia. – Então, se você esperava me foder até eu ceder, não deu certo.

Lachlan ri e se vira para mim enquanto seca as mãos.

– Eu não tinha nenhuma ilusão quanto a isso, duquesa.

Ele caminha na minha direção, onde estou sentada no sofá, as pernas dobradas embaixo de mim, meu corpo ainda brilhando de suor. Ele não para até estar bem na minha frente e então se inclina para dar um beijo na minha testa.

– Você é teimosa – diz ele enquanto se afasta. – É outra das coisas que amo em você. Agora vamos. Temos só algumas horas.

Com um sorriso preocupado, Lachlan me deixa e volta para a cozinha para começar o jantar enquanto junto minhas coisas e tomo um banho. Quando saio, o jantar está pronto e conversamos sobre Stan, a sala forte dele e tudo o que temos que fazer depois. E, dentro de uma hora, estamos indo em direção à garagem de Conor, onde deixamos o Charger e trocamos pela van dele, nós três em silêncio enquanto seguimos noite adentro.

Paramos em um lugar de onde é possível ver o necrotério, um prédio austero de tijolos vermelhos. Há apenas quatro carros no estacionamento, uma vantagem de ser tarde da noite. Lachlan estaciona a van, e nós dois nos viramos em nossos assentos para observar enquanto Conor digita comandos em seu notebook no banco de trás do veículo.

– Vou esperar pra acionar o alarme de incêndio quando vocês estiverem bem na porta de emergência na ala norte do edifício. O tempo de resposta padrão dos bombeiros é de apenas cinco minutos e vinte segundos – diz

Conor, sem tirar os olhos do trabalho. – Vou desativar a chamada de emergência automática do alarme, mas mais de dez minutos vai levantar suspeitas da segurança, então vocês precisam agir rápido. Lembram pra onde estão indo?

– Geladeira dois, ala leste do edifício.

– Perfeito.

– Tem certeza de que isso vai funcionar? – pergunto, torcendo para não parecer ansiosa demais para desistir desse plano claramente insano de invadir o necrotério.

– É nossa melhor chance. A sala forte da casa do Stan é de alto nível, quase tão boa quanto a do Leander. Se quisermos acessar os registros depressa, vamos precisar que uma parte do Stan venha com a gente. – Conor estremece de um jeito solidário. – Do contrário, posso levar semanas pra hackear, se alguém não entrar primeiro.

– Certo...

– Tentem se divertir, crianças. Sabe como é, "casais que brincam juntos ficam juntos" – diz ele com uma piscadela. Conor passa dois fones de ouvido para Lachlan antes de retornar ao notebook. – Estou pronto quando vocês estiverem.

Lachlan e eu trocamos um olhar determinado. Por mais que eu tente parecer confiante, minha barriga fica se revirando de um jeito desconfortável. Lachlan consegue enxergar através de mim. Sua expressão é sombria quando ele ajeita o fone de ouvido, com vinco profundo entre as sobrancelhas.

– Tem certeza disso, duquesa? Não vai ser bonito. Posso fazer isso sozinho.

– Em dez minutos, não pode, não – respondo. Meu tom é mais uniforme do que eu esperava, considerando que com certeza todos os meus órgãos internos estão nesse momento alojados na minha garganta. – Se a gente quer entender tudo isso antes que aconteça de novo, essa é a nossa melhor oportunidade. Além disso, esse é um problema da minha família. Quero estar envolvida na resolução de tudo. Não quero ficar sentada enquanto outras pessoas fazem isso por mim.

Um longo suspiro esvazia o peito de Lachlan enquanto seu foco recai no dispositivo em sua mão.

– Eu respeito isso, Lark. Mesmo. Mas coisas desse tipo podem dar errado. Você precisa tomar cuidado.

Consigo ver todas as coisas que Lachlan está desesperado para dizer, mas guarda para si. Então me inclino para a frente e apoio a mão no calor de sua bochecha com a barba por fazer e dou um beijo prolongado em seus lábios. Ele capta meu suspiro silencioso de conforto diante de seu gosto familiar. Antes de me afastar, pouso minha testa na dele e sussurro:

– Prometo que vou fazer o que você mandar. Mas só dessa vez. Não vai se acostumar.

Lachlan dá outro beijo na minha testa.

– Tá certo, duquesa. Vamos.

Com um aceno determinado para Conor, Lachlan sai do veículo atrás de mim, e caminhamos pela escuridão rumo ao outro lado do necrotério. Quando chegamos à esquina do prédio, Lachlan me puxa para trás dele e espia pela parede. Ele se vira e me lança um último olhar avaliador, uma última oportunidade de deixar o plano de lado e correr de volta para a van. Erguer as sobrancelhas é tudo que preciso responder.

– Estamos prontos – diz Lachlan.

– Entendido – responde Conor, sua voz clara em nossos fones. – Tem só quatro pessoas no prédio agora, então fiquem onde estão até que eu dê sinal verde, caso eles saiam pelos fundos.

Meu coração dispara enquanto Conor faz a contagem regressiva.

Três.

Dois.

Um.

O alarme de incêndio me assusta, embora eu já esperasse por ele. Mas Lachlan permanece focado e confiante na minha frente, aparentemente à vontade com o aviso que soa pelo edifício. Sua mão enluvada paira ao lado de uma arma no coldre na lateral de seu corpo. Posso imaginar a facilidade com que ele maneja a arma, a graça e a precisão de seu corpo musculoso, o foco infalível em seus olhos.

– Você já matou alguém com um lápis? – deixo escapar.

Lachlan me lança um olhar breve e interrogativo por cima do ombro antes de se concentrar mais uma vez na porta de emergência.

– Não. Por que eu mataria alguém com um lápis?

– Porque você pode – respondo com um dar de ombros. – E cortando a jugular com uma carta?

– Que tipo de carta?

– De baralho. Mas uma carta de tarô seria foda, hein. Você já matou alguém com uma carta de tarô?

– Não.

Deixo escapar um suspiro desapontado.

– O que foi?

– Eu ia dizer que você tá parecendo um tiquinho com o Keanu Reeves agora, mas desisti.

– Deus meu. – Lachlan estreita os olhos em um olhar petulante. – Eu matei um cara uma vez usando uma luminária de sal rosa do Himalaia. Ele já fez isso?

Dou de ombros.

– *Não*, não fez, porque ele é um *ator*, sua praga apocalíptica.

Abro um sorriso quando a risada de Conor atravessa o fone de ouvido.

– Hora de ir, crianças. Vocês vão ter que brigar mais tarde porque a última pessoa acabou de sair do prédio. A porta norte deve estar aberta.

A leveza que senti evapora à medida que caminhamos em direção à porta. A contagem regressiva de dez minutos começa.

Lachlan nos conduz pelos amplos corredores principais. Passamos por escritórios e laboratórios. Luzes vermelhas pulsam acima de nós, e o barulho é quase ensurdecedor. Dobramos duas vezes à esquerda e chegamos a um corredor de portas prateadas. Pelo frio que atravessa cada camada da minha roupa, sei que chegamos aos refrigeradores. Lachlan para diante da porta do segundo refrigerador e observa minha reação quando posiciona seu polegar em cima de um botão azul.

– Vamos lá – digo antes que ele possa perguntar.

Ele aperta o botão, e a porta se abre. Somos atingidos por uma rajada de ar gelado.

Entramos no cômodo onde uma série de ventiladores zumbe acima de nós e agita nossa respiração nebulosa em correntes e redemoinhos. O cheiro dos produtos de limpeza industriais não consegue mascarar a putrefação de corpos humanos que paira como uma memória malévola. Carrinhos de aço inoxidável usados para autópsia se alinham em duas das paredes e, embora haja pelo menos vinte mesas, apenas cinco contêm sacos com cadáveres. O alarme de incêndio ainda soa ao nosso redor com uma urgência que impulsiona Lachlan em direção aos carrinhos, onde começa a verificar as etiquetas com os nomes nos sacos.

– Vocês têm oito minutos – avisa Conor do outro lado da linha.

Lachlan já puxou um carrinho para a frente. Antes de abrir o saco, ele se vira para mim, a preocupação estampada em seu rosto enquanto examina o meu.

– Pronta?

– Pronta.

Ele abre o zíper do saco revelando o cadáver de Stan Tremblay.

Já vi corpos antes, é claro, mas a morte sempre tinha acontecido há tão pouco tempo que parecia que poderiam estar dormindo. Nunca tinha visto alguém próximo bem morto há algumas horas. A pele de Stan está gelada e pálida, o rosto relaxado, como se ele fosse uma estátua de cera, uma réplica imperfeita da pessoa que conheci. Há um longo corte em sua garganta, e as bordas do ferimento estão congeladas e secas como uma fatia de carne crua que foi deixada por muito tempo em cima da bancada. Sei que deveria começar a trabalhar logo, mas não consigo evitar parar por um momento enquanto tento enxergar no que vejo agora o homem formidável que conheci.

Mas, mesmo com os segundos passando e o alarme tocando, Lachlan não me apressa. Com cuidado, ele coloca um pequeno estojo no peito de Stan e me passa um fórceps de corte ósseo.

– Indicador e polegar, quando estiver pronta – diz ele enquanto tira um saco plástico com fecho e o coloca entre nós. – Depois vamos fazer… a outra coisa.

Pego a mão esquerda de Stan e começo a trabalhar com o fórceps. Encaixo as pontas afiadas na segunda articulação do dedo indicador, onde deveria ser mais fácil separar as juntas. Mesmo com o alicate novinho, é preciso muita pressão e alguns ajustes para conseguir, mas logo ele se solta e eu coloco o dedo decepado na sacola com o outro dedo que Lachlan acabou de remover da mão direita de Stan.

– Você tá indo bem – elogia Lachlan, e encontro seus olhos do outro lado do corpo.

Não é apenas um reforço positivo sobre a minha capacidade, mas uma observação de que, apesar de conhecer esse homem morto entre nós, não estou sendo afetada pela familiaridade.

– Aham – respondo, lançando a ele um sorriso quando corto o polegar de Stan com o fórceps. – É um tanto terapêutico, na verdade.

Lachlan franze a testa ao soltar o polegar direito, seus olhos nunca deixando os meus.

– O Stan foi muito útil pra mim e pra minha família, sem dúvida. Depois do que aconteceu com meu pai, ele ficou encarregado de me ensinar algumas "habilidades para a vida", pelo menos até o Damian assumir. A diferença entre um soco martelo e uma cotovelada, por exemplo. – Cerro os dentes, apertando o alicate até que a junta enfim sucumbe à pressão com um estalo. – Então, embora eu seja grata por ele ter me ensinado alguns truques úteis, ele não era, digamos, um instrutor dos mais empáticos. E a presença dele na minha vida também não era nenhum indicativo de que as coisas estavam dando certo, sabe?

– Aham. Entendo – diz Lachlan, enquanto segura o saco plástico aberto para que eu possa colocar o polegar decepado dentro dele. Depois de lacrado, ele coloca a embalagem no bolso interno da jaqueta. – Seja como for, estou orgulhoso de você, tá?

– Você é meu marido, meu bem. É meio que sua obrigação dizer isso.

Um rubor adorável surge nas bochechas de Lachlan antes de ele dar um pigarro e perguntar de um jeito ríspido a Conor quanto tempo ainda resta.

– Três minutos.

– Merda.

Lachlan pega outro conjunto de ferramentas e as apoia no peito de Stan. Há uma seringa cheia de uma espécie de solução e um frasco de formol. Um bisturi. Duas tesouras. Um conjunto de pinças delicadas. E algo que de um jeito perturbador se parece com uma colher de servir sorvete.

– Pronta? – pergunta ele.

A bile se agita no meu estômago.

– Provavelmente não.

– Também não.

Nós nos aproximamos do rosto de Stan, e Lachlan me passa a pinça.

– Conor, você tem cem por cento de certeza de que o sistema de segurança dele tem reconhecimento de íris?

– Cento e *dez* por cento de certeza. Divirtam-se.

– Puta merda. – Lachlan parece tão inexperiente quanto eu ao segurar os cílios de Stan entre dois dedos e puxar a pálpebra superior para cima. – Segura isso aqui com a pinça.

Faço o que ele pede e posiciono o instrumento para afastar a pálpebra da recompensa logo abaixo. Lachlan encharca a superfície do olho de Stan com o líquido da seringa antes de pegar o bisturi com uma respiração profunda e instável.

– Retiro o que disse antes sobre deixar Sloane fora disso – digo. – A gente devia ter pedido pra ela fazer isso. Que nojo, puta que pariu.

– Não é você que tem que tirar isso da cara dele – diz Lachlan enquanto se inclina sobre a cabeça de Stan com o bisturi. Ele começa a cortar ao longo da crista superior do osso para separar o músculo fino que adere ao globo ocular. Basta uma olhada para seu progresso e preciso me virar para conter uma ânsia de vômito. – Porra, não começa.

– Não consigo evitar.

– Você vai me fazer vomitar também.

– Vai mais rápido, por favor.

– Sim, vai mais rápido – diz Conor –, porque alguém se deu conta da demora e ligou pro corpo de bombeiros.

– *Merda* – sibilo contra a manga da roupa.

Lachlan me dá um tapinha no pulso.

– A outra pálpebra.

Assim que pinço a pálpebra inferior, uma onda de sangue se acumula na superfície branca e gelatinosa, e eu me arrepio. Com a mão trêmula, consigo beliscar a pele com a pinça antes que meu estômago embrulhe e eu tenha outra ânsia de vômito.

– Aguenta firme, Lark – reclama Lachlan, sua voz soando tanto como um apelo quanto como uma ordem.

– *Como?*

– Pensa no Keanu Reeves.

– *Não*, não se atreva a arruinar o Keanu pra mim com o poder dos globos oculares.

– Porra, tá bem. *Merda.* – Lachlan xinga baixinho, e eu enterro a testa suada na dobra do cotovelo. – Como a Sloane consegue fazer isso, meu Deus?

– Finge que é uma bola de gude – sugere Conor. – Ou uma daquelas balas de goma em formato de olho. Já viram? A Gabs adora essas coisas. São recheadas com um líquido vermelho e azedo.

Sinto náusea outra vez, e Lachlan solta uma série de palavrões, alguns em irlandês, imagino, embora mal consiga entender o que ele diz por conta do alarme estridente e dos batimentos cardíacos nos meus ouvidos.

– Não fala em *comida* agora, seu merda. Caralho.

– Sim, vai se foder, Conor. Deixa meu homem em paz.

– O treco da colher, Lark. Me passa a colher.

Continuo sentindo ânsia de vômito. Lachlan também. Conor dá uma gargalhada. Consigo me recompor por tempo suficiente para pegar a colherzinha e entregá-la a Lachlan.

– Mete logo isso aí dentro, pelo amor de Deus.

– Parece que eu tô invadindo a intimidade de vocês...

– *Cala a boca* – sibila Lachlan. – Me passa a tesoura, duquesa.

Entrego a tesoura para ele e, um segundo depois, ouço um som vitorioso de triunfo. Pego o frasco de formol e prendo a respiração enquanto Lachlan coloca o olho decepado no líquido. Mal fechei a tampa, e Lachlan já guardou as ferramentas ensanguentadas, palavrões abafados ainda saindo de seus lábios.

O fone de ouvido estala com a risada de Conor.

– Eu tava brincando, aliás. Não precisamos do olho.

– *Vai se foder, Conor!* – gritamos em uníssono enquanto guardo o globo ocular.

Lachlan fecha o zíper do saco, empurrando o carrinho de Stan de volta para onde estava.

– Não, sério, a gente precisa do olho, sim. Mas também que vocês saiam daí. Os caminhões de bombeiros estão a um minuto ou dois de distância.

Saímos depressa, refazendo nosso caminho pelo edifício em direção à noite fria de novembro. Enquanto corremos em direção à van, ouvimos o barulho das sirenes ao longe. Mal consigo recuperar o fôlego, mas a adrenalina que explode em minhas veias me dá uma sensação de poder. Eu me sinto invencível. Não sei se Lachlan se sente assim depois de cada serviço que faz, essa adrenalina viciante, mas me sinto incrível.

Tanto que quase esqueço por que estamos de fato aqui.

Lachlan sorri como se pudesse adivinhar meus pensamentos conflitantes por trás dos meus olhos arregalados e maníacos, enquanto passa a embalagem com os dedos para Conor. Faço o mesmo com o pote, e Conor coloca os dois itens em um pequeno refrigerador.

– Devemos ter tudo de que precisamos pra acessar os registros do Stan. Mas, se alguma coisa acontecer e isso não funcionar, pode ser que leve semanas. O tempo está correndo. Se o assassino cumprir seu cronograma, em quarenta dias ele vai matar outra vez. Pode não ser tempo suficiente.

Concordo com a cabeça, e Lachlan estende a mão pelo painel central para apertar a minha. Há uma esperança tácita na maneira como ele me observa. Consigo notar que ele quer acreditar que esses pedaços de Stan vão desvendar o mistério do matador que nos assombra, mas é como se não estivesse disposto a dar muita importância ao que parece ser pouco mais do que ingredientes de uma poção de bruxaria.

– Vamos encontrar quem quer que esteja fazendo isso – diz ele, e levanta minha mão para roçar os lábios nos nós dos meus dedos. É tanto uma garantia para ele quanto uma promessa para mim. – E, assim que isso acontecer, vou mostrar pra ele o que é o inferno na Terra.

22

ANDARILHO
FANTASMA DA FLORESTA

Já se passaram duas semanas desde que entreguei o Sr. Tremblay a Deus, e agora Ele recompensou minha diligência. Minha servidão. Moveu as peças no tabuleiro e abriu meu caminho para a vitória justa.

Porque sou eu que conheço os planos que tenho para vocês, planos de fazê--los prosperar e não de lhes causar dano, planos de dar-lhes esperança e um futuro.

E meus planos estão prontos para se concretizarem.

Fico um bom tempo na porta e observo a mulher enquanto ela dorme. A luz lança linhas de sombras em seu corpo ao passar pelas persianas. Ilumina cada mínimo movimento, cada respiração. Quase posso sentir o cheiro da falência de seus órgãos. O ambiente estéril e os produtos de limpeza industriais não conseguem mascarar o cheiro da morte iminente.

Deus Todo-Poderoso, a sombra da morte paira sobre ela.

O ritmo de sua respiração muda. Talvez um pesadelo. Fluido se acumula em seu peito e ressoa. Ela tosse, e, quando abre os olhos, eles percorrem o cômodo até recaírem em mim.

– Quem é você? – pergunta ela.

Sua visão deve estar turva por causa do sono e da velhice, mas ainda assim capto a suspeita nas profundezas leitosas de seus olhos. Dou um passo para dentro do quarto e fecho a porta.

– Hoje meu nome é – digo apontando para o crachá roubado que prendi no bolso da camisa – Steve.

– Hoje meu nome é Bertha, então se você está procurando a Ethel, receio que esteja no quarto errado.

Sorrio para a velha enquanto tiro um par de luvas de látex do bolso do uniforme e as coloco.

– Você não é como eu esperava, Ethel.

– Já me disseram isso antes. Mas homens como você têm subestimado mulheres como eu desde o início dos tempos, então sua surpresa não é nenhuma novidade.

A velha me lança um olhar penetrante e desdenhoso. Então pressiona o botão para ajustar a inclinação da cama. Avanço, determinado a impedi-la de tentar chamar a enfermeira, mas ela caçoa de mim com desprezo. Com esse olhar, sei que aceitou seu destino ou que pretende tentar lutar comigo sozinha.

– Então – diz ela, mais alto do que o zumbido do motor oculto da cama. – Presumo que esteja aqui pra me matar, estou certa?

– Estou aqui para entregá-la a Deus – corrijo enquanto paro ao pé da cama.

– A pedido do Bob?

Inclino a cabeça.

– Sabe – prossegue ela, agitando os dedos tortos no ar, como se implorasse para que eu entendesse –, Bob Foster. Parece o tipo de coisa que ele faria, enviar alguém como você. Tão sem graça, sem criatividade. Muito parecido com os muffins dele. Ele nunca teve muito talento.

Tiro um estojo preto do bolso. Embora não o abra, a mulher acompanha o movimento das minhas mãos.

– Infelizmente não conheço o Sr. Foster.

Uma tosse estrondosa aumenta no peito da velha até que um catarro sangrento escorre de seus lábios. Eu lhe ofereço um lenço, e ela o pega, levando-o à boca. Sua atenção permanece em mim. Assinto, compreendendo tudo que ela não diz.

– É bom aceitar a morte. Não lutar contra a vontade de Deus. – Dou um passo para a lateral da cama e abro a caixa para retirar a primeira das três seringas já cheias. – Tem algum arrependimento diante do julgamento do Senhor?

– Nenhum – diz ela.

Seus olhos se desviam para o canto do quarto. Imagino se ela O sente aqui conosco. Eu sinto. Sinto a vontade do Senhor em minhas mãos. Ele mantém a seringa firme em meus dedos. Sua presença sussurra para mim, guia cada batimento do meu coração.

– Fale – exijo. – Confesse seus pecados diante do Seu anjo da morte.

A velha dá um suspiro profundo.

– Eu me arrependo… – Ela para de falar quando olha para mim. Parece feroz e cheia de determinação. – Eu me arrependo de não ter roubado a receita dos muffins de banoffee do Bob Foster quando tive oportunidade. O desgraçado pegou vinte por cento da clientela quando lançou As Banoffees do Bob.

Estreito os olhos.

– Me arrependo de não ter ido pra casa com Spencer Jones depois da festa da Marcie quando eu tinha 23 anos. A Jenny Bright foi pra casa com ele e disse que ele comeu o rabo dela de seis maneiras diferentes até domingo. Ela passou um mês inteiro falando sobre isso durante os brunches no country clube…

– *Ó Senhor meu, em Ti me amparo contra as insinuações dos demônios!*

– … conheci o meu Thomas pouco depois, e em 62 anos de casamento ele nunca comeu minha bunda. Levei quase um ano pra convencer o Tom de que havia mais posições do que apenas eu deitada feito um peixe morto.

Solto um suspiro pesado. Estalo a língua.

E então me viro para a bomba de infusão e pauso o gotejamento do remédio. Pressiono o tubo para manter a solução presa. Encaro a velha.

– *Venerado seja entre todos o matrimônio e o leito sem mácula…*

– Defina "mácula"…

– *… porém, aos sexualmente imorais e aos adúlteros, Deus os julgará.*

– Defina "sexualmente imorais"… sexo a três conta? Porque teve uma vez com a Jenny…

– Basta.

Minha mão treme de vontade de bater nela. Ela sorri, uma satisfação demoníaca. Satanás atiçou meu ódio para consumi-lo. Mas ele não terá mais o que deseja.

– *Com o poder que Deus vos conferiu, precipitai no inferno Satanás e os outros espíritos malignos, que andam pelo mundo tentando as almas.*

Giro a tampa da entrada do tubo intravenoso e injeto a solução salina da primeira seringa. Imagino que Ethel vai tentar resistir. Talvez retire o acesso da mão. Embora fosse inútil, ela poderia tentar se salvar. Mas ela não faz isso.

Ethel apenas sorri.

Seus olhos não deixam os meus. Sinto-os na minha pele, mesmo quando me concentro em retirar a primeira seringa e trocá-la pela segunda, que contém lorazepam. Três vezes a dose para o que estimo que seja o peso dela.

Uma emoção surge em minhas veias. Este é o meu chamado, a missão conferida a mim pelo Próprio Deus. Ele me concedeu os meios para vingar meu irmão, Harvey, e depois encontrou para mim um propósito maior: matar os corruptos que protegem Seus assassinos e destruir aqueles que se colocam entre mim e a justiça que busco alcançar. Meu Deus me levou a ficar no mesmo hotel que o Açougueiro e a Aranha quando cheguei, com a esperança de vasculhar os destroços da casa onde cresci. A polícia estava tão ocupada exumando os corpos das vítimas de Harvey que não se esforçou muito em procurar quem *o* matou.

Não demorou muito. Não com um crachá falso e um sorriso contido, além da vontade de Deus.

Uma manta roubada. Uma cobrança extra no cartão de crédito. Com meia dúzia de perguntas, cheguei a um nome falso. E em pouco tempo encontrei um verdadeiro. Rowan Kane.

E agora, ao retirar a segunda seringa e substituí-la por uma última dose de solução salina, sinto-O junto a mim, inundando minha alma de paz.

– Algumas pessoas diriam que minha mãe era uma mulher difícil – digo a Ethel enquanto fecho a entrada do tubo e ligo novamente a bomba. Guardo as seringas vazias no estojo, que coloco no bolso. – Mas a verdade é que ela mostrou a mim e ao meu irmão as profundezas da escuridão do mundo. Ela nos mostrou sua natureza implacável. E nos ensinou como sobreviver. Ela nos mostrou o outro lado de Deus. O acerto de contas diante da luz.

– Isso parece uma grande bobagem, rapaz.

Sorrio e recito a letra do hino que sempre canto para os sacrificados durante seus últimos suspiros. Meu presente de despedida, para conduzir suas almas ao julgamento.

– *Fique comigo...*

– Prefiro não.

– *... cai depressa o entardecer.*

– Ele viria mais devagar se você não tivesse me drogado – diz Ethel, com a fala arrastada.

– *A escuridão se aprofunda; Senhor, fique comigo. Quando outros ajudantes fracassarem e o conforto se for, a ajuda dos desamparados, ó, fique comigo.*

Puxo lentamente o lenço ensanguentado do punho cerrado de Ethel. É como um truque de mágica. Será a única evidência material do nosso encontro que vou levar desta sala. Um lembrete de que a magia é uma ilusão. A morte, uma ilusão. A vida, um momento fugaz na vontade de Deus.

Olho fixamente para a velha. As exalações ásperas são desesperadas, mas ela não demonstra medo. Apenas desafio.

– Se você tocar na minha Lark, ele te mata – sussurra ela.

Sorrio enquanto dobro o lenço e o coloco no bolso.

– Estou torcendo muito para que ele tente.

E então observo até que o último suspiro deixa seus lábios como uma oração derradeira e sem resposta.

23

ÚLTIMA DEFESA
LARK

— Tô feliz por você – diz Rose.

Ergo os olhos dos dois pratos cheios de farelos entre nós, e o sorriso de Rose se alarga sob meu olhar minucioso.

– Dá pra ver que as coisas estão diferentes.

– Como assim? – pergunto.

– Com o Lachlan. Você tá mudada em relação a alguns meses atrás. Parecia que você queria matar ele no casamento da Sloane. E olha pra você agora. – Rose abre os braços e quase dá um soco na barriga de um barista que passa pela nossa mesa. – Antes você tinha uma energia assassina e agora tá aí, toda sensual e radiante.

Começo a tossir em meio a um gole de café.

– Hmm... é. Obrigada.

– É bom?

– O quê?

– O sexo. Dã.

Minhas bochechas esquentam quando uma lembrança da noite passada atravessa minha mente: o rosto de Lachlan enterrado no meio das minhas pernas, meu punho agarrando com força o cabelo dele enquanto empurrava sua boca pecaminosa contra minha boceta. Faz apenas duas semanas que nossos desejos e vidas finalmente se alinharam, e estamos mais unidos a cada dia. Todas as noites, ele me come até que eu quase desmaie, exausta, mas saciada. Todas as manhãs, acordo menos capaz de imaginar os dias anteriores à presença de Lachlan na minha vida e na minha cama. Às vezes, o toque dele é tudo em que consigo pensar. Suas mãos em minha pele. Seu beijo no meu pescoço. Seu pau enterrado em mim até o fundo.

– Tão bom que não consegue nem sentar direito, né? – provoca Rose, enquanto me remexo no assento. Ela sorri, e meu rosto fica ainda mais quente. – Tô feliz por você, Lark. Você merece.

Embora eu agradeça, há um toque de tristeza na minha gratidão. Sei que não posso dizer o mesmo para ela. E pela maneira como nós duas olhamos para a mesa, Rose também sabe disso.

– Como vou saber onde você tá? – pergunto enquanto Rose toma o último gole do café e coloca a caneca vazia na mesa, se inclinando para trás para me olhar com um sorriso melancólico.

– Eu tenho celular. O Circo Silveria pode ter um clima nostálgico, mas também tem tecnologia moderna.

– Eu sei, mas você vai estar por aí. Vai ser um pouco mais difícil a gente se encontrar. Mas vou te ver sempre que puder, sempre que você estiver por perto.

– Eu adoraria. Você e a Sloane. – Rose balança a cabeça e engole em seco, o sorriso vacilando. – Vocês são as minhas garotas. Minhas acrobatas.

– Não sei muito bem o que você quer dizer com isso, mas até que gostei. – Sorrio e tomo um gole do meu café. – Falta quanto tempo pra você se encontrar com o pessoal do circo?

Rose olha para o relógio e morde o lábio.

– Uma hora, mais ou menos.

– E o Fionn?

– Ele vai me deixar lá. Depois, acho que é isso.

Rose dá de ombros. A tristeza se aprofunda em suas feições, mesmo que tente esconder. Estendo a mão para segurar a dela por cima da mesa. Sei como é tentar manter a máscara pelo bem de outra pessoa enquanto por dentro a gente desmorona. Mas Rose mantém seu coração bem aberto para todo mundo ver, e bastam apenas um ou dois segundos antes que lágrimas brotem de seus olhos.

Não digo a ela que vai ficar tudo bem. Não sei se isso é verdade e também não quero fazer comentários que pareçam muito clichê. Não mais. Nem para mim nem para mais ninguém. Então, em vez disso, segurando a mão de Rose, digo a ela o que sinto de verdade.

– Vou ficar com saudade de você.

Rose assente.

– Também vou – sussurra ela. Seu sorriso é frágil, e meu peito dói em resposta. – Você sabe o que dizem sobre o circo.

– O quê? Que o show tem que continuar?

– Não – responde ela. – Que o show não começa até você pular.

Fico fascinada pelas palavras de Rose e por seus olhos escuros e brilhantes quando o celular dela vibra com uma mensagem, desfazendo o feitiço entre nós duas. Lançando um olhar para a tela, ela tira o aparelho da mesa e o guarda no bolso.

– O doutor chegou. Acho que a gente se vê por aí. Vê se não some.

Nós duas nos levantamos e nos abraçamos. O tremor nos ombros de Rose parte meu coração, que fica cheio de dor e raiva por ela. Sei que o que quer que esteja acontecendo com o Fionn não é da minha conta, e ela não parece disposta a entrar em detalhes, mas não posso deixar de fazer uma crítica a ele.

– Talvez Lachlan não seja o maior escroto dos Kanes, no fim das contas – sussurro, e Rose ri nos meus braços.

– É. Talvez não – diz ela ao me dar um beijo na bochecha. – Se cuida, minha mestre de cerimônias.

Com um fraco e derradeiro sorriso, Rose se vira e sai da cafeteria. Observo enquanto ela abre a porta de um carro aguardando na calçada e desaparece lá dentro.

É uma caminhada curta até a minha casa, e aproveito a maior parte do trajeto para enviar mensagens de texto para Sloane. Ela e Rowan vão passar um fim de semana em Martha's Vineyard para desfrutar do clima de lua de mel, algo que acho que estou começando a querer também, embora, para mim e Lachlan, esse clima todo tenha chegado um pouco atrasado. Mas será que isso importa mesmo? Há um caminho que a maioria das pessoas percorre na vida quando acaba se casando. Primeiro, se apaixonar. Fazer os votos. Mas talvez eu nunca estivesse destinada a seguir por esse caminho. Fico mais surpresa do que qualquer outra pessoa quando percebo que estou feliz desse jeito.

Estou elaborando essa epifania quando entro no apartamento e mando uma mensagem para Lachlan para avisar que cheguei em casa. Largo o celular para passar um tempinho brincando com Bentley, que pega a caveira de pelúcia que Lachlan comprou para ele na semana passada. Estamos brincando de cabo de guerra quando meu celular vibra na mesinha de centro com uma chamada.

A afobação que senti esperando ver o contato de Lachlan na tela é dissipada quando vejo que é a minha mãe.

– Oi, mãe.

– Meu amor.

Já sei o que ela vai dizer a seguir.

Há um vórtice no tempo um segundo antes de as palavras chegarem, que parece ainda pior do que o momento em que as ouço em voz alta. É como a antecipação diante da picada de uma agulha: a gente sabe que a dor vai chegar, mas imaginá-la às vezes é pior do que o momento em que ela penetra na pele.

– A Tia Ethel faleceu.

Mesmo assim, a dor me atinge como uma machadada no peito. Lágrimas descem livremente pelo meu rosto. Todos sabíamos que isso estava para acontecer. Eu pensava no assunto todos os dias. E ainda assim parece que um buraco se abriu dentro de mim, um vazio que parece gravitacional. Impossível de ser preenchido. Como se tivesse sido feito apenas para me consumir.

As lágrimas não param à medida que minha mãe me dá os detalhes. Que Ethel morreu dormindo. Em paz. Ela diz todas as coisas que deveriam ser um pequeno consolo após a perda. Depois, fala sobre questões práticas que não dão espaço para o luto, nem por um segundo. Minha mãe parece hesitante quando pergunta se quero encontrá-los na casa de repouso antes que a funerária chegue para levar o corpo de Ethel. Ela mal termina de fazer a pergunta e já digo que sim, e peço que esperem até eu chegar lá. E embora minha mãe não pergunte abertamente sobre Lachlan, ele é a presença que mais anseio. Seu semblante tranquilo. Sua sombra constante para minha luz vacilante. Sinto certo conforto em saber que, mesmo tendo visto mais partes minhas do que eu estava disposta a compartilhar, mesmo assim ele não me abandona.

Assim que minha mãe desliga, seleciono o número de Lachlan na lista de favoritos. Tento me recompor, mas a sala parece pulsar a cada batida do meu coração, uma película aquosa obscurecendo minha visão.

Lachlan atende no primeiro toque.

– Oi, duquesa. Tava pensando em você.

– Oi.

Pronto. Isso é tudo que preciso dizer. Apenas uma palavra curta. Um suspiro de tristeza.

– O que houve? Aconteceu alguma coisa? Você tá bem? Onde você tá?

Para um homem que não diz mais do que o necessário, a enxurrada de perguntas quase me faz sorrir, apesar da dor que preenche cada fenda do meu peito.

– A Ethel – digo, contornando a pedra alojada na minha garganta. – Ela se foi.

– Ah, Lark, sinto muito, meu amor. Eu posso ir te buscar. Do que você precisa?

– Vai ser mais rápido se a gente se encontrar na casa de repouso. – Começo a juntar meus pertences na bolsa e vou até a cozinha para reabastecer a água de Bentley enquanto ele me segue. – Meus pais já devem estar chegando lá. Vou pegar um Uber.

– Tem certeza?

– Tenho. Vou ficar bem. É só…

Faço uma pausa e contraio os lábios, tentando segurar a dor que invade cada osso, cada gota de sangue. Respiro fundo algumas vezes e torço um fio solto do meu suéter no dedo até doer, até que consigo falar novamente.

– É que ela era minha âncora – digo enquanto vou até meu quarto. – Ela se manteve firme em todas as tempestades. Eu já sabia que isso ia acontecer, mas mesmo assim me sinto… à deriva. Saber não torna a situação mais fácil, né? Eu esperava que a gente fosse ter um pouquinho mais de tempo.

– Eu sei. Também esperava, duquesa. Sinto muito, sei o quanto ela significava pra você. – O suspiro pesado e preocupado de Lachlan cruza a linha. – Tem alguma coisa que eu possa fazer?

Uma risada ofegante e sem alegria deixa meus lábios antes de a minha garganta se fechar mais uma vez.

– Provavelmente. Mas agora só preciso de um abraço.

– Isso eu posso fazer – diz Lachlan.

Pressiono o telefone contra o ouvido e deixo as lágrimas caírem de novo. O silêncio dele me consola. Sei que ele está ali, me dando tempo, outra âncora firme em uma tempestade. Fico parada de pé no quarto que se tornou nosso e olho para o chão, presa numa torrente de pensamentos e conclusões, quando a voz calma dele finalmente me liberta.

– Lark…?

– Eu?

– Te amo.

O ar fica preso nos meus pulmões. Essa confissão serena ecoa na minha mente até ficar marcada ali. *Te amo*, uma tinta indelével registrada na memória.

Cada um dos momentos grandiosos e ousados ao lado de Lachlan atravessa minha mente. A primeira vez que a gente se viu. A segunda. O beijo no cartório, quando fizemos nossos votos. As palavras incompreensíveis que ele sussurrou para mim pouco antes de nossos lábios se encontrarem. Não entendi o que significava aquilo, mas consegui sentir. Que este homem estaria comigo nos meus momentos mais sombrios. E que, se eu deixar, vai ficar comigo nos momentos luminosos também.

O show não começa até você pular.

Pressiono a mão sobre os olhos, mas isso não impede que uma nova onda de lágrimas os inunde e deslize pela minha pele. Bentley gane aos meus pés e desabo no chão, passando um braço em volta do pescoço grosso dele para chorar em seu pelo enquanto seguro o celular no ouvido com a mão instável.

– Também te amo, Lachlan.

– Pega um Uber, duquesa – diz ele, com alívio e um sorriso na voz. – Eu te encontro lá já, já.

Com um suspiro profundo, me despeço e tento me reconciliar com um mundo que parece ter virado de cabeça para baixo. Ethel se foi. Tudo na minha família vai mudar. Estou apaixonada pelo meu marido.

Uma risada incrédula explode em meus lábios, apesar das lágrimas que ainda estão grudadas nos cílios. Pouso a testa no pelo macio entre as orelhas de Bentley.

– Tô apaixonada pelo meu marido, Bentley. Acho que isso significa que vamos ter que ficar com ele. – Elevo os olhos na direção do teto com um sorriso agridoce. Não precisa de muita coisa para imaginar Ethel se deleitando com seu último plano, que vai sair do jeitinho que ela queria. – Ouviu isso, sua encrenqueira manipuladora? Estou apaixonada por Lachlan Kane. Tenho certeza de que era isso que você queria, né?

Eu me levanto. Antes de pedir o Uber, vou até o banheiro jogar uma água no rosto. Meu corpo parece quente demais com todas essas emoções correndo debaixo da pele. Mas, quando olho para meu reflexo, vejo a beleza de estar de coração aberto. Não tem nada a ver com a maquiagem que ainda está grudada nos olhos ou com a base que foi removida, mas sim com ver no espelho a mulher que sou por dentro. Aquela que não se esconde atrás do que o mundo quer ver. Não há nenhum sorriso falso, nenhuma fachada para evitar que os outros sejam incomodados pelas minhas emoções. Estou de luto e parece que estou sofrendo. Estou apaixonada e parece que estou vivendo.

Gosto da mulher que me olha de volta. Acho que minha tia também ficaria orgulhosa dela.

Estou enxugando as últimas lágrimas do rosto quando Bentley dá um latido de alerta vindo da sala de estar. *Talvez o Uber estivesse mais perto do que eu imaginava e eu não ouvi a campainha*, penso. Mas, quando pego o celular e dou uma olhada no aplicativo enquanto vou em direção à sala, o Uber ainda está a dez minutos de distância.

Bentley late de novo quando entro na sala. Então ele rosna.

– O que… – começo a dizer, mas então entendo.

Vejo quem é. Abe Midus está parado na minha sala. Olhos vorazes. Sorriso faminto.

De repente, somos caçador e presa.

Saio correndo em direção à cozinha. Algo bate nas minhas pernas e dou de cara com uma luminária, me desequilibrando. Um raio de dor me cega quando caio. Toco a lateral da cabeça e minha mão sai pegajosa de sangue. Bentley rosna atrás de mim. Há um baque, e ele grita. Algo perfura meu pescoço, afiado e inevitável, antes de ser puxado de volta.

Tento pegar meu celular. Meus dedos deslizam pelo vidro quando ele é chutado para fora do meu alcance. Meu gemido é abafado pelo ribombar do meu coração enquanto tento me arrastar pelo chão. A força é drenada dos meus músculos a cada segundo que passa. Só tenho energia suficiente para me virar de costas e respirar.

Respira. Respira. Respira. Fica acordada.

Minha visão começa a ficar escura e embaçada.

Abe Midus para aos meus pés e coloca uma tampa numa seringa antes de guardá-la no bolso. Um sorriso se estende lentamente por seu rosto. A luz reflete em algo que ele segura. Uma ferramenta de cabo preto com uma lâmina prateada brutal. Lágrimas escorrem pelos cantos dos meus olhos. Tento implorar, mas minha boca não consegue formar as palavras.

Bentley se posiciona sobre minhas pernas, cabeça baixa e pelos arrepiados. Ouço seu rosnado cruel durante meus últimos segundos consciente. Abe se curva, os olhos fixos no meu cachorro, que ainda está rosnando.

– Olá.

24

APARIÇÃO
LACHLAN

Atravesso as portas do Residencial Vista da Praia e vou direto até a recepção, a equipe me encarando com sorrisos tristes. Quando chego ao quarto de Ethel, os pais de Lark já estão lá. Damian acaricia de leve as costas de Nina enquanto ela ajeita as ondas branco-prateadas de Ethel. Passo os olhos pelo quarto, mas não há sinal de Lark na cadeira no canto onde ela costuma deixar a bolsa e a jaqueta.

– Lachlan, obrigado por ter vindo.

Embora Damian tente manter o tom neutro, ainda assim capto a cautela em sua voz. Não posso julgá-lo por isso. Gostaria que pudesse ser diferente, pelo bem de Lark, ao menos em um dia como esse.

– Imagina. Meus sentimentos. A Ethel era…

Sinto um nó na garganta ao me lembrar de Ethel no brunch, quando estive com a família de Lark pela primeira vez. Ela era muito ardilosa, engraçada e perspicaz. Muito cheia de vida. E eu a respeitava muito. Mesmo sabendo que ela estava tão doente, parece inconcebível que ela simplesmente tenha *partido*.

– A Ethel era fora de série – digo por fim. – Sou grato por tê-la conhecido, mesmo que por pouco tempo.

– Obrigada. – Nina me dá um sorriso fraco, os olhos brilhando. Ela franze a testa. – Cadê a Lark?

– Eu imaginava que ela já estivesse aqui. Ela estava em casa quando me ligou pra dar a notícia. Disse que viria direto pra cá.

Olhando para a porta, pego meu celular e digito uma mensagem.

> Tá tudo bem?

– De repente foi pelo estresse de perder Stan – diz Nina enquanto passa um lenço de papel sob os cílios e endireita os ombros. – Eles foram amigos próximos por muitos anos. Talvez tenha sido demais pra Ethel.

Damian diz algo tranquilizador, mas não capto o que é, porque estou andando de um lado para outro com o celular na mão. A mensagem foi entregue, mas não há resposta de Lark. Algo revira minhas entranhas e torce tudo lá dentro.

– Volto já – digo a Damian e Nina, torcendo para que minha voz se mantenha firme.

Saio do quarto e sigo pelo corredor rumo à recepção. Olho pelas portas de vidro deslizantes na esperança de vislumbrar um Uber deixando Lark no local, ou suas ondas loiras volumosas sendo levadas pela brisa, ou aquela maldita bolsa gigante que pesa quase tanto quanto ela batendo contra seu quadril. Mas não há nada, apenas a calçada vazia e os carros passando na rua.

Seleciono o número de Lark e ligo enquanto volto para o quarto. Nenhuma resposta. Desligo quando a ligação cai na caixa postal.

– A Lark entrou em contato com vocês? – pergunto, entrando no quarto de Ethel de novo.

Nina e Damian balançam a cabeça, negando. Meu pulso acelera e abro minhas mensagens outra vez, torcendo para ver na tela os pontinhos que indicam que ela está me respondendo, mas eles não estão lá.

> Me manda notícias, duquesa

Meu apelo é tanto para o universo quanto para Lark. Mas ainda não há resposta.

– *Merda.*

Consigo sentir a tensão irrompendo no quarto como um fantasma malévolo. Damian dá um passo para mais perto.

– O que houve? Tá tudo bem com a Lark?

– Não sei, ela não respondeu. Ela deveria estar aqui. Mesmo tendo esperado o Uber, ela estava mais perto daqui do que eu.

Estou prestes a ligar para ela pela segunda vez quando o celular toca, mas meu alívio momentâneo é interrompido quando vejo o nome de Conor na tela e não o de Lark.

– A Lark tá com você? – pergunto em vez de cumprimentá-lo.

– Não, não. Desculpa – responde ele com um tom de confusão na voz. – Mas descobri uma coisa nos vídeos do Stan. O velho paranoico criptografava tudo, mas consegui entrar dez minutos atrás. Estou enviando uma captura de tela pra você nesse segundo.

Tiro o aparelho do ouvido e coloco a chamada no viva-voz enquanto espero a mensagem de Conor chegar. Quando isso acontece, vejo a imagem de um homem parado sobre o corpo de Stan. Suas feições estão obscurecidas pelo ângulo da câmera e pelo boné que ele usa, com a aba puxada para baixo. Ele segura uma arma na mão, não uma faca normal, mas algo pequeno e de formato irregular. Algo familiar.

– Você consegue...

– Já estou fazendo isso, cara.

Uma segunda mensagem chega, dessa vez uma imagem ampliada da ferramenta. A mão do homem cobre a maior parte do cabo preto, mas não o anel dourado que prende a ponta afiada ao cabo de couro do chanfrador. Consigo até ver o nome da marca no aço inoxidável.

– Merda, *merda*. – O sangue congela nas minhas veias enquanto meu coração pulsa nas entranhas. – Isso é *meu*.

– Mano, que porra é essa? Ele foi na sua loja?

As imagens se encaixam como peças de um quebra-cabeça enquanto Nina e Damian fazem perguntas que não respondo.

– Me manda uma foto melhor do boné.

Alguns segundos depois, uma nova imagem do homem aparece, seu rosto ainda quase todo na sombra, mas o boné surrado de trabalho é inconfundível e o logotipo da marca está claramente visível na parte da frente.

– *Desgraçado*. – Percorro a lista de atendimentos recentes até encontrar o sobrenome que de repente me escapa enquanto a descrença e o pânico percorrem minha carne. – Me manda tudo o que você conseguir encontrar sobre Abe Midus. Eu tô indo pra casa procurar a Lark. – Desligo a chamada e encaro Nina e Damian, com os olhos arregalados de confusão e preocupação. – Abe Midus. Conhecem esse nome?

– Não – diz Damian.

Nina faz que não ao lado dele.

– O que tá acontecendo? – pergunta ele.

– Conseguimos um vídeo dele, o homem que matou o Tremblay. E ele fez isso com uma ferramenta da minha loja. – Tento ligar para o celular de Lark mais uma vez enquanto seus pais me enchem de perguntas, mas novamente minha ligação não é atendida. – Tem alguma coisa errada. Eu vou atrás da Lark.

Nina tapa a boca com a mão, abafando um grito estrangulado. Damian avança.

– Eu vou com você.

– Não. Fica aqui e me manda mensagem se a Lark aparecer. – Saio pelo corredor, os passos de Damian ecoando atrás de mim conforme seguimos rumo ao saguão. – Sotaque do Texas, cabelo curto e grisalho, 1,80 metro, porte físico mediano, tatuagem de uma Bíblia e uma cruz no antebraço direito. Se você vir ele, me liga na mesma hora.

– Ah, você tá procurando o Steve? Acho que ele saiu faz uma hora – diz uma das enfermeiras que estão na recepção.

– *Como é que é?*

– Steve. O funcionário temporário. Gosta de citar a Bíblia. – A confusão aumenta no rosto da enfermeira enquanto seus olhos oscilam entre mim e Damian. – Algumas pessoas passaram mal ontem, então ligamos pra empresa de recrutamento pedindo um temporário pra cobrir.

Damian e eu nos encaramos. O rosto dele se contorce. Tento engolir o nó na garganta.

– Minha filha…

– Eu *vou* encontrar ela. Mesmo que tenha que matar todas as pessoas dessa merda de cidade pra isso.

Damian me dá um único aceno de cabeça, e saio apressado, ligando para Fionn enquanto corro em direção ao carro, caso Lark ainda esteja com Rose. Estou avançando um sinal vermelho quando ele diz que não a viu, mas me avisa que estão de carro, não muito longe do nosso prédio, prontos para ajudar. Quando chego à nossa rua, eles já estão estacionando perto da entrada.

Meu coração dispara. Minhas mãos tremem. Tento o celular dela de novo enquanto Fionn e Rose vêm me encontrar no carro, mas Lark ainda não atende.

– A gente ligou pro Rowan, mas ele e a Sloane foram pra Martha's Vineyard nesse final de semana. Eles estão voltando pra casa, mas vão demorar um pouco. – Rose está com o rosto franzido de preocupação quando tiro minha arma do porta-luvas. – O que tá acontecendo? Cadê a Lark?

– Não sei. Ela me ligou pra contar que a tia morreu. Era pra ela me encontrar na casa de repouso, mas não apareceu. – Vou até a porta principal, e, ao girar a maçaneta, confirmo que está destrancada. Ela se abre para a área de produção têxtil, onde aparentemente não há nada de errado. – O Conor acabou de encontrar informações sobre o homem que tem como alvo a família dela. E agora a Lark não atende às minhas ligações.

Vou em direção às escadas, subindo os degraus de dois em dois, Fionn e Rose logo atrás. Os piores medos, medos que jamais poderia ter imaginado sentir, de repente se acumulam ao meu redor a cada passo que dou.

– Merda, o cara estava *bem ali*. Ele foi na porra da minha loja. Falou com a Lark e apertou a mão dela. Ele esteve perto da gente esse tempo todo, e eu não fazia ideia.

Quando chegamos ao apartamento, fico com vontade de vomitar. Desespero e pânico são tão estranhos para mim que são avassaladores. Continuo torcendo para que meu celular toque de repente, para que o rosto sorridente de Lark apareça na minha tela. Mas o aparelho permanece em silêncio. E não tenho certeza se vou conseguir sobreviver ao que vou encontrar do outro lado da porta.

Hesito por um segundo e, com um meneio de cabeça, aviso Rose e Fionn que eles precisam ficar atrás de mim. Em seguida, giro a maçaneta e abro a porta.

Sangue cobre todo o chão, e meus joelhos falham. É meu irmão quem me segura de pé por tempo suficiente para eu conseguir entrar tropeçando na sala e recuperar o equilíbrio.

– *Lark.*

Meu apelo desesperado recebe um gemido de dor em resposta. Entro na sala e encontro Bentley deitado de lado perto da mesa, sangue cobrindo as partes brancas de seu pelo. Ele choraminga de novo, um lamento triste que incinera meu coração já em ruínas.

– Salva esse cachorro – ordeno ao meu irmão enquanto reviro a cozinha em busca de panos de prato e atiro tudo para Fionn.

– Eu não sou veterinário...

– *Não tô nem aí, salva essa porra desse cachorro!*

Sigo em direção ao corredor onde ficam os quartos, chamando Lark no caminho. Meus esforços são em vão. Verifico os quartos e os banheiros, mas não há sinal de Lark, nada fora do lugar, exceto a ausência dela. Volto para a sala com uma garrafa de álcool isopropílico e um barbeador elétrico em uma mão, e minha arma na outra. Rose tem toalhas ensanguentadas pressionadas na lateral do corpo de Bentley enquanto Fionn enfia a linha numa agulha.

– Vou fazer o que puder pra estancar o sangramento agora e depois levo ele pro veterinário – diz Fionn.

Entrego o barbeador para meu irmão, e ele raspa uma faixa de pelo ao lado do que parece ser uma facada profunda. Ao olhar para mim, a expressão de Fionn é sombria.

– Você tem alguma ideia de onde a Lark pode estar? – pergunta ele.

– Não.

Examino a sala e localizo o celular dela perto da mesa de centro, com uma luminária quebrada no chão. Há uma mancha de sangue na tela. Minhas chamadas perdidas, mensagens de texto e notificações do Uber que ela nunca pegou brilham no vidro retroiluminado quando pego o aparelho.

Lark precisava de mim. E eu não estava lá.

Um grito angustiado enche a sala. Vem de *mim*.

Lágrimas inundam meus olhos, e atiro o celular no sofá. Quero andar de um lado para outro. Quero *correr*. Mas não há como escapar do que sinto.

– Eu não tava aqui – sussurro.

Uma mão envolve meu antebraço e aperta, e baixo os olhos para encontrar a determinação feroz de Rose.

– *Pensa* – exige ela, enquanto o cachorro choraminga logo atrás. – Tem que haver *alguma coisa*. Alguma coisa estranha. Fora do lugar.

Fecho os olhos com força e busco na escuridão. A princípio, tudo que vejo é o rosto de Lark. Como ela é linda quando está tentando me irritar. Ela naquele palco, cantando para mim. O corpo dela sob os lençóis na primeira noite que passamos juntos, a maneira como sorriu quando me virei para dar uma última olhada da porta.

E então me ocorre uma imagem que brilha mais que um raio.

– Do outro lado da rua. Ele estava *do outro lado da rua*.

Ando em direção à porta, Rose logo atrás.

– Eu vou com você – diz ela.

– Rose, não – pede Fionn, com a voz embargada. – *Por favor*.

Paramos apenas tempo suficiente para Rose se virar e encará-lo. Ele está ajoelhado no chão, uma mão ainda apoiada no corpo de Bentley.

– A Lark é a minha garota. Vou trazer ela de volta.

– Mas…

– Eu te amo, Fionn Kane.

Um silêncio consternado preenche a sala. Espero que Fionn diga alguma coisa, qualquer coisa, mas ele não fala nada. É como se as palavras dela fossem tão inesperadas que ele não conseguisse processá-las.

Rose dá um passo para trás em direção à porta. Fionn olha para ela como se estivesse congelado. Rose dá mais um passo para longe.

– Salva o cachorro ou esse escroto vai te matar.

Então Rose passa por mim, puxando uma enorme faca de caça de uma bainha escondida sob a camisa. Quando me viro para meu irmão, há angústia em seus olhos.

Ele engole em seco, mas sua voz ainda falha quando diz:

– Cuida dela.

– Vou cuidar. Prometo.

Corro para alcançar Rose. Quando chegamos ao pé da escada, irrompemos no ar frio em direção ao prédio do outro lado da rua.

– Então, quem é esse cara? – pergunta Rose quando chegamos à porta trancada.

Estou prestes a tentar abri-la a tiros quando ela tira um pequeno estojo preto da bolsa pendurada no ombro e em seguida enfia uma gazua na fechadura. Com alguns cliques e giros, ele se abre e entramos. O antigo edifício industrial foi convertido em pequenos escritórios no piso térreo e apartamentos no outro andar.

– Ele disse que o nome dele era Abe Midus. Marcou um horário no meu ateliê e trouxe uma sela pra consertar. Mas não sei nada sobre ele, exceto que é um cara religioso. O Conor tá trabalhando nisso.

Subimos correndo as escadas até o andar de cima e nos dirigimos aos apartamentos que ficam de frente para o nosso prédio, que são apenas três. Paramos na última porta, no final do corredor, a que tem maior probabilidade de estar alinhada com nossas janelas, e tentamos ouvir algo lá dentro. Nada. Mantenho a arma apontada para a madeira enquanto Rose enfia a gazua no buraco da fechadura. Quando a tranca cede, faço um gesto para que ela se afaste. Então giro a maçaneta e empurro a porta.

– Bem – sussurra Rose quando cruzo a soleira. – Acho que estamos no lugar certo.

Não há ninguém, mas as evidências da obsessão de Abe Midus estão por toda parte.

Desenhos a carvão revestem as paredes, imagens de cruzes com citações rabiscadas nas margens, esboços de casas, lugares e pessoas desconhecidas. Há vários desenhos de uma senhora idosa com uma Bíblia aberta no colo. Anotações manuscritas cobrem todas as superfícies. Horários, datas e locais. Uma tira colorida de papel se destaca em meio às folhas brancas pautadas, e eu a pego. *KEX, com Lark Montague*, diz o ingresso.

Uma chama preenche meu peito com uma dor ardente.

Meu celular toca, e me atrapalho para tirá-lo do bolso. É Conor.

– Descobriu alguma coisa? – pergunto.

Rose observa de onde está, ao lado de um telescópio montado em um tripé, com a lente apontada para nosso apartamento.

– Nada sobre Abe Midus. Ele é um fantasma.

– Você olhou os registros do Texas?

– Olhei todos os registros de *todos os lugares*. Não tem ninguém com a descrição dele.

Solto uma série de palavrões enquanto Rose me lança um olhar preocupado. Ela começa a vasculhar uma pilha de seringas e frascos dispostos numa bandeja sobre uma mesa de canto. Conor repete sem parar o nome de Abe e tudo o que pesquisou sobre ele, enquanto Rose abre uma Bíblia que está perto da beirada da mesa. Ela arregala os olhos quando a arranca dali e a empurra na minha direção, apontando freneticamente para o nome.

– A gente encontrou uma coisa. O nome dele é Abe *Mead* – digo a Conor. A ficha cai e me atinge bem no peito. – Ah, *merda*. Mead. Harvey Mead foi o cara que o Rowan e a Sloane mataram no Texas. Deve ser parente dele.

Conor digita furiosamente no teclado. Há uma breve pausa que parece uma eternidade.

– É o irmão dele – diz Conor por fim. – Apareceu aqui um endereço em Oregon. Vou precisar ir até a casa do Leander e procurar no escritório algo além dessas informações básicas.

– O histórico dele não vai me dizer pra onde ele levou a Lark – disparo.

– Não – diz Rose, apontando para a porta fechada atrás de nós. Há um mapa colado na madeira. – Mas *isso*, talvez sim.

Nós dois nos aproximamos.

Portsmouth, diz o título.

Arranco o mapa da madeira e abro a porta com tudo. Então desço o corredor depressa, sentindo como se estivesse sendo queimado vivo, uma célula de cada vez.

25

CHAMUSCADOS
LARK

Acordo na escuridão.

Nenhum raio de luz. Nenhum som. Nada para orientar meu cérebro em relação a onde estou ou como cheguei aqui.

Apenas um cheiro familiar, uma vaga sensação de reconhecimento que meu cérebro não consegue extrair da névoa de qualquer que seja a droga que ainda circula nas minhas veias.

Deslizo o braço pelo chão de metal frio e dou um tapa no pulso para ver a hora. Mas meu relógio sumiu.

– Merda – sussurro.

A palavra é espessa demais na minha língua. Eu me viro de costas, fechando e abrindo os olhos no escuro, desejando que qualquer filamento de luz apareça, mas nada acontece. Tudo o que vejo é a escuridão.

Cada batida do meu coração me leva à beira do pânico.

Minha respiração acelera. A bile revira no meu estômago. Verifico os bolsos em busca do celular. Nada.

Lembranças emergem em meio à névoa das drogas. Um homem no meu apartamento. Meu cachorro rosnando. Sangue na minha cabeça latejante. Toco meu cabelo, e há uma crosta grudada nos fios. Eu me lembro de uma pontada de dor na lateral do pescoço. Meus dedos trêmulos descem até a marca.

Fecho os olhos com força. Mentalizo que não vou chorar. A droga que ainda corre nas minhas veias é ao mesmo tempo uma bênção e uma maldição, entorpecendo as lembranças de outra escuridão. Mesmo assim, vejo os números vermelhos do relógio através das ripas da porta enquanto me ajeito com minha irmã no armário. Essas linhas brilhantes são vívidas na minha mente, apesar dos muitos anos que já se passaram.

5h39.

– Quanto tempo mais? – sussurrei para minha irmã.

Já fazia horas que não ouvíamos nenhum som vindo da casa, mas nos recusamos a desobedecer a nossa mãe. Vimos o medo desesperado em seus olhos quando ela nos fechou ali e exigiu que cumpríssemos nossa promessa de permanecer escondidas.

Ava me abraçou. Me manteve aquecida.

– Pensa em algo, Lark – disse ela.

Pensa em algo, Lark.

Meus dedos tocam um pequeno círculo de metal embutido no chão. Faço força para me sentar e o traço com os dedos, em busca de uma tranca. Mas não há nenhuma. Há apenas um círculo de metal menor e elevado com oito parafusos ao redor, bem debaixo de mim. A superfície do círculo parece mais escorregadia do que o chão nos arredores. Testo cada centímetro do círculo, esperando encontrar uma solução, uma espécie de botão ou pista. Nada. Apenas o rugido do meu coração e o tremor das minhas mãos enquanto luto para manter o medo sob controle.

Rastejo para a frente com uma mão estendida na escuridão e esbarro numa parede. O metal é o mesmo que está embaixo de mim, mas há pequenas barras enfileiradas, aberturas precisas na parede, largas o suficiente para enfiar um dedo. Não consigo sentir nada lá dentro. Depois de tentar alguns buracos, traço o comprimento da parede e chego à seguinte, depois mais outra. Na metade do meu progresso para mapear o metal no escuro, meus dedos encontram vidro.

Uma janela.

Pressiono o rosto nela e tento olhar para fora, mas não há nada do outro lado. Apenas escuridão. Meu punho está fraco quando fecho bem a mão para bater na estreita faixa de vidro.

– Me tira daqui. – Minha voz é rouca, pouco mais que um ganido. Tento outra vez, colocando o máximo de força que consigo no punho ao bater na janela. – Alguém me tira daqui…

Algo é puxado da janela e dou um passo para trás, assustada. De repente, uma luz brilhante é acesa atrás do vidro. Por trás da janela, há um homem olhando para mim com um sorriso letal.

Abe Midus.

Caio de bunda. A luz se apaga.

Acende. Apaga. Acende. Apaga. A silhueta dele é iluminada apenas para desaparecer na escuridão com o pulso metronômico da luz. Meu coração bate tão forte que parece que está subindo pela garganta. Mas coloco as mãos no chão e me forço a levantar.

Quando estou de pé e de frente para ele, Abe deixa a luz acesa, um controle remoto na mão levantada.

Olho ao redor do ambiente agora banhado pela luz. Sei exatamente o que é isso. Um forno rotativo.

– *Sabemos que Deus age em todas as coisas para o bem daqueles que O amam, dos que foram chamados de acordo com o Seu propósito* – diz Abe, com a voz abafada pelo aço pesado e pelo vidro grosso. Seu sorriso sem luz é triunfante. – Foi Deus quem me deu a ideia de trazer você aqui. Através de *você*.

– Me tira daqui.

Lágrimas de fúria brotam dos meus olhos. Sustento o olhar inabalável de Abe enquanto seguro a maçaneta que vejo só agora. Dou um empurrão, mas ela não se move.

Abe gira o braço para exibir marcas de sangue que escorrem pela gaze branca colada em seu antebraço.

– Seu cachorro fez um esforço admirável para defender você. Tão leal. – Abe inclina a cabeça enquanto seus olhos examinam meu rosto. Cravo minhas unhas curtas nas mãos. – Acha que seu marido será tão leal a você? Mas fico pensando, será que a lealdade dele é a outra coisa?

Não digo nada. O medo é uma espiral que envolve meus pensamentos e os aprisiona. Posso não saber quais são os planos de Abe, mas já consigo perceber que eles foram projetados para testar todos os limites e ultrapassá--los. E se ele está fazendo essa pergunta, há uma boa chance de meu coração ser a primeira coisa a se partir em seu projeto.

– Por que você tá fazendo isso?

– Dente por dente.

Franzo a testa. Tento estabelecer uma conexão entre esse homem e tudo o que fiz, mas não consigo. Para que ele se empenhe tanto em semear o caos na minha família e orquestrar um plano tão elaborado, só pode haver um motivo.

– Eu matei alguém importante pra você.

A expressão de Abe se abre, cheia do que parece admiração. *Empolgação*, quase. Ele solta uma risada incrédula antes de erguer as mãos para o céu em louvor.

– *Em vez disso, corra a retidão como um rio, a justiça como um ribeiro perene.* – O sorriso se transforma quando seu braço cai ao lado do corpo, e percebo que o que confessei não é nada do que ele esperava. – Sabe, quase desisti dos meus planos de vingança generalizada para simplesmente matar você e Kane, então Deus uniu vocês dois em matrimônio. Pela segunda vez, quase me desviei do meu caminho quando fui ao ateliê do Kane, com a intenção de ceder à minha fraqueza e me vingar, e Deus deteve a minha mão quando você entrou pela porta. Você me mostrou os desejos Dele em relação aos últimos detalhes da minha obra-prima. O Senhor tinha conhecimento do que eu não sabia, que sua maldade merecia ser punida. Inspiração divina, sem dúvida.

– *Pois da mesma forma que julgarem, vocês serão julgados; e a medida que usarem, também será usada para medir vocês* – recito, e Abe estreita os olhos. – Você pode catar o que quiser na Bíblia, mas continuo sabendo muito bem que tipo de homem você é. *Me tira daqui.*

– Isso não depende de mim.

– Depende, sim.

Abe balança a cabeça.

– Não depende, não.

Ele se vira com um movimento repentino, como se tivesse ouvido algo à distância. Quando seu olhar retorna para mim, está radiante com o tipo de entusiasmo que brota de ver seus intrincados planos se concretizarem. É um olhar que conheço, porque também já senti isso.

– Depende do Kane – sentencia ele.

Abe aperta um botão no controle remoto, e a sala do outro lado da janela estreita mergulha na escuridão. Sua silhueta desaparece. Assim que ele sai, tento a maçaneta da porta de novo, puxando-a desesperadamente. Recorro a alguns chutes que não adiantam nada. Vou para o fundo do forno, onde há uma segunda porta, mas a maçaneta também não se move, e a janela ali está coberta, de modo que não consigo ver o lado de fora. Ainda estou forçando a maçaneta da porta quando vejo luzes acesas através da janela atrás de mim.

– Larga a arma e você terá a chance de salvar alguém que ama. – A voz de Abe ressoa do outro lado da porta, dirigida a alguém que não consigo ver. – Se não fizer isso, todos vão morrer.

Estreito os olhos enquanto tento entender do que ele está falando. Suas palavras rasgam meu peito com garras que mergulham nas profundezas e deixam veneno nas feridas. Mais alguém está em risco aqui, e eu nem sei quem é.

Uma nova onda de desespero inunda as câmaras do meu coração. Procuro próximo à porta para ver se encontro uma saída secreta.

– A tecnologia não é algo maravilhoso? – diz Abe, me tirando de meus esforços para pensar em uma maneira de sair de uma caixa de aço e de uma situação da qual sei que não tenho controle. – Posso programar todos esses fornos usando um aplicativo. Por exemplo, posso definir um cronômetro para começar a assar em cinco minutos. Com um aplicativo, também posso seguir o carro de Rowan Kane e saber se ele está na estrada, vindo em nossa direção pela I-95. Posso usar meu celular até para definir um cronômetro que vai detonar a bomba que coloquei embaixo do motor dele, tudo com o clique de um botão. Com um toque do dedo, posso enviar o e-mail que escrevi para as autoridades, o mesmo que contém evidências contundentes que apontam para ninguém menos que Lachlan Kane como o homem responsável pelos assassinatos de Stan Tremblay, Cristian Covaci e Kelly Ellis, e todas as outras serpentes daquele ninho de cobras que acabaram mortas recentemente. Depois só tenho que bloquear meu celular, e você não vai poder impedir que isso aconteça.

Um soluço sufocado borbulha no meu peito. Mas, antes de desmoronar, ouço uma risada debochada vindo de algum lugar atrás de Abe. Reconheço o tom na hora. *Lachlan.* Pressiono o rosto no vidro e olho para a esquerda, mas não consigo vê-lo.

– Uma *bomba*? – Ele pode até tentar parecer cético, mas o tom preocupado em sua voz é inconfundível. – Não acredito em você.

– Por acaso me mostrei incapaz de algo assim? Afinal, tenho sua esposa aqui. Capturada na própria casa. Passei meses observando vocês. Me infiltrei no seu mundo para moldá-lo. Então, acredite no que quiser, mas será que esse é um risco que está mesmo disposto a correr?

Faz-se silêncio do outro lado da porta.

– A arma. Ou todos vão morrer.

Ouço o barulho do metal caindo no chão.

– Sábia decisão. Mas a próxima não vai poder tomar com a cabeça. Vai ter que usar o coração.

Abe passa na frente da minha janela, uma arma em uma mão e um celular na outra. Ele se afasta lentamente até desaparecer de vista, e a próxima coisa que vejo é meu marido.

Lachlan tenta a maçaneta, mas também não consegue abrir a porta.

– Lark...

– Está trancada, não consigo sair – digo, batendo no aço, mesmo sabendo que isso não vai adiantar nada.

Lachlan faz um movimento em direção ao local onde o painel de controle deveria estar, mas Abe o alerta com uma ameaça e ele volta a se concentrar em mim.

– Você tá machucada?

Faço que não com a cabeça, embora os olhos dele se fixem no sangue no meu cabelo. Ele olha para mim aterrorizado, de um jeito que nunca imaginei que fosse capaz.

– Eu tô bem – digo, e, embora possa parecer impossível, é verdade.

Não há mentira nisso, mesmo que eu também esteja apavorada. Talvez seja por já saber o que está por vir. Consigo enxergar o caminho à frente, mesmo no escuro.

Mas Lachlan, eu sei que ele não está pronto. Está preso numa correnteza, tentando nadar para se libertar. Ele ainda tenta abrir a porta, ainda olha para Abe como se houvesse alguma outra forma de me tirar dali. E há tanto sofrimento em seus olhos, tanta angústia nesse homem que um dia acreditei não ser nada além de insensível, até mesmo cruel. Pensei por tanto tempo que ele fosse bruto e mordaz. Mas, com o tempo, vi as bordas suaves de feridas antigas. E agora vejo os cacos de uma esperança cada vez menor. Da perda iminente.

Mal consigo enxergar em meio às lágrimas. A única coisa que quero é abraçar esse homem que está do outro lado dessa porta, e não posso. Essa armadilha foi projetada para que eu nunca mais possa fazer isso.

– É hora de consertar os erros cometidos contra o meu irmão. – A voz de Abe ressoa, tomada tanto de ameaça quanto de vitória. – Olho por olho.

Dente por dente. Você tem um minuto. Pode parar o cronômetro do forno e salvar sua esposa. Ou pode parar o cronômetro da bomba e salvar seu irmão. Mas não pode ter os dois.

Lachlan balança a cabeça.

– Não – diz ele em um sussurro que posso ver, mas não consigo ouvir.

– Sua esposa ou seu irmão. Escolha.

Lachlan não desvia os olhos de mim. Lágrimas brilham em seus olhos.

O objetivo disso é nos fazer sofrer. E a única coisa que posso fazer é tentar diminuir a dor de Lachlan.

– Eu te amo, Lachlan. Deixa que eu decido. – Espalmo a mão no vidro. E então, alto o suficiente para que Abe possa me ouvir acima dos apelos angustiados de Lachlan, digo as palavras que parecem uma traição, embora eu saiba que são a decisão certa. – Salva o Rowan.

Lachlan grita quando dou um passo para trás da janela. Ele bate no vidro sem parar até os nós dos dedos sangrarem. Chama meu nome.

– Para o forno. *Para o forno agora.*

A voz de Abe soa desinteressada e sem emoção.

– Ela escolheu por você. Está feito.

Dou outro passo para trás. Lágrimas se acumulam em meus cílios enquanto Lachlan tenta desesperadamente entrar. Endireito os ombros, embora eu esteja tremendo. Levanto o queixo e dou a ele um sorriso tão cheio de tristeza, desculpas, amor e dor que meu coração se despedaça quando os olhos de Lachlan encontram os meus através do vidro.

Um alarme dispara.

– Lark, *não...*

– Diz pra eles que eu os amo.

– *Não,* não, não. Para essa merda de forno, porra...

– Eu te amo, Lachlan. Me desculpa.

Tudo acontece muito rápido. Mas não o suficiente.

Ouve-se o som de metal caindo no concreto. Um grito determinado. Um berro de frustração, depois outro de dor. Um tiro que ecoa além das minhas paredes de aço.

Então a ventilação do forno é ligada.

O ar sopra pelas barras nas paredes. O círculo no chão gira no sentido horário, a função rotativa me guiando em uma dança lenta enquanto a corrente de ar esquenta. Há comoção do lado de fora da porta. Quando me viro nessa direção, vejo Rose e Lachlan na janela.

– Ele deu um jeito de trancar – diz Lachlan. – Aciona o botão de emergência.

– *Onde?*

– *Ali.*

– Não tá funcionando… não sei por que não tá funcionando.

– Ele quebrou essa merda. *Tira ela dali…*

O ar já está quente, esquentando ainda mais a cada batimento do coração contra minhas costelas. Minha pele está escorregadia de suor. Eu me deixo cair no chão giratório em busca de uma brisa mais fresca que nunca chega. Quando olho para a janela, vejo Lachlan com uma arma apontada para a maçaneta da porta.

Rose afasta a mão dele.

– *Não*, você pode piorar as coisas. Atira na janela.

– Continua abaixada, Lark.

Cruzo os braços escorregadios sobre a cabeça.

Com um estrondo ensurdecedor, o vidro se estilhaça ao meu redor. Parte do calor é liberado, e consigo lutar contra a onda de escuridão que ameaça me deixar inconsciente.

Um pouco depois, ouço o som de triunfo de Rose e sinto uma lufada de ar fresco. Duas mãos envolvem meus tornozelos para me arrastar do aço para o concreto.

O chão frio. Nunca senti tanto alívio como quando pressiono minha pele quente contra ele. Abro e fecho os olhos. Respiro. Tento controlar a náusea que me invade enquanto o choque, a adrenalina e o resto do sedativo percorrem meu corpo. Com a pulsação acelerada nos ouvidos, levanto a cabeça apenas o suficiente para encontrar os olhos sem vida de Abe. Há um buraco entre eles, um riacho vermelho e espesso que se arrasta em direção a uma poça crescente de sangue no chão. Há uma ferramenta descartada ao seu lado. É a mesma que Abe levou ao meu apartamento; a extremidade prateada agora pintada de vermelho.

Desvio a atenção dele para estender a mão, e Rose a segura com firmeza.

– E a Sloane…

– Falei com eles assim que aquele desgraçado disse que sabia que eles estavam dirigindo. Eles conseguiram parar na estrada e descer do carro. – Rose se ajoelha ao meu lado, o ar pesado e instável saindo dos pulmões dela enquanto olha para o celular. Suas mãos tremem enquanto ela digita uma mensagem. – Eles estão bem, o carro não explodiu, mas ninguém quer ir lá pra ter certeza, sabe?

Solto um longo suspiro e fecho os olhos. Quando os abro, o sorriso cansado de Rose está me esperando.

– Vou contratar um serviço pra isso. Alguém aqui sabe se a Leviathan lida com bombas? Aposto que tem um cara pra isso.

Com a ajuda de Rose, eu me ergo o suficiente para olhar para Lachlan, que está sentado perto dos meus pés. Seus antebraços repousam sobre os joelhos. O cabelo escuro, escorregadio de suor, cai sobre a testa. Ele inclina a cabeça para me olhar. Em seus olhos, vejo toda a dor, a fúria e o medo vindo à tona.

– Sua praga apocalíptica. Você. Nunca mais. *Nunca mais.* Faz isso comigo de novo! – grita ele, enquanto uma lágrima escorrega de seus cílios e cai na bochecha.

– Ser sequestrada por um psicopata? Não planejo repetir essa, Batman – sussurro com um sorriso instável.

Lachlan balança a cabeça.

– Não. Me forçar a não te escolher. – Embora ele procure controlar as emoções, está tão impotente quanto eu para detê-las. – Você é corajosa pra caralho. Mas também é a pessoa mais importante pra mim, Lark. Não consigo viver sem você.

E esta é uma das minhas coisas favoritas em Lachlan. Posso olhar para ele, e aquele olhar me diz tudo que as palavras não são capazes de dizer. Mostra verdades que estão trancadas, sobre como é difícil amar. Sobre o quanto dói se despir da armadura que vestimos, retirá-la e mostrar as camadas mais danificadas de nós mesmos, lidar com todas as nossas feridas.

Lachlan estende o braço na minha direção, e me atiro nele como uma maré rebentando.

Embora esteja tremendo, ele me envolve com os braços, poderoso. Ele me ergue do chão. Essa é sensação que achei que nunca mais teríamos. A sensação de estarmos entrelaçados um ao outro. Atados, sabendo que não é a última vez. Que é só o começo.

– Você é minha esposa, Lark Kane – sussurra Lachlan, sua respiração quente no meu pescoço antes de dar um beijo prolongado na minha pele. – E nunca te vou deixar.

Os braços de Lachlan me apertam. E ele cumpre sua promessa. Ele não me deixa.

26
RENOVAÇÃO
LACHLAN

— Como posso ter certeza de que o Damian autorizou você a assinar o contrato em nome dele? – pergunta Leander enquanto observa Lark ler a papelada disposta na mesa de centro do pub no porão da casa dele.

Lark dá de ombros, sem erguer os olhos enquanto vira até a última página e pega a caneta que a aguarda.

– Acho que você vai ter que confiar em mim. Já te dei algum motivo pra não confiar?

Leander dá risada, mas ainda olha para mim, como se eu pudesse tranquilizá-lo de alguma maneira. Quando não faço isso, ele parece ainda mais encantado. Doido do caralho. Ele ama o caos quase tanto quanto ama dinheiro, dois conceitos que podem não parecer compatíveis, mas mesmo assim ele dá um jeito de funcionar.

Lark assina a última página do contrato da Covaci e desliza-o sobre a mesa de centro. Leander se recosta na cadeira e sorri para nós dois. Se eu não o conhecesse, acharia que ele está de fato feliz por mim. Não tenho certeza se ele tem a capacidade de se sentir feliz de verdade por alguém além de si mesmo, mas pelo menos ele interpreta bem o papel. Talvez não seja o fim do meu mandato na Leviathan que o deixou tão satisfeito. Pode ser simplesmente Lark, que tem sido uma fonte de admiração desde o incidente do muffin.

Além disso, ela também acabou de dar a ele um fardo com seis cervejas.

– É da cervejaria artesanal do meu cunhado. Buckeye Brewery Pale Ale – diz ela enquanto lhe passa uma das garrafas de vidro. – Um pedido de desculpas por te drogar com muffins.

Leander sorri enquanto aponta para as outras garrafas, nos deixando à vontade para pegar uma cada um.

– Não precisa se desculpar. Gosto de ser surpreendido. – Ele lê o rótulo com um aceno de cabeça satisfeito e abre a tampa. – Falando em surpresas, nunca imaginei que veria esse dia, mas Lachlan Kane está oficialmente aposentado. Isso merece um brinde.

Lark me passa uma cerveja e pega uma para si. Depois de abertas, levantamos nossas garrafas no ar.

– A você, Lark, por dar um jeito nesse babaca.

– Escroto – diz ela.

– Sim, de algum jeito faz mais sentido. *Escroto* – diz Leander com um sábio meneio de cabeça. – A mim, por ter encontrado os Kanes e ter trazido todos eles pra casa. A melhor decisão que já tomei foi não matar eles.

Reviro os olhos, e Leander ri antes de me dar um tapinha no ombro. Mas a luz provocante em seu sorriso se transforma em algo que parece verdadeiro, pelo menos o suficiente para um homem como Leander Mayes.

– E a você, Lachlan. Você criou aqueles meninos, abriu seu negócio e conseguiu de algum jeito encontrar a esposa perfeita, apesar de ser um escroto. Você se saiu bem. Vou sentir sua falta por aqui, garoto.

Assinto com a cabeça, uma pontada inesperada de gratidão e nostalgia atingindo meu peito enquanto levanto minha garrafa.

– *Sláinte.*

Batemos os gargalos das garrafas e tomamos um longo gole do líquido cor de mel.

– Então – diz Leander depois de engolir um terço de sua cerveja. – Quais os planos pra aposentadoria, Lachlan? Jardinagem, talvez? Atirar picles nas crianças da vizinhança e gritar pra elas saírem do seu gramado?

Abro um sorriso e apoio um braço no sofá por trás de Lark enquanto me acomodo.

– Vamos viajar no fim de semana.

– Pra onde?

– Cape Cod – responde Lark ao mesmo tempo que digo que não é da conta dele.

– Nem pense em aparecer me pedindo pra fazer algum serviço maluco.

– Balanço a cabeça enquanto Leander me dá um sorriso tortuoso antes de tomar outro longo gole de sua garrafa. – Estou *aposentado*.

Leander dá um tapinha no ar e se balança um pouco em seu assento enquanto volta sua atenção para Lark.

– Falando em serviços, já tem alguma novidade na fila pra mim?

Um sorriso surge nos lábios de Lark enquanto Leander coloca sua cerveja na mesa de centro e lança um olhar demorado e confuso para a garrafa.

– Pode ser que a gente fale sobre isso depois da sua soneca.

– Ah, *meeeeerda*.

O corpo de Leander balança em um círculo instável antes de ele desmaiar no chão. Olhamos para ele, deitado entre o sofá e a mesa de centro, com um ronco suave já saindo da garganta.

– Lark...

– Eu?

– A gente já não conversou sobre isso...?

– Não, acho que não. – Ela se levanta do sofá e tira a poeira da calça jeans antes de me lançar um sorriso brilhante. – Não que eu me lembre.

– Engraçado. Porque eu me lembro de ter dito alguma coisa sobre você me avisar antes de drogar o desgraçado do meu chefe psicopata da próxima vez – digo enquanto fico de pé e cruzo os braços. – Ele parece bem drogado pra mim, duquesa.

– Você me disse pra avisar se desse a ele *muffins batizados*. Eu dei cerveja batizada.

Balanço a cabeça. Mas qualquer sentimento de resignação vacila à medida que Lark se aproxima.

Ela me pega pelos pulsos. Meus braços caem ao seu comando, e eu a deixo se aproximar de mim, os olhos fundidos nos meus lábios.

– Me leva pra casa – diz Lark enquanto fica na ponta dos pés. Ela me puxa pela nuca para aproximar meus lábios dos dela. – Já que você está oficialmente aposentado, acho que deveríamos comemorar.

Enrosco a mão no cabelo de Lark. Inspiro seu aroma cítrico e doce, e deixo meus lábios roçarem nos dela quando sussurro:

– O que você tem em mente, posso saber?

– Não posso te contar. Estragaria a surpresa.

Lark pressiona os lábios nos meus. Minha língua passa pela dela, e eu a puxo para mais perto, aprofundando o beijo. Sou levado pela necessidade insaciável que tenho por ela, que só fica mais intensa a cada dia que passa. Esqueço onde estou e o mundo que gira ao nosso redor enquanto a levanto em meus braços.

Pelo menos até Leander dar um ronco estrondoso no chão.

Coloco Lark de pé com um suspiro de decepção.

– Deus meu. Vamos dar o fora daqui.

– Combinado – diz ela.

Ela dá um beijo na minha bochecha antes de se afastar. Com um sorrisinho malicioso, veste a jaqueta e me dá a mão.

Deixamos Leander intocado, subimos as escadas e saímos pela porta. Meu celular apita quando entramos no Charger, é uma mensagem de Rowan. Ligo o carro e deixo o motor esquentar enquanto digito uma resposta. Sinto os olhos de Lark em mim enquanto guardo o aparelho no bolso e dou a partida no carro.

– Tudo bem? – pergunta ela.

– Aham, é só o Rowan perguntando sobre a manhã de Natal, se a gente quer fazer na casa deles ou na nossa.

– Talvez na nossa por causa do Bentley, já que ele ainda anda muito dramático. Ele tá mesmo se aproveitando dessa coisa de "salvador ferido". – Lark mexe na bainha da jaqueta, palavras não ditas pairando no ar. – Você acha que o Fionn vem?

Mesmo sabendo que ela perguntaria isso, ainda assim a sensação é de que ela pegou meu coração e apertou.

– Não sei – respondo, mantendo o foco na estrada sinuosa. Quando não olho em sua direção, Lark coloca a mão sobre a minha, apoiada no câmbio. – Espero que sim.

– Eu também.

Não conversamos muito durante o restante do caminho para casa. Embora normalmente o silêncio seja reconfortante ao lado de Lark, meu coração bate rápido demais para que eu me sinta relaxado. Só piora quando estacionamos. Tento respirar fundo enquanto caminho até o lado do passageiro para abrir a porta. A cada passo que damos, fico achando que ela vai notar a maneira como seguro sua mão com um pouco de força demais, ou que não consigo parar de morder o lábio inferior. Mas, se percebe esses detalhes, ela não diz em momento algum. Parece contente em subir as escadas lado a lado em silêncio. Quando chegamos ao patamar da escada, estou quase vibrando de nervosismo e expectativa.

– Tenho uma coisa pra você – digo.

Mal dou tempo para a gente cumprimentar Bentley e tirar nossas jaquetas antes de puxar Lark para a sala de estar. Ela olha para mim com uma expressão interrogativa, e dou de ombros. – Presente de aniversário antecipado.

– Meu aniversário é em fevereiro. Ainda nem chegamos no Natal.

– *Muito* antecipado.

O olhar de Lark percorre a sala antes de recair em mim.

– Cadê?

– Vai ter que descobrir sozinha, duquesa.

– Alguma pista?

Bato o dedo nos lábios para prolongar seu sofrimento antes de finalmente dizer:

– Que condutor é universal?

Um vinco surge entre as sobrancelhas de Lark. Ela dá meia-volta, seu foco vagando em direção à cozinha até que sua expressão de repente clareia. Com o sorriso mais adorável do mundo, ela agarra meus braços e fica na ponta dos pés.

– Água. *Constantine.*

De repente, ela some. Eu a sigo enquanto ela vai até o pôster *de Constantine* e o afasta da parede, revelando um cofre. O sorriso que ela irradia na minha direção ilumina cada fenda escura do meu coração.

– Não preciso arrancar um globo ocular pra abrir? – diz ela enquanto gira o disco.

– Acho que não.

– Qual é o código?

– Segue o tema.

Observo enquanto Lark pensa a respeito por um minuto e depois tenta algumas opções. Sua frustração aumenta quando nada funciona. É um esforço corajoso, e ela parece determinada a continuar até que finalmente solta um suspiro desanimado e olha para onde estou com as mãos enfiadas nos bolsos.

– Já desistiu?

– Não – responde ela com uma bufada. Depois tenta mais três combinações antes de seus ombros caírem. – Sim.

Vou até Lark, parando atrás dela apenas quando meu corpo está rente às suas costas. Com um beijo prolongado em seu pescoço, estendo a mão por cima do ombro dela para girar a tranca.

– Ora, ora. Veja só quem está mais por dentro dos detalhes de *Constantine* agora. Três, três, nove, três. O número na traseira do táxi de Chas Kramer.

Com o último número correto, destranco o cofre e recuo.

– Não fica contando vantagem ainda, Batman. Eu…

Lark para de falar ao abrir a porta, revelando seus troféus. O globo de neve. O porta-copos. O chocalho seria mais difícil de recuperar, então fiz para ela uma bolsa de couro para guardar os dentes que estavam no que quebrou. Há algumas outras coisas que encontrei escondidas no apartamento, como um marcador de página feito de tecido carbonizado e uma pulseira de contas feita de osso. E, atrás de todos esses troféus, há algo que ela nunca viu antes.

– O que é isso aqui? – pergunta ela enquanto tira um cubo de resina transparente do cofre.

Ela o gira de um lado para outro, examinando o coração suspenso em um fio de ouro, congelado no tempo.

– Talvez não seja essa a pergunta.

– De *quem* é isso aqui?

– Dr. Louis Campbell.

Lark enrijece. Ela olha para o coração. Não tira os olhos dele, nem mesmo quando estão cheios de lágrimas que ela luta para disfarçar. Sua dor alimenta a raiva que permanece como veneno em minhas veias. Mas também há satisfação, na esperança de que este troféu lhe dê alguma sensação de conclusão para questões que têm assombrado suas noites sem dormir.

– Tá falando sério…?

Assinto.

Lark fica trêmula, e por um momento penso se fiz a coisa errada. Mas, quando ela olha para mim, um sorriso rompe a dor que franze sua testa e inunda seus olhos com lágrimas.

– Esse é o melhor presente que já ganhei – diz Lark com um gritinho.

Ela *soluça* ao envolver o cubo com os braços e abraçá-lo contra o peito. O alívio toma conta de mim quando a puxo para meu abraço. Seu corpo treme conforme ela libera ao menos um pouco dessa dor que a assombra há tantos anos. E sei que isso não é apenas algo que ela queria. É algo de que ela *precisava*.

Quando finalmente nos afastamos, tiro a caixa dos braços dela e a coloco sobre a mesinha de centro para poder pegá-la pelos ombros e virá-la.

– Tem mais uma coisa – sussurro enquanto a empurro em direção ao cofre.

– Mais...?

– É isso aí.

Com um olhar cauteloso por cima do ombro, Lark se concentra nos itens que ainda estão lá dentro, onde sei que há um envelope pardo com o nome dela. Ela fica de costas para mim enquanto abre. Suspira quando retira os documentos e lê o itinerário para uma viagem de lua de mel para a Indonésia que imprimi hoje cedo.

Em seguida, ela passa para os papéis do divórcio.

– Que merda é essa...?

Quando não digo nada, ela se vira para mim e me encontra de joelhos. Uma nova onda de lágrimas escorre pelas bochechas de Lark em riachos brilhantes. Ela não parece furiosa, exultante, nem puramente perplexa, mas tudo isso parece se misturar quando diz:

– Que porra é essa que você tá fazendo?

– Te pedindo em casamento, ao que parece – respondo, olhando para o anel de diamantes que seguro entre nós.

Lark olha ao redor como se pudesse encontrar a explicação no sofá, do outro lado da janela ou no chão. Ela observa Bentley, que parece tão confuso quanto ela. Então seu olhar recai nos papéis que ela sacode nas mãos instáveis. Tenho certeza de que uma eternidade vai se passar antes que sua atenção volte para mim.

– Por quê?

– Porque no fundo você nunca teve escolha nesse casamento.

Lark balança a cabeça. Ela contrai os lábios em uma linha apertada e franze a testa. E estou apavorado. *Apavorado* de deixá-la ir. Mas fiz uma promessa de protegê-la. De qualquer pessoa, até dela mesma. Até de *mim*. E a única maneira de fazer isso é ter certeza de que ela vai poder viver a vida que deseja. Caso contrário, não sou um protetor. Sou uma gaiola.

A expressão de Lark é tão dura e sofrida que não consigo dizer o que ela realmente está sentindo, mas sei que preciso seguir em frente.

– Você se comprometeu pra me salvar. Salvar meu irmão. Sua melhor amiga. Mas quero que você *escolha* o futuro que quer ter, Lark. Você pode dissolver esse casamento. Ou podemos fazer as coisas de outra maneira. Talvez recomeçar e fingir que nos conhecemos na casa do Rowan. Ou podemos continuar casados, ter a lua de mel que combinamos. Você disse que seria na Indonésia, se isso fosse real. – Respiro fundo, mas minha garganta arde quando engulo. É muito difícil manter meus olhos nela enquanto abro meu coração para deixá-la olhar do lado de dentro. – Isso tudo é real pra mim, Lark. Sei que prometi que não te deixaria ir, mas eu estava errado. Porque essa decisão é mais importante do que manter minha palavra. E só pra você saber, espero que me escolha, do jeito que for. Estou pedindo que fique comigo. Mas quero que você escolha o que é certo pra você.

Lark me encara.

E não desvia o olhar. Não ao jogar o roteiro por cima do ombro, um movimento que incinera meu coração em um segundo de pânico. Não ao pegar os papéis do divórcio e rasgá-los, um após o outro, até que cada um deles esteja em pedaços. Então ela aponta para mim com a mão trêmula.

– Sou loucamente apaixonada por você, Lachlan Kane – diz ela, apontando o dedo na minha direção como se estivesse pontuando cada palavra. – E também sou loucamente *louca*. *Nunca mais* peça o divórcio.

– Prometo, duquesa. – Uma explosão de esperança, alívio e alegria inunda meu peito. São sentimentos que pensei que jamais teria, uma vida que nunca pensei que viveria. Não até decidir dar uma chance para Lark. – Eu te amo, Lark Kane.

A raiva de Lark se dissolve. Seu sorriso se abre incandescente. Ela nunca esteve tão linda; a felicidade dela é um amanhecer irrefreável.

– Muito bem, sua "praga apocalíptica" – diz ela, e então se joga nos meus braços. – Porque eu escolho você.

Deslizo o anel junto com os outros em seu dedo. E a escolho, como tenho feito todos os dias desde que cheguei ao fundo do abismo entre nós e decidi fazer o que fosse necessário para abrir caminho até a luz dela. Eu a escolho como vou fazer durante todos os dias que estão por vir.

Beijo minha esposa. E escolho o amor.

EPÍLOGO
TRUQUE DE MÁGICA
ROSE

Minha avó dizia que os melhores truques de mágica são realizados por quem acredita.

É verdade. Vejo isso o tempo todo no Circo Silveria. Os melhores mágicos são sempre aqueles que entendem que a verdadeira magia na essência de um truque é a *possibilidade*.

Talvez seja por isso que ninguém olhe na minha direção agora. Porque eu também acreditava em magia.

Abe Mead está morto no chão da fábrica. Aquele desgraçado. Não me importaria de ter outra chance de matá-lo se pudesse. Talvez tivesse feito algumas coisas de um jeito um pouco diferente.

Desvio minha atenção de seu corpo que começa a esfriar. Não quero que ele tome mais um segundo do meu tempo.

Então, coloco todo o meu foco em algo belo. Lachlan e Lark. Os dois estão envolvidos em um abraço esmagador. Eles balançam como duas árvores que se entrelaçaram e resistiram às tempestades lado a lado. Talvez esta seja a última grande delas. Uma que deixa para trás ar puro e cores vibrantes. Queria muito pensar que o tempo sempre vai ficar bom para eles agora, que o céu sempre vai estar limpo. Acho que é nisso que vou escolher acreditar.

Olho para minha camisa. Não há nenhum sinal de tudo o que aconteceu. Apenas um pequeno buraco no tecido de flanela na lateral, logo abaixo das costelas. Não há mais do que algumas gotas vermelhas manchando minha roupa. Um pequeno truque. Nada que possa ser visto.

Mas consigo sentir.

Sinto arder *bem ali*, enquanto o resto do meu corpo está frio. Ninguém percebe quando me deito no chão.

Lachlan e Lark ainda estão abraçados quando uma porta se abre em algum lugar por perto. Passos de alguém correndo ecoam entre as máquinas e paredes de concreto.

– *Rose* – chama Fionn.

Há pânico em sua voz. Ele repete meu nome sem parar. Parece estar ficando mais distante, em vez de chegar mais perto.

Eu me sinto como na primeira vez em que voei pela gaiola de metal na minha moto. O rugido aterrorizante do motor. A reviravolta no estômago quando percebi que não sabia qual era o caminho para cima. Apenas acionei o acelerador e acelerei pela esfera até que todo o resto desapareceu, exceto o farol na minha frente.

– Ela tá aqui – responde Lark quando não atendo, mas ela parece distante também. – Ah, meu Deus…

– *Deus meu*. Fionn, ajuda aqui…

O mundo não fica escuro. Fica branco brilhante. No último segundo, antes de as luzes se apagarem, vejo Fionn à distância. E sei que ele é meu lar. A minha pessoa.

Meu amor.

Talvez a magia seja real, no fim das contas.

CAPÍTULO BÔNUS

ARNÊS

LARK

Uma coisa engraçada em relação ao casamento.

Às vezes, olho para meu marido e penso: *não consigo imaginar amar alguém tanto quanto amo Lachlan Kane.*

E outras vezes, só quero fazê-lo *sofrer.*

De um jeito amoroso, é claro. Na maioria das vezes. Como agora.

Observo da rede enquanto Lachlan verifica o equipamento e coloca a roupa de mergulho para secar ao sol na varanda de nosso chalé de praia. Dou-lhe um sorriso meloso quando ele se inclina para dar um beijo na minha testa e depois entra, deixando a porta aberta. Ele não consegue ver que estreito os olhos por trás dos óculos escuros, nem como meu sorriso se torna ameaçador quando saio da rede e vou atrás dele.

– Como foi o mergulho? – pergunto enquanto ele pega a aliança de casamento na cômoda e a coloca no dedo, onde está a tatuagem de uma estrelinha dourada recém-cicatrizada, com linhas amarelas e pretas vibrantes.

– Bom. Vi algumas arraias-manta. Muitos peixes. Uma moreia-azul. Bem legal.

– Legal, aham. Legal.

Lachlan me lança um olhar desconfiado por cima do ombro, mas meu sorriso se mantém impassível. Pouso uma mão tranquilizadora em seu braço.

– Por que você não entra no chuveiro? Vou me juntar a você em um segundo.

Os olhos de Lachlan percorrem meu corpo, fixando-se na parte de cima do biquíni, descendo até o umbigo e o cós do short jeans, deixando um rastro eletrizado pelas minhas pernas nuas. Um sorriso voraz se espalha lentamente em seus lábios.

– Me parece uma boa ideia, duquesa – diz ele, passando a mão pelo meu cabelo e dando um beijo na minha testa. – Te vejo em um minuto.

Meu sorriso se torna letal quando ele vira as costas. Assim que ouço a água ser ligada, começo a trabalhar.

No momento em que entro no banheiro, o vapor já começou a se acumular no teto e na superfície do espelho. Lachlan está debaixo do jato d'água com a cabeça abaixada e os olhos fechados. A água escorre pelos músculos grossos contraídos e a pele tatuada. Uma ânsia preenche meu âmago quando paro apenas um instante para observá-lo.

– Você vai entrar ou vai ficar aí admirando minha Keanu-gostosura a tarde toda? – pergunta ele sem abrir os olhos.

Reviro os olhos e desabotoo o short para em seguida deslizá-lo pelos quadris.

– Você é muito mais gostoso que o Keanu.

– Eu sei.

O sorriso orgulhoso de Lachlan aumenta quando puxo a tira nas minhas costas e deixo a parte de cima do biquíni cair no chão. Ele abre a porta de vidro e estende a mão para eu entrar e, assim que a aceito, me envolve em um abraço molhado.

– Tão linda – murmura ele no meu ouvido enquanto passa a mão pelas minhas costas, seguindo o contorno da coluna. A carícia para na minha bunda, e ele me puxa para mais perto, o pau duro contra minha barriga. – Talvez a gente devesse prolongar nossa estadia aqui. É muito bom te ver tão relaxada. – Fico sem ar quando ele morde a fronteira entre meu pescoço e o ombro. Ele ameniza com um beijo. – Retiro o que disse uma vez sobre praia ser entediante. É muito mais divertido quando posso trepar com a minha esposa de manhã, à tarde e à noite.

Lachlan beija uma linha que segue minha clavícula e desce até o seio direito. Ele chupa o mamilo, e minha mão se enrosca em seu cabelo para agarrar os fios curtos. Eu o pressiono contra meu peito, e ele geme.

– Talvez a gente devesse *mesmo* ficar mais um pouco. Não tô pronta pra ir pra casa.

Lachlan dá um gemido contra minha carne para concordar antes de beijar meu outro seio, deixando meu mamilo firme. Antes que ele possa beijar mais abaixo, eu me afasto e deixo minhas mãos percorrerem seu peito e os músculos ondulados de seu abdômen para se ancorarem em sua cintura afunilada. Mantenho os olhos grudados nos dele enquanto fico lentamente de joelhos. Ele solta um longo suspiro ao mesmo tempo que seguro seu pau com firmeza e cuspo na cabeça.

– Tem certeza de que não vai ficar entediado? – pergunto, com uma inocência fingida.

Dou uma piscadela para ele enquanto acaricio ao longo do membro dele, em seguida passo minha língua de baixo para cima em seu pau. Ele estremece quando deslizo lentamente os lábios no topo.

– Cem por cento de certeza. – Ele enrosca a mão no meu cabelo e começo a passar os lábios pela cabeça de seu pau. Chupo com força e o solto da minha boca com um estalo audível. – Lark... *Deus meu.*

Estimulo o pau dele. Movimentos lentos, segurando com força. Agarro as bolas e engulo até o fundo. Ele inteirinho. Minhas lágrimas se misturam à água que cai no meu rosto toda vez que ele atinge o fundo da minha garganta. Dou um gemido em torno de sua carne, deixo a vibração levá-lo para mais perto do limite, cada vez mais, até que ele estremece, xinga e entoa meu nome como em uma oração. Sinto cada músculo do seu corpo se contrair. Ouço seu gozo iminente no desespero que colore cada palavra sussurrada.

E um segundo antes de ele estar pronto para encher minha garganta, solto meu marido e saio de seu alcance.

A confusão de Lachlan encontra meu sorriso. Ele está tremendo com o orgasmo que acabei de lhe negar. Seus olhos examinam meu rosto, a testa franzida de preocupação.

– Fiz alguma coisa errada?

Passo as costas da mão pelos lábios e abro a porta do boxe.

– Se seca e vem aqui pra fora – digo enquanto saio, puxando meu roupão do cabide e pendurando-o no braço. Não me dou ao trabalho de pegar uma toalha. Meneio a cabeça em direção ao relógio dele em cima da bancada. – Me dá exatamente cinco minutos. Nem um único a mais ou a menos.

Fecho a porta do boxe e saio do banheiro com os ruídos da confusão de Lachlan atrás de mim.

Quando Lachlan sai do banheiro pouco depois, com uma toalha enrolada na cintura e um olhar cauteloso no rosto, estou esperando, sentada na beira da cama.

– O que tá acontecendo? – pergunta ele enquanto seus olhos oscilam entre mim e a cama. – O que é isso?

Dou dois tapinhas no colchão, mexendo nas tiras de papel rasgadas que cobrem a superfície.

– Vem cá ver.

O vinco entre as sobrancelhas de Lachlan se aprofunda, e então ele se aproxima, parando ao meu lado. Ele pega um pedaço de papel, mas o devolve quando não consegue extrair nada das poucas palavras digitadas nele. Quando pega a segunda tira, um rubor profundo surge em suas bochechas bronzeadas. Ele encontra meus olhos, e deslizo o ombro do meu roupão para revelar a alça do sutiã de couro preto.

– Sabe – digo enquanto puxo a faixa do roupão –, toda vez que você tira essa aliança, eu me sinto compelida a me vingar do pedido de divórcio que você me deu de "presente".

Vejo o pomo de Adão de Lachlan se mover quando ele engole.

– Eu tava tentando te oferecer uma escolha.

Dou de ombros.

– Eu... Eu tatuei no meu dedo – diz ele enquanto levanta a mão como se eu estivesse vendo o desenho pela primeira vez. – Não quero perder a aliança no mar.

– E ainda assim, não faz a menor diferença pra mim.

Abro um sorriso sarcástico para Lachlan enquanto baixo o outro ombro do roupão para revelar o sutiã de couro e renda que eu mesma fiz. Não é perfeito, não como seria se Lachlan o tivesse feito, mas ele olha para o meu colo como se fosse uma belíssima obra de arte.

Eu me levanto, deixando o roupão cair até meus pés para revelar o resto do meu trabalho. Calcinha de renda. Faixas de couro. E um dildo preto purpurinado preso ao arnês que estou usando.

Os olhos de Lachlan ficam pretos de desejo.

– Como eu disse. Nunca mais. E agora vou te comer em cima desses papéis. Vou te foder até você nunca mais esquecer a quem pertence. Deita na porra da cama.

Lachlan me encara por um bom tempo antes de sua mão se mover para onde a toalha está embolada na cintura. Ele a puxa, deixando que caia no chão. O pau duro pulsa quando seus olhos recaem no dildo, um desejo selvagem consumindo seu olhar.

Ele se move em direção à cama com uma graça predatória, a passos lentos e decididos. Passa perto de mim o suficiente para que eu consiga sentir o calor de seu corpo, sem desviar os olhos dos meus, nem mesmo quando usa os punhos para se apoiar no colchão.

– O que significa vermelho? – pergunto quando o primeiro joelho dele pressiona as tiras de papel rasgado.

– Parar.

– E amarelo?

– Desacelerar.

Observo conforme o colchão afunda sob o peso do corpo musculoso de Lachlan. Ele fica de quatro no meio da cama, as costas tensas, um arrepio percorrendo seu corpo forte. Sorrio ao pegar um pequeno frasco de lubrificante e abrir a tampa.

– Verde significa?

– Me fode até eu espalhar minha porra nesses malditos papéis.

Passo a mão na bunda de Lachlan antes de dar um tapa forte.

– Bom menino – murmuro enquanto inclino o frasco de lubrificante para deixar as primeiras gotas grossas caírem no cu dele.

Com minhas mãos em sua pele lisa, afasto as nádegas e encaixo meu quadril para esfregar a ponta do dildo pelo líquido viscoso.

– Mas você *tem certeza* de que é um bom menino?

Com uma mão, agarro o brinquedo e pressiono contra o buraco enrugado, massageando o anel tenso de músculo, circulando-o, até que o lubrificante se espalhe e eu sinta que ele está começando a relaxar.

– Tenho – sussurra ele.

– Ah, é? Ou você é minha putinha?

Pressiono a ponta do dildo no orifício pregueado, mantendo a pressão até que ele ultrapasse a resistência. Lachlan geme com a sensação, deixando a cabeça cair no braço enquanto me movo junto com ele, mantendo a ponta do dildo alojada em seu cu. Ele respira fundo algumas vezes, e acaricio os músculos grossos em volta de sua coluna.

– Cor? – pergunto.

– *Puta merda* – sussurra ele.

– Até onde eu sei, isso não é uma cor...

– Verde, caralho. *Verde*.

Afasto meu cabelo molhado do rosto e mantenho os olhos fixos na vista à minha frente enquanto meto o brinquedo mais fundo no cu de Lachlan. Arqueio as costas à medida que mantenho a pressão, avançando sem parar até alargá-lo e preenchê-lo, meu marido poderoso e letal reduzido a um desejo animalesco, revelador e estremecedor.

– Não se esquece da parte em que você grita o meu nome enquanto espalha sua porra nesses papéis de merda – sussurro.

E então pego ritmo nas estocadas.

Lento e constante no início. Estocadas longas. Tiro até a ponta e em seguida meto de volta até preenchê-lo por completo. Lachlan rosna de prazer. Geme quando pego uma cadência mais rápida. Estremece quando arranho suas costas e dou um tapa na bunda dele. E só de ver o que faço com ele, sinto um anseio profundo. Desfruto do poder de cada movimento, e sei que sou eu quem o leva à beira da loucura. Que existem bilhões de pessoas no mundo, mas sou a única em quem ele confia para jogá-lo de um penhasco e ainda lhe dar um lugar seguro onde aterrissar. Sei disso em cada movimento dos meus quadris. Cada tremor nos braços dele. Cada xingamento e exalação instável. Desfruto de cada segundo em que arrombo Lachlan Kane.

O suor cobre a pele de Lachlan, formando uma película brilhante. Ele agarra o lençol com o nós dos dedos brancos. Papéis rasgados farfalham na cama enquanto meto num ritmo acelerado.

Apoio meu corpo nas costas de Lachlan e estico a mão na direção de seu quadril para agarrar seu pau. Ele sibila de prazer enquanto melo minha mão com o fluido que se acumula na ponta e acaricio ao longo do membro.

– Goza pra mim, gato – sussurro em seu ouvido. – Grita meu nome bem alto pra toda essa merda de ilha saber que você é minha putinha.

Um gemido rouco escapa dos lábios de Lachlan enquanto acelero o ritmo das estocadas e bato uma punheta para ele.

– Caralho, Lark. *Lark*! – grita ele.

E repete meu nome mais uma vez. E outra. E outra. Meu ritmo é implacável. Sou impiedosa. Quero vê-lo perder os sentidos de tanto prazer. Quero que fique destruído. Quero saber que meu nome é a única palavra que ele consegue lembrar.

E meu nome é a única coisa que Lachlan diz quando goza.

A coluna dele trava. Seu pau pulsa na minha mão. Jatos de esperma se espalham pela roupa de cama. Pelo papel rasgado. Por palavras como *divórcio, irreconciliável* e *decisão final*. Estão todas manchadas com a prova de que somos inseparáveis. Meu marido e eu escolhemos um caminho diferente. Nós o escolhemos todos os dias.

Envolvo Lachlan pela cintura e pressiono meu rosto em suas costas, onde posso ouvir seu batimento cardíaco através dos músculos e dos ossos. E ele segura a minha mão, me trazendo pra perto. Levo um bom tempo até começar a afastar meu toque e sair de dentro dele. Não tenho pressa, deleitando-me com cada tremor e arrepio que ele sente enquanto saio.

No segundo em que o dildo sai do cu dele, Lachlan me vira e dou risada quando ele me prende sob os joelhos. Ele se atrapalha com a fivela do arnês como se estivesse desesperado para cair de boca na minha boceta. Quando as tiras finalmente se soltam, ele o joga no chão e puxa a calcinha de renda para o lado enquanto se acomoda entre minhas pernas.

– Sua vez – sussurra e, com um sorriso tortuoso e uma piscadela sombria, ele se deleita.

AGRADECIMENTOS

Em primeiro lugar, a VOCÊ, querido leitor, por passar parte de seu tempo com Lachlan e Lark, os amigos e familiares dos dois, e o rabugento Bentley (prometo que ele está curtindo ADOIDADO a vida de cachorro fictício!). Espero que tenha gostado dessa jornada maluca. A experiência de escrever *Couro & Rouxinol* foi diferente de qualquer outra. Muito parecida com a história de Lark e Lachlan, a vida é cheia de alegria e tristeza, amor e perseverança. Este livro foi incrivelmente desafiador e gratificante na mesma medida, e espero que você tenha gostado.

Muitos, imensos e intermináveis agradecimentos a Kim Whalen, da Whalen Agency. Você mudou minha vida de maneiras que ainda são difíceis de entender. Eu simplesmente amo trabalhar com você e sou muito grata por tudo que fez e continua fazendo por mim. Obrigada também a Mary Pender e Orly Greenberg, da UTA; estou muito animada para ver os desdobramentos dessas histórias! Obrigada por trazer esses personagens para um mundo totalmente novo.

A Molly Stern, Sierra Stovall, Hayley Wagreich, Andrew Rein e toda a equipe da Zando, muito obrigada por darem uma chance ao meu trabalho e não apenas me pedir para embarcar no navio pirata, mas também transformar o navio em um superiate, e agora estamos percorrendo os sete mares! Próxima parada: ESPAÇO SIDERAL.

No Reino Unido, um imenso obrigada à equipe da Little, Brown UK, especialmente Ellie Russell e Becky West, com quem foi maravilhoso trabalhar e que foram algumas das primeiras pessoas no mercado editorial a apoiar a série Morrendo de Amor. Obrigada também a Glenn Tavennec, da Éditions du Seuil, por ser um grande apoiador meu e desses personagens. E serei sempre muito grata a András Kepets, na Hungria, que deu o primeiro passo para dar vida a essas parcerias.

Muito obrigada a Najla e à equipe da Qamber Designs, que criaram belíssimas capas para todos os três livros desta série. Foi um prazer absoluto trabalhar com todos dessa equipe; eles fizeram um trabalho incrível dando vida à essência dessas histórias! Ao meu assistente salva-vidas e mago da assistência gráfica, Val Downs. Obrigada por me manter à tona todas as vezes que caí do navio pirata, HAHA. Você mantém as velas erguidas, e sou muito grata por trabalhar com você.

Sou imensamente grata aos incríveis leitores que receberam cópias antecipadas e aos apoiadores de *Cutelo & Corvo* nas redes sociais por reservarem um tempo do dia para ler, promover e falar dessas histórias, e por sua disposição em embarcar nessas jornadas malucas comigo. É muito importante para mim que vocês amem os personagens tanto quanto eu e que me contem isso. Sou completamente apaixonada por seus desenhos, edições, vídeos, mensagens e comentários. Estar nesta aventura com vocês faz a síndrome do túnel do carpo valer a pena, AHAHA.

Agradecimentos superespeciais a Arley e Jess, que com tanta gentileza verificavam como as coisas estavam indo durante a fase "Vou TACAR FOGO nisso aqui" da escrita. Vocês salvam minha sanidade e por isso sou imensamente grata. Amo vocês, mocinhas. E a Kristie, muito obrigada pelo presente "eliminação em cadeia", mas, acima de tudo, obrigada por seu amor e apoio.

A T. Thomason, que quando eu disse "Tenho uma ideia maluca" respondeu "Conta comigo!". Enquanto escrevo isto, nosso pequeno plano maluco ainda está em elaboração. Por favor, saiba que sou muito grata pela sua amizade e por sua disposição em alimentar uma ideia tão estranha e divertida do nada!

Tive muita sorte de me tornar amiga de algumas autoras incrivelmente talentosas nesta jornada de escrita, e sua ajuda e orientação foram muito importantes para mim, especialmente durante esta série. Avina St. Graves, obrigada por me deixar incluir um pequeno trecho de *Death's Obsession*. Lachlan adorou, haha! E obrigada por ser minha companheira de prazos. Eu não teria sobrevivido sem você (mesmo). "Vou depilar as pernas pra sentir algo além de estresse" deveria estar estampado em uma camiseta. Abby Jimenez, obrigada por seu sábio conselho (e pela garrafa de aguardente no beco suspeito, foi uma delícia). E Lauren Biel, que está sempre pronta para uma sessão de brainstorming maluca, ainda vou arrancar de você esse romance!

Por último, mas sem dúvida não menos importante, aos meus meninos maravilhosos: meu marido, Daniel, e meu filho, Hayden. Daniel, obrigada por sempre dedicar seu tempo a me ajudar a entender esse cérebro em forma de sopa purpurinada e por sua paciência, seu amor e seu apoio. Definitivamente, pelo vinho e pelos pratos de azeitonas e queijos; eles realmente salvaram minha alma. Amo vocês, meus meninos. (Hayden, quando você perguntou quantos anos você precisa ter para poder ler isto, a resposta é 245.)

Leia a seguir um trecho do próximo livro
da Trilogia Morrendo de Amor

Foice e Pardal

1

ÁS DE COPAS
ROSE

Se bater na nuca de alguém com bastante força, os olhos da pessoa podem acabar saindo do rosto.

Ou ao menos foi o que li em algum lugar. E é nisso que estou pensando enquanto embaralho meu tarô, encarando o babaca de aparência suspeita a pouco menos de 10 metros de distância enquanto ele despeja bebida alcóolica de um cantil de bolso no refrigerante e toma um longo gole. Ele seca o que escorre pelo queixo com a manga da camisa xadrez. Um arroto vem logo em seguida, e depois ele enfia metade de um cachorro-quente na boca nojenta antes de tomar outro gole.

Eu poderia dar uma porrada naquela cabeça de ovo gigante com tanta força que os olhos dele saltariam das órbitas.

E a mulher sentada à minha frente? Aposto que não se importaria nem um pouco.

Contenho um sorrisinho sombrio e torço para que ela não tenha notado o brilho diabólico na minha expressão. Mas, apesar da energia assassina que provavelmente estou emitindo e das distrações do Circo Silveria do lado de fora da minha tenda de leitura de tarô, a atenção dela parece fixa nas cartas, todo o foco grudado nelas enquanto embaralho. Não há luz alguma em seus olhos, um deles contornado por um hematoma escuro desbotado.

O sangue corre em minhas veias enquanto me forço a não olhar para o homem. O homem *dela*.

Quando a atenção da mulher finalmente se desvia do movimento repetitivo das minhas mãos e ela começa a se virar na cadeira para avistá-lo, paro de embaralhar as cartas de repente e bato o baralho na mesa. Ela se assusta mais do que o normal, assim como imaginei que faria. Assim como torci para que não fizesse.

– Desculpe – digo, e sou sincera.

Ela olha para mim com medo nos olhos. Medo *de verdade*. Mas me dá um sorriso fraco.

– Qual é o seu nome?

– Lucy – responde ela.

– Muito bem, Lucy. Não vou perguntar o que é que você quer saber. Mas quero que fixe seu pensamento nisso.

Lucy faz que sim. Viro a primeira carta, já sabendo o que vai ser. As bordas estão desgastadas pelo uso e a imagem ficou desbotada com o tempo.

– Ás de Copas.

Coloco a carta na mesa e a deslizo para mais perto dela. Ela olha da imagem para mim, uma pergunta na testa franzida.

– Essa carta significa seguir sua voz interior. O que ela lhe diz? O que você quer?

Só há uma coisa que torço para que ela diga: *fugir daqui*.

Mas ela não fala isso.

– Não sei – responde, a voz pouco mais que um sussurro.

A decepção se aloja como um espinho sob minha pele enquanto ela torce os dedos na mesa, a aliança simples de ouro arranhada e sem brilho.

– O Matt quer comprar outro pedaço de terra pra plantar no ano que vem, mas eu quero guardar algum dinheiro pras crianças – explica ela. – Talvez fosse bom passar uma semana fora de Nebraska, levar as crianças pra ver minha mãe e não ficar me preocupando com o preço da gasolina. É desse tipo de coisa que você tá falando…?

– Talvez. – Dou de ombros e pego as cartas, embaralhando-as novamente. Desta vez, não vou guiar o Ás de Copas para o topo da pilha. Vou deixar que o baralho diga a ela o que precisa ouvir. – O que importa é o que isso significa pra *você*. Vamos recomeçar; e você, mantenha isso em mente.

Faço a leitura de Lucy. Sete de Copas. Valete de Copas. Dois de Paus. Sinais de mudança, sinais de que as escolhas para o futuro estão lá, se ela estiver pronta para confiar nelas e acolhê-las. Não tenho certeza se ela está aberta para receber a mensagem das minhas cartas. Mal terminei a leitura e os três filhos dela se amontoaram na tenda, duas meninas e um menino, os rostos pegajosos e manchados de doces. Eles atropelam a fala um do outro, cada um querendo ser o primeiro a contar a ela sobre os brinquedos, os jogos e as próximas apresentações. *Eles têm palhaços, mamãe. Mamãe, você viu o cuspidor de fogo? Eu vi um lugar onde você pode ganhar um bichinho de pelúcia, mamãe, vem ver. Mamãe, mamãe, mamãe...*

– Crianças – interrompe uma voz rouca na entrada da tenda.

Os corpinhos magros ficam imóveis e rígidos com o tom incisivo. Lucy arregala os olhos sentada à minha frente. Ela não permite que o olhar perdure, mas mesmo assim eu vejo. A nódoa opaca de terror crônico em seus olhos. A maneira como isso amortece sua expressão antes de virar o rosto. Olho para o homem na porta, com o refrigerante batizado em uma das mãos, um punhado de ingressos para o passeio na outra.

– Vamos lá, peguem os ingressos – diz ele. – Encontrem a mamãe no picadeiro daqui a uma hora pra verem o show.

A criança mais velha, o menino, pega os ingressos e os pressiona contra o peito como se pudessem ser arrancados dele com tanta facilidade quanto lhe foram dados.

– Obrigado, papai.

As crianças passam pelo pai, que fica imóvel na entrada da tenda. Ele as observa desaparecerem na multidão antes de voltar a atenção para nós. Com os olhos injetados de sangue fixos na esposa, ele esvazia o copo de plástico e o joga no chão.

– Vamos.

Lucy assente uma vez e se levanta. Coloca uma nota de 20 dólares na mesa com um sorriso frágil e um sussurro de agradecimento. Gostaria de dar a ela a leitura de graça, mas conheço homens como o dela. São imprevisíveis. Dispostos a pular no pescoço de uma mulher ao menor sinal de humilhação, como pena ou caridade. Aprendi há muito tempo a me ater ao valor de troca, mesmo que ele grite com ela mais tarde por gastar dinheiro em algo tão bobo quanto uma mensagem do universo.

Lucy sai da tenda. O marido observa enquanto ela se retira.

Em seguida, ele se vira para mim.

– Você não deveria encher a cabeça dela com ideias malucas – diz ele, com um sorriso irônico. – Já basta as que ela tem.

Pego minhas cartas de tarô e as embaralho. Meu coração arranha meus ossos a cada batida furiosa, mas mantenho os movimentos fluidos, a aparência tranquila.

– Imagino que não queira uma leitura.

– O que você falou pra ela?

O homem dá um passo para dentro da tenda e paira sobre minha mesa com um olhar ameaçador. Eu me inclino para trás na cadeira. Diminuo o ritmo até parar de embaralhar as cartas. Nossos olhares se fixam um no outro.

– A mesma merda que falo pra todo mundo que entra aqui – minto. – Siga seus sonhos. Confie no seu coração. Há coisas boas reservadas para o seu futuro.

– Você acertou nisso tudo. – Um sorriso sombrio surge nos cantos dos lábios do homem enquanto ele pega a nota de 20 dólares da mesa e faz questão de dobrá-la na minha frente. – Há mesmo coisas boas reservadas para o meu futuro.

Com um meneio de cabeça, ele enfia a nota no bolso e vai embora, em direção à barraca de refrescos mais próxima, onde um de seus amigos igualmente suspeitos está parado. Eu o encaro até que por fim fecho os olhos, tentando tirá-lo de meus pensamentos, voltando a focar minha energia enquanto retomo o embaralhamento das cartas. Pego meu cristal de selenita para limpar o baralho e cortar a conexão entre nós, mas meus pensamentos continuam vagando para Lucy. A imagem do halo roxo ao redor do olho dela retorna, não importa o quanto eu tente afastá-la. A expressão sem vida em seus olhos me assombra. Já vi esse olhar muitas vezes antes. Nas mulheres que vieram tirar o Ás de Copas. Na minha mãe. No espelho.

Respiro fundo. Tiro a primeira carta com uma pergunta em mente.

Lucy não pediu ajuda. Mas ela precisa. O que devo fazer?

Viro a primeira carta e abro os olhos.

A Torre. Reviravolta. Mudança repentina.

Inclino a cabeça e puxo outra.

Dois de Paus. Há oportunidades se tiver disposição para se aventurar além dos muros de seu castelo. As terras do outro lado podem ser instáveis, mas são vibrantes. Arrisque-se. Tente algo novo. Uma vida notável é construída a partir de escolhas.

– Humm. Acho que estou vendo aonde isso vai dar, e não era isso que eu estava perguntando.

Valete de Copas. A chegada do amor romântico.

– *Para com isso*. Eu perguntei sobre esmagar o crânio daquele babaca. Não sobre paixão ou uma bobagem qualquer. Me fala sobre a pergunta que eu fiz de fato.

Embaralho as cartas outra vez. Mantenho a pergunta em mente e tiro a primeira carta.

A Torre.

– Pelo amor de Deus, Vovó. Dá um tempo.

Uma respiração profunda inunda meus pulmões enquanto brinco com a borda da carta e olho para o parque de diversões do outro lado da porta da tenda. Eu deveria me mandar daqui. Deixar essa história para trás. Me trocar e me preparar para minha próxima apresentação no picadeiro. Pisar fundo em uma motocicleta dentro do Globo da Morte junto a dois outros artistas não deixa margem para erros, e preciso estar concentrada. Mas o marido de Lucy ainda está no meu campo de visão. E então Bazyli passa. Vou interpretar isso como o sinal que estava procurando.

– *Baz* – grito, parando o adolescente no meio do caminho. Seus braços desengonçados estão bronzeados e sujos de gordura. – Vem cá.

Faíscas praticamente disparam de seus olhos. Os lábios se esticam em um sorriso banguela.

– Vai ter um preço.

– Eu ainda nem te disse o que quero.

– Mesmo assim vai ter um preço.

Reviro os olhos e Baz sorri enquanto entra na minha tenda com toda a arrogância de um típico garoto de 15 anos. Meneio a cabeça em direção ao parque de diversões. Ele segue meu olhar.

– O cara de camisa xadrez ali fora, do lado da barraca de comida.

– O de cabeça de ovo?

– É. Preciso de umas coisinhas dele. Só a carteira de motorista. E 20 contos, se por acaso ele tiver dinheiro na carteira.

A atenção de Baz se fixa nas minhas mãos enquanto junto a carta da Torre de volta ao baralho.

– Eu não sou ladrão. Sou *mágico* – diz ele, e com um gesto rápido uma flor aparece em sua palma. – A única coisa que eu roubo são corações.

Reviro os olhos e Baz sorri ao me dar a flor.

– Eu sei que você não é ladrão. Mas o Cabeça de Ovo ali é. Ele acabou de me roubar 20 contos e quero que você devolva pra esposa dele. Aquela ali de cabelo loiro e blusa azul. – Meneio a cabeça em direção a Lucy, à distância, enquanto ela segue sozinha para uma barraca. – Ela vai estar com os três filhos no picadeiro durante o show. Quero que você devolva o dinheiro pra ela e traga a carteira de motorista pra mim.

Baz me encara, estreitando os olhos.

– Seja lá o que você esteja planejando, eu posso ajudar, sabia?

– Você vai me ajudar pegando a carteira de motorista dele.

– Faço isso de graça se me deixar ajudar.

– Nem pensar, garoto. Sua mãe me enforca lá em cima no trapézio. Só pega a carteira pra mim. Eu compro uma revista do Venom pra você.

Baz dá de ombros. Enfia o bico do sapato na grama pisoteada, tentando manter a atenção longe de mim.

– Eu tenho a maioria delas.

– Não da série Origem Sombria. – Os olhos de Baz se fixam nos meus. Tento reprimir um sorriso diante do anseio que ele não consegue esconder. – Sei que você ainda não tem as duas últimas. Eu compro pra você.

– Tá bem… mas também vou poder pegar sua piscina inflável emprestada.

Franzo o nariz e inclino a cabeça.

– Claro… eu acho…

– E preciso de bananas.

– Tá…

– E de um abacaxi. Uns palitinhos de coquetel também.

– Como assim?

Não é raro que os outros artistas e a equipe do circo me mandem comprar coisas aleatórias ou guloseimas nas cidades em que paramos. Sou uma das poucas pessoas que tem um segundo veículo para circular pelo local.

Não preciso me desvencilhar da minha casa inteira só para ir à loja. Mas isso significa que as pessoas me pedem tranqueiras das mais variadas. Camisinhas, com frequência. Testes de gravidez também. Legumes da estação. Croissants frescos de um padeiro local. Livros. Uísque. Mas…

– Um abacaxi?

– Minha mãe falou que me daria um PlayStation quando finalmente tirasse férias. Como existe uma grande chance de isso não acontecer, pensei em trazer as férias até ela. – Baz cruza os braços e endireita a postura como se estivesse prestes a enfrentar uma batalha. – É pegar ou largar, Rose.

Estico a mão na direção dele, meu coração um pouco mais quentinho do que antes.

– Fechado. Só toma cuidado, tá? O Cabeça de Ovo não é flor que se cheire.

Baz assente, aperta minha mão uma vez e sai em disparada para cumprir sua missão. Observo enquanto ele abre caminho entre crianças com suas pipocas, algodões-doces e bichos de pelúcia, adolescentes conversando sobre os melhores brinquedos e casais saindo da casa mal-assombrada, rindo envergonhados do quando se assustaram com nossos atores em cantos escuros. Esses são os momentos que geralmente amo viver com o Circo Silveria. Momentos de magia, por menores que sejam.

Mas hoje a única magia em que estou interessada é do tipo obscura e perigosa.

Observo Baz se esgueirar perto dos dois homens. Meu coração dá uma pirueta até chegar nas costas quando ele para atrás do marido de Lucy e tira a carteira do bolso de trás do sujeito enquanto ele está distraído dando risada. Quando Baz está com o objeto em mãos, vira-se de costas, apenas por tempo suficiente para abrir a carteira e tirar o documento dali. O dinheiro vem em seguida, e ele enfia a nota no bolso do jeans antes de desfazer o giro. Em segundos, a carteira está de volta no bolso do homem.

Pego meu tarô e a selenita, saio da tenda, virando no caminho a placa da entrada, de ABERTO para FECHADO, mesmo prestes a perder uma leitura ou duas, já que outra mulher se aproxima com uma nota de 20 dólares agarrada entre os dedos. Noto o breve lampejo de decepção em seu rosto, mas Baz não sai de meu campo de visão em nenhum momento. E eu não saio do dele. Nós dois nos cruzamos no momento em que me dirijo para meu trailer. Mal sinto, só notando por já saber o que esperar: um leve toque no quadril.

Quando entro no trailer, tiro a carteira de motorista do bolso. *Matthew Cranwell.* Pego o celular e verifico o endereço no mapa de Nebraska. Pouco mais de 30 quilômetros de distância, perto de Elmsdale, a próxima cidade, onde há um mercado maior que o de Hartford. Talvez haja mais esperança de encontrar um abacaxi de boa qualidade lá. Passo o polegar pela foto do rosto envelhecido de Matt. Com um leve sorriso gravado em meus lábios, visto a calça e a regata de couro, colocando a carteira de motorista no bolso interno da jaqueta de motociclista.

É a primeira noite de apresentações aqui em Hartford, e o picadeiro está lotado de moradores que vieram de cidades vizinhas para ver o show. E o Circo Silveria tem orgulho de fazer um ótimo espetáculo. Assisto por trás da cortina José Silveria apresentar cada um dos artistas. Os palhaços, com seus carros em miniatura, malabarismos e comédia pastelão. Santiago, o Surreal, um mágico que impressiona o público com uma série de truques que guarda como um segredo precioso. Baz o auxilia com o número, sempre um aprendiz ansioso, a única pessoa a quem Santiago confia seus segredos. Há trapezistas e acrobatas aéreos de tecido acrobático, e a mãe de Baz, Zofia, é a artista principal do grupo. Os únicos animais que temos são a tropa de poodles treinados de Cheryl, e eles sempre encantam as crianças, em especial quando ela chama voluntários da plateia. E por fim, o último ato, sempre eu e os gêmeos, Adrian e Alin. O Globo da Morte. O cheiro do alambrado e dos gases liberados pelo escapamento, a onda de adrenalina. O rugido das motos conforme aceleramos pela gaiola que parece pequena demais para caber nós três. A afobação da multidão aplaudindo. Sou apaixonada por velocidade e risco. Talvez um pouco demais. Porque, às vezes, parece que não é o suficiente.

Saio da gaiola depois que nosso número acaba, parando entre Adrian e Alin enquanto acenamos para o público. A carteira de motorista de Matt Cranwell queima no meu bolso como se marcasse minha carne.

Assim que consigo escapar, é o que faço.

Troco a moto off-road pela minha Triumph, o capacete do show pelo meu ICON com pintura personalizada, guardo meu miniconjunto de ferramentas e sigo para Elmsdale, com o sol poente me perseguindo pelas estradas retas e planas. Passo no mercado feito um furacão, pegando bananas e um abacaxi de aparência triste e qualquer outra coisa que pareça remotamente tropical, além de um pacotinho de palitos para coquetel. Após pagar, coloco tudo na minha mochila surrada, decidindo arranjar uma melhor em uma futura parada.

Ao sair da loja, pego meu celular e dou uma olhada de novo no endereço de Matt Cranwell, inserindo-o no mapa. A rota é uma linha reta que corta as ruazinhas de cidade pequena. Ele não está a mais de dez minutos do centro. O tempo está perfeito, o sol alto o suficiente para que eu esteja de volta ao parque de diversões antes de escurecer, caso decida dar uma passadinha para bisbilhotar.

A lembrança da carta da Torre paira sobre minha visão do mapa como uma película opaca. Franzo o nariz. Paro ao lado da moto e deslizo o dispositivo no suporte para celular preso ao guidão.

Talvez isso seja um tanto inconsequente. Não é o meu normal. Mas ultimamente venho tendo muita vontade de mudar as coisas. Sei que preciso. Sei há um bom tempo. Se pretendo continuar ajudando mulheres como Lucy a *fugir* desse tipo de situação, não é mais suficiente apenas dar a elas os meios para tanto. Se vou fazer isso, deveria *ir com tudo*, sabe? Pisar fundo. Ir a toda. Deixando as referências a motocicletas de lado, não faz mais sentido ficar à margem da ação. Posso até estar fornecendo os meios para reparar alguns erros, mas sempre mantive distância da *prática em si*.

Olho para o pequeno cravo tatuado em meu pulso. Os dedos traçam as iniciais ao lado dele. *V.R.* Não posso deixar o que aconteceu ano passado acontecer de novo. *Nunca mais.*

Não só é errado passar a responsabilidade de acabar com uma vida para uma pessoa que talvez não tenha preparo para isso, como também é um pouco sem graça. Quero acabar com alguém como Matt Cranwell com minhas próprias mãos.

Pelo menos acho que quero.

Não. Tenho *certeza*. É isso mesmo... *mais ou menos*... e sem dúvida tenho o desejo, e talvez isso instigue a coceirinha lá no fundo da minha mente que anseia *por mais.*

Além disso, ninguém disse que preciso fazer isso agora. Só preciso passar lá e dar uma espiadinha. Depois tenho alguns dias para fazer o que preciso e seguiremos para a próxima cidade. Para a próxima apresentação. Sempre tem uma próxima mulher vivendo com medo, que pede minha ajuda em mensagens codificadas e olhares preocupados. O próximo homem para derrubar.

Passo uma perna por cima da moto, ligo o motor e em seguida deixo o estacionamento em direção às estradas rurais.

Não demora muito para que eu esteja desacelerando até parar pouco antes de uma vasta plantação de milho e uma entrada de cascalho que leva a uma pequena casa de fazenda e seus anexos. Estaciono em um declive na estrada onde minha moto vai ficar escondida pelo milharal. Meu coração vem parar na garganta quando tiro o capacete e apenas escuto.

Nada.

Não sei ao certo o que esperava. Talvez um sinal óbvio. Uma estrela guia para me orientar. Mas parece que não vem nada. Só fico ali parada, no final daquela entrada de veículos, encarando a casa pequena, mas bem-cuidada, que poderia ser de qualquer um. Um balanço no quintal. Bicicletas largadas no gramado. Uma luva e um taco de beisebol ao lado de canteiros elevados de uma horta. Flores em vasos pendurados, uma bandeira balançando na brisa. Uma casa de interior tipicamente norte-americana.

Por um segundo, fico pensando se estou na casa errada. Ou talvez tenha imaginado tudo o que pensei ter visto na tenda.

Então ouço gritos.

Uma porta de tela bate. As crianças saem da casa e vão até as bicicletas, subindo nelas e pedalando para longe do caos com os pés descalços. Elas desaparecem pelos fundos da propriedade. A gritaria continua lá dentro como se eles nunca tivessem saído. Não consigo entender as palavras. Mas a raiva na voz dele é clara. Mais e mais alta, até parecer que as janelas vão quebrar. A casa ganhou vida. Então, um estrondo, algo atirado do lado de dentro. E um grito.

Estou na metade da subida da garagem antes de perceber o que estou fazendo. Mas é tarde demais para parar agora. Coloco meu capacete de volta e abaixo a viseira espelhada. Passo pelos canteiros elevados e pego o taco de beisebol de alumínio no momento em que a porta de tela bate e Matt sai para a varanda, pisando duro. Fico paralisada, mas ele nem me nota, a atenção focada no celular em mãos. Desce os degraus com dificuldade, uma carranca estampada nas feições envelhecidas, e começa a caminhar em direção à caminhonete estacionada na lateral da casa.

Seguro o taco com mais força.

Eu poderia parar. Poderia me abaixar no milharal e me esconder. Ele vai se virar a qualquer momento e me ver. Vai ser inevitável assim que ele entrar no veículo. A menos que eu me esconda *agora*.

O show não começa até você pular.

Então eu arrisco.

Sigo pela grama enquanto vou na direção dele. Passos leves. Nas pontas dos pés. Taco pronto. Ele está se aproximando da frente da caminhonete. Os olhos ainda estão na tela. Estou chegando mais perto, e ele ainda não sabe.

Meu coração bate forte. A respiração está acelerada de terror e euforia. A viseira começa a embaçar nas bordas.

Dou o primeiro passo no cascalho, e a cabeça de Matt dá um giro. Um segundo passo, e ele deixa cair o celular. Levanto o taco. No terceiro passo, bato na cabeça dele.

Mas Matt já está fugindo.

Eu o acerto, mas o golpe não é forte o bastante. Ele se curva e cai, e o contato só o irrita. Não é o suficiente para derrubá-lo de vez. Então ataco de novo. Desta vez, ele agarra o taco.

– Que porra é essa? – vocifera ele. Arranca a arma de mim e a agarra com as duas mãos. – Vagabunda de merda.

Um momento de instabilidade em meus pés é tudo de que ele precisa. Ele sacode o bastão o mais forte que consegue. Atinge a parte inferior da minha perna com a força de um raio.

Caio no chão. Deitada de costas. Ofegante. Por um breve e glorioso momento, não sinto dor.

E então ela me consome feito um choque elétrico.

Uma agonia devastadora sobe da perna, atingindo a coxa e o corpo inteiro, até explodir em um soluço sufocado. Tento puxar o ar. Não entra o suficiente pelo capacete. Sinto cheiro de piña colada, a fruta esmagada que caiu da minha mochila toda partida, as costuras se rompendo com a força da queda. É violento. Doçura enjoativa e dor ofuscante.

O taco desce uma segunda vez e acerta minha coxa. Mas mal sinto. A dor na perna é tão avassaladora que um terceiro golpe parece não provocar nada.

Vejo os olhos de Matt Cranwell pela viseira. Apenas por um segundo. Tempo suficiente para ver determinação. Crueldade. Até mesmo a excitação fria de matar alguém. O universo inteiro fica em câmera lenta enquanto ele levanta o taco acima da cabeça. Está bem em cima da minha perna machucada. Se ele a acertar mais uma vez, sei que vou desmaiar. E em seguida ele vai me matar.

Minha mão raspa o cascalho. Unhas cravam na terra. Reúno um punhado de areia e pedra, e quando Matt Cranwell está prestes a me golpear, atiro na cara dele.

Ele se curva para a frente com um grito frustrado, abaixando o taco para tirar a terra dos olhos. Arranco a arma de sua mão, mas ele é rápido o bastante para pegá-la de volta, mesmo com os olhos cheios d'água, jorrando lágrimas empoeiradas pelo rosto. Chuto a mão dele com meu pé bom e o taco voa para o milharal. Antes que ele possa se recompor, chuto o joelho dele, e ele cai.

Saio me arrastando para trás. Minha mão esquerda desliza na gosma de uma banana amassada. Matt Cranwell rasteja atrás de mim, meio incapaz de enxergar por conta da poeira e da raiva. Ele se estica para a frente, e tateio ao redor em busca de algo. Uma arma. Um caco de esperança. Qualquer coisa.

Passo a mão pelo cascalho e uma ponta afiada se crava na minha palma. Olho para trás, apenas o suficiente para avistar os palitos de coquetel espalhados perto dos dedos. Um punhado deles repousa no tubo de plástico quebrado.

Eu os agarro no momento em que Cranwell envolve o tornozelo da minha perna machucada com a mão e puxa.

O grito que solto é de dor, raiva selvagem e desespero. Eu me lanço para a frente, os palitos agarrados no punho. E enfio as pontas afiadas bem no olho de Matt Cranwell.

Ele grita. Solta meu tornozelo e se contorce na terra, a mão trêmula pairando sobre o rosto. Ele se vira na minha direção enquanto se debate com a dor da qual não consegue escapar. Sangue escorre pelos cílios e pela bochecha em um riacho vermelho viscoso. Três palitos de coquetel se projetam de seu olho como um artesanato macabro de jardim de infância. As bandeirinhas tremem com o choque dele. A pálpebra tenta piscar, um reflexo que não consegue conter. Cada movimento dela atinge o palito de madeira enfiado mais alto, e ele estremece com uma nova onda de dor. Está gritando. Gritando um som que nunca ouvi antes.

Meu estômago revira, e quase vomito dentro do capacete. Consigo engolir o vômito, mas por pouco.

Preciso dar o fora daqui.

Eu me viro e me apoio no pé bom, arrastando o outro atrás de mim enquanto manco até os fundos da entrada da garagem. Matt ainda está gritando atrás de mim, xingamentos e súplicas que me seguem, ecoando pela trilha de cascalho.

Lágrimas escorrem pelo meu rosto. Os molares travam, prestes a quebrar. Cada pulo que dou força a perna quebrada a suportar a pressão do passo. Dor. É uma *dor do caralho.* Uma pontada que vai do calcanhar até a coxa. Que ameaça me derrubar.

– Continua andando, porra – sussurro enquanto abro o visor.

A primeira lufada de ar fresco é a única coisa que me mantém de pé.

Não sei o que acontece quando se é atingido no olho com um punhado de palitos de coquetel. O outro olho dele pode estar totalmente fechado. Ou talvez ele consiga lutar contra a dor e correr atrás de mim. Mas não consigo pensar nessa merda agora. Só preciso alcançar minha moto. Manter a esperança de que consigo escapar.

Quando chego ao final da entrada de veículos, olho para a fazenda. Matt Cranwell está de quatro, ainda gritando e xingando, cuspindo veneno e pingando sangue no cascalho. Então olho para a casa. Lucy está lá, parada atrás da porta de tela. Uma silhueta. Não consigo ver o rosto dela, mas posso sentir seus olhos em mim. Ela não consegue me ver claramente a essa distância, não com o capacete obscurecendo a maior parte do meu rosto. Não me conhece bem o suficiente para me reconhecer pelas minhas roupas ou pelos meus trejeitos. Sabe que algo importante aconteceu, que há algo muito errado com este momento, com o marido gritando de desespero na entrada de veículos. Mas não é ele que está observando. Sou eu.

Ela fecha a porta e desaparece dentro da casa.

Deixo Matt onde ele merece, rolando na terra. Manco até minha moto. Quando passo a perna por cima do assento, algo se prende na parte interna da minha calça de couro. A dor ondula pela perna. Mas continuo. Ligo o motor. Fecho a mão em volta da embreagem. Troco de marcha, puxo o acelerador para trás e vou embora da fazenda.

Não sei para onde ir.

Apenas sigo meu instinto e dirijo.

2

JURAMENTO

FIONN

Estou virando a esquina de casa, em uma caminhada forte após minha corrida noturna. Vai ser a noite perfeita para sentar na varanda com o copo de bourbon Weller que definitivamente fiz por merecer, não apenas por conta desta corrida, mas também da combinação pavorosa da unha encravada de Fran Richard e do furúnculo gigantesco de Harold McEnroe com os quais tive que lidar na clínica hoje. Minha casinha está à vista quando recebo um alerta no relógio.

Movimento detectado na porta da frente.

– Porra, Barbara – sibilo enquanto dou meia-volta e refaço meu caminho para a cidade. Pego o celular para abrir o aplicativo da campainha de vídeo. – Eu sei que é você, sua maluca do...

Paro no meio do caminho. Não... definitivamente, não é Barbara no consultório.

Na frente da câmera, há uma mulher que não reconheço. Cabelo escuro. Jaqueta de couro. Não consigo distinguir traços distintos do rosto antes que o olhar dela seja desviado para a rua. Mas as pernas estão instáveis. Provavelmente está bêbada. Talvez alguém que veio até a cidade para ir ao circo e tomou muita cerveja nas barracas do parque de diversões. Penso em apertar o botão para falar com ela e, embora meu polegar esteja pairando sobre o círculo, não o toco. Talvez devesse acionar o alarme que quase nunca uso agora, depois de Barbara acioná-lo vezes demais no meio da noite. *Eu deveria chamar a polícia*, penso conforme começo a andar, olhando para a tela. Mas também não faço isso.

Nem mesmo quando ela de alguma forma consegue abrir a porta trancada.

– *Merda.*

Enfio o celular no bolso e saio correndo.

Faço as contas de cabeça enquanto corro na direção da clínica. Acabei de terminar uma corrida longa e não consigo ter um pace muito acima de 3:25 min/km, então estarei lá em sete minutos e nove segundos. Tenho certeza de que vou chegar ao consultório em menos tempo do que isso se me esforçar o máximo que puder.

Mas sinto como se levasse uma hora. Meus pulmões queimam. Meu coração se revolta. Desacelero para uma caminhada ao dobrar a última esquina e uma onda de náusea faz meu estômago revirar.

Não há luzes acesas na clínica. Nada que indique que alguém esteja lá dentro, a não ser a leve mancha ensanguentada de mão na maçaneta da porta. Uma motocicleta com o tanque de combustível amassado está caída na grama. A chave ainda está na ignição, o motor cromado polido estalando enquanto esfria. Um capacete preto pintado com flores de hibisco amarelas e laranjas está jogado no caminho até a porta.

Levo a mão à nuca, a pele escorregadia de suor. Olho para um lado da rua. Depois para o outro. Em seguida, para o primeiro outra vez. Não há mais ninguém. Tiro o celular do bolso e o seguro com força.

– Foda-se.

Ligo a lanterna do celular e sigo em direção à porta. Está destrancada. Movo a luz pelo chão, onde ela ilumina uma pegada de sangue no formato da sola de uma bota. Uma faixa vermelha pinta os ladrilhos em uma longa trilha que serpenteia pela sala de espera. Cruza a recepção. Faz a curva no corredor, como em um roteiro de terror. *Siga por aqui para uma morte violenta.*

E como qualquer personagem burro em qualquer filme de terror já feito, eu sigo, parando na entrada do corredor que leva aos consultórios.

Nenhum som. Nenhum cheiro além do ardor adstringente do antisséptico que gruda no fundo da minha garganta. Nenhuma luz, a não ser pela placa vermelha de saída de emergência no final do corredor.

Guio a lanterna para poder seguir o sangue no chão. Ele passa por baixo da porta fechada do Consultório 3.

Inspiro bem fundo e vou até lá. Prendo a respiração ao pressionar o ouvido na porta. Nada do outro lado, nem mesmo quando a empurro e ela encontra resistência. Uma bota. Uma perna mole. Uma mulher que não se mexe.

Um torniquete improvisado com uma blusa está amarrado ao redor da coxa direita. Um novo, do armário, está atado logo abaixo dele, frouxo, como se ela não tivesse conseguido apertá-lo por estar quase sem forças. Suprimentos médicos estão espalhados pelo chão. Ataduras. Gazes. Uma tesoura. O sangue escorre pela panturrilha e se acumula no chão. O cheiro de abacaxi e banana é uma doce contradição ao osso quebrado que atravessa a carne rasgada da perna. A calça de couro está cortada até a altura do ferimento, como se, depois de expor a fratura, ela não tivesse mais sido capaz de suportar.

– Moça. *Moça* – chamo.

Ela está de costas para mim, o cabelo escuro espalhado pelo rosto. Pressiono a palma da mão em sua bochecha gelada e viro a cabeça dela na minha direção. Respirações rápidas e superficiais saem de seus lábios entreabertos. Coloco dois dedos no pulso dela enquanto dou tapinhas na bochecha com a outra mão.

– Vamos, moça. Acorda.

A testa se franze. Cílios grossos e escuros tremulam. Ela geme. Os olhos se abrem, poças escuras de dor e sofrimento. Preciso que ela esteja consciente, mas odeio a agonia que vejo pintada em suas feições. O arrependimento se contorce como um alfinete quente alojado no fundo de uma caverna do meu coração, um sentimento que aprendi a bloquear há muito tempo para poder fazer meu trabalho. Mas, de alguma maneira, quando os olhos dela se fundem aos meus, esse pedaço de mim há muito esquecido ganha vida no escuro. Então ela agarra minha mão onde ela repousa em sua garganta. Aperta. Me prende em um momento que parece eterno.

– Me ajuda – sussurra ela.

CONHEÇA OS LIVROS DE BRYNNE WEAVER

TRILOGIA MORRENDO DE AMOR

Cutelo e Corvo

Couro e Rouxinol

Para saber mais sobre os títulos e autores da Editora Arqueiro,
visite o nosso site e siga as nossas redes sociais.
Além de informações sobre os próximos lançamentos,
você terá acesso a conteúdos exclusivos
e poderá participar de promoções e sorteios.

editoraarqueiro.com.br